ILDIKÓ VON KÜRTHY

MORGEN KANN KOMMEN

Ildikó von Kürthy

MORGEN KANN KOMMEN

ROMAN

Mit Illustrationen
von Peter Pichler

WUNDERLICH

Originalausgabe
Veröffentlicht im Rowohlt Verlag, Hamburg, Mai 2022
Copyright © 2022 by Rowohlt Verlag GmbH, Hamburg
Dieses Buch enthält potenziell triggernde Inhalte. Wenn Sie sich
darüber informieren möchten, gehen Sie bitte auf die jeweilige
Produktseite auf unserer Homepage www.rowohlt.de.
Satz aus der TrinitéNo2 bei Dörlemann Satz, Lemförde
Druck und Bindung GGP Media GmbH, Pößneck, Germany
ISBN 978-3-8052-0093-6

Meiner Mutter.

THERE'S NO GREATER POWER
THAN THE POWER OF GOODBYE
MADONNA

PROLOG

Es geschah an dem Tag, an dem ich neu anfangen wollte. Ich dachte, ich hätte das Schlimmste hinter mir. Der Gedanke sollte sich als falsch herausstellen. Denn das Schlimmste lag unmittelbar vor mir. Das Schicksal spannte sich wie ein nahezu unsichtbarer Draht über meinen Weg, es lockte mich in die Falle an einem Ort, der an Gewöhnlichkeit nicht zu überbieten war. Der Angriff traf mich entsprechend unvorbereitet und wehrlos.

Ich stolperte, ich fiel und schaffte es nicht mal mehr, meine Hände schützend vor mein Gesicht zu halten. Ich fühlte, wie ich innerlich zerbrach, jener kümmerliche Rest von mir, der nach all dem, was geschehen war, dennoch heil geblieben war. Diesmal, das wurde mir im selben Moment klar, würde ich es alleine nicht wieder auf die Füße schaffen.

Und ich wusste auch, mit seltsamer, mich selbst überraschender Überzeugung, dass es nur eine Person gab, die mir würde helfen können. Keine Ahnung, warum ihr Bild mir plötzlich so deutlich vor Augen erschien, als stünde sie neben mir, um mir ihre helfende Hand zu reichen.

Ausgerechnet sie. Nach all dem, was passiert war.

Immer noch unfassbar. Unverzeihlich. Unvergessen.

Kein Tag war in den letzten fünfzehn Jahren vergangen, an dem ich nicht daran gedacht habe, was sie mir angetan hatte. Kein Tag, an dem ich sie nicht verflucht habe, fassungslos über ihren schäbigen Verrat, kein Tag, an dem ich nicht innerlich vor Wut geschäumt habe und vor Kummer zerrissen war. Kein Tag, an dem ich sie nicht vermisst habe, so sehr, dass ich manchmal dachte, mir fehlt ein Teil von mir selbst.

Ich glaube, am meisten habe ich ihr übel genommen, dass sie mich gezwungen hat, ohne sie zu leben. Sie hat mich hinter sich gelassen und dafür gesorgt, dass es keinen Weg zurück gab. Sie hat nie um Verzeihung gebeten. Warum auch. Sie wusste, dass ich ihr nie verzeihen würde.

Daran hat sich in all den Jahren nichts geändert.

Trotzdem muss ich mich jetzt auf den Weg zu ihr machen.

Wohin sonst.

RUTH

Ich stehe im Drogeriemarkt zwischen den Fotoecken, den Handseifen und den Haarfärbeprodukten mit einhundertprozentiger Grauabdeckung und strahlender Farbintensität, als ich beschließe, wieder glücklich zu werden. Oder wenigstens glücklicher. Ich sehe mich um, beschwingt von meiner Entscheidung und von der Banalität meiner Umgebung, die in angenehmem Kontrast zu meiner gloriosen inneren Verfassung steht.

Ich hatte mir seit Wochen leidgetan, mit meinem unglücklichen Los gehadert und mich vor diesem Tag gefürchtet. Mein einundfünfzigster Geburtstag und mein fünfzehnter Hochzeitstag. Meine Angst vor diesem schwarzen Doppeljubiläum war so groß gewesen, ich hatte so viele Nächte wach gelegen, so viele Stunden geweint, dass ich heute Morgen beim Aufwachen lieber sofort liegen geblieben war. Ich hatte vor, den Tag reglos unter meiner Decke zu verbringen, zu versuchen, ihn zu ignorieren, und darauf zu hoffen, dass er mich ebenfalls einfach übersehen würde. Erst gegen Mittag hatte ich erstaunt festgestellt, dass alle Angst aufgebraucht und für das Ereignis selbst keine mehr übrig geblieben war.

Es war wie bei meinem Bio-Referat über den Zitronensäurezyklus in der zehnten Klasse. Ich hatte mich von dem Tag an davor gefürchtet, als mich unsere Biologielehrerin Frau Opitz mit strengem Blick dafür ausgewählt hatte. Ich wollte die Schule wechseln, ausreißen oder wahlweise sterben. Und als ich endlich, schlotternd, von wochenlanger Furcht gezeichnet und einem Nervenzusammenbruch nahe, vor die Klasse trat, sagte ich:

«Der Citratzyklus ist ein Teil der Atmungskette von Pflanzen und Tieren, bei der Energie durch den Abbau von organischen Substanzen bereitgestellt wird.» Und nichts geschah. Die Erde tat sich nicht auf, um mich zu verschlucken, meine Mitschüler lachten mich nicht aus, da sie sich für meinen Vortrag nicht interessierten, und Frau Opitz war an dem Tag krank, und der Vertretungslehrer, der normalerweise Kunst und Pädagogik unterrichtete, gab mir, wohl eher aus Unkenntnis als aus Wertschätzung, eine Eins.

Damals lernte ich, dass Vorfurcht die schlimmste Furcht ist. Ihr helles Pendant ist die Vorfreude, die ebenfalls oft größer ist und länger dauert als das freudige Ereignis selbst. Was ich leider nicht lernte, war, wie es gelingen kann, sich die Angst für den Moment aufzusparen, wo man sie zu Recht hat. «Wir überqueren die Brücke dann, wenn wir sie erreichen», hatte mein Vater oft gesagt, wenn es mir bereits im Herbst vor den Bundesjugendspielen im Sommer gruselte. Er hoffte, mich dadurch zu beruhigen. Das misslang zuverlässig.

Den Buchtitel *Sorge dich nicht – lebe!* habe ich stets als Verhöhnung meines komplexen Charakters empfunden, da die Sorgen für mich zum Leben gehören wie Wolken am Himmel, Krümel im Bett oder Kopfweh nach einigen Wodka Lemon. Und ich kenne eigentlich keine Frau, die sich durch die beschämende Schlichtheit von Songs wie *Don't Worry, Be Happy* nicht in ihrer vielfältigen Weiblichkeit abgewertet fühlt.

Würde ich so weit gehen zu behaupten, dass ich mir gerne Sorgen mache? Darüber muss ich nachdenken, aber für ausgeschlossen halte ich es nicht. Was wäre ich ohne meine Sorgen? Eine öde Geschichte, ein Kardiogramm ohne Ausschläge, ein Jahr ohne Jahreszeiten. Jedenfalls würde mich ein Buch mit dem Titel *Sorge dich – lebe!* wesentlich mehr ansprechen.

Manchmal beneide ich natürlich jene stoischen Gemüter, die sich nur die Sorgen machen, die sich zu machen lohnen, und nur die Gefühle fühlen, für die es einen entsprechenden und zeitnahen Anlass gibt. Aber ich hätte völlig umsonst mehrere Tausend Euro in ein jahrelanges Coaching investiert, wenn ich immer noch glauben würde, in mir verberge sich eine Frau, die die Brücke erst dann überquert, wenn sie sie erreicht.

Ich hatte dem heutigen Schreckensdatum also mit entsprechendem Schrecken entgegengesehen, dann aber bis zum Nachmittag einen geradezu leidenschaftlichen Tatendrang und das dringende Bedürfnis entwickelt, meine Haare umzufärben, meinen ganzheitlich orientierten Personal-Life-Coach Carlos Weber-Stemmle um einen Notfalltermin zu bitten und mein Leben und meinen Mann zurückzuerobern. In genau dieser Reihenfolge. Ich würde nicht zulassen, dass dieses Datum ein Datum des für immer konservierten Grauens und dass die kommenden Monate verlorene werden würden. Ich würde mir meine kostbare Zeit nicht vom Schicksal stehlen lassen. Und auch nicht von sonst jemandem.

«Ruth Westphal geht mutig ihren eigenen Weg.» Ich hatte gelesen, dass man sich mit vollem Namen ansprechen soll, wenn man von sich selbst ernst genommen werden möchte.

Vom Hochgefühl der kommenden Veränderung beflügelt, schwebe ich eilig durch den warmen Mairegen zum nächstgelegenen Drogeriemarkt. Ich würde die Weichen für meine Zukunft stellen und mich über die neuesten Trends auf dem Haarfarbenmarkt informieren. Das letzte Jahr hatte mich diesbezüglich gezeichnet, und der Grauschleier, der sich über mein Leben gelegt hatte, hatte auch vor meinem Haaransatz nicht haltgemacht. Ein halbes Jahrhundert lang war ich honigblond und von schlanker Gestalt gewesen. Beides war zugegebenermaßen vom Schöpfungsplan her ursprünglich anders vorgesehen, denn ich war ein moppeliges Kind mit einem tristen Naturton gewesen. Aber dank Farbe und Ernährungsdisziplin musste ich mich mit meinem eigentlichen Selbst nie anfreunden.

Dem global anerkannten Leitsatz «Liebe dich so, wie du bist!» hätte ich nicht zu widersprechen gewagt, ihm still jedoch einige Fußnoten hinzugefügt. Ja, ich liebe mich so, wie ich bin. Es sei denn, ich fühle mich gerade mal wieder durch eine Nichtigkeit nachhaltig gekränkt. Oder ich will mich in großer Runde über die populistischen Thesen der AFD ereifern und nenne sie versehentlich PDF. Oder ich gerate in Panik, statt einen kühlen Kopf zu bewahren, und verschlimmere meine Situation dadurch noch. Oder ich breche meine Meditation nach wenigen Minuten ab, weil mir in meinem Gedankenkarussell schwindelig wird. Oder ich esse ein zweites und ein drittes Stück Kuchen. Oder ich entdecke am Haaransatz erste Anzeichen der Person, die ich eigentlich wäre, wenn ich mich nicht vor Urzeiten für eine blonde Version von mir entschieden hätte. Meine Selbstliebe ist – das gebe ich zu, natürlich nicht öffentlich oder in meiner Meditationsgruppe – an gewisse Bedingungen geknüpft. Die Zusammenrottungen grauer Haare auf meinem Kopf empfinde ich als inakzeptabel, und ich werde mich ihnen mit putinhafter Null-Toleranz und einer Packung Brond-Blond entgegenstellen. Ich werde in die Schlacht ziehen und will dabei nicht aussehen wie ein Schlachtfeld. Heute ist mein einundfünfzigster Geburtstag, und das Letzte, was ich in meinem fragilen Zustand will, ist, so alt auszusehen, wie ich bin und wie ich mich fühle.

Schon mein Fünfzigster war nicht meinen Vorstellungen entsprechend verlaufen. Ich hatte mit meinem Mann und meiner Schwiegermutter feiern müssen. Ein Candle-Light-Dinner in ihrem Pflegeheim. Schonkost. Von 17 Uhr 30 bis 19 Uhr 30, um den

Betrieb nicht durcheinanderzubringen. Mein Mann hatte darauf bestanden mit dem Hinweis, dass es womöglich der letzte meiner Geburtstage sein könnte, den ich mit seiner Mutter würde feiern können.

«Rechnest du im nächsten Jahr mit meinem Ableben?», hatte ich mit fröhlichem Sarkasmus gefragt, aber der Scherz war auf taube Ohren gestoßen. Mein Mann liebt seine eigenen Witze und seine Mutter über alles, und ich möchte weiß Gott nicht hartherzig klingen, aber den Satz «Vielleicht ist es das letzte Mal» habe ich in zwanzig Jahren an jedem Geburtstag, jedem Weihnachten und meist auch an Ostern und Silvester gehört, es sei denn, wir waren im Skiurlaub.

Irgendwann hatte ich die Hoffnung aufgegeben, in diesem Leben noch mal ein Fest ohne meine zänkische Schwiegermutter zu feiern, der ich für ihren Sohn nicht gut genug war und die keine Gelegenheit ausließ, mich darauf hinzuweisen. Obwohl sie ständig krank und unleidlich war, hatte sie sich als außerordentlich zähe Kreatur erwiesen. Dass meine Schwiegermutter dann ausgerechnet am Abend meines fünfzigsten Geburtstags mit fünfundneunzig Jahren sanft entschlafen war, hatte irgendwie ein ungünstiges Licht auf mich und mein rundes Jubiläum geworfen. Mein Mann hatte sich von diesem Schicksalsschlag nicht richtig erholt, und ich werde den heutigen Geburtstag nicht nur ohne Schwiegermutter, sondern auch ohne Mann feiern. Er befindet sich in einer Auszeit, angeblich, um sich selbst zu finden. Was aber, wenn er eigentlich etwas ganz anderes sucht? Diesen Gedanken schiebe ich energisch beiseite. Dieser 15. Mai wird unvergesslich werden.

Ich hatte ja keine Ahnung, wie recht ich behalten sollte.

Eine mollige Frau drängt sich an mir vorbei, streift mich mit ihrem Einkaufskorb und murmelt eine Entschuldigung. Ich blicke nicht auf. «Brond-Blond», so entnehme ich dem Herstellerhinweis auf der Packung, «ist die neue Trendfarbe, die durch Jessica Alba, Giselle Bündchen und Jennifer Aniston an Bedeutung gewonnen hat. Es handelt sich um einen hypnotisierenden Look, eine Mischung aus Wagnis und Dezenz. Brond-Blond schmeichelt jedem Hauttyp und macht aus seiner Trägerin eine Frau von Format.»

Das spricht mich total an, denn als Frau von Format würde ich mich schon gern sehen, auch wenn mir für ein echtes Giselle Bündchen ungefähr anderthalb Meter Körpergröße fehlen. Ich straffe die Schultern und erinnere mich daran, dass ich ja beschlossen hatte, ab heute eine glückliche und in sich selbst ruhende Frau zu sein. Ein wenig Brond-Blond kann bei dieser Transformation nicht schaden. Es ist wie die Prise Muskatnuss am Brokkoli. Nicht notwendig, aber hilfreich.

Ich gehe in Richtung Kasse, vorbei an dem Wickeltisch und dem Sofortdrucker für Fotos, als ich hinter mir ein anklagendes, volltönendes Seufzen höre. Ich drehe mich um und sehe eine hagere Drogeriemarkt-Mitarbeiterin vor dem Apparat stehen. «Jetzt hat hier schon wieder jemand ein Foto vergessen», sagt sie halblaut und wendet sich dann vorwurfsvoll an mich. «Ist das Ihres?»

Ich schüttle erleichtert den Kopf. Ich bin immer froh, wenn ich an etwas keine Schuld habe und die Verantwortung für einen Fehler weit und überzeugt von mir weisen kann. Wahrscheinlich, weil ich immer bereitwillig Verantwortung übernommen habe für sämtliche Fehler, die in meinem Umfeld gemacht wurden, inklusive für das schlechte Wetter an den Wochenenden, unpünktliche Züge und die unbefriedigende Wassertemperatur von Meer und Badeseen an Ferienorten.

«Dann muss das die Kundin von eben gewesen sein», murmelt die Angestellte. «Hat einen riesigen Haufen Bilder ausgedruckt und das hier wohl übersehen. Selber schuld. Ich hab jetzt Feierabend.» Mit einer energischen Bewegung, in der mehr Aggression zutage kommt, als dem Anlass angemessen ist, zerreißt sie das Foto, wirft es in den Papierkorb neben dem Drucker und trottet erbost in Richtung Damenhygieneartikel. Selbst ihr Rücken signalisiert Gereiztheit.

Ist es harmlose Neugier, eine nebulöse Ahnung, einfach Zufall oder schlicht Schicksal? Ich trete einen Schritt näher, vergewissere mich, dass mich niemand beobachtet, und fische die vier Foto-Fetzen aus dem Abfall. Ich bekenne mich zu meinem Interesse am Leben anderer Leute. Ich folge ihnen auf Instagram und Facebook, ich lese ihre Todes- und Geburtsanzeigen, ich schaue mir in Wohnzeitschriften ihre Häuser an, und ich liebe es, durch dunkle Straßen zu spazieren und in erleuchtete Fenster zu spähen, winzige Ausschnitte aus dem Alltag Fremder zu erhaschen. Familien beim Abendbrot, Menschen am Schreibtisch, Freunde beim Essen, Paare vor dem Fernseher. Einmal beobachtete ich in einer großen Wohnküche im ersten Stock in der Zeppelinstraße zwei tanzende Frauen. Die Musik konnte ich nicht hören, aber ich sah ihre Zuneigung und ihre Freude und dachte, dass dort wohl das Glück zu Hause sein müsste. Ich stand minutenlang auf der gegenüberliegenden Straßenseite und fragte mich, was Menschen denken würden, wenn sie in unsere Fenster blicken könnten. Aber wir haben elektrische Rollläden, die sich mit der Dämmerung zwischen uns und die Welt draußen senken. Es gab einiges zu verbergen. Getanzt haben wir nie.

Die fröhlichen Frauen in der Küche. Ewig her. Alles, was länger als zwei Wochen zurückliegt, kommt mir ewig her vor. Wie absurd, dass ich bis dahin ständig andere Menschen für glücklicher hielt als mich selbst. Ich habe so viel Zeit vertan mit unzufriedenem Hadern und schmallippigem Vergleichen. Ich befand mich in einer beständigen Konkurrenz, insbesondere zu anderen Frauen. Karriere, Figur, Frisur, Intelligenz, Schönheit, Einrichtungsstil, Ferienhäuser. Sind die Kinder wohlgeraten, studieren sie im Ausland, in welchem Zustand befindet sich der Vorgarten, das Souterrain, das Gesicht, der Stoffwechsel und die Ehe der betreffenden Person? Ich fand, dass ich häufig im direkten Vergleich schlechter abschnitt, und tat selbstverständlich alles dafür, um von den Frauen beneidet zu werden, die ich beneidete. Das war anstrengend, aber ich denke, es ist mir im Großen und Ganzen recht gut gelungen.

Was ich darüber aus den Augen verloren hatte, war, dass ich tatsächlich beneidenswert gewesen war und allen Grund dazu gehabt hätte, glücklich zu sein. Vergangen. Vorbei. Mit einem Schlag. Heute vermisse ich sogar meine Schwiegermutter, und mich beneidet niemand mehr. Die meisten haben Mitleid. Manche wechseln die Straßenseite. Als sei «Auszeit» chronisch und ansteckend.

Ich setze das Foto langsam und ehrfürchtig auf dem Wickeltisch zusammen, gespannt auf den Lebensausschnitt, der sich hier vor mir auftun wird. Eine Landschaft vielleicht, ein Haus oder ein Schnappschuss aus dem letzten Urlaub? Werde ich in ein Gesicht blicken? In fremde Augen? Was für eine Geschichte werden sie mir erzählen?

Eine Zehntelsekunde später entgleitet mir mein Leben. Ich starre auf das Foto, kehre mir die einzelnen Teile wie Brotbrösel in die Handfläche und haste los wie von Sinnen. Aus dem Geschäft, durch die Fußgängerzone, über die Isarbrücke bis zu meinem Parkplatz. Ich werfe meine Handtasche und das zerrissene Foto auf den Beifahrersitz.

Einmal tief durchatmen, um wenigstens einen einzigen klaren Gedanken zu fassen. Ich gebe wie ferngesteuert die Adresse ins Navi ein. Ich kann sie natürlich auswendig, auch wenn ich ewig nicht mehr dort gewesen bin. Ohnsorgweg. Das Haus ohne Hausnummer. Heimat. Acht Stunden und sechzehn Minuten. Siebenhundertsiebenundneunzig Kilometer. Die Karte zeigt zäh fließenden Verkehr im Münchner Stadtgebiet und einen Stau vor Leipzig an, der Elbtunnel ist ab 22 Uhr nur zweispurig befahrbar. Ich werde voraussichtlich gegen Mitternacht in Hamburg sein.

Ob sie zu Hause ist? Wohnt sie überhaupt noch dort? Wir haben seit jener Nacht nie wieder voneinander gehört. Sie hat nicht mal versucht, ihre Tat zu erklären oder runterzuspielen. Kein Wort. Keine Nachricht. Keine Entschuldigung. Sie war einfach

verschwunden und hatte eine Spur der Verwüstung und Verzweiflung hinterlassen. Sie hat so viel kaputt gemacht.

Sie hat mir auch Hamburg weggenommen, diese Stadt, die ich mal geliebt habe wie ein zweites Zuhause, wo ich meinen ersten Kuss und meinen letzten Liebeskummer erlebt habe. Ich erinnere mich an Dachschrägen und geblümte Tapeten, an Weihnachts-Lebkuchen, Sonnentage an der Elbe, Picknick im Park und Kuchen vom Blech in Blankenese.

In meiner Erinnerung roch es im Haus immer nach Möbelpolitur, alten Büchern und Hausmannskost. Wenn wir kamen, waren die Betten frisch bezogen und der Boiler im Badezimmer voll mit heißem Wasser. Frisch gebadet unter gestärkte, duftende Bettwäsche schlüpfen, die auf der warmen Haut allmählich ihre Kühle und Festigkeit verliert, um schließlich den ganzen Körper mit Frische und Wärme freundlich und schützend zu umhüllen. Rosafarbene Vorhänge. Ein kleiner Kronleuchter an der Decke. Eine pastellgrüne Kommode. Und dann einschlafen in meinem Prinzessinnenzimmer mit dem wunderbaren Wissen: Es sind Ferien, und ich darf Nutella direkt aus dem Glas essen! Das ist Kindheit bei Oma und Opa.

Wie habe ich das geliebt. Wie fehlt mir das bis heute.

Und ich konnte nicht mal Abschied nehmen.

Steht das Haus noch? Und wenn ja, wird sie mich reinlassen, anschreien, auslachen, mit den altbekannten Vorwürfen überhäufen oder gleich wieder wegschicken? Die Fragen schießen mir wie Querschläger durch den Kopf. Für Antworten habe ich keine Kraft mehr. Ich muss los.

Ein paar Minuten später, am Friedensengel, fällt mir ein, dass ich meinen Hund vor dem Drogeriemarkt vergessen habe. Ich wende in wilder Panik. Das gutmütige Tier begrüßt mich, als habe es mich Jahre nicht gesehen und schon lange nicht mehr mit meiner Rückkehr gerechnet. Das tut dieser Hund allerdings immer, auch wenn ich nur auf der Toilette war.

Ich habe ihn erst seit einer Woche und gegen den ausdrücklichen Rat meines Coaches Carlos Weber-Stemmle angeschafft. «Ein gedankenloser und unnötiger Befreiungsschlag auf Kosten eines unschuldigen Tieres», hatte er mein Vorhaben genannt. «Es ist eine kindische Provokation, die Sie da planen. Wenn Ihr Mann irgendwann zurückkommt, was machen Sie dann? Sie wissen, dass er Angst vor Hunden hat. Dann heißt es: er oder das Tier.»

«Wenn es dazu kommt, kann ich meinen Mann bestimmt in gute Hände abgeben», versuchte ich einen Scherz, der sich meinem Gegenüber anscheinend nicht erschloss. «Ich werde einen kleinen, harmlosen, lieben Hund aussuchen», sagte ich besänftigend. «Einen, der meinem Mann genauso wenig Angst macht wie ich.»

Mir hatte ein handtaschengroßes, pflegeleichtes Tier vorgeschwebt, gerne mit hypoallergenem Fell, nicht haarend und von unkompliziertem Charakter. Ein Hund, wie ihn die Eltern in den wohlhabenden Stadtteilen ihren kleinen Töchtern zum Geburtstag schenken. Hunde, die wie ihre kleinen Frauchen Frieda, Paula oder Lotta heißen, in rosafarbenen Hundebettchen schlafen, farblich aufeinander abgestimmte Halsbänder und Leinen tragen und einen eigenen Account bei Instagram haben.

Ich beschrieb der Frau im Tierheim sehr genau, was für eine Vorstellung ich von meinem zukünftigen Mitbewohner hatte. «Es sollte ein Mädchen sein und sich freuen, wenn ich nach Hause komme, mich trösten und freundlich, ruhig und gemütlich sein. Der Hund darf nicht viele Ansprüche und keine Starallüren haben. Ich möchte mich in seiner Gegenwart entspannen und ganz ich selbst sein können», hatte ich gesagt und im Stillen hinzugefügt: Er soll einfach das genaue Gegenteil von meinem Mann sein.

Die Tierheim-Angestellte betrachtete mich einen Moment lang kritisch und sagte dann: «Sie erwarten ja eine ganze Menge von einem Hund. Was haben Sie ihm denn im Gegenzug zu bieten?»

Die Frage überraschte mich, und nach kurzem Nachdenken antwortete ich: «Ich habe viel Platz, viel Zeit und ein großes Herz für Tiere. Ich bin mit Hunden aufgewachsen, ich habe meine Kindheit in der Hütte unseres Boxers Imperator verbracht. Hunde gehören für mich zu einem kompletten Leben dazu.»

«Und bis jetzt war Ihr Leben nicht komplett?»

«Die Situation hat sich geändert.» Mein Ton machte der Dame deutlich, dass ich an dieser Stelle keine weiteren Nachfragen mehr wünschte.

Sie hatte mich an vielen Zwingern vorbeigeführt, und das Herz war mir immer schwerer geworden. So viele ungewollte, eingesperrte Hunde. Wer würde sich ihrer erbarmen? Manche hatten nicht einmal den Kopf gehoben, als wir vorbeigingen, andere hatten zaghaft mit dem Schwanz gewedelt und waren schüchtern zur Tür getrottet. Ich neige zur inneren Melodramatik und war mir, während ich durch das Tierheim ging, auf einmal selbst wie eingesperrt vorgekommen. Als würde ich von einem Käfig in den anderen schauen, während sich die Frage stellte, wer hier eigentlich wen retten könnte und ob es nicht sinnvoller wäre, einen gemeinsamen Ausbruch zu planen. Denn trotz bester Lage am Englischen Garten, lichtdurchfluteter Zimmer mit Intarsienparkett, trotz Wohlstand, Sicherheit, Personal Coach und einer privaten Pilatesgruppe war aus meinem Leben irgendwie ein stetig schrumpfender Zwinger geworden. Aber wer hatte mich hineingezwungen, wer hatte den Schlüssel, und wer würde mich befreien?

Ein kleiner Terrier hatte sich förmlich gegen das Gitter geworfen und in die Luft geschnappt wie nach einem unsichtbaren

Angreifer. «So kommst du hier nie raus», hatte ich gedacht, «du musst dir schon ein wenig Mühe geben zu gefallen. Du machst den Leuten ja Angst.» Der Terrier bellte wütend, als würde er sich gegen sein Schicksal auflehnen wollen und zeigen, wie viel Wut und wie viel Leben noch in ihm steckten. Ich war schnell und beschämt weitergegangen. Ich war, hatte ich kurz gedacht, schon viel zu lange nicht mehr wütend gewesen.

Und dann sah mich Dagmar. Sie war würdevoll, aber zügig zu ihrer Zwingertür galoppiert, hatte mich kurz inspiziert, sich entschieden und keinen Widerspruch geduldet. Und ich hatte zum ersten Mal seit Tagen wieder gelächelt. Eine halbe Stunde später verließ ich das Tierheim mit einer sabbernden, sanften Riesin. Dagmar, die karamellfarbene Dogge mit den melancholischen Augen, hatte ihre Wahl getroffen und sich darangemacht, mich aus meinem Zwinger zu befreien.

Ich hetze mit Dagmar zurück zum Auto, und sie wundert sich über das forsche Tempo, scheint aber zu spüren, dass es sich nicht um grundlose Eile handelt. Dagmar geht die Dinge lieber langsam an. Als ich vorgestern mit ihr durch den Englischen Garten joggen wollte, setzte sie sich nach dem ersten Kilometer einfach mitten im Lauf hin und weigerte sich mit jedem Gramm ihrer siebzig Kilo Körpergewicht, auch nur einen weiteren Schritt in die Richtung zu tun, die sie immer weiter von ihrem Körbchen entfernte.

Den Rückweg trat sie dann leichtfüßig wie eine Gazelle an.

Die neue Ankunftszeit im Ohnsorgweg in Hamburg beträgt nun 0 Uhr 28. Ich starte den Motor, und bevor ich mich auf den Weg mache, werfe ich noch einen Blick auf die vier Einzelteile des verhängnisvollen Fotos. Das Gesicht des Mannes darauf ist heil geblieben. Nur briefmarkengroß. Aber unverkennbar. Er lächelt

Dagmar geht die Dinge lieber langsam an.

mich an wie ein Beifahrer, der lieber am Steuer säße. Ein Fahrlehrergrinsen. Besser wissend, vorsichtig, immer bereit, mir ins Lenkrad zu greifen oder auf die Bremse zu treten.

Das ist nicht das Gesicht eines Fremden. Und diese Augen erzählen mir mehr, als ich jemals wissen wollte: von Lüge und Betrug, von Niedertracht und von meiner eigenen grenzenlosen Einfältigkeit.

Ich gebe Gas.

Mein Mann lächelt.

GLORIA

Sie hat das Gefühl, dass heute noch etwas passieren wird. Der Tag hatte noch nicht mal richtig begonnen und schon einen schlechten Eindruck gemacht. Sie ist heute Morgen ungewöhnlich früh aufgewacht und hat sich gefühlt, als wäre sie unvermittelt ins Visier des Schicksals geraten. Gloria glaubt allerdings nicht an Vorahnungen. Dazu ist sie zu oft direkt in die weit ausgebreiteten Arme ihres eigenen Verderbens gerannt, ohne dass sie vorher auch nur den Hauch einer Ahnung gehabt hätte. Meistens hatte ihr Unglück einen männlichen Vornamen, war angeblich unbefriedigend verheiratet oder hatte eine pathologische Mutterbeziehung.

Sie ist zu oft neben den falschen Männern aufgewacht. Hat immer wieder ihr Herz an bindungsunwillige Vagabunden oder destruktive Patriarchen gehängt. Breitschultrig, dominant, hartherzig, unnahbar. Wie ihr Vater. Er war der erste in einer ziemlich langen Reihe von falschen Männern gewesen.

Sie denkt beispielsweise ungern an Dieter zurück, der ihr eine Ehe zu dritt nahegelegt hatte, allerdings sollte seine Frau in das Arrangement nicht eingeweiht werden. Und Tobias hatte sie final in die Flucht geschlagen, als seine tyrannische Mutter aus dem Altenheim, wo ihr wegen schlechten Betragens und fortgesetzten Mobbings gekündigt worden war, in die gemeinsame Dreizimmerwohnung ziehen sollte. An Christian, den Spießer, hatte sie zwar auch kaum gute Erinnerungen – ihre Beziehung war ein einziger zermürbender Machtkampf gewesen –, aber immerhin ist daraus vor fast zwanzig Jahren ihr Sohn entstanden.

Als Gloria ungeplant schwanger wurde – ihrem etwas chaotischen Naturell entsprechend, hatte sie mindestens eine Pille vergessen –, war sie drauf und dran gewesen abzutreiben. Mit vierunddreißig hatte sie nicht einmal ansatzweise das Gefühl gehabt, ihr Leben im Griff zu haben, hatte als mies bezahlte Buchhändlerin gearbeitet, hätte allerdings lieber einen Roman geschrieben, ein Café eröffnet oder mit ihrer waghalsigen Freundin Eva auf La Gomera Kunst aus Treibgut verkauft. Gloria war voller wirrer Sehnsüchte und unausgegorener Pläne gewesen und hatte eigentlich nur gewusst, was sie definitiv nicht wollte: heiraten und Kinder kriegen. Das klang für sie nach Selbstaufgabe und Isolation, einer Art freiwilliger Quarantäne, in der die eigenen Träume und Wünsche langsam ausbluteten wie ein ausgeweidetes Kaninchen. Sie hatte ihre Mutter und ihre Schwester neben dem Vater verblassen und verstummen sehen, sie wollte nicht das gleiche Schicksal erleiden.

Gloria hatte sich letztlich nicht für das Kind entschieden, sondern bloß nicht dagegen. Irgendwann war der Zeitpunkt verpasst gewesen, und Christian und sie hatten beschlossen, kein Paar zu bleiben, aber Eltern zu werden. Das ist ihnen insgesamt gut gelungen – und Glorias Sohn ist zu ihrem größten Glück und im Laufe der Jahre zu einem freundlichen jungen Mann geworden, den sie keiner Frau gönnen, aber jeder Frau wünschen würde. Er studiert Architektur in Aachen und wohnt dreißig Kilometer außerhalb auf einem wunderschönen alten Hof, den ein Freund von Gloria vor ein paar Jahren gekauft und restauriert hat.

Christian war Glorias letzte, große, schwierige Liebe gewesen. Ein finaler, von vornherein zum Scheitern verurteilter Versuch, in Sachen Beziehung dem bürgerlichen Standard zu entsprechen, der in Glorias Vorstellungen stets mit Unterordnung und Selbstverleugnung einherging. Sie war immer hin- und hergerissen gewesen zwischen ihren heimlichen, sie oft genug selbst beschämenden Träumen von sogenannten geregelten Verhältnissen und ihrer wilden und trotzigen Sehnsucht nach Ungebundenheit. «Du bist beziehungsunfähig.» Sie hatte diesen Vorwurf dutzendfach gehört. Nach jeder Trennung und außerdem in unschöner Regelmäßigkeit von ihrem Vater, von ihrer Schwester und sogar von ihrer Mutter, die noch hinzugefügt hatte, das Geheimnis einer guten Ehe sei Kompromissbereitschaft und Anpassungsfähigkeit.

«So kompromissbereit und anpassungsfähig wie Papa?», hatte Gloria bitter zurückgefragt, woraufhin ihre Mutter, diese schmale, graue Gestalt, die zu Hause stets eine Kittelschürze getragen hatte, die Lippen zusammengepresst und sich wieder dem Abwasch zugewendet hatte.

Beziehungsunfähig. Was sollte das eigentlich heißen? Gloria hatte viele funktionierende Beziehungen. Zu Freundinnen und Freunden, zu Kollegen, Kunden und zu dem Konditor in der Waitzstraße, der seit zehn Jahren zu Augusts Geburtstagen eine unvergleichliche Buttercremetorte mit wechselnden, der jeweiligen Lebenssituation angepassten Motiven backt. Natürlich ist sie nicht beziehungsunfähig. Sie ist nur unfähig, eine Beziehung zu führen, die nicht auf Augenhöhe ist – zieht aber leider emotionale Volltrottel, Besserwisser, Blutsauger und Egomanen magisch an. Ein ständiges Ringen um die Oberhand. Wer geht zu Boden? Wer steht nicht wieder auf? Wer verlässt das Schlachtfeld als Gewinner? Gloria hatte einmal verloren und wäre danach fast nicht wieder auf die Beine gekommen. Das war lange her. Es würde ihr nicht wieder passieren.

Sie muss an das Schild an ihrer Schlafzimmertür denken. «This pass is dangerous.» Johann, ihr Dauer-Mitbewohner, hatte es an einer berüchtigten Uferstraße in Cornwall geklaut und in der

Nacht zu ihrem fünfzigsten Geburtstag an ihre Schlafzimmertür montiert. Sie lächelt jedes Mal, wenn sie daran vorbeigeht, und wünscht sich gleichzeitig, sie hätte ein ähnliches Schutzschild schon ihr Leben lang besessen.

Gloria war, das musste sie zugeben, eine Spezialistin gewesen für Irrungen und Wirrungen, für Sackgassen und Serpentinen, für Steinschlag, Seitenwind und Stau, für Wildwechsel, gefährliches Gefälle, starke Steigung und unbeschrankte Bahnübergänge. Sie würde nicht sagen, dass sie das Unglück angezogen hat. An so was glaubt sie nicht. Aber Gloria hat das Unglück gezielt gesucht. Weil es ihr vertraut war. Das Unglück kannte sie von zu Hause. Das Glück war ihr fremd. Und sie hat einfach ziemlich lange gebraucht, um sich selbst auf die Schliche zu kommen und so was Ähnliches wie erwachsen zu werden.

Mittlerweile hält sie sich bewusst und meist recht erfolgreich fern von allzu unebenen Wegen, von unheilbaren Egomanen und Frauen, die behaupten, sie könnten essen, was sie wollen, und ihre Kinder hätten vom ersten Tag an durchgeschlafen. Gloria ist dreiundfünfzig, sie isst, was sie will, und das sieht man ihr auch an, sie kennt ihre Schwächen, sie tröstet sich selbst und tappt nicht mehr in jede Falle, die sie sich stellt.

Inzwischen wacht sie meistens in einem leeren Bett auf und genießt morgens das Gefühl, allein und in bester Gesellschaft zu sein. Sie hat sich schließlich daran gewöhnt, bei Hochzeiten so gezielt mit Brautsträußen beworfen zu werden, dass es einem Attentat gleichkommt. Bei Festen wird sie gerne am Single-Tisch, heißt zunehmend neben Kindern platziert, wahlweise auch neben Witwern, Asexuellen oder unvermittelbaren Vollneurotikern, Verschwörungstheoretikern, radikalen Impfgegnern oder unerträglich erleuchteten Esoterikern mit massiven Bekehrungsambitionen.

Ab und zu wird sie immer noch das Opfer schamloser Verkupplungsversuche oder der zuckersüßen Aufmunterung: «Du findest schon noch den Richtigen.» Als sei sie als Frau ohne Mann ein Mängelwesen, wie ein Auto ohne Motor, eine Uhr ohne Zeiger. Das Wichtigste fehlt. Single-Frauen sind bemitleidenswerte Kreaturen, denen man automatisch unterstellt, sie wären unbedingt darauf aus, den bedauernswerten Zustand der Unbemanntheit zu beenden. Und zwar ohne Rücksicht auf Verluste.

Für verheiratete Frauen ist Gloria der Staatsfeind Nummer eins. Sie sehen in ihr ein verzweifeltes, wildes Weib, das über Leichen, bevorzugt Frauenleichen, gehen würde, um endlich einen eigenen Mann zu bekommen. Auf Partys wird sie argwöhnisch beobachtet, und sobald sich Gloria auf ein Gespräch mit einem liierten Mann einlässt, dauert es keine zwei Minuten, und entweder die Ehefrau persönlich oder eine eilig losgeschickte Freundin gesellt sich dazu, um das Revier als besetzt zu markieren.

Besonders unerträglich wird es immer dann, wenn Glorias Mitmenschen sich bemüßigt fühlen, über den Grund für Glorias Singledasein zu spekulieren. «Kann es sein, dass du zu anspruchsvoll bist?» steht dabei regelmäßig ganz oben auf der Hitliste der Vermutungen. Dicht gefolgt von «Die Guten sind alle vergeben» und «Starke Frauen wie du haben es einfach schwer, einen passenden Partner zu finden».

Glorias Standardantwort «Ich möchte keinen Mann», je nach Situation noch mit dem Zusatz «Und Ihren Mann möchte ich ganz besonders nicht», erntet immer ungläubige bis verärgerte Reaktionen. Denn so panisch die Gattinnen ihre Männer einerseits bewachen, so unwohl ist ihnen andererseits der Gedanke, eine Frau könnte ohne so ein Prachtexemplar von Mann tatsächlich ein reiches, zufriedenes und buntes Leben führen, an dem sie nichts, aber auch gar nichts ändern möchte.

Glorias engste Freundin Olga, seit fünfundzwanzig Jahren verheiratet, hatte es nach der zweiten Flasche Wein einmal so auf den Punkt gebracht: «Wir hassen dich alle. Weil wir dich beneiden. Aber das würden wir niemals zugeben, weil es das brüchige Fundament, auf dem fast jede lange Ehe steht, zum Einsturz brächte. Du bist das fleischgewordene Mahnmal, das uns an die vielen Kompromisse erinnert, die wir jeden Tag machen müssen. Du bist frei.»

«Ich bin allein», hatte Gloria geantwortet.

«Na und? Sei doch froh. Wir sind alle allein. Bloß ist das Alleinsein in einer Beziehung viel schwerer zu ertragen. Nach fünfundzwanzig Jahren Ehe habe ich folgende Theorie erarbeitet.» Olga hatte einen Schluckauf bekommen und mehrmals tief durchatmen müssen. «Die Ehe ist ein gesamtgesellschaftlicher Irrtum, der auf der Annahme beruht, Männer und Frauen würden zusammengehören und sollten als Paar zusammenleben. Das ist aber falsch. Und es hat ja schon bei Adam und Eva nicht funktioniert. Die beiden waren uns als warnendes Beispiel gedacht. Eva, neugierig, kommunikativ veranlagt, immer hungrig und an weiterführender Selbsterfahrung interessiert. Adam, wortkarg, karriereorientiert, ein Regelkonformist, der es lieber seinem Chef als seiner Frau recht machen will. Sie gehören zwei völlig unterschiedlichen Spezies an, die durch Zufall miteinander Nachkommen zeugen können.»

«Und was ist mit den ganzen Frischverliebten, die Hand in Hand durch den Jenischpark und vor meiner Haustür entlangspazieren und sich ewige Liebe schwören?», hatte Gloria maulig gefragt und großzügig nachgeschenkt.

«Die Biologie lenkt uns anfänglich absichtlich auf die falsche Fährte und schüttet uns haufenweise Dopamin in den Körper, um unseren Fortbestand zu sichern. Es hat schon seinen Grund,

Und es hat ja schon bei Adam und Eva nicht funktioniert.

warum Kinder in der Regel in den ersten Jahren einer Beziehung zur Welt kommen und die Scheidungsrate nach dem siebten Jahr explodiert. Dann wird uns nämlich klar, dass wir nicht zusammenpassen. Das Dopamin ist futsch, und wir landen auf dem Boden der Tatsachen.»

«Ich dachte, du liebst deinen Mann?»

«Natürlich liebe ich meinen Mann. Aber muss ich deswegen mit ihm zusammenleben? Nein. Er macht mir das Leben unnötig schwer. Er ist total anders als ich. Er spricht so wenig. Während der *Tagesschau* redet er überhaupt nicht. Am Telefon beschränkt er sich auf den puren Austausch allernotwendigster Informationen. Manchmal sagt er noch nicht mal ‹Tschüss›, weil das ja nichts zur Sache tut. Er ruft mich nie zurück, weil er auf dem Standpunkt steht, wenn es wichtig ist, würde ich es sicher noch mal bei ihm versuchen. Er hat noch niemals von sich aus um ein Beziehungsgespräch gebeten. Er leidet nicht unter zu wenig Nähe, er wünscht sich keine gemeinsamen Hobbys, kein Yoga-Retreat auf Ibiza, kein Verwöhnwochenende mit Ganzkörperpeeling an der Ostsee, und auf meinen Vorschlag, eine Paartherapie zu besuchen, hat er sehr lange geschwiegen und dann wortlos den Raum verlassen. Das war vor fünf Jahren. Ich kenne nur Frauen, die ständig überlegen, wie sie ihre Männer oder sich selber verändern können, um das Zusammenleben für beide Seiten erquicklicher zu gestalten. Statt sich einmal einzugestehen: Wir sind gar nicht fürs Zusammenleben gemacht! Das Ganze ist ein einziges, riesengroßes Missverständnis! In Wahrheit lebst du, liebe Gloria, nämlich genau so, wie die Natur es für uns vorgesehen hatte, ehe vor achthundert Jahren fatalerweise von irgendeinem homosexuellen Minnesänger die romantische Liebe erfunden wurde. Du bist uns und deiner Zeit voraus.»

«Interessant, so habe ich das noch nie gesehen», hatte Gloria geantwortet und sich ein wenig geschmeichelt gefühlt.

«Du lebst mit Menschen zusammen, die du magst und mit denen du dich gut verstehst, und sparst dir die ganze Kraft, die unsereins in sogenannte Beziehungsarbeit steckt. Ich will mir gar nicht vorstellen, was aus mir alles hätte werden können, wenn ich mich nicht ständig mit meinem Mann auseinandersetzen müsste. In der Zeit, in der ich mich gefragt habe, was ich mal wieder falsch gemacht habe, hätte ich Quantenphysik studieren können.»

«Du hast recht. Ich finde, das wirklich Tolle am Älterwerden ist, dass ich endlich all die Zeit, die ich früher mit Sex, Baucheinziehen, Liebeskummer, Beziehungsstreitigkeiten, Warten auf Anrufe oder Nachrichten und eintönigen Abenden zu zweit verbracht habe, in alles Mögliche stecken kann. In meine Buchhandlung, in mein Leben, in mein Haus und in die Menschen, die darin immer mal wieder eine Heimat auf Zeit finden. Früher dachte ich, ein Mann müsste mich glücklich machen. Jetzt erledige ich das lieber selbst.»

«Das, liebe Gloria, bringt es sehr schön auf den Punkt. Und genau deswegen hassen wir dich», hatte Olga abschließend strahlend gesagt und angeregt, noch eine weitere Flasche Wein zu öffnen.

Gloria blickt in die Baumkronen vor dem Fenster ihres Arbeitszimmers. Normalerweise beruhigt sie die Aussicht auf die Kastanie am Ende des Gartens, da, wo der Park beginnt und wo sie zwischen den Bäumen den See und ein paar Spaziergänger sieht.

Weiche, warme Mailuft. Ein friedlicher Nachmittag. Alles so, wie es sein soll. Eigentlich. Aber heute stellt sich die gewohnte Ruhe nicht ein. Gloria hat das ungute Gefühl, dass sich irgendwas zusammenbraut. Kaltfront. Von innen.

Was ist nur los?

Sie lässt ihren Blick durchs Zimmer wandern und wartet darauf, dass die geblümten Tapeten, die vor fünfzig Jahren modern waren und es heute wieder sind, ihre beruhigende Wirkung entfalten – jene wohltuende Zusammensetzung aus Sentimentalität und Wehmut, die von den lang geliebten Dingen ausgeht, die sich in Jahrzehnten nicht verändert haben und schon damals gut und richtig waren. Früher war dieser kleine Raum unter dem Dach ihr Urlaubszimmer, wie sie es nannte, mit einem Kojenbett unter der Dachschräge. Glorias eigenes Reich im Haus der Großeltern, wo sie viele Sommer und später, als sie in der Nähe ins Internat gegangen war, auch die Wochenenden verbracht hatte.

Die Villa war immer Glorias eigentliches Zuhause gewesen. Das große, herrschaftliche Haus am Hamburger Jenischpark, mit den hohen Räumen im Erdgeschoss, der geschwungenen, weißen Holztreppe, die über drei Stockwerke ins Dachgeschoss mit seinen verwinkelten Zimmern und Kammern führte.

Bis zuletzt hatte Großmutter Auguste Pütz hier gewohnt, ihre unerschütterliche Oma mütterlicherseits. «Die gute Oma», wie Gloria sie früher, sehr zum Ärger ihres Vaters, genannt hatte. Denn seine Mutter, die sie, natürlich hinter ihrem Rücken, «die kalte Sophie» genannt hatte, hatte Gloria stets als herrische Stinkstiefelette empfunden. Oma Sophie hatte ihr schon als Kind das Gefühl gegeben, sie würde nichts als Unruhe, Unglück und Zerstörung in die Familie einschleppen. Wie ein menschliches Virus, dessen Erwähnung die Menschheit in Angst und Schrecken versetzt.

Das Haus ihrer Großeltern in Hamburg war wie eine Lebens-Raststätte für Gloria gewesen. Durchgängig geöffnet, stets wunderbar nach Putzmittel, Pfeifenrauch, Kaminfeuer und deftiger Kost duftend. Eine verwunschene, bezaubernde, heimelige, knarzende Villa, die keine Hausnummer braucht, weil sie einen eigenen Namen hat. Haus Ohnsorg, benannt nach Richard Ohnsorg, dem Gründer des gleichnamigen Theaters, einem Großonkel von Oma Pütz.

Noch kurz vor ihrem Tod hatte Auguste Pütz das Bett für Gloria frisch bezogen und, so wie sie es immer tat, eine Packung Printen der Firma Lambertz auf das Kopfkissen gelegt. Wenig später war Oma Pütz im Flur über die Schnur des Staubsaugers gestürzt, hatte den Notruf gewählt und mit den Rettungssanitätern munter über den kürzesten Weg zum Altonaer Krankenhaus debattiert. Sie war der Meinung gewesen, sie kenne eine Abkürzung. Oma Auguste war noch auf dem Weg an einer Hirnblutung gestorben.

Das war vor zehn Jahren gewesen, und seither reiste Gloria einmal im Jahr nach Aachen zum Grab der Eheleute Auguste und Roman Pütz, um dort neue Blumen zu pflanzen und eine Printe zu vergraben. Ein Ritual, das sie in Erinnerung an ihren Opa beibehielt, der aus Aachen gestammt und bei der Printen- und Schokoladenfabrik Lambertz seine Ausbildung zum Kaufmann gemacht hatte. Das Heimweh nach seiner rheinländischen Heimat hatte ihn zeitlebens nie verlassen, und es war Oma Gustes letzter großer Liebesbeweis gewesen, dass sie sich bereit erklärt hatte, ein Doppelgrab auf dem Friedhof «Hand» in Aachen-Laurensberg mit ihm zu beziehen. Einen Grabstein in Form einer Printe hatte sie ihm ausreden können.

Oma hatte Lebkuchen generell und insbesondere Printen gehasst, aber ihrem Mann zuliebe darauf verzichtet, das zu erwähnen. «Was dir jemand aus Liebe tut, das darfst du nicht mit Kritik vergelten», war ihr Standpunkt dazu gewesen, was zur Folge gehabt hatte, dass sie zu jedem Weihnachtsfest von ihm eine Printenmischung de Luxe in einer Motivtruhe in limitierter Auflage für Sammler bekommen hatte.

In einer solchen Blechdose – Motiv «Aachener Dom im Weihnachtsglanz» – hatte Gloria neben anderen persönlichen Unterlagen auch das Testament ihrer Großmutter gefunden. Beim Nachlassgericht war der verschlossene Umschlag geöffnet worden, und nachdem die zweite im Testament genannte Person das Erbe offiziell ausgeschlagen hatte, war Gloria die alleinige neue Eigentümerin des Hauses Ohnsorg geworden.

Sie war mit ihrem zehnjährigen Sohn August, den sie nach seiner liebreizenden Uroma benannt hatte, in den Ohnsorgweg gezogen. Das war der Tag gewesen, an dem sie ihre Suche aufgegeben und sich entschlossen hatte, an dem Ort zu bleiben, der ihrer Vorstellung von Heimat schon immer am nächsten gekommen war.

Glorias Unruhe wächst, und sie fragt sich, ob sie zu einer drastischen Beruhigungsmaßnahme greifen soll: Socken sortieren, Blusen bügeln oder Flecken vorbehandeln? Tätigkeiten aus dem hauswirtschaftlichen Bereich eignen sich optimal zur Eindämmung von Nervosität und klammer Erwartung. Gute Erfahrungen hat Gloria auch mit dem Reinigen von Fugen und dem Sortieren und Beschriften von Gewürzgläschen gemacht. Ein Spaziergang mit Johann wäre schön, aber der ist für ein paar Tage nach Berlin gefahren. Er fehlt ihr.

«Ich glaube nicht an Vorahnungen», schreibt Gloria in ihr Tagebuch. «Oder vielleicht doch? Es ist wie Nebel von innen. Du siehst kaum die Hand vor Augen, hörst Schritte, ohne genau zu wissen, ob sie weit entfernt sind oder ob jemand direkt hinter dir ist. Die vertraute Umgebung wird plötzlich fremd, auf der altbekannten Blumentapete wuchern giftige Pflanzen, und du fühlst dich wehrlos und beobachtet. Irgendetwas wird heute noch passieren. Ich schreibe das nur auf, damit ich, sollte heute wirklich noch etwas passieren, nachher beweisen kann, dass ich es vorher gewusst habe.»

Gloria stellt das Tagebuch zurück ins Regal und wirft noch einen schnellen Blick in ihren Laptop und auf ihren Online-Kalender. Die Samstage hält sie sich eigentlich immer komplett frei, aber ein kleiner Punkt zeigt heute einen Eintrag an. Wahrscheinlich ein eigenartiger Feiertag in Baden-Württemberg oder der Geburtstag eines längst vergessenen Bekannten. Aus unerfindlichen Gründen tauchen in Glorias Kalender immer wieder kuriose Gedenk- und Geburtstage auf, was vermutlich mit ihrem uralten AOL-Account zusammenhängt, den sie aus nostalgischen Gründen behalten hat. Erst letzte Woche Mittwoch fand sie den Eintrag *Eisprung!*, der aus der grauen Vorzeit stammte, als sie sich noch für Verhütung oder wahlweise Empfängnis interessierte.

Gloria klickt auf den heutigen Tag.

Geburtstag Ruth

Natürlich. Der 15. Mai. Wie hatte sie das vergessen können? Eine Glanzleistung in Sachen Verdrängung und Selbstschutz. Gloria hatte seit Jahren nicht mehr an Ruths Geburtstag gedacht und auch nicht an das Verbrechen, das an diesem Tag geschehen war und das ihre Familie endgültig zerstört hatte. Heute war der 15. Mai. Ein Schicksalstag. Verdrängt. Aber eben nicht vergessen. Natürlich nicht.

Sofort ist alles wieder da. Scham, Ekel, Verzweiflung. Das Entsetzen über das, was geschehen war, und schließlich, schlimmer als alles andere, die Erkenntnis, dass ihr, Gloria, niemand glauben würde. Die Lüge hatte sich wie eine Erdspalte aufgetan und alles auseinandergerissen. Gloria war fast daran zerbrochen.

Sie klappt entschlossen den Computer zu. Alte Wunden. Scheiß Nostalgie. Sie hatte längst beschlossen, die Vergangenheit hinter sich zu lassen. Leider hatte ihr Kalender das noch nicht begriffen. Vielleicht sollte sie sich doch einen neuen Account zulegen.

Gloria verlässt ihr Büro und bleibt kurz vor der Tür des gegenüberliegenden Zimmers stehen. Bis zu ihrem Tod hatte Oma Auguste auch in diesem Raum nichts verändert. Geblümte Tapeten, ein gemütliches Alkovenbett unter der Dachschräge. Eine uralte Messinglampe mit drei mintgrünen Stoffschirmchen im Fenster. Ob die noch funktionierte? Manchmal hatte Oma Pütz auch dieses Bett noch frisch bezogen, so als hätte sie bis zum Schluss gehofft, dass alles wieder gut werden und Ruth zurückkehren würde.

Ruth war nie zurückgekehrt. Sie hatte keinen von Glorias Briefen beantwortet und sogar ihre Handynummer gewechselt. Und Gloria hatte das Zimmer seit dem Verbrechen nicht mehr betreten. Irgendwann hatte Oma Auguste sicherheitshalber den Stecker der Messinglampe gezogen und das etwas morsche schwarze Stoffkabel säuberlich neben die Leuchte ins Fenster gelegt. «Ich werde mich nicht zwischen dir und Ruth entscheiden, mein Liebchen», hatte sie gesagt. «Ihr seid hier beide immer willkommen.» Sie hatte sich nicht entscheiden müssen und Ruth nie wiedergesehen.

Gloria widersteht dem selbstzerstörerischen Drang, die Klinke herunterzudrücken.

Was ist heute nur los mit ihr?

Sie geht leise in die Küche, um Rudi im ersten Stock nicht bei seinem Mittagsschlaf zu stören, und setzt Kaffee auf. Im Rest des Hauses herrscht Stille. Es könnte ein ganz normaler, friedlicher Samstagnachmittag sein. Es ist kurz vor drei.

Zur selben Zeit vergisst eine Frau fast achthundert Kilometer entfernt ein Foto im Drucker eines Drogeriemarktes. Sie lächelt der Dogge zu, die vor dem Geschäft angebunden ist, und geht eilig weiter.

Drinnen, beim Regal mit den Haarfarben, greift eine Frau nach einer Packung Brond-Blond und beschließt, ein neues Leben zu beginnen. Die Drogeriemarkt-Angestellte fragt: «Ist das Ihres?»

In der Küche des Hauses Ohnsorg breitet sich Kaffeeduft aus, während im ersten Stock ein Mann auf die blühende Kastanie vor dem Fenster blickt und lächelnd seinen Todestag in seinen Kalender einträgt.

Dagmar wartet, gefühlt seit Jahren.

Das zerrissene Foto landet im Papierkorb, und das Schicksal nimmt seinen Lauf.

Es könnte ein ganz normaler, friedlicher Samstagnachmittag sein.

ERDAL

Ich bin kurz davor, alles hinzuschmeißen! Es ist grauenvoll hier!»

«Reg dich ab. Das hast du bisher jedes Mal gesagt. Und dann hast du dich doch nach ein paar Tagen daran gewöhnt. Und nachher warst du stolz, dass du durchgehalten hast.»

«Diesmal ist es was ganz anderes.»

«Das sagst du auch jedes Mal.»

«Das ist nicht hilfreich, Fatma. Ich habe Hunger, und ich bin einsam. Meine Familie wird mich verlassen. Du könntest wirklich etwas feinfühliger mit mir umgehen. Ich leide.»

«Deine Familie wird dich nicht verlassen, Erdal. Red nicht immer so einen Quatsch. Dein Mann will mit den Kindern drei Wochen im Sommer auf dem Mittelmeer segeln. Und du bleibst zu Hause, weil du Angst vor offenem Wasser hast und schon kotzen musst, wenn du in einer Hollywoodschaukel sitzt.»

«Karsten und die Jungs hätten durchaus auch mit mir verreisen können. Man kann sehr schöne Urlaube auf dem Festland verbringen.»

«Sie sind die letzten zehn Jahre mit dir in Urlaub gefahren. Cluburlaub mit deutschsprachigem Personal und All-inclusive-Verpflegung, nicht weiter als drei Flugstunden entfernt. Weil Höhenangst hast du ja auch noch. Das ist auf Dauer nicht jedermanns Sache. Deine Söhne werden größer, Erdal, die haben keinen Bock mehr auf Animateure, die in Tierkostümen stecken. Die wollen einfach mal weit weg und was erleben. Sei froh, dass du einen Mann hast, der ihnen das ermöglicht. Und hör endlich auf, dir leidzutun.»

«Du bist meine Cousine, Fatma, und solltest mich unterstützen. Hast du mich angerufen, um mir Vorwürfe zu machen?»

«Du hast mich angerufen.»

Das war Erdal im Zuge seiner Empörung entfallen, und er musste bei selbstkritischer Sicht der Dinge, die ihm eigentlich nicht lag, zugeben, dass er sich wie ein trotziger Dreijähriger benahm. Tatsächlich hatte er von seinem Therapeuten genaue Anweisungen für ebensolche Situationen erhalten: «Ihr inneres Kind braucht Ihre Zuwendung. Hören Sie auf, darauf zu warten, dass andere sich um Sie kümmern. Das ist nicht deren Aufgabe. Pflegen Sie eine liebevolle Beziehung zu sich selbst. Sie sind erwachsen, Herr Küppers, vergessen Sie das nicht. Übernehmen Sie endlich Verantwortung.»

Das war vor wenigen Wochen in einer der letzten Sitzungen mit Dr. Siemens gewesen. Nach fünf Jahren, in denen sich Erdal jeden Mittwoch um 8 Uhr 15 bei dem Analytiker eingefunden hatte, hatte der ihm das nahende Ende der Behandlung verkündet. «Unsere Wege trennen sich. Sie sind gut vorangekommen. Sie haben sich weiterentwickelt. Sie brauchen mich nicht mehr.»

«Aber ich bin doch Selbstzahler!», hatte Erdal verzweifelt gerufen.

«Therapie ist keine Pediküre. Ich habe eine lange Warteliste von Patienten, denen es schlecht geht und die mich dringender brauchen.»

«Mir geht es auch schlecht! Ich brauche Sie dringend!»

«Sie kennen die Werkzeuge, mit denen Sie sich selbst helfen können. Sie müssen sie nur noch anwenden.»

«Wollen Sie damit etwa sagen, ich sei gesund? Aber das ist doch absurd! Ich habe Angst vor Bergen, dem Meer, dem Fliegen und vor allem anderen eigentlich auch. Meine Mutter ist dominant, ich habe starke narzisstische Anteile, bin maßlos und fett, und mein inneres Kind lässt sich von mir nichts sagen.» Erschrocken hatte Erdal gemerkt, dass ihm die Tränen gekommen waren. Er hatte sich gefühlt sein Leben lang in Therapie befunden und war zudem ein guter Kunde bei Hypnotiseuren, Wunderheilern, Hexen und Chakra-Analysten gewesen. Und das sollte nun alles vorbei sein, jetzt, wo er in Dr. Siemens endlich den richtigen Therapeuten gefunden hatte? Was waren schon fünf Jahre?

«Können Sie mir denn einen Kollegen empfehlen?», hatte Erdal gefragt und sich mit großer Geste eines der bereitliegenden Taschentücher gegriffen und sich laut geschnäuzt. Der Mann sollte ruhig merken, wie verletzt Erdal war.

«Herr Küppers, ich würde Ihnen raten, nicht zum nächsten Therapeuten weiterzuziehen. Vertrauen Sie auf sich selbst. Es ist an der Zeit. Sie können das.»

«Aber ich habe immer noch sehr viele Probleme! Das Leben ist hart!»

«Selbstverständlich. Mensch zu sein, heißt, Probleme zu haben. Das Leben ist hart, das ist eine Binsenweisheit und gilt für jedes Leben. Ihr Leben allerdings, Herr Küppers, ist nicht besonders hart. Da gibt es durchaus schlimmere Fälle. Und um einen solchen würde ich mich gern von nun an mittwochs um Viertel nach acht kümmern.»

Und so war Erdal Küppers, Halbtürke mit olivfarbener Haut und strahlend blauen Kinderaugen, rührseliger Egozentriker mit Hang zu Übergewicht und Hysterie, zum ersten Mal seit dreißig Jahren therapiefrei. Ein ungewohnter, beängstigender, aber auch zunehmend befreiender Zustand.

Erdal hatte das Gefühl, als sei er mit siebenundfünfzig Jahren von zu Hause ausgezogen. Aber natürlich war es nicht leicht, sich von eingefahrenen und irgendwie auch lieb gewonnenen Charaktereigenschaften zu trennen. Der Drang zum Drama wohnte ihm inne wie ein unkündbarer Mieter, und die Strapazen der Fastenkur, die Erdal vor sechs Tagen begonnen hatte, förderten auch nicht gerade seine besten Eigenschaften zutage. Außerdem lag ihm das Ambiente nicht. Er hatte sich für zwei Wochen im gerade frisch eröffneten *Millennium Medical* eingebucht, einer hochmodernen Fastenklinik in Timmendorf mit Blick über die Lübecker Bucht, sehr teuer, sehr edel. Erdal fühlte sich in einer Hölle aus Glas, Edelstahl, hellen Holzböden und weißer Bettwäsche gefangen, und die Klientel war längst nicht so übergewichtig, wie Erdal gehofft hatte.

Er war umgeben von ausgepowerten und ausgemergelten Führungskräften, die hier für achthundert Euro am Tag nichts essen, entgiften und ihre Akkus wieder aufladen wollten. Einige von ihnen, Erdal hatte das in Gesprächen am Nebentisch erlauscht, waren von den Ärzten sogar gebeten worden, das Fasten zu unterbrechen und auf Reduktionskost umzustellen, da sonst der Gewichtsverlust zu groß sei.

Erdal war ein vergleichbares Angebot nicht gemacht worden.

Er hatte die Statur von seiner Mutter Renate Gökmen-Küppers geerbt, die ihm bereits als kleinem Jungen prophezeit hatte, dass er es immer leicht haben, jedoch immer schwer sein würde: «Du hast den Küppers-Stoffwechsel mitbekommen. Der arbeitet praktisch gar nicht. Aber was soll's, mein Goldstück? Wenn du reinkommst, geht die Sonne auf. Du drehst dich um dich selbst, und alle anderen werden das auch tun. Ich bin stolz auf dich. Möchtest du noch etwas Konfekt, mein Hase?»

Erdal betrachtet betrübt seinen Bauch, diesen unerfreulich treuen Begleiter. Da er leider auch nicht besonders groß gewachsen ist, erinnert er zunehmend an eine überdimensionierte Mozartkugel, eine der vielen von ihm bevorzugten Süßspeisen. Auch wenn Erdal stets behauptet, dass er mittlerweile über den Dingen und vor allem über seinem Gewicht steht, so entspricht das ehrlicherweise nicht ganz der Wahrheit.

«Hast du denn schon abgenommen?», fragt seine Cousine Fatma, eine pragmatische, warmherzige, ebenfalls üppige Person Mitte vierzig, die ihr großes Herz an einen verheirateten Vollidioten verschenkt hatte, den Erdal nur *Kermit* nennt, weil Fatma seinen Namen nicht preisgeben will und dieser Mann aus Erdals Sicht ein Frosch ist, der immer ein Frosch und außerdem verheiratet bleiben wird, egal wie häufig er geküsst werden würde. Kennengelernt hatte er dieses Faktotum natürlich noch nicht, aber Erdal war fest entschlossen, den Mann, sollte es zu einer Begegnung kommen, aus vollem Herzen abzulehnen. Falls es ihn überhaupt gibt. Manchmal hat Erdal seine Cousine im Verdacht, den heimlichen Geliebten nur erfunden zu haben. Das

„Möchtest du noch etwas Konfekt, mein Hase?"

peppt ihr ehrlicherweise etwas unglamouröses Leben als alleinerziehende Übersetzerin türkischsprachiger Gerichts- und Amtstexte etwas auf und schützt sie vor lästigen Nachfragen, warum sie immer noch Single sei.

«Es dreht sich bei dieser Kur nicht ums Abnehmen, Fatma. Ich habe mich längst so akzeptiert, wie ich bin. Es geht mir um innere Einkehr, um Entgiftung und um das Loslassen von Altlasten und längst überflüssigen Glaubenssätzen.»

«Logo. Spar dir den Scheiß für die Talkshows auf. Wie viel?»

«Zwei Kilo in sechs Tagen.»

«Das ist wenig. Hast du heimlich was gegessen?

«Natürlich nicht.»

«Erdal.»

«Ich habe da diese entzückende Bude entdeckt, das *Hafen-Eck* in Niendorf. Sie bieten Fritten in Tüten an, Fatma, ganz wie im Rheinland. Das sind in Öl gebackene Kindheitserinnerungen! Ich habe mich natürlich gleich wie zu Hause gefühlt. Und die Trüffelmayonnaise wollte ich unbedingt probieren. Ein Gedicht. Außerdem haben die dort sehr witzige Sprüche auf den Tischen stehen. *Auf die Männer, die wir lieben, und die Penner, die wir kriegen.* Da musste ich natürlich gleich an dich und Kermit denken. Wollt ihr nicht bald zusammen nach Sylt?»

«Ja, aber erst Ende Mai. Lenk nicht ab.»

«Die Fischbrötchen sind auch köstlich.»

«Mit anderen Worten, du versagst auf ganzer Linie. Warum machst du so eine schweineteure Kur, wenn du dann heimlich essen gehst? Das sind die teuersten Fritten deines Lebens.»

«Es ist so bedrückend hier. Draußen die wunderschöne, erblühende Natur. Und drinnen alles total clean und nur Supermanager und ein paar reiche Greise, die beim Qigong umfallen. Gestern war ich bei der Aquagymnastik. Eine derart entwürdigende

Veranstaltung habe ich selten erlebt. Natürlich steht mir als untergroßem Mann das Wasser dabei ständig bis zum Hals. Und wie man sich energetisch zu den Hits von Richard Clayderman und Phil Collins bewegen soll, ist mir ein Rätsel. Zum Schluss rief die übergriffig gut gelaunte Trainerin: ‹Jetzt noch mal die Beine unter Wasser richtig lang machen!›, und ergänzte, ganz eindeutig mit einem Blick auf mich: ‹Die mit den kurzen Beinen so lang wie eben möglich.› Und alles lachte sich kaputt. Ich weiß nicht, was daran lustig sein soll.»

«Du bist aber wirklich mies drauf.»

«In der Umkleidekabine hat jemand heute Morgen sein Gebiss liegen lassen. Ich bin nicht nur einfach schlecht drauf, ich bin am Ende!»

«Vielleicht solltest du tatsächlich nach Hause fahren.»

«Auf keinen Fall. Ich will Karsten und den Kindern zeigen, dass ich auch ohne sie klarkomme, das gebietet mir mein Stolz. Auge um Auge! Zahn um Zahn! Ehe die mich verlassen, verlasse ich die. Das haben die jetzt davon, dann merken die mal, wie das ist.»

«Und? Merken die was?»

«Natürlich nicht. Wie immer läuft es zu Hause ohne mich ganz hervorragend. Besser, als wenn ich da bin. Keiner von denen vermisst mich. Und ich? Was mache ich? Ich schaue mir abends Videos von den Jungs an, als sie noch klein waren. Ich fühle mich schrecklich einsam. Gestern habe ich heimlich *Sandmännchen* geguckt. Und geweint.»

«Klar. Du heulst ja ständig. Joseph ist jetzt vierzehn, oder? Der steckt doch mitten in der Pubertät, da kannst du eigentlich froh sein um jeden Tag, den du nicht mit ihm verbringen musst.»

«Bei uns zu Hause geht es sehr harmonisch zu.»

«Erdal. Jetzt lass endlich das Lügen. Ich bin selber Mutter. Ich weiß, wie Pubertierende sind. Sie sind der Hölle entsprungen.»

«Neulich habe ich aus Versehen eine Tür zerschlagen. Aber das darfst du niemandem weitererzählen. Joseph hat mir geschworen, den Vorfall zu verdrängen. Aber es hängt mir immer noch nach. Wie konnte ich mich nur so gehen lassen?»

«Was ist denn passiert?»

«Keine Ahnung. Den Anlass des Streits hatten wir beide bereits vergessen, als meine Faust durch das Sperrholz krachte. Ich meine, wer rechnet auch damit, dass die Füllungen in Altbautüren aus hauchdünnem Sperrholz sind? Letztlich wollte ich lediglich beherzt anklopfen, um das Gespräch fortzusetzen.»

«Warum?»

«Weil sich Joseph der Auseinandersetzung entzogen und in sein Zimmer eingeschlossen hat. Das muss man sich mal vorstellen! Mitten im schönsten Streit steht der auf, rennt die Treppe hoch und knallt die Tür zu. Das ist doch keine Art, miteinander umzugehen. Neulich hat er während eines erhitzten Telefonats einfach aufgelegt. Das kann ich mir doch nicht gefallen lassen.»

«Und dann bist du gleich mit der Tür ins Haus gefallen?»

«Wie gesagt, ich war noch nicht fertig. Er kann mich doch nicht einfach so stehen lassen.»

«Vielleicht war das ein sehr gesunder Instinkt.»

«Was soll das denn heißen?»

«Ich würde mir bei den Streiten mit meiner Tochter manchmal wünschen, dass eine von uns abhaut. Aber das machen Frauen nicht. Frauen bleiben. Frauen wollen alles ausdiskutieren. Frauen finden kein Ende. Wir wollen immer alles klären, und zwar sofort.»

«Ich bin keine Frau.»

«Jetzt mach aber mal 'nen Punkt, Erdal. Du bist die Schlimmste von uns allen.»

«Was ist so verkehrt daran, so lange zu reden, bis eine Lösung gefunden ist?»

«Weil es meistens keine Lösung gibt. Du weißt ja nicht mal mehr, worüber ihr euch gestritten habt. Kann also nicht so wahnsinnig wichtig gewesen sein. Und was hast du jetzt? Keine Lösung, eine kaputte Tür und einen traumatisierten Teenager.»

«Ich bin auch traumatisiert. Und ich hatte ein Riesen-Hämatom am Unterarm.»

«Werd endlich erwachsen, Erdal. Kann es sein, dass du deinem Sohn total auf die Nerven gehst? Der arme Kerl will vielleicht bloß mal seine Ruhe haben. Und was machst du? Du schlägst seine Tür ein. Vielleicht solltest du mal darüber nachdenken, die Grenzen anderer Leute zu respektieren. Jeder Mensch braucht einen eigenen Raum. Lass dir das gesagt sein von einer Mutter, die mit einer Siebzehnjährigen auf fünfundsechzig Quadratmetern lebt. Das ist so ätzend. Jetzt hat sie auch noch Liebeskummer und hängt halbe Nächte in irgendwelchen Clubs rum, in der Hoffnung, ihrem Ex dort zu begegnen. Es ist der blanke Horror. Kann ich dir Leyla nicht an die Küste schicken? Die würde dich schnell von deiner Einsamkeit kurieren, so scheiße, wie die gelaunt ist. Da wärst du dankbar für jede Sekunde des Alleinseins.»

«Ich bin froh um jede Ablenkung. Was ist mit dir? Hast du nicht Lust, in den Norden zu kommen? Wenn du sowieso bald mit Kermit nach Sylt fährst, könnten wir uns doch hier in der Gegend treffen? Ich habe eine Suite mit Blick aufs Meer, und wir könnten die Chefärztin und Direktorin Frau Dr. Marquart ärgern und abends Pizza für alle bestellen. Die Frau kann mich nicht leiden, das habe ich gleich gespürt. Menschen mit einem eigenen Kopf, die mitdenken und die rigiden Methoden infrage stellen, sind im *Millennium Medical* nicht gern gesehen. Frau Dr. Marquart könnte sicher auch sehr erfolgreich eine Terrormiliz kommandieren. Eine schlimme Person, dürr und biestig. Das macht die Unterernährung. Wie soll ein hagerer Mensch auch in sich ruhen? Das ist ja so, als sollte man es sich auf einem Felsvorsprung gemütlich machen. Also, wann kommt ihr, meine Liebe?»

«Sehr verlockend. Aber leider macht Leyla im September ihr mündliches Abi in Spanisch. Ich würde sagen, ihr Spanisch ist in etwa so gut wie das Deutsch von Neymar. Und mit mir spricht sie so gut wie gar nicht mehr, weder Deutsch noch Spanisch.»

«Rede nicht so über meine Patentochter. Leyla ist ein entzückendes Geschöpf. Leider kann ich kein Spanisch. Außer: ‹Eres un hombre fantástico!› Damit habe ich am Stadtstrand von Barcelona in den späten Achtzigern bei den Einheimischen schöne Erfolge erzielt und das ein oder andere Sahneschnittchen mitgenommen. Kein Mann kann dir widerstehen, wenn du ihm das Gefühl gibst, er sei unwiderstehlich.»

«Ist eines deiner Sahneschnittchen mittlerweile zufällig Spanischlehrer?»

«Leider nein. Aber du bringt mich da auf eine Idee. Ich weiß jetzt, wie wir alle unsere Probleme auf einen Schlag lösen können. Entschuldige, Fatma, aber ich sehe gerade, meine Darmspülung beginnt in drei Minuten. Die will ich nicht versäumen. Dabei lösen sich verhärtete Kotreste, und du fühlst dich danach so befreit, als hättest du Zwillinge entbunden. Ich rufe dich später wieder an. Wenn alles klappt, sitzt du schon morgen mit Leyla im Zug nach Hamburg, deine Tochter lernt perfekt Spanisch, und wir beide gründen einen Fritten-Schmugglerring, der sämtliche Fastenkliniken Norddeutschlands beliefert. Außerdem hat mir das, was du über die Grenzen anderer Leute gesagt hast, zu denken gegeben. Könnte was dran sein. Vielleicht. Das müssen wir beizeiten ausdiskutieren.»

Bevor sich Erdal Küppers eilig in den Behandlungsraum begibt, wo bereits die Klinikleiterin Frau Dr. Almut Marquart auf ihn wartet, verschickt er noch schnell eine Sprachnachricht: «Gloria, meine Liebe! Hast du in deiner wunderbaren Villa noch Platz für meine Cousine Fatma und ihre maulige siebzehnjährige Tochter? Wohnt der gute Sozi noch bei dir? Falls ja, habe ich folgenden Plan: Fatma und Leyla ziehen für ein paar Tage bei dir ein, der Sozi bringt Leyla Spanisch bei, die hat nämlich bald ihre mündliche Abiturprüfung, und ich fliehe ab und zu aus der Fastenklinik zu euch nach Hamburg. Ich hab dir ja erzählt, dass ich für eine Weile hier bin, und ich fühle mich doch sehr, sehr einsam. Du kennst mich ja. Der Rückzug liegt mir eigentlich nicht. Ich weiß auch nicht, welcher Teufel mich geritten hat, als ich mich für ganze zwei Wochen hier angemeldet habe. Völlig bescheuert. Die Tatsache, dass es hier überall aussieht wie in der Pathologie des Münsteraner Tatorts, macht es auch nicht leichter. Aber meine Freundin Judith hat so geschwärmt. Hat den ganzen Tag meditiert und in langen, einsamen Spaziergängen inneren Frieden gefunden. Sie liebt das Alleinsein, du kennst sie ja. Ich hingegen bin noch nicht mal gern allein im Bad. Am liebsten würde ich die Tür einen Spaltbreit offen lassen, wenn ich aufs Klo gehe. Einfach, um den Kontakt zur Familie nicht zu verlieren. Meinst du, ich respektiere die Grenzen anderer nicht genügend? Nur so ein Gedanke, weil ich neulich die Zimmertür von Joseph eingeschlagen habe. Na ja, anderes Thema. Jedenfalls sitze ich jetzt in dieser schrecklichen Klinik fest, suche meine Mitte und finde dort lediglich einen leeren Magen, der ständig gurgelt. Beim autogenen Training hat sich der Typ auf der Matte neben mir beschwert, er könne sich nicht auf die Reise durch seinen Körper fokussieren, wenn andere Teilnehmer sich offenbar nicht an die Regeln halten würden. Leere Gedärme würden ja in der Regel keine derart aggressiven Verdauungsgeräusche von sich geben. Na ja, ich gerate ins Plaudern, meine Liebe. Was ich sagen will: Gloria, du bist meine und unsere letzte Rettung. Sag bitte Bescheid, ob und wann wir kommen können. Bussi!»

«Wenn Sie dann so weit wären, Herr Küppers? Wie Sie wissen, sind elektronische Geräte hier nicht erlaubt.» Wie ein Mahnmal zur Erinnerung an die Opfer von Chips und Schogetten steht Frau Dr. Marquart vor Erdal und winkt ihn mit einer kleinen Bewegung, in der Erdal sehr viel Verachtung zu sehen glaubt, zu sich ins Behandlungszimmer.

«Sie haben sich an die Fastenregeln gehalten, nehme ich an?»

«Selbstverständlich.» Erdal kommt diese Lüge leicht über die Lippen. Was für eine penetrante und herablassende Person. Er ist hier schließlich zahlender Gast und kein Pennäler bei der Hausaufgabenkontrolle.

«Ich frage nur zur Sicherheit noch mal nach. Sollte Ihr Darm nicht weitgehend leer sein, wäre die Spülung außerordentlich schmerzhaft und könnte sogar gefährlich sein.»

Zwei Stunden später steigt Erdal in ein Taxi. Er hatte Frau Dr. Marquart ein Telefonat vorgetäuscht, anschließend «Sie müssen mich entschuldigen, ein unvorhergesehener Termin» gemurmelt und sich hastig mit dem Gefühl entfernt, dem Schafott um Haaresbreite entgangen zu sein. Das spöttische Lächeln der Ärztin war ihm nicht entgangen, und die wenig später eintreffende Nachricht seiner alten Freundin Gloria war ihm wie ein Licht in dunkelster Nacht vorgekommen: *Kommt, wann immer ihr wollt, und bleibt, so lange ihr mögt. Der Sozi freut sich, mal wieder Spanisch zu unterrichten, wir haben genug Platz. Umarmung. Deine G.*

«Hamburg? Wo genau?» Der Taxifahrer ist ganz offensichtlich erfreut über die lange Fahrt, die vor ihm liegt.

«Ohnsorgweg.»

«Welche Nummer?»

«Das Haus hat keine Nummer. Ich zeige es Ihnen.»

«Um neunzehn Uhr sollten wir da sein.»

Es ist Samstagabend, kurz vor sechs.

Zur selben Zeit unterbricht Ruth Westphal ihre Fahrt, um an der Raststätte Nürnberg-Feucht zu tanken. Sie hat schon mehrfach überlegt, einfach wieder umzukehren. Aber irgendetwas leitet sie wie auf einer unsichtbaren Spur in Richtung Norden. Was hat sie schon noch zu verlieren? Sie gibt entschlossen Gas.

Gleichzeitig räumt eine Frau ihre Einkäufe ins oberste Regal der Abstellkammer ihrer Wohnung. Waschmittel, Trockenobst, Spülmaschinentabs und das Lieblingsmüsli ihres Ex-Mannes. Hin und wieder kauft sie es noch, obwohl sie schon lange von ihm getrennt ist. Alte Gewohnheit. Sie wirft es ungeöffnet in den Müll. Manchmal braucht sie diese kleinen, trotzigen Akte der Befreiung. Sie fragt sich allerdings, ob sie ihr altes Gefängnis einfach durch ein neues ersetzt hat. Vielleicht liegt ihr die Freiheit gar nicht? Nur beiläufig schaut sie in den Umschlag mit den Fotos. Einen kurzen Moment lang hat sie das Gefühl, als würde eines fehlen. Aber ganz sicher ist sie sich nicht.

Unterdessen sitzt Gloria in der Küche ihres Hauses im Ohnsorgweg. Sie legt ihre Hand auf Rudis Arm. «Wird dir das alles auch nicht zu viel, Sozi?» Er schüttelt lächelnd den Kopf. Rudi wird von seinen Freunden «Sozi» und wegen seines friedlichen Gemüts auch schon mal gerne «der gute Sozi» genannt, seit er vor dreißig Jahren in seinem Wahlkreis in Bochum-Stiepel als Abgeordneter für die SPD kandidiert hat. «Ich freue mich, dass ich unverhofft noch eine Aufgabe bekomme. So kurz vor Schluss», sagt er.

Gloria versucht, ruhig zu bleiben, aber sie spürt, wie ihr Atem flacher wird und ihr Herz anfängt zu rasen. Ihr Gefühl hatte sie also nicht getrogen. Dieser gottverdammte 15. Mai. Erst die düstere Ahnung, dass heute noch etwas passieren würde, dann die unwillkommene Erinnerung an das, was vor fünfzehn Jahren geschehen war, und nun noch diese beiläufig gesprochenen Worte von Rudi. «Kurz vor Schluss.» Als wolle er Gloria die Möglichkeit geben, darüber hinwegzugehen. Sie konnte so tun, als hätte sie es nicht gehört. Aber sie hatte es gehört, und sie hatte es verstanden.

Gloria zieht sich ihre Strickjacke enger um den Körper. Die Kaltfront. Hier war sie nun. Das Schicksal. Es hatte zum Schlag ausgeholt. Sie hatte es erwartet und damit gerechnet, seit der gute Sozi vor einem halben Jahr die zwei Zimmer im ersten Stock der Villa bezogen hatte. Er hatte sie gefragt, er hatte ihr nichts vorgemacht, und sie war einverstanden gewesen. Sie hatte gewusst, dass er nicht lange würde bleiben können. Und sie hatte auch gewusst, dass er, wenn es so weit sein würde, für immer gehen würde. Jetzt fühlt sie sich trotzdem überwältigt und hilflos und auf eine Weise verloren, die ihr die Luft zum Atmen nimmt.

«Kurz vor Schluss? Es ist also bald so weit?», fragt sie.

«Ja. Ich habe den Termin fest in meinen Kalender eingetragen.»

«Und wann?» Gloria greift nach Rudis Zigaretten.

«Das willst du nicht wissen.» Er schweigt, steht auf, holt eine Flasche Bier aus dem Kühlschrank und zwei Gläser aus der Vitrine, in der Oma Auguste Pütz stets nur das gute Geschirr aufbewahrt hatte.

«Darauf einen Schluck?», fragt er. Gloria nickt und betrachtet versonnen und gleichzeitig verzweifelt sein kurzes, graues Haar, seine schmalen Schultern und sein feines, freundliches Gesicht, das immer so aussieht, als würde er es gerade zufrieden in die Sonne halten. Der gute Sozi wird bald achtundsechzig. Er sieht älter aus, das war schon immer so. Sie kennt keinen besseren Menschen als ihn. Gloria und Rudi sind einen langen Weg zusammen gegangen. Sie werden die letzten paar Meter auch noch schaffen. Sie wischt sich entschlossen die Tränen aus den Augen.

«Komm schon, Gloria, du wirst es überleben», sagt Rudi.

«Du nicht», sagt Gloria und versucht ein Lächeln, das alles in allem wenig überzeugend wirkt. «Und was hast du geschrieben?» Gloria bemerkt, dass ihre Hand mit der Zigarette ein wenig zittert.

«Was meinst du?»

«In deinen Kalender. Du weißt schon. Was steht jetzt da unter dem Datum, das du mir nicht verraten willst?»

Der gute Sozi hebt sein Glas und sagt: «Mein letzter Tag.»

„Kurz vor Schluss"

RUTH

Bei Fröttmaning am Kreuz München-Nord hatte mich der Mut zum ersten Mal verlassen. In Schweinfurt, dann gleich hinter den Kassler Bergen und zuletzt auf der Höhe von Salzgitter meldeten sich erneut ernsthafte Zweifel. Und nun, bei Buchholz in der Nordheide, bin ich restlos davon überzeugt, auf dem direkten Weg in eine Katastrophe zu sein.

Noch ist es nicht zu spät. Umdrehen. Nach Hause fahren. Die Sache wie unter Erwachsenen regeln. Fuß vom Gas. Und vor allem: die alten Geschichten ruhen lassen. Was für eine kindische und nostalgische Idiotie hat mich dazu verleitet, nach Hamburg zu fahren? Ich hatte fünfzehn Jahre lang alles mehr oder weniger erfolgreich verdrängt, und ausgerechnet jetzt, wo ich wirklich genug andere Sorgen habe, will ich den Staub der Vergangenheit wieder aufwühlen? Ich wäre damals fast daran zerbrochen.

Ich fahre zum Nachdenken und zum Nachtanken an der Raststätte Stillhorn raus. Ich hatte schon vor Stunden in Nürnberg-Feucht zum ersten Mal tanken müssen. Dieses idiotische, peinliche Auto verbraucht sogar im Stehen so viel Sprit, als hätte es ein faustgroßes Loch im Tank. Ich hatte allerdings auch, wann immer es möglich gewesen war, Vollgas gegeben in der Hoffnung, meine Zweifel, meine Angst und meine Wut abzuhängen.

Ich bin normalerweise eine vorsichtige Fahrerin und beschleunige nur äußerst ungern auf über hundertzwanzig Kilometer die Stunde – aber heute hatte ich mit Dauerlichthupe die linke Spur okkupiert, dabei lauthals umsichtige Verkehrsteilnehmer beschimpft und mir mit einem BMW-Fahrer, der mich partout nicht hatte vorbeilassen wollen, ein lächerliches Rennen geliefert.

Die Konzentration auf die Geschwindigkeit und auf die brenzligen Situationen auf der dunklen Autobahn hatte mich von meinem drohenden Nervenzusammenbruch abgelenkt. Und es war mir gelungen, den Hass, der eigentlich meinem Mann und mir selbst galt, ungefiltert auf sämtliche Autofahrer zu richten, die es gewagt hatten, meinen Weg zu kreuzen.

«Wozu brauchst du einen Range Rover?», hatte ich Karl vor zwei Jahren entgeistert gefragt. «Wir wohnen mitten in München, es gibt keine Parkplätze und erst recht keine zwei Parkplätze hintereinander – denn die braucht man ja wohl für diese Karre. Das Teil ist so groß wie ein Unterseeboot.»

«Es gibt kein Auto, das sicherer ist», hatte mein Mann geantwortet.

«Es ist eine Bedrohung für andere.»

«Ich habe fantastische VIP-Konditionen ausgehandelt. Kai Pflaume bekommt nicht annähernd so viele Prozente wie ich. Und die beiden Bildschirme für die Rücksitze gab es sogar umsonst dazu.»

«Das ist allerdings ein Argument. Und wer soll vor diesen Bildschirmen sitzen? Wir beide? Wollen wir unsere seltenen Fernsehabende ab jetzt auf Raststätten verbringen? Vielleicht mit Kai Pflaume?»

«Du hast wirklich ein Talent, alles, was mir Freude macht, schlechtzureden», hatte Karl erwidert. «Gönn mir doch einfach den Spaß an diesem Auto. Es gefällt mir, ich kann es mir leisten, ich schenke es mir zu meinem fünfundfünfzigsten Geburtstag, wo ist das Problem? Ich sage dir, was das Problem ist: Du bist nicht glücklich, du steckst in der Midlife-Crisis, und du kannst es nicht aushalten, wenn es anderen Menschen besser geht als dir.»

Ich hatte schmallippig geschwiegen, denn da war leider etwas Wahres dran. Aber es ist auch einfach verdammt schwer, glücklich zu sein, wenn man fünfzehn Jahre verheiratet, ein halbes Jahrhundert alt ist und Heidi Klum auf Instagram folgt.

Karl und ich hatten solche und ähnliche Diskussionen wieder und wieder geführt. Mal war es darin um sein Auto, mal um seine Mutter, mal um seinen Job und generell meist um seine Bedürfnisse gegangen. Und warum auch nicht? Schließlich war sein Auto größer als meins, seine Mutter lebte damals noch im Gegensatz zu meiner, sein Einkommen sicherte unseren gehobenen Lebensstandard, und die Erfüllung seiner Bedürfnisse hielt ihn bei Laune. Und Karls gute Laune ist der wesentliche Pfeiler, auf dem seine Karriere und damit unser ganzes Leben ruht. Sein ruhmreiches Leben als Fernsehstar. Und mein Leben als Frau an seiner Seite.

«Du kannst dich nicht für einen Mann wie Karl entscheiden und dich dann darüber beklagen, dass du die zweite Geige spielst», hatte meine Mutter immer gesagt, die selbst eine Virtuosin auf der zweiten Geige war und meinen Vater zeitlebens aus dem Hintergrund heraus unterstützt hat. Und ich hatte mich ja auch nicht beklagt. Zumindest nicht von Anfang an. Ich hatte sehr genau gewusst, auf wen ich mich einließ, und ich hatte auch gewusst, dass Karl und ich ein perfektes Team sein würden. Denn jeder Star braucht einen Nebendarsteller, der ihn glänzen lässt. Jede erste Geige braucht eine zweite, und Karl braucht mich.

Karl Westphal war schon ein Hauptdarsteller, bevor er seine erste Rolle beim Fernsehen bekam. Da studierte er noch Sportwissenschaften in Köln, besuchte Schauspiel-Workshops und jobbte als Gästebetreuer und Warm-Upper bei der Harald-Schmidt-Show. Er brachte mit klugen, lustigen Sprüchen und seinem freundlichen Charme das Studiopublikum in Stimmung – und jedem, der ihn sah, war sofort klar, dass hier ein zukünftiger Star in den Startlöchern stand.

Ich traf Karl zum ersten Mal vor zwanzig Jahren bei einem Gartenfest in der Voreifel. Ich kannte die Gastgeberin nur flüchtig und sonst niemanden, stand etwas abseits im Schatten einer grauenerregenden, mannshohen Skulptur, die an eine verrostete Giraffe ohne Kopf erinnerte, und kam mir elendig verloren vor. Ich gehörte noch nie zu den Menschen, die Souveränität und erhabene Eleganz ausstrahlen, wenn sie allein auf einer Party stehen, auf der sich alle anderen augenscheinlich bestens amüsieren. Ich war ganz eindeutig die unglücklichste Person weit und breit und fühlte mich, als sei ein Punktscheinwerfer auf mich gerichtet, der gnadenlos meine Einsamkeit und meine Bedürftigkeit ausleuchtete und allen Anwesenden klarmachte, dass es sich bei Ruth Lorenz um eine flachbrüstige Reisekauffrau und Endzwanzigerin aus Westfalen handelte, deren langjähriger Freund sich vor zwei Wochen nach sehr, sehr kurzem Zögern für eine andere Frau entschieden hatte.

Wobei «Frau» das falsche Wort und ein viel zu profaner Begriff war, denn es hatte sich um ein neunzehnjähriges, antilopenhaftes Geschöpf mit seidigem Haar und perfektem Busen gehandelt, bei dessen Anblick selbst meiner damaligen besten Freundin Moni spontan ein bewunderndes «Ach du heilige Scheiße» entfleucht war. Moni hatte versucht, den Schaden zu begrenzen, indem sie mir sagte, mit einer derart perfekten Nachfolgerin könne ich mich durchaus, nach einer gewissen Zeit der Trauerbewältigung, brüsten und schmücken. «Es ist, als seist du wegen Julia Roberts verlassen worden. Darüber würdest du dich doch auch nicht ernsthaft beklagen.» Ich hatte diese These als fragwürdig und wenig tröstlich empfunden und war bar jedes Selbstbewusstseins und innerlich am Boden liegend, als Karl Westphal die Szenerie betrat.

Karl kommt bis heute nie einfach nur irgendwo hin. Er tritt nicht ein, er tritt auf. Und egal, ob es eine Tankstelle, eine Abflughalle, ein Männerklo oder besagter Garten in Euskirchen war – alles wird für Karl zur Bühne. Jedes popelige Laminat, jeder Waschbetonboden und selbst der von Unkraut durchzogene Voreifel-Rasen legte sich Karl bereitwillig zu Füßen und wurde durch ihn zu den Brettern, die die Welt bedeuten.

Ich betrachtete diesen zauberhaften Mann, durch dessen Anwesenheit alle anderen Gäste schlagartig zu Komparsen und Zuschauern wurden, und fühlte mich plötzlich nicht mehr fehl am Platz. Ich hatte eine Rolle gefunden, mit der ich mich auskannte, mit der ich mich wohlfühlte und die mich total ausfüllte: die Rolle der Bewunderin.

Klingt das erbärmlich, unemanzipiert und allzu bescheiden? Warum? Wie sähe die Welt aus, wenn alle auf der Bühne stehen und keiner im Zuschauerraum sitzen wollen würde? Warum sollte ich mich dafür schämen, dass ich mich im Hintergrund wohler fühle als im Rampenlicht? Als ich geboren wurde, waren die Hauptrollen in meiner Familie bereits durch meinen Vater und durch meine zwei Jahre ältere Schwester besetzt. Die beiden stahlen sich gegenseitig die Show, sie machten sich und uns das Leben zur Hölle. Es gab nicht genug Platz für zwei Alphatiere, und es war klar, wer von beiden früher oder später würde gehen müssen.

Ich habe meinen Vater sehr geliebt und es meiner Schwester nie verziehen, dass sie durch ihre fordernde und selbstsüchtige Art unsere Familie ins Ungleichgewicht gebracht und im Grunde zerstört hat. Maria war wild und unbeherrscht, fühlte sich eingeengt und grundsätzlich missverstanden, sah sich als Rebellin und war letztlich nichts anderes als undiplomatisch, streitsüchtig, verlogen und in einer Art lebenslanger Pubertät gefangen.

Meine Mutter und ich hatten den quälenden Machtkampf der beiden mitansehen und die Verachtung meiner Schwester uns gegenüber ertragen müssen. Aus ihrer Sicht waren wir beide bemitleidenswerte, eingesperrte Raubkatzen, die vergessen hatten, dass sie mal wild und gefährlich und frei gewesen waren.

«Warum wehrt ihr euch nicht!?», hatte Maria uns einmal angeschrien. Wir waren alle erleichtert, als sie mit fünfzehn aufs Internat ging und danach nie wieder nach Iserlohn zurückkehrte. Zur Beerdigung unserer Mutter war sie für einen halben Tag gekommen, hatte Veilchen und Rosen ins Grab geworfen und mir nach der Trauerfeier gesagt: «Mama ist nicht an Darmkrebs gestorben. Papa hat sie vergiftet. Er hat sie nie zu Wort kommen lassen, sie durfte sich keine einzige ihrer Sehnsüchte erfüllen und musste immer zu allem Ja und Amen sagen. Er hat sie ins falsche Leben gezwungen. Sie hat die Gegend, unser Haus und seine Freunde immer abgelehnt.»

«Das stimmt doch gar nicht. Woher willst du das wissen?», hatte ich entsetzt gefragt. Konnte sie noch nicht mal auf Mamas Beerdigung Zurückhaltung üben? Zum Glück hatte Papa sie nicht gehört.

«Erst hat er ein Haus gekauft, das fünfhundert Meter entfernt von der Autobahn liegt, weil er einen gesunden Schlaf hat und seit dem Krieg auf einem Ohr taub ist. Und Mama? Die musste vierzig Jahre lang mit Ohropax schlafen, mehr schlecht als recht. Dann hat er das Dachgeschoss ausgebaut, als sie schon Rheuma hatte und die Treppe nicht mehr hochkam. Mama liebte das Meer, er die Berge. Wie oft waren wir zusammen am Meer? Kein Mal. Ich könnte ewig so weitermachen. Es schnürt mir die Kehle zu, wenn ich daran denke, wer unsere Mutter hätte sein können, wenn sie unserem Vater nicht begegnet wäre. Hast du dir mal die alten Fotos von ihr angesehen? Als junge Frau hat sie auffällige

Kleider getragen und strahlend gelacht. Sie sah aus wie von Licht beschienen. Bis Papa sich zwischen sie und die Sonne gestellt hat. Und dann kam ich und habe alles noch schlimmer gemacht.»

«Wie meinst du das?», hatte ich zögernd gefragt, denn eigentlich hatte ich das unpassende und unwürdige Gespräch nicht fortsetzen wollen.

«Ich bin wie er. Bestimmend, egoistisch, laut und fordernd. Sie muss sich schrecklich einsam gefühlt haben.»

«Du übertreibst, und außerdem hatte sie ja noch mich», hatte ich gesagt.

«Aber aus zweimal schwach wird nicht einmal stark.»

Ich hatte mich entschuldigt und mich demonstrativ um das Auffüllen der Thermoskannen mit Tee und Kaffee gekümmert. Maria war fünfundzwanzig und benahm sich immer noch wie ein protestverliebter Teenager.

Was meine Schwester nicht verstanden und akzeptiert hat: Es gibt Raubtiere, und es gibt Haustiere. Beide sind gut so, wie sie sind, und die einen sind nicht schwächer als die anderen. Man würde ja auch einem Mini-Golden-Doodle nicht vorwerfen, dass er keine Lämmer reißt, und einer Hauskatze mit Impfausweis und Kratzbaum nicht weismachen wollen, dass sie eigentlich in die Steppen Ostafrikas gehört.

Ich finde, es braucht viel Selbstbewusstsein und innere Reife, um mit einem starken Partner zu leben, sei es dem Vater, der Schwester oder dem Mann. Das hat mir auch mein Coach Carlos Weber-Stemmle immer wieder bestätigt. «Sie sind die starke Frau an der Seite eines starken Mannes. Das ist ein Grund, stolz zu sein.» Das war mein Mantra geworden, das ich mir allerdings in letzter Zeit zunehmend weniger geglaubt habe.

Zweifel hatten sich eingeschlichen wie Marder unters Dach. Ich weiß, wie man sie vertreibt, die Marder und die Zweifel: durch eigenen Lärm. Ohren zuhalten und laut singen, Krach machen. Meist ist das nur eine kurzfristige Lösung, denn Marder gewöhnen sich schnell an neue Realitäten. Und dann wird es irgendwann immer schwerer, ihre Geräusche zu überhören und die Schäden zu übersehen, die sie anrichten. Jetzt hatte einer dieser Schädlinge eine Starkstromleitung erwischt, und in meinem Leben sind die Lichter ausgegangen.

Das Foto auf dem Beifahrersitz ist der Beweis, den ich nie haben wollte. Ich wünschte, ich hätte nicht in diesen Papierkorb gegriffen. Meine Neugier hat alles zerstört. All die Lügen, an die ich gerne weiter geglaubt hätte, all die Halbwahrheiten, mit denen ich mich trefflich arrangiert hatte. Die Wahrheit wird unterschätzt. Sie ist brutal und herzlos und richtet viel mehr Unheil an, als es eine harmlose, wohlmeinende Lüge jemals könnte.

Ich hatte gewusst, auf wen ich mich einlasse. Und es war gut gegangen, solange ich keine Fragen gestellt habe, deren Antworten ich nicht ertragen konnte, und solange das Schicksal gnädig, wie ich, mit den Schultern gezuckt und in eine andere Richtung geblickt hatte. Was jetzt geschehen war, war zu großen Teilen meine eigene Schuld.

An jenem Nachmittag in der Voreifel war ich bereit gewesen, mein Schicksal als zweite Geige, als schnurrende Hauskatze, als Frau hinter den Kulissen anzunehmen. Und mit dem untrüglichen Gespür des Stars für seine Kernzielgruppe hatte mich Karl Westphal neben der verrosteten, kopflosen Giraffe im hinteren Teil des Gartens entdeckt, sich auf dem Weg in meine Richtung zwei Drinks, die nicht für ihn bestimmt gewesen waren, von einem Tablett genommen, er hatte mich angelächelt und gesagt: «Guten Abend, ich bin Karl, und mein Leben hat endlich wieder einen Sinn.»

Ein paar Jahre später bekam Karl die männliche Hauptrolle in der ZDF-Krimi-Serie *Hauptkommissar Hansen*. Seit sechzehn Jahren spielt er darin sechsmal im Jahr zur Primetime den Kieler Ermittler Ben Hansen. Er ist einer der populärsten deutschen Schauspieler.

Und was bin ich?

Die starke Frau an seiner Seite?

Oder eher die Idiotin in seinem Schatten?

Erschöpft, aufgewühlt, beschämt, mit leerem Tank und leerem Blick lehne ich an der Zapfsäule der Raststätte Stillhorn, kurz vor Hamburg.

«Kikeriki!»

Ich zucke erschrocken zusammen und krame eilig das Handy aus meiner Handtasche, um es leiser zu stellen. Ich hatte mir den Klingelton «Hahnenschrei im Morgengrauen» schon vor Jahren kostenlos runtergeladen und eigens für meinen Mann abgespeichert. Karl fand das nicht besonders lustig, ich allerdings schon, und nach einem freundlichen Appell an seine Fähigkeit zur Selbstironie, war er über sich selbst hinausgewachsen und hatte das Nörgeln über den Hahnenschrei eingestellt.

«Kikeriki!» Es war schon das vierte Mal, dass Karl anrief. Zwei Sprachnachrichten hatte er mittlerweile hinterlassen. In der ersten hatte er mir noch zum Geburtstag und zum Hochzeitstag gratuliert, mich «Stellina» genannt, einen Kuss in den Hörer geschmatzt und sich allerdings bereits gewundert, warum ich nicht drangegangen war. In seiner zweiten Nachricht hatte Karl dann schon deutlich ungehaltener geklungen. Von «Stellina» war keine Rede mehr gewesen. «Ruth? Wo steckst du denn? Ich bin jetzt noch in Frankfurt am Flughafen. Ab morgen Mittag mache ich eine strenge Funkstille-Kur in einer Digital-Detox-Einrichtung. Melde dich also bitte vorher.»

Ich schaue durch die Scheibe auf das zerrissene Foto. Der strahlende, erfolgreiche Karl Westphal. Mein Mann, der Betrüger, der mich immer noch anlächelt, als wolle er sagen: «Was hast du denn erwartet, Ruth? Du weißt doch, dass ich mich nie zufriedengebe. Ich will immer das Beste von allem, ich will immer mehr, mehr, mehr! Was soll daran verkehrt sein? Und warum solltest ausgerechnet du mir genügen?»

Ich weiß darauf keine Antwort. Ich bin nicht genug. Ich war noch nie genug. Für niemanden. Als ich wenige Minuten später in den Elbtunnel fahre, geht die Welt unter.

RUTH

Ich muss hier mal raus, ich will eine Auszeit.»

Vor einem Monat war Karl mit diesem Satz herausgepoltert, hatte ihn mir an den Kopf geworfen wie einen nassen, stinkigen Lappen, und ich hatte mich weggeduckt und still verhalten. Ich hatte mir gewünscht, ich hätte mich verhört und dass mein Schweigen die Unheil verkündenden Worte irgendwie neutralisieren und ungesagt machen könnte.

Ich hatte in den zwanzig Jahren im Schatten von Karl Westphal ein sehr feines Näschen für herannahenden Ärger und aufkommende Spannungen entwickelt. Ich war eine Meisterin in der Disziplin des Eiertanzes geworden und wusste sehr genau, wie ich durch gezielte Diplomatie, bewusste Zurückhaltung und üppig bemessene Bewunderung Konflikte oft schon im Keim ersticken konnte. Man hätte mich wunderbar einsetzen können, um friedensstiftende Verhandlungen zwischen narzisstischen, also männlichen Staatsoberhäuptern verfeindeter Länder zu moderieren. Ich bin sicher, als Beraterin von Trump, Putin oder Orbán hätte ich das Schlimmste verhindern können. «Sie sind eine Löwenbändigerin», sagt Carlos Weber-Stemmle gerne, und das gefällt mir gut, das trifft es total. Ich bin kein Raubtier, aber ich weiß mit einem umzugehen. Leider hatte ich die wichtigste Regel, nämlich den Löwen niemals aus den Augen zu lassen, dieses Mal nicht befolgt. Das hier hatte ich nicht kommen sehen.

Ich erinnere mich an jedes Wort des unheilvollen Gesprächs und an das zunehmende Gefühl, mindestens den Halt und dazu womöglich noch den Verstand zu verlieren.

Karl saß am Steuer des monströsen Range Rovers, und wir fuhren zu einem Abendessen mit seinem Regisseur und einigen Darstellern aus *Hauptkommissar Hansen*. Normalerweise hielt Karl mich strikt aus seiner Berufswelt raus – er wollte sein Privatleben und mich schützen –, aber die heutige Einladung war explizit mit Begleitung und fand noch dazu extra wegen Karl in München statt.

«Hast du was an den Ohren?», fragte er gereizt.

«Ich habe dich verstanden. Aber ich dachte ehrlich gesagt, ich hätte mich verhört», sagte ich, um einen freundlichen Ton bemüht. Ich kannte Karl und wusste, dass ein Streit mit ihm aus dem Ruder läuft, sobald ein gewisser Punkt der Eskalation er-

„Wirst du zurückkommen?"

reicht ist. Allerdings hatte ich die Eskalation dieses Mal gar nicht mitbekommen. Was hatte Karl bloß so wütend gemacht?

«Falsch, Ruth. Du hast gehofft, du hättest dich verhört. So wie du dich immer verhörst oder gerne auch ganz weghörst, wenn es um meine Wünsche geht. Ich sage dir das seit Jahren: Ich fühle mich eingeengt. Ich kann nicht mehr atmen. Mein Job, die Festlegung auf die Rolle des Ben Hansen, der Druck, der auf mir als Hauptdarsteller lastet, das piefige, vertraute, aber uninspirierende München, die ständige Wiederholung des immer Gleichen. Das ist mir alles zu viel. Beziehungsweise zu wenig.»

«Und deine piefige, vertraute, aber uninspirierende Ehe», ergänzte ich und bereute es im selben Moment. Steilvorlage. Nichts ist unattraktiver als Selbstmitleid. Selber schuld.

«Ja, ehrlich gesagt, wenn du es schon ansprichst, auch meine Ehe. Du kannst nichts dafür, aber zwanzig Jahre Beziehung löschen wohl in jedem Menschen jeglichen kreativen Impuls aus. Versteh mich bitte nicht falsch, wenn ich das sage, Ruth, aber dir fehlen diese Impulse nicht. Du liebst das Vertraute, die Gewohnheit und das Gewöhnliche. Das ist nicht schlimm, die allermeisten Menschen sind gewöhnlich. Aber ich bin Schauspieler! Ich brauche das Abenteuer und den Wandel und die Inspiration wie die Luft zum Atmen!»

«Du willst dich nach zwanzig Jahren trennen, weil ich dir plötzlich zu gewöhnlich bin? Aber ich habe mich doch nicht verändert.»

«Genau das meine ich. Du hörst nur das, was du hören willst. Ich habe nicht gesagt, dass ich mich trennen will. Ich habe höflich um eine Auszeit gebeten. In einem hast du allerdings leider recht: Du hast dich nicht verändert. Aber ich habe mich verändert. Für einen Künstler ist ewiger Stillstand die Höchststrafe.»

Ich versuchte, ruhig und deutlich zu sprechen, wie mit einem

Kleinkind. Ich wusste, dass ein falsches Wort, ein falscher Ton der Funke sein konnte, der Karl wie einen Polenböller explodieren lassen würde. Und ich hatte keine Lust auf zwei Wochen böse Blicke und vorwurfsvolles Schweigen, nur durch gelegentliche, abwertende Bemerkungen unterbrochen.

«Karl, du hast doch immer gesagt, dass du meine Zuverlässigkeit liebst und dass ich deine Stütze bin. Ich bin immer für dich da, du nennst mich deinen Fels in der Brandung. Aber Felsen in der Brandung stehen nun mal still. Das haben Felsen ganz allgemein so an sich.»

«Soll das etwa witzig sein? Oder willst du mich einfach nicht verstehen? Du überhäufst mich wie üblich mit Forderungen und Anklagen. ‹Du hast, du bist, du sollst. Du, du, du!› Ich höre keinen einzigen konstruktiven Vorschlag von dir. Du bist kein Fels in der Brandung, Ruth. Du bist eine verdammte Fußfessel!»

«Das ist doch Unsinn, Karl. Ich lasse dir jede Freiheit. Zeig mir einen Mann, der so eine tolerante Ehefrau hat.»

«Was du Toleranz nennst, nenne ich Ignoranz. Der beste Beweis dafür ist, dass du einen Streit anfängst, nur von dir sprichst, statt mir einmal zuzuhören. Ich. Will. Eine. Auszeit. Hast du das jetzt verstanden?»

«Und wie soll diese Auszeit konkret aussehen?»

«Keine Ahnung. Wie der Name schon sagt, ist eine Auszeit eine Zeit, die man sich nimmt, um nachzudenken, Pläne für die Zukunft zu machen, zu sich selbst zu finden. Die Frage, wie eine Auszeit konkret aussehen soll, ist ein Widerspruch in sich. Das merkst du selbst, oder?»

Wie so oft in Gesprächen mit Karl fühlte ich mich schachmatt gesetzt, ohne zu begreifen, an welcher Stelle ich eigentlich den verhängnisvollen Fehler, der mein Scheitern einleitete, gemacht hatte. Ich kam nicht gegen Karl an. Ich wollte einfach nur in Ruhe reden und eine Lösung finden. Aber irgendwie entglitten unsere Auseinandersetzungen regelmäßig, er fühlte sich provoziert, beleidigt, abgewertet und missverstanden. Und zum Schluss war ich immer die, die sich entschuldigte und versuchte, die Wogen zu glätten. Entschuldigungen funktionierten eigentlich immer. Und auch wenn ich nicht immer schuldig war, so hatte ich doch immer einen guten Grund, mich bei ihm zu entschuldigen: um des lieben Friedens willen. Er hat recht und ich meine Ruhe.

Was ich nie sagte, war, dass ich auch verletzt war, mich allerdings nicht erinnern konnte, dass sich für meine Verletzungen mal irgendjemand interessiert hätte. Wie auch? «Klagen ist für Toten», hatte mein Vater uns gepredigt. Also klagte ich nicht. Aber ich litt trotzdem. Und bei mir hatte sich noch nie jemand entschuldigt.

«Bitte entschuldige», sagte ich.

«Ich werde mich einfach für zwei, drei Monate zurückziehen und durch die Weltgeschichte fahren», sagte Karl, jetzt zum Glück ein wenig ruhiger.

Ich verkniff mir die Frage, wohin Karl sich zurückziehen wollte, um ihn nicht wieder zu verärgern. Offenbar empfand er gerade alles als Einmischung in sein Privatleben, zu dem ich allem Anschein nach in nächster Zeit nicht mehr gehören sollte.

«Ich habe fast die ganze Zeit drehfrei, bis auf ein paar Tage irgendwo an der Küste. Ich werde mich einfach treiben lassen, rumreisen, vielleicht in ein Schweigekloster gehen oder in die Berge. Ich bin jetzt sechsundfünfzig, und ich will nicht bis zu meinem Tod einfach so weiterleben. Das kann und darf nicht alles gewesen sein. Ich will mehr.»

«Wirst du zurückkommen?» Ich klang genauso bedürftig, wie ich war. Mich hatte jede Kraft zur Verstellung verlassen.

«Und wieder geht es dir nur um dich, oder?», schnappte Karl

zu. «Es geht aber nicht um unsere Ehe. Es geht um etwas viel Größeres. Es geht um mein ganzes Leben. Die Entscheidungen, die ich jetzt nicht treffe, die treffe ich vielleicht nie mehr. Will ich wieder mehr Theater spielen? Will ich wirklich noch länger für alle der Kommissar sein? Will ich in München bleiben oder nicht doch lieber auf einer Finca in Portugal leben? Ich muss das für mich jetzt mal ganz in Ruhe herausfinden. Der Tod meiner Mutter steckt mir immer noch tief in den Knochen – aber ich möchte etwas Gutes daraus machen. Ich will die Tragödie zum Anlass nehmen, alte Wege zu überprüfen und neue zu beschreiten. Ich muss jetzt nach vorne blicken. Das hätte Mutschi so gewollt.»

Bei dem Wort *Mutschi* fuhr ich ein wenig zusammen. So hatte er seine Mutter immer genannt, das freudlose und gehässige Biest mit Oberlippenbart. «Hallo, Mutschi» – ich weiß nicht, wie oft Karls Mutter während eines besonderen Abendessens, eines spannenden Films, mitten im Urlaub und auch mitten in der Nacht angerufen hatte. Als hätte sie über jede beliebige Entfernung hinweg spüren können, dass sie gerade stören würde, und diese Gelegenheiten hatte sie natürlich akribisch genutzt. Sie hatte sich auf jedwede Art in unsere Ehe eingemischt, und Karl hatte sie immer gewähren lassen.

Ihretwegen waren wir nach München gezogen. Karl wollte in der Nähe seiner Mutter sein. Aber bei mindestens hundert Drehtagen im Jahr, die er als *Hauptkommissar Hansen* in Kiel und Umgebung verbrachte, war ich es, die in der Regel in ihrer Nähe war und sich darum kümmern musste, dass sie immer genügend Gebissreiniger, Medikamente, Trauben-Nuss-Schokolade und Gesellschaft im Haus hatte.

Und *Mutschi* liebte meine Gesellschaft, denn sie hasste mich mit voller Inbrunst. Mir auf die Nerven zu gehen, war ihre absolute Lieblingsbeschäftigung, eine späte Berufung, die ihrem

„Das hätte Mutschi so gewollt."

Leben Sinn verlieh. Ich vermute, dass ich Karls Mutter ihren Lebensabend wesentlich versüßt habe, indem ich mich regelmäßig für ihre Provokationen und langatmigen Schilderungen von Karls glanzvoller Kindheit zur Verfügung stellte. Mir war immer klar gewesen, dass ich meinen Mann nicht zwingen durfte, sich zwischen mir und seiner Mutter entscheiden zu müssen. Zumal ich mir nicht ganz sicher sein konnte, wer dabei den Kürzeren ziehen würde. Also ertrug ich Mutschi mit dem Stoizismus, der mir in die Wiege gelegt worden war, und beglückwünschte mich zu meiner soliden Gesundheit. Sonst hätte ich längst irgendwelche Geschwüre oder Schlimmeres.

«Mutterliebe scheint ein Fremdwort für dich zu sein, die Bindung zu deiner Mutter war eben nicht sehr tief», hatte Karl vermutet, während ich eine ausgeprägte Allergie gegen die Bezeichnung *Mutschi* wie auch gegen die damit gemeinte Person entwickelte.

Und jetzt, wo diese enervierende Frau endlich tot war – die eigentliche Tragödie war, dass sie so lange gelebt hatte –, spielte sie immer noch die Hauptrolle, störte nach wie vor und war verantwortlich dafür, dass ihr Sohn glaubte, sich selbst finden zu müssen, und dafür offenbar in Kauf nahm, mich zu verlieren.

Ich wusste nicht, was ich sagen sollte.

War ich wirklich so langweilig und gewöhnlich? Vermutlich. Aber es reichte doch, wenn einer abendfüllend war. Wenn Karl eines nicht leiden konnte, dann, wenn ihm jemand die Show stahl. Und das habe ich nie getan. Habe ich zu wenig um Karl gekämpft? Ich kämpfte jeden Tag um ihn, allerdings im Verborgenen. Nicht mit großen Gesten und großem Brimborium. Ich war einfach immer für ihn da, machte nicht viel Wind, hielt ihm den Rücken frei, und er bemerkte mich eigentlich nur dann, wenn was fehlte oder schiefging.

An schlechten Tagen denke ich, dass ich mich dabei verleugne und verbiege. An guten Tagen sage ich mir, dass ich mir einfach nur Mühe gebe, eine gute Ehe zu führen. Die Grenzen zwischen Selbstaufgabe und Engagement für die Beziehung sind fließend, und ich habe mich manches Mal gefragt, ob all die Wegatmerinnen, die fleischgewordenen Meditationskissen, die in sich ruhenden Dauerlächlerinnen in Wahrheit gar nicht tolerant und milde sind, sondern einfach nur zu feige, um etwas zu verändern. Die ruhen nicht in ihrer Mitte. Die haben sich in ihrer Mitte verbarrikadiert, um ihr Harmoniebedürfnis und ihre fragwürdigen Ehen nicht zu gefährden. Ich würde sagen, dass ich in den vielen

Yogakursen, die ich besucht habe, überdurchschnittlich vielen angestrengten und anstrengenden Frauen begegnet bin, die krampfhaft Gelassenheit und inneren Frieden ausstrahlen wollten.

Habe ich so viele meiner Eheprobleme weggeatmet und unter den Meditationsteppich gekehrt, dass sie nun zu einem stattlichen, unübersehbaren, stinkenden Haufen Müll geworden waren, der mich unter sich zu begraben drohte? Habe ich meinen Mann in diese «Auszeit» getrieben, weil ich ihn eingeengt oder weil ich ihm keine Grenzen gesetzt hatte? Karl brauchte viel Freiheit. Und er hatte sie sich immer genommen – oft genug auf meine Kosten. Karl war nie zufrieden. Das Wort kannte er gar nicht. Er fühlte sich eingeengt, nicht weil ich ihn einengte, sondern weil er ein typischer Mann in einer typischen Midlife-Crisis ist. Die fühlen sich per se eingeengt, und zwar von ihrem Leben, das langsam in die Jahre kommt. Psychologie, erstes Semester.

Und was meinte Karl mit «neuen Wegen»? Wollte er wirklich Theater spielen, nach Portugal auswandern, oder wollte er etwas ganz anderes? Sein Job erfüllte ihn nicht mehr. In den letzten Monaten gab es viel Ärger am Set wegen einer neuen Schauspielerin. Was fehlte ihm so sehr, dass er sich danach auf die Suche machte und unsere Ehe riskierte? Was wollte er denn noch mehr? Es gab nur eines, was Karl Westphal, der erfolgsverwöhnte Star, nicht hat: ein Kind. War es das, worum es hier eigentlich ging? Eine Familie?!

Tränen verstopften mir plötzlich die Atemwege.

Natürlich, das musste der wahre Grund sein. Als mir vor etwa achtzehn Jahren klar geworden war, dass ich keine Kinder haben würde, waren meine Welt und ich zeitgleich zusammengebrochen. Medizinisch war zwar bei uns beiden kein Grund festzustellen gewesen, aber da es an Karl nicht hatte liegen können, war klar, wer die Schuld an unserer ungewollten Kinderlosigkeit trug.

«Ich sage es nicht gern», hatte Karl gemurmelt und mich fest in seine Arme genommen, «und ich will mich auch gewiss nicht damit brüsten, aber dass ich zeugungsfähig bin, ist sicher, denn ich bin leider mitverantwortlich für zwei Abtreibungen von zwei ehemaligen Freundinnen, und meine letzte Ex hatte mehrere frühe Fehlgeburten. Es tut mir so leid, aber es muss leider an dir liegen.» Er hatte mich auf die Stirn geküsst und gewiegt wie ein Kind, und mein Selbstbild, mein Selbstbewusstsein, mein Selbstwert und alles andere, was sonst noch mit «Selbst» anfängt, waren komplett in die Brüche gegangen. Kinder hatten so zweifellos zu meiner Lebensplanung, zu meiner Vorstellung von Lebensglück und einer richtigen Frau und runden Beziehung gehört, dass wenig von mir übrig geblieben war.

Karl hatte mich vorsichtig wiederaufgebaut und zusammengesetzt. Stück für Stück. Geduldig und liebevoll. Damals hatte er angefangen, mich ab und zu «Stellina» zu nennen, sein «Sternchen». Er hatte mir versichert, dass es an seiner Liebe zu mir nichts ändere, er hatte mich getröstet, zu mir gestanden und mir schließlich, an diesem Tiefpunkt meines Lebens, einen Heiratsantrag gemacht. Karl hat mich damals gerettet. Und mir fest versprochen, dass er, egal was kommen würde, nie mit einer anderen Frau Kinder haben würde. «Das könnte ich dir nicht antun. Ich hätte gerne eine Familie gehabt, das gebe ich zu, aber du bist mir wichtiger als meine Sehnsucht nach Kindern. Viel, viel wichtiger. Vergiss das nie, Stellina.»

Und ich hatte es nie vergessen. Aber ich hatte mich ab und zu gefragt, womit ich so ein großes Opfer und so viel bedingungslose Liebe verdient hatte. Und ich schäme mich immer noch manchmal dafür, dass ich nicht mit Sicherheit sagen kann, ob ich umgekehrt genauso selbstlos gewesen wäre. Ich vermute, wenn es an Karl gelegen hätte, dass wir keine Kinder haben konnten, dann hätte ich ihn verlassen.

Und jetzt holte mich dieses Thema wieder ein. Jetzt, wo es sowieso zu spät war. Für mich zumindest. Jetzt, wo ich trotz aller Disziplin und bewusster Ernährung einen schlaffen Bauch und Hamsterbäckchen bekam, wo sich unter meinem künstlichen Blond nichts als eine Einöde aus echtem Grau verbarg und ich meine Wechseljahresbeschwerden mit naturidentischen Hormonen bekämpfte – jetzt fiel meinem Herrn Gemahl plötzlich ein, dass er sich doch allmählich mal auf dem Markt der gebärfähigen und gebärwilligen Frauen umschauen könnte, um auf seine alten Tage noch eine Familie zu gründen. Während sich in meiner nichtsnutzigen Gebärmutter die letzten angegammelten Hartz-IV-Eizellen zu einer Abschiedsparty versammelten, ging mein Mann auf Brautschau.

Ich schloss kurz die Augen, um mich zur Ordnung zu rufen. Ich würde jetzt nicht weinen. Karl hasste Szenen, und er hasste Tränen. Ich würde nicht kampflos aufgeben und ihm den Abschied von mir leicht machen. Ich würde ihm deutlich zeigen, was er an mir hatte. Ich mochte nicht auffällig sein, aber ich war wichtig. So wie ein Fundament. Man sieht es nicht. Man sieht nur die prächtige Villa, die darauf erbaut wurde. Aber alles stürzt in sich zusammen, wenn die Grundmauern nachgeben. Ich kannte meinen Mann besser als er sich selbst. Und ich liebte ihn mindestens so sehr wie er sich selbst.

«O. k., Karl. Wenn du glaubst, diese Auszeit zu brauchen, dann bin ich einverstanden. Das wird dir bestimmt guttun. Und dadurch auch uns. Nimm dir die Zeit, die du brauchst. Und schreib zwischendurch mal 'ne Postkarte», sagte ich beherrscht und mit aufgesetztem Lächeln, als hätte er mir eine Wahl gelassen. Ich legte meine Hand auf seine. Karl mochte ein guter Schauspieler sein, aber er erkannte definitiv nicht, wenn man ihm etwas vormachte.

«Mit nichts anderem habe ich gerechnet. Du bist wundervoll, Stellina. Was wäre ich bloß ohne dich? Du weißt, dass ich dich liebe und dass ich immer wieder zu dir zurückkomme. Deswegen kannst du mich auch völlig beruhigt gehen lassen. Bist du eigentlich sicher, dass das Essen heute Abend erst um acht beginnt?»

«Das hast du mir so gesagt, und so habe ich es in unseren Kalender eingetragen.»

«Habe ich nicht halb acht gesagt? Egal. Du wirst sie alle bezaubern. Du siehst fantastisch aus. Die neuen Ohrringe, die ich dir geschenkt habe, bringen deine Augen wunderbar zur Geltung. Bloß dein Kleid sitzt nicht ganz so günstig. Es könnte obenrum etwas mehr für dich tun, um es vorsichtig zu formulieren. Achtung, hier kommt Ruth, mein sehr kleines Busenwunder!», sagte Karl lachend und küsste mir die Hand. Seine Welt war wieder in Ordnung.

Als wir um Punkt acht das Restaurant betraten, waren die anderen schon bei der Vorspeise. «Mein Fehler», sagte ich. «Ich habe den Termin falsch notiert.» Karl lachte. «Meine Frau ist ein Genie, aber Zahlen sind nicht ihre Stärke», sagte er und drückte meine Hand eine Spur zu fest.

«Was für ein seltener Gast», sagte der Regisseur Marc Schmidt und stellte mich dem Rest der Gesellschaft vor. Wanda Tomuschat schaute mich interessiert, fast schon unverschämt forschend an. Wir kannten uns noch nicht persönlich. Sie spielte bei *Hauptkommissar Hansen* seit einem Jahr die bärbeißige Gerichtsmedizinerin Anne Alander, und Karl sagte immer, dass sie für diese Rolle nichts tun müsse, außer ganz sie selbst zu sein.

Auf den Set-Fotos, die ihn neben Wanda Tomuschat zeigten, sah mein Mann immer ein bisschen so aus, als hätte er was Schlechtes gegessen. Er mochte sie nicht, und ich konnte ihn immer verstehen.

Frauen wie Wanda machten mir schon aus der Ferne Angst. Sie strahlte selbst über den Bildschirm ein so aggressives Selbstbewusstsein aus, neben dem man sich als Frau mit weniger robustem Ego stets minderwertig und irgendwie bloßgestellt fühlte. Ich nickte ihr zu, und von der ersten Sekunde an erinnerte mich Wanda Tomuschat unschön an meine Schwester Maria. Nicht äußerlich, aber ihre raumverdrängende Art kam mir bekannt vor und auch das Gefühl, die Schwächere zu sein und dafür verachtet zu werden.

Wanda wendete ihren Blick nicht ab, sondern starrte mich provozierend lange an, bis ich klein beigab und in eine andere Richtung schaute. Sie hatte knallrot geschminkte Lippen und stark getuschte Wimpern. Ansonsten war ihr Gesicht auffällig blass, und ein paar feine Narben auf ihren Wangen und ihrer Stirn erinnerten an eine starke Pubertätsakne. Sie sah aus wie eine Frau, die nicht gefallen will, sich nichts gefallen lässt und mit der man unter gar keinen Umständen Ärger haben möchte. Irgendwie abweisend und misstrauisch, als würde sie immer mit dem Schlimmsten rechnen. Sie war klein und kräftig, Ende vierzig, ihr strähniges, rotblondes Haar wirkte immer und auch an diesem Abend ungekämmt und ungewaschen. Angeblich war sie teilweise im Heim und teilweise auf einem Campingplatz aufgewachsen, soll früher mehrfach straffällig geworden und jetzt mit einer Frau liiert sein. Karl nannte sie abfällig die «Quoten-Lesbe mit Migrationshintergrund», und ich wusste, dass er hinter den Kulissen daran arbeitete, sie schnellstmöglich wieder loszuwerden.

Es war natürlich nicht auszuschließen, dass Karls Antipathie auch darauf beruhte, dass die Tomuschat vom Theater kam, die

Folkwang Universität der Künste in Essen besucht und mehrere Preise gewonnen hatte. «Wanda Tomuschat steht für Emanzipation, Niveau und starke, moderne Frauenrollen», stand in der Pressemitteilung, mit der ihr Einstieg bei *Hauptkommissar Hansen* angekündigt wurde. «Wir sind glücklich, dass sie in Zukunft das Team rund um Hauptkommissar Hansen erweitern und bereichern wird.»

In Interviews hatte Karl Sätze gesagt wie: «Ben Hansen ist ein klassisches Alphamännchen. Jetzt bekommt er endlich das, was er verdient hat: ein klassisches Alphaweibchen.» Und: «Ich setze auf Feminismus, ich halte mich selbst für einen emanzipierten Mann, und ich würde mir wünschen, dass die Sichtbarkeit von Frauen im Fernsehen und im wahren Leben erhöht wird.» Und: «Ich mache mich stark für starke Frauen.»

Hinter den Kulissen und zu Hause an unserem Esstisch für zwölf Personen, an dem wir immer nur ein kümmerliches Eckchen besetzen, hatte er jedoch geschäumt vor Wut.

«Der Name Wanda bedeutet ‹vom Stamme der Wandalen abstammend›. Ihre Eltern hätten diesem hässlichen Trampeltier keinen passenderen Namen geben können. Sie kann nichts, ist dumm wie Kuhscheiße und noch dazu unverschämt und überheblich. Und die neue Produzentin kriecht ihr in den Arsch, so als sei alles, was mal am Thalia Theater gespielt hat, pures Gold. Ich garantiere dir, in drei Monaten kann sich die Tomuschat einen neuen Job suchen. Dafür werde ich sorgen. Unsere Zuschauer werden so eine nicht akzeptieren. Schon allein weil sie alt und eine Beleidigung fürs Auge ist.»

«Alt?», hatte ich etwas gekränkt nachgehakt. «Sie ist jünger als ich.»

«Du bist ja auch uralt», hatte Karl lachend geantwortet, und ich hatte mitgelacht, obwohl ich das eigentlich nicht komisch fand.

Schon gar nicht aus dem Mund eines Mitte Fünfzigjährigen.. Aber ich lachte grundsätzlich über Karls Witze, egal ob sie frauenverachtend, eklig, sexistisch oder einfach bloß nicht lustig waren. Es war ein bescheuerter Reflex, den die allermeisten Frauen verinnerlicht haben und partout nicht loswerden. Er fällt in die Kategorie «Höflichkeit vor Ehrlichkeit» und liegt in einer jeden weiblichen Seelenkommode in der übervollen Schublade mit der Aufschrift «Wie ich allen anderen gefalle außer mir selbst». Wir hören zu, obwohl wir uns zu Tode langweilen, wir nicken, obwohl wir kein Wort verstanden haben, wir lächeln, obwohl wir lieber gähnen würden, und wir lachen, wenn wir stattdessen aufstehen, auf den Boden spucken und gehen sollten.

Ich setzte mich an den Tisch. Leider war nur noch der Platz direkt gegenüber von Wanda Tomuschat frei, die nicht aufhörte, mich zu mustern. Ihre kleinen, grauen, argwöhnischen Augen ließen mich nicht entkommen und zwangen mich, immer wieder zu ihr hinzusehen. Es war ein Kräftemessen, das ich verlor, weil es mir nicht gelang, ihrem Blick länger als ein paar Sekunden standzuhalten.

Was hatte diese Frau nur gegen mich? Warum wollte sie mich in die Knie zwingen? Wollte sie mir beweisen, dass sie die Stärkere von uns beiden war? Geschenkt. Wollte sie mir klarmachen, dass sie keine Angst vor meinem Mann hatte, dass sie sich nicht von ihm kleinkriegen ließ? Dass wusste sowieso jeder.

Die Feindschaft zwischen Karl Westphal und Wanda Tomuschat war mittlerweile ein offenes Geheimnis. Am Set lagen die Garderoben der beiden so weit wie möglich voneinander entfernt, das Organisationsteam sah zu, dass sie nie zur selben Zeit in der Maske waren, und die gemeinsamen Szenen waren jedes Mal, das wusste ich von Karl, eine Tortur, bei der nicht selten die Fetzen flogen.

Mein Mann hatte sich getäuscht, was Wanda anging. Sie behielt ihre Rolle nicht nur, sondern die Figur der Anne Alander sollte in Zukunft sogar mehr Gewicht bekommen und die Ermittlungen auch schon mal in die eigene Hand nehmen. «Wahrscheinlich hat sie mit der Produzentin geschlafen», hatte Karl vermutet. Die Quoten der ersten drei Episoden mit Wanda Tomuschat waren allerdings kontinuierlich und deutlich gestiegen.

«Tomuschat gucken ist, wie bei einem Verkehrsunfall nicht wegzusehen. Das sind keine Zuschauer, das sind Gaffer», lautete Karls Theorie zu Wandas Erfolg. Aber ihr positiver Einfluss auf die Beliebtheit der Serie war nicht zu leugnen, und sie war zu Karls Albtraum geworden und auch zu meinem. Unzählige Abende hatte sie mir in den letzten Monaten versaut, weil Karl ungenießbar und verärgert vom Dreh nach Hause gekommen war und seine Wut auf sie natürlich an mir ausgelassen hatte. Stundenlange Schimpftiraden musste ich mir anhören über das abstoßende Mannweib, die überschätzte, arrogante Lesbe. Es würde mich nicht wundern, wenn Karls Wunsch nach einer Auszeit und womöglich nach einem Leben mit Kindern auch mit Wanda Tomuschat zu tun hatte. Sie vermieste ihm seinen Beruf, sie vermieste ihm sein Leben, sie verleidete ihm die Welt des Films, in der er erfolgreich war und bewundert wurde.

Ich kam nicht gegen sie an. Karl hasste sie. Sie hasste ihn. Und mich anscheinend auch. Sie hörte nicht auf, mich mit ihrem bösen, geringschätzenden Blick aufzuspießen. «Wie lebt es sich denn so als unemanzipierte Frau an der Seite eines Mega-Arschlochs?», schien sie mich fragen zu wollen. Und was hätte ich antworten können? Dasselbe, was ich früher auch schon meiner Schwester nicht geantwortet habe, als sie anfing, Simone de Beauvoir zu lesen, sich ausgerechnet von meinem Vater ein *Emma*-Abonnement zu Weihnachten wünschte und nahezu jedes heimische Abendessen mit ihren kühnen Thesen und Provokationen störte. «Lecker, hast du das gekocht?», fragte sie meinen Vater manchmal, um sich dann selbst die Antwort zu geben. «Ach nein, natürlich nicht, der Platz am Herd ist ja ausschließlich für Frauen reserviert.» Oder sie erhob ihr Glas und prostete mir und Mama zu mit den Worten: «Auf Papa, auf das Patriarchat und auf uns, seine diskriminierten Frauen!»

Einmal hatte meine Mutter ihre Serviette beiseitegelegt und leise gesagt: «Gehört zu deiner Emanzipation denn nicht auch, diejenigen zu akzeptieren, die nicht emanzipiert sein wollen?» Dann hatte sie das Esszimmer verlassen, und mein Vater hatte gesagt, dass Frauen nicht gleichzeitig für Schimanski und für Alice Schwarzer schwärmen könnten. «Emanzipation ist widernatürlich», hatte er abschließend kundgetan und mich gebeten, ihm noch ein paar Gewürzgürkchen auf den Teller zu legen. Meine Schwester hatte das Gurkenglas mit voller Wucht gegen die Wand geschleudert und war rausgerannt. Später hatten meine Mutter und ich die Schweinerei beseitigt.

Und jetzt das Essen mit Wanda Tomuschat. Was für ein schrecklicher Abend. «Lacht dich irgendwas auf der Karte an, Stellina?», fragte Karl fröhlich, als sei nichts gewesen. Am liebsten würde ich meine ganze Angst direkt vor ihn auf den Tisch kotzen. Am liebsten würde ich ihn zwingen, mit mir zu reden und mir die Wahrheit über seine idiotische Auszeit-Idee zu sagen. Am liebsten würde ich Wanda Tomuschat anschreien, dass sie gefälligst aufhören soll, mich anzustarren und meinem Mann und damit auch mir das Leben zur Hölle zu machen.

Am liebsten würde ich nach Hause gehen.

In meinem Kopf fangen viel zu viele Sätze an mit: «Am liebsten würde ich ...» Was würde passieren, wenn ich all das täte, was ich am liebsten tun würde? Was, wenn ich den Konjunktiv, den

Modus der Möglichkeit, aus meinem Leben verbannen und stattdessen den Indikativ, den Modus der Wirklichkeit, zu meiner Leitlinie erklären würde?

Ich schaute auf und traf wieder auf Wanda Tomuschats durchdringenden Blick. Ich dachte an das Gurkenglas an der Wand. Diesmal hielt ich stand. Diesmal gab ich nicht auf. *Du kriegst mich nicht klein. Ich bin nicht länger deine Putzfrau. Ich mache nicht länger die Unordnung weg, die du mit deinem egoistischen Emanzipations-Getue verursachst. Lass mich in Ruhe.*

Ich schaute ihr direkt in die Augen. Wir rangen mit den Blicken. Ich sah Überheblichkeit in ihrem Gesicht. Dann Überraschung. Schließlich so etwas wie Respekt und endlich eine fast widerwillige Zuneigung. Aus der Umklammerung wurde eine Umarmung und Wanda Tomuschat von einer Bedrohung zu einer Bereicherung, von der Feindin zur Mitstreiterin. Es kam mir so vor, als wollte sie mir etwas von ihrer Kraft abgeben.

Von der Möglichkeitsform zur Wirklichkeitsform.

Machen statt wollen. Scheiß doch auf den Konjunktiv.

Ich sagte: «Ich habe keinen Hunger, und ich fühle mich nicht wohl. Bringst du mich bitte nach Hause, Karl?»

Wanda Tomuschat lächelte mich an, als wir das Lokal verließen. «Bis bald», sagte sie.

Am nächsten Tag hatte Karl seine Koffer gepackt und mich vorübergehend verlassen.

ERDAL

Erdal lehnt sich behaglich zurück und beglückwünscht sich zu seiner Entscheidung, die aseptische Klinik und das harte Fastenregiment für eine kurze Auszeit hinter sich gelassen zu haben. Es geht doch nichts über eine reichhaltige Mahlzeit, besonders wenn man weiß, dass die Alternative ein salzfreies Selleriesüppchen wäre, serviert in einem fingerhutgroßen Tässchen.

Der gute Sozi, ein fantastischer Koch mit wunderbarem Händchen für gutbürgerliche Küche, hatte ein Kalbsgeschnetzeltes mit selbst gemachten Spätzle und Gurkensalat zubereitet, und Erdal war glücklicherweise genau rechtzeitig zum Abendessen eingetroffen. «Für mich nur eine ganz kleine Portion», hatte er noch abwehrend gesagt, als Rudi ihm aufgegeben hatte, sich dann aber noch zweimal nachgenommen und den Weitblick des Sozis gelobt, der grundsätzlich immer so viel kocht, dass auch unerwartete Gäste noch satt werden. Durch und durch der Idee der Sozialdemokratie verpflichtet. Ein löblicher Ansatz aus Erdals Sicht, der immer in Sorge ist, nicht satt zu werden. Erdal würde sein letztes Hemd hergeben, aber niemals den letzten Bissen.

«Rudi hat sein halbes Leben in WGs gelebt», hatte Gloria erklärt. «Das prägt, und einem wird schnell klar, dass die Mengenangaben in Kochbüchern nicht für normale Menschen gedacht sind, sondern für mickrige Personen, die ihr geringes Gewicht halten wollen. Hast du nicht sogar mal in einem besetzten Haus für Gudrun Ensslin Pasta al Pomodoro gekocht, Sozi?»

«Das war vor ihrer Radikalisierung. Und großen Hunger hatte sie nicht.»

Erdal liebt die große Küche im Ohnsorgweg, den langen Tisch, das zusammengewürfelte Geschirr, die Schalen und Schüsseln, Teller und Tassen, die sich nicht auf eine gemeinsame Farbe oder ein zugrunde liegendes Muster einigen können. Die wenigsten von ihnen sind unversehrt, viele scheinen aus einer anderen Zeit zu stammen, es sind alles Einzelstücke, und trotzdem passen sie irgendwie zusammen. So wie die Bewohner im Haus Ohnsorg. Mit bewundernswertem Geschick, großem Herzen und schier unerschöpflich großer Kenntnis und Toleranz allem Menschlichen gegenüber, gelingt es Gloria seit bald zehn Jahren, in ihrem Haus Leute zu versammeln, die auf der Flucht sind oder auf der Suche, die ein Versteck oder einfach nur eine kleine Rast brauchen. Manche bleiben nur wenige Tage, andere Wochen oder ein paar Jahre. Zahlen Miete oder auch nicht, kommen immer wieder oder gehen für immer.

Meine Güte, mit was für eigenwilligen Existenzen hatte Erdal schon an diesem Küchentisch gesessen! Barbara, die sich in die Physik-Nachhilfelehrerin ihres Sohnes verliebt hatte, Hans-Jürgen, der seine karriereorientierte Frau für einen Bio-Bauernhof in der Uckermark verlassen wollte, Lydia, die sich vor ihrem gewalttätigen Mann versteckt hatte, Mike, dessen Bruder verunglückt, und Heike, die nicht gewusst hatte, von wem sie schwanger gewesen war. Johann, der stille Web-Programmierer, der bereits seit vier Jahren in der reetgedeckten Remise im Garten wohnt. Und jetzt Rudi, der gute Sozi, der Neuzugang im Haus Ohnsorg. Aus welchem Grund mag er hier gestrandet sein? Er wirkt nicht so, als hätte er große Probleme oder quälende Sorgen. Ein in sich ruhender, freundlicher alter Mann.

Ob Erdal auch mal so werden würde? Er hat da seine sicherlich berechtigten Zweifel. Mit siebenundfünfzig, böse Zungen nannten das bereits «Ende fünfzig», fühlt er sich immer noch unausgegoren und krisenanfällig. Was ihn mal mehr, oft auch aber auch gar nicht stört, denn sein Hang zum Drama geht einher mit einer grundsoliden Selbstüberschätzung.

«Deine Natur ist die Krise», sagt Karsten oft zu ihm. Ein Kompliment, aus Erdals Sicht. Wie eintönig ist doch das Leben für Menschen, die zu Rationalität statt zu Übertreibung neigen. Erdal hatte oft mit seinen diversen Therapeuten darüber debattiert, ob er mit seinen Schwächen auch seine Stärken verlieren würde.

«Sie versuchen, mir genau das zu nehmen, was mich ausmacht! Sie wollen mich normal machen. Aber wenn ich normal wäre, dann wäre ich nicht mehr ich selbst!», hatte er Dr. Siemens noch in einer der letzten Stunden erregt attackiert, der Erdal ungerührt darauf hingewiesen hatte, dass er freiwillig herkomme und im Übrigen die Zeit um sei.

Erdal hatte nie wirklich daran gezweifelt, eine Bereicherung für die Menschheit zu sein, im Laufe der Jahre allerdings gleichzeitig eingesehen, dass er mit seinem Sosein für andere ab und zu auch eine Zumutung darstellte. Deshalb hatte er einige kleinere Krisen bereitwillig im Ohnsorgweg auskuriert und war ihrem Ruf gefolgt, wenn Gloria vorgeschlagen hatte, er solle vorbeikommen und Karsten und den Kindern ein paar ruhige Tage gönnen.

Zwischen den ganzen kommenden und gehenden Schicksalen im Haus Ohnsorg war Gloria der Fels in der Brandung. Groß, schwer, raumgreifend, laut, mit kinnlangem, mittlerweile ergrauendem, lockigem Haar. Wilde Walküre, gute Fee, Racheengel, ungezähmte Tigerin, Herzenströsterin und streitbare, anstrengende, loyale und mutige beste Freundin.

«Gibt es noch Nachtisch?», fragt Erdal und kennt die Antwort. Denn die Küchenschränke im Ohnsorgweg sind stets voller Süßigkeiten, und Gloria hat immer alles da, was man für eine im Handumdrehen zubereitete, warme, köstliche, tröstende Süßspeise braucht. Gloria glaubt, wie Erdal, an die heilende Kraft von Desserts, insbesondere von Milchreis mit heißen Himbeeren, lauwarmem Schokoladenkuchen mit flüssigem Kern und Armen Rittern. Zum Abnehmen sollte man nicht hierherkommen.

Erdal kennt Gloria seit fast zehn Jahren, seit sie gemeinsam an einer Podiumsdiskussion über Bodypositivity in Bremen teilgenommen haben. Sie mochten sich auf Anhieb und hatten große Freude daran, einer ebenfalls teilnehmenden Influencerin klarzumachen, dass sie keine wertvolle oder glaubwürdige Botschaft transportiert, indem sie ihren makellosen Körper gut findet und fast nackt zeigt, wenn dieser Körper exakt dem gängigen Schönheitsideal entspricht.

«Soll das heißen, es dürfen nur dicke Menschen wie Sie für Bodypositivity werben?», hatte die Influencerin eingeschnappt zu Erdal gesagt und sich damit einen Feind fürs Leben gemacht.

«Sie haben einen Körper, den alle schön finden. Wenn Sie glaubwürdig sein wollen, sollten Sie sich gefälligst verhüllen, um eingefahrene Sehgewohnheiten nicht länger hirnlos zu bedienen», hatte Erdal gesagt und hinzugefügt, dass er persönlich sehr tolerant sei, was unterschiedliche Körperformen angehe, bei Dummheit höre es bei ihm jedoch mit der Liberalität auf.

Zum Schluss der Diskussion hatten sich Gloria und Erdal bis auf die Unterwäsche ausgezogen, um ein Zeichen gegen die Diätkultur und für Körperdiversität zu setzen, waren anschließend versackt und Freunde geworden. Glorias Sohn August war vor anderthalb Jahren nach Jülich auf Erdals Hof gezogen, hütete manchmal die Kinder, gab ihnen Nachhilfe in Mathe, und wenn er am Wochenende nach Hamburg zu seiner Mutter fuhr, nahm er mal Erdal, mal die Kinder und mal alle mit. Sie waren eine Familie geworden. Eine Freundes-Familie.

Gerade hat Erdal einen sehr zufriedenen Blick auf den Milchreis geworfen, den Gloria am Herd zubereitete, als ein markerschütterndes Klingeln aus den Tiefen des Hauses ertönt. Selbst der gute Sozi, ein Mann, der dem tiefsten Ruhrpott entstammt, für Terroristinnen gekocht hat und den sicherlich nichts so leicht aus der Ruhe bringt, zuckt sichtbar zusammen.

«Was ist das denn?» Erdal schiebt seine derzeitige Übersensibilität auf die Mangelversorgung und Unterzuckerung. «Ist das dein Handy, Gloria? Woher bekommt man denn so einen irren Retro-Klingelton? Der tut einem ja in den Ohren weh!»

«Das ist nicht retro. Das ist das Original. Und ich wüsste nicht, dass das Festnetztelefon seit dem Tod meiner Oma geklingelt hat. Die Nummer hat niemand mehr. Die sind ja auch schon alle tot.»

«Ein Anruf aus der Unterwelt», sagt der gute Sozi, und Erdal, der leicht zu ängstigen ist, wird unwohl. Tatsächlich klingt das schrille Geräusch in seinen Ohren immer mehr wie das Klagen einer untoten Seele. «Ihr Sohn hat zu viel Fantasie», hatte in der Grundschule regelmäßig unter Erdals Zeugnissen gestanden. «Wer so einen Unfug schreibt, hat zu wenig Fantasie», hatte daraufhin Erdals Mutter Renate Gökmen-Küppers dem Klassenlehrer schriftlich mitgeteilt.

Sie hatte ihrem Sohn von Anfang an das Gefühl gegeben, er sei wunderbar und es gebe nichts an ihm auszusetzen. Erdal hatte diese Einstellung weitgehend übernommen und verinnerlicht. Erdals schlechte Noten waren für seine Mutter Zeichen eines dringend reformbedürftigen Schulsystems gewesen. Beim Elternsprechtag hatte sie einmal den Physiklehrer angebrüllt, nicht ihr Sohn habe die Fünf verdient, sondern er, der unqualifizierte Pädagoge, der offensichtlich nicht in der Lage sei, seinen Stoff anschaulich und mitreißend zu vermitteln. Der Lehrkörper hatte davon abgesehen, Frau Gökmen-Küppers zu weiteren Gesprä-

Ein Anruf aus der Unterwelt

chen zu bitten, und Erdal hatte unbehelligt weiter den Unterricht besucht und mit einer mäßigen mittleren Reife die Schule verlassen.

«Du bist mein Sohn, und du bist perfekt», hatte sie erst neulich wieder gesagt, als er ihr von seiner letzten Therapiestunde berichtete. «Du brauchst keinen Therapeuten. Das ist was für kranke Menschen, die glauben, ihre Mutter sei an allem schuld.»

Das Telefon klingelt weiter. «Meine Oma war schwerhörig und hat es deshalb extra laut gestellt», ruft Gloria im Hinausgehen, und Erdal wird bang ums Herz, als er sie nach dem elefantösen Hörer eines Apparates greifen sieht, den er immer für eine museale Attrappe ohne Funktion gehalten hatte.

«Hallo? Ich kann nichts hören! Wer spricht da?» Eine kurze Pause, in der Gloria angestrengt lauscht. Erdal glaubt, das Schicksal herannahen zu spüren. Das spürt er nahezu ständig, sodass er immer mit gutem Gewissen sagen kann, er habe schon vorher ein ganz komisches Gefühl gehabt.

«Wo genau bist du? Beruhige dich.» Glorias Stimme klingt alles andere als beruhigend. «Hör zu. Ich sage dir jetzt meine Handynummer. Schreib sie dir auf oder merk sie dir und schick mir deinen Standort. Wir kommen dich holen.»

Gloria kommt in die Küche zurück und setzt sich an den Tisch. Sie sieht aus, als sei sie im Flur von einem Gespenst angefallen worden. Blass, verstört, aufgewühlt. Ihr Handy gibt einen Ton von sich.

«Was ist los?», fragt Rudi.

«Wir müssen sofort los. Ich habe zu viel getrunken. Könnt ihr noch fahren?»

«Es ist schon fast Mitternacht», gibt Erdal erschrocken zu bedenken, der nicht gut und nicht gern Auto fährt, schon gar nicht bei Dunkelheit.

«Ruth sitzt im Tunnel fest. Sie hat mir gerade ihren Standort geschickt. Hier. Mittendrin, direkt unter der Elbe.»

«Ruth? Die Ruth?», fragt der gute Sozi hörbar erschrocken, und Gloria nickt wie benommen.

«Wer ist Ruth, und warum steckt sie fest?», fragt Erdal alarmiert. Die Vorstellung, eine durchgeknallte Irre mitten in der Nacht aus dem Elbtunnel zu befreien, behagt ihm nicht. Erdal ist nicht das, was man zupackend nennt, und darüber hinaus ein großer Freund irrationaler Ängste, und seine Bereitschaft, die behagliche Küche im Ohnsorgweg inklusive des warmen und noch unberührten Milchreises zu verlassen, tendiert gegen null.

«Sie ist in einen Stau geraten und hat anscheinend eine Panikattacke. Sie steht auf dem Standstreifen und traut sich nicht, weiterzufahren. Kommt, wir müssen los», drängt Gloria. «Können wir dein Auto nehmen, Rudi?» Der Sozi nickt, greift nach seinem Schlüssel und folgt Gloria zur Haustür.

Erdal fügt sich in sein Schicksal und trottet den beiden nach. «Du hast mir nie was von einer Ruth erzählt. Ist das etwa dein Auto, Rudi? Hast du das Ulrike Meinhoff abgekauft? Der Wagen muss doch mindestens fünfzig Jahre alt sein!?»

Gloria setzt sich auf den Beifahrersitz des nach Nikotin und sehr alten Stoffpolstern müffelnden Passats. Erdal steigt hinten ein und überlegt kurz, seinen Mundschutz anzulegen. Seit Corona hat er immer einen dabei. Sicher ist sicher, findet Erdal, der nicht gerne unnötige Risiken eingeht und der festen Überzeugung ist, zu Asthma zu neigen. Aber er will hier niemanden gegen sich aufbringen, schon gar nicht Gloria, die ihm und seiner Cousine immerhin ein Heim in schwerer Zeit angeboten hat. Außerdem ist der gute Sozi, abgesehen von seinem übel riechenden Auto, wirklich ein reizender Mann, und Erdal kann sich sehr gut vorstellen, dass seine Patentochter Leyla ihre Zickigkeit ihm gegenüber ablegen und brav Spanisch üben wird.

«Ich habe Ruth seit fünfzehn Jahren nicht mehr gesehen. Das ist eine ziemlich hässliche Geschichte», sagt sie, kurbelt das Fenster runter und zündet sich eine Zigarette an. Erdal beschleicht die Vermutung, dass ein Auto ohne elektrische Fensterheber womöglich auch keine Airbags und keinen seitlichen Aufprallschutz besitzt. Er verdrängt den Gedanken und versucht, die ganze Aktion schon jetzt als das zu sehen, was sie bereits morgen sein wird: eine Anekdote, ein überstandenes Abenteuer, von dem er seiner atemlos lauschenden Familie erzählen würde. Falls er hier heil rauskommt. Gloria macht ihn nervös. Sie raucht selten. Aber wenn, dann richtig.

«Und warum lässt du sie nicht im Elbtunnel versauern, wenn du so schlechte Erinnerungen an sie hast?»

«Keine Ahnung. Ich glaube, ich habe mir immer gewünscht, dass sie zurückkommt. Das weiß ich aber erst seit ein paar Minuten.»

Das klingt für Erdal nach einer interessanten Geschichte, und einen Moment lang ist er begeistert, aktiv daran beteiligt zu sein. Dann gibt der gute Sozi Gas, der greise Passat rumpelt los, und Erdal bemerkt, dass Gloria noch ihre Hausschuhe trägt. Er überprüft unauffällig den Sitz seines Sicherheitsgurtes. Eigentlich schaut er die interessanten Geschichten ja auch viel lieber im Fernsehen.

RUTH

Ich starre auf den Punkt, der sich langsam in meine Richtung bewegt. Dieser Punkt ist das Einzige, was mich noch vom Wahnsinn trennt. Dieser Punkt ist meine Schwester Maria. Sie hat mir ihren Standort auf mein Handy geschickt, damit sie mich orten und ich ihren Weg zu mir verfolgen kann. Ich sehe, wie sie keine hundert Meter an mir vorbeifährt, durch die entgegengesetzte Tunnelröhre, wie sie am Ende des Tunnels die Autobahn verlässt, um schließlich wieder in meine Richtung zu fahren.

Bin in ein paar Minuten da!, schreibt sie.

Ich versuche, zu verdrängen, wo ich bin. Das gelingt mir leider nicht, und ich spüre, wie meine Panik wieder zum Sprung ansetzt wie ein schwarzer Panther, der sich eine Natter einverleiben will. Die Natter bin ich, ist ja klar.

Ich befinde mich tief unter der Erde, enorme Wassermassen über mir, zwischen zwei Ausgängen, die beide kilometerweit entfernt sind. Der Verkehr fließt langsam und bedrohlich nah an mir vorbei, immer wieder werde ich angehupt von Volltrotteln, die anscheinend glauben, ich würde hier freiwillig stehen und bräuchte lediglich einen deutlichen akustischen Hinweis, der mich ans Weiterfahren erinnert.

Aber ich kann nicht weiterfahren. Mit der rechten Hand umklammere ich mein Handy, mit der linken das Lenkrad. Ich stehe mit laufendem Motor auf der schmalen Standspur, das Blut pocht mir in den Ohren, mir ist schwindelig, und die gekachelten Wände des Tunnels rücken immer näher, als säße ich in einer Betonpresse fest. Ich kann nicht atmen. Hier unten ist zu wenig

Luft. Mir bricht der Schweiß aus. Ich versuche, einen letzten Rest von Rationalität in mir zu mobilisieren. Der Tunnel ist wasserdicht, er hält seit Jahrzehnten, er wird mit Frischluft versorgt, mir kann hier nichts passieren.

«Angst ist dazu da, überwunden zu werden!» Der Lieblingssatz meines Vaters. Dicht gefolgt von «Was nicht tötet, härtet ab» und «Daran stirbst du nicht». Im Moment ist es für mich jedoch

„Angst ist dazu da, überwunden zu werden."

kein Trost zu wissen, dass ich nicht sterben werde. Ich will einfach nur, dass alles vorbei ist. Wenn ich wenigstens in Ohnmacht fallen würde. Aber den Gefallen tue ich mir nicht. Ich schlottere, ich schwitze, ich drehe durch. Es ist, als wäre ich nicht nur in diesem Tunnel, sondern auch in meinem eigenen Kopf eingesperrt. Keine Möglichkeit zu entkommen. Lebendig begraben im eigenen Körper. Ein Horror, der niemals enden wird.

«Nimm dich zusammen, fahr weiter, gib nicht auf!» Mein Vater hat mich immer angefeuert wie Ion Tiriac den Boris auf dem Tennisplatz. Er wollte mein Bestes und das Beste von mir. Und er hat es bekommen. Er wollte, dass ich mutig bin. Also habe ich so getan, als wäre ich mutig. Wenn ich mich nachts vor der Dunkelheit fürchtete, war die größere Angst immer die, dass mein Vater meine Angst bemerken würde. Er ließ es nicht zu, dass ich bei Gewitter in seinem oder Mamas Bett Schutz suchte. Die beiden hatten getrennte Zimmer, angeblich weil mein Vater schnarchte, aber ich konnte hören, wie er manchmal im Schlaf schrie. Wenn ich weinte, fragte er nie nach dem Grund, sondern sagte, ich solle mich zusammenreißen. Manch ein aufgeschlagenes Knie hat meine Mutter heimlich versorgt, und etliche Tränen habe ich lautlos geweint oder unter der Dusche, wo man sie nicht sehen konnte.

Ich habe meinen Vater immer geliebt und verstanden und wollte ihn nicht enttäuschen. Wie sollte er auch Verständnis für alltägliche Verletzungen und kindliche Nöte aufbringen, wo er den Zweiten Weltkrieg und drei Jahre russische Kriegsgefangenschaft hinter sich gebracht, zwei Finger und das Gehör auf einem Ohr verloren, einen schweren Nierenschaden erlitten und nie ein Wort über seine Qualen und Ängste verloren hat?

Mein Vater hat mich niemals getröstet. Er war hart gegen sich und andere, trank sich Abend für Abend sein Trauma erträglich.

Ich fand, dass ich es ihm schuldig war, stark zu sein, selbst wenn ich das nicht war. Ich wollte ihm meine Schwäche ersparen.

Nachts, wenn er sich in quälenden Träumen wälzte, stöhnte und um Hilfe rief oder wenn der Wind gespenstisch ums Haus pfiff oder die Regentropfen wie feuchte Finger an meine Fensterscheibe klopften, huschte ich, als ich noch klein war, hinüber ins Bett meiner Schwester. Die war zwei Jahre älter als ich, sie war groß und mutig und hatte noch nicht mal Angst davor, ihre Angst zu zeigen. Ich habe sie sehr bewundert, aber irgendwie früh geahnt, dass es zwischen ihr und meinem Vater nicht gut gehen würde.

Sie war stets bereitwillig ein Stück zur Seite gerückt, wenn ich zitternd zu ihr gekommen war, hatte im Halbschlaf ihre Bettdecke hochgehoben und mich in ihre Arme genommen. «Hab keine Angst, Hazel», hatte sie jedes Mal gemurmelt, und ihre wilden Locken hatten sich wie ein schützender Zaubermantel um mich gelegt.

Hazel. Wie lange habe ich nicht mehr an diesen geliebten Spitznamen gedacht? Niemand sonst hatte ihn benutzt, er war wie ein Band gewesen zwischen uns, ein Codewort, das bedeutete: Wir gehören zusammen. Maria hatte mich Hazel genannt, nach dem heldenhaften Kaninchen aus dem Buch *Watership Down*, das meine Mutter uns wieder und wieder abends vorgelesen hatte. Ein paar Jahre später waren wir zusammen in den Kinofilm gegangen und hatten danach unser Taschengeld gespart, um für 4 Mark 95 die Single mit dem Titellied *Bright Eyes* und für 17 Mark 95 das Filmposter zu kaufen. Das Bild mit dem Schattenriss des stolzen Kaninchens vor der untergehenden Sonne hatte ewig in unserem Zimmer gehangen. Ich weiß nicht, wo es gelandet ist, nachdem meine Schwester ins Internat gegangen war. Hatte sie es mitgenommen? Unwahrscheinlich. Maria war so froh gewesen, von zu Hause wegzukommen, dem Machtbereich meines Vaters zu entfliehen, dass sie bestimmt keine sentimentalen Erinnerungsstücke eingepackt hatte.

Hazel. Meine Schneidezähne hatten schon, als sie noch Milchzähne waren, nie so richtig zu meinem Gesicht gepasst. Bis heute sind sie ein wenig zu groß und stehen etwas zu weit vor. Ich habe das dünne Haar, die schwachen Nerven, die Zähne und das Harmoniestreben meiner Mutter geerbt. Wir gehören zu den Frauen, die gefallen wollen, wir brauchen Frieden, sind gutmütig und in der Lage, unsere Bedürfnisse dem Gemeinwohl unterzuordnen. Bei Hunderassen nennt man diese Eigenschaften «will to please», und Mama und ich hätten ein paar hervorragende, für die Zucht geeignete Golden Retrieverinnen abgegeben.

Meine Schwester Maria hatte dieselbe, manchmal brutale Präsenz meines Vaters. Zwei Alphatiere, die sich ständig an die Kehle gegangen waren. Und als meine Schwester das Feld räumen musste, war es ihr gelungen, eine eigenartige Mischung aus Erleichterung und Leere zu hinterlassen. Als sie ging, hatte ich das Gefühl, man hätte mir meine Rüstung genommen. Niemand hatte mich jemals wieder Hazel genannt.

Der Punkt auf meinem Handy hat fast meinen Standort erreicht, und ich bin wieder das kleine Mädchen, das Schutz bei seiner großen Schwester sucht. Trotz allem, was sie mir antun wollte und was sie mir angetan hat. Sie hatte mich immer gewarnt: «Das ist das falsche Leben und der falsche Mann für dich, Hazel! Mach nicht denselben Fehler wie Mama. Sag nicht Ja, wenn du eigentlich Nein sagen willst!»

Und dann hatte ich aus voller Überzeugung «Ja» gesagt. Am 15. Mai, an meinem sechsunddreißigsten Geburtstag, hatte ich in Hamburg mit Blick über die Elbe geheiratet. Am selben Abend hatte Maria versucht, mein Glück zu zerstören, und wir haben uns danach nie wiedergesehen. Damals dachte ich, sie sei rachsüchtig, verkommen und krank vor Neid gewesen. Jetzt frage ich mich, ob sie mich ein letztes Mal beschützen wollte.

Ich hatte die Festnetznummer von Oma Auguste wie in Trance gewählt. Haus Ohnsorg. In meinem Hirn, in dem vor lauter Panik nichts mehr funktioniert hatte, war ausgerechnet diese Telefonnummer noch auffindbar gewesen. Fünfstellig. Uralt. 040 12727. Ich hatte als Kind mindestens einmal in der Woche dort angerufen. Und zuverlässig hatte sich mein Opa Roman gemeldet mit dem Satz der huttragenden, gutbürgerlichen Herren, die das Telefonnetz nicht als Selbstverständlichkeit betrachten und dem Anrufer vorab Respekt zollen. «Ja bitte? Hier Pütz am Apparat.»

Mein Anruf war tatsächlich eingegangen, und ich hatte den Flur vor mir gesehen, wo früher das elfenbeinfarbene Telefon auf einem eigens dafür angeschafften, cremeweißen Spitzendeckchen gestanden hatte. Ich hatte mich an das Klingeln erinnert, das zum Schluss wegen Omas Schwerhörigkeit so laut gewesen war, dass die Nachbarn es noch sehr deutlich hatten hören können.

Plötzlich knallt mir eine Stimme wie eine Explosion um die Ohren: «Hier spricht die Tunnelaufsicht. Der schwarze Geländewagen mit dem Münchner Kennzeichen. Wir haben Überwachungskameras. Bitte fahren Sie sofort weiter!»

Mir wird kurz schwarz vor Augen. Ich versuche anzufahren, der Wagen macht einen verstolperten Satz nach vorne und bleibt erneut stehen. Ich habe den Motor abgewürgt. Ein Laster brettert nur Zentimeter entfernt an mir vorbei und hupt so laut, dass mir die Ohren dröhnen. Ich kann nicht mehr denken, nicht mehr atmen.

Plötzlich wird die Beifahrertür aufgerissen, und ein schwarzhaariger, kleiner und runder Mann mit einer sehr eigenwilligen Brille schiebt sich auf den Sitz. Er kommt mir bekannt vor.

Hoffentlich kein zur Fahndung ausgeschriebener Sexualstraftäter. Wobei, aus dem Alter, dass ich mir darüber Sorgen machen müsste, bin ich definitiv raus.

Ich schaue ihn erschrocken an. Er schaut mich mindestens genauso erschrocken an. Das soll meine Rettung sein?

«Wer sind Sie?», frage ich verblüfft und vergesse kurz, angesichts dieser neuen Situation, meine Panik.

«Sie könnten ruhig etwas freundlicher sein. Ich renne Ihretwegen durch den Tunnel und bringe mich in Lebensgefahr!», sagt der kleine Kerl aufgebracht.

Auf der Rückbank rührt sich Dagmar, die ich ganz vergessen hatte, schiebt ihre Schnauze zwischen den Sitzen nach vorne und stupst dem sonderbaren Mann ihre feuchte Nase in den Nacken. Sie meint es nett, sie ist ein freundliches Tier, aber der Typ quiekt entsetzt auf. Stimmlage wie ein Eunuch. Dagmar erschrickt, verständlicherweise, und fängt an zu bellen. Die Akustik auf engem Raum ist beeindruckend.

«Das ist Dagmar, die tut nichts», rufe ich und schiebe die verunsicherte Dogge vorsichtig zurück auf ihren Sitz. «Sei brav, Dagmar, alles gut, dir passiert nichts.»

«Ihr passiert nichts? Na, da bin ich aber froh.»

«Sind Sie von der Tunnelaufsicht?»

«Nein, ich bin die Königin von Saba. Sie können Fragen stellen. Wir sollten jetzt besser losfahren.»

«Ich warte hier auf meine Schwester und werde mich nicht vom Fleck rühren.»

«Welche Schwester? Haben Sie die Ansage über die Lautsprecher nicht gehört? In ein paar Minuten ist die Polizei hier, und mit denen will ich auf keinen Fall Ärger bekommen.»

«Warum nicht? Werden Sie gesucht?» Ich versuche, witzig zu sein, aber der moppelige Mann mit den blauen Kinderaugen scheint keinen Humor zu haben. Er guckt grimmig. Er sieht ausländisch aus. Vielleicht hat er keine Aufenthaltsgenehmigung?

«Wir müssen erst mal die Plätze tauschen. Wo ist denn der Zündschlüssel?»

Bitte was? Wann ist dieser Typ denn bitte schön zum letzten Mal Auto gefahren? Zündschlüssel? Genauso hätte er mich fragen können, wo der Kassettenrekorder ist. «In meiner Handtasche. Dieses Auto fährt ohne Schlüssel.»

«Aha. Im Moment fährt dieses Auto allerdings gar nicht. Wären Sie so freundlich, mich kurz einzuweisen, damit ich Sie aus diesem Tunnel herausbringen kann?»

«Wie schon gesagt, ich warte hier auf meine Schwester Maria. Sie muss jeden Augenblick hier sein. Da, sehen Sie? Sie ist quasi schon da.» Ich zeige ihm den Punkt auf meinem Display.

«Das ist der Wagen hinter uns. Und darin sitzen der gute Sozi und Gloria Wilhelmi. Ist jemand von den beiden Ihre Schwester Maria?»

«Wohl kaum. Ich bin jetzt etwas ratlos. Kann es sein, dass hier noch ein anderes Auto liegen geblieben ist und Sie im falschen gelandet sind?»

«Das haben wir gleich.» Der Mann holt sein Handy aus seiner Manteltasche und stellt auf laut.

«Was ist los, warum fahrt ihr nicht?», knirscht es undeutlich aus dem Apparat.

«Die Frau hier wartet auf ihre Schwester Maria. Was soll ich jetzt tun, Gloria? Das scheint nicht der richtige Wagen zu sein. Jetzt werde ich langsam richtig nervös. Wo steckt denn diese verdammte Ruth?»

«Ich bin Ruth!», rufe ich verwirrt.

«Ich bin Maria», scheppert es aus dem Handy. «Und nun fahrt endlich los. Wir klären das, wenn wir zu Hause sind.»

Der kleine Mann ist mindestens so durcheinander wie ich. Mit seiner großen, schwarz gefassten Nickelbrille sieht er aus wie Puck die Stubenfliege. Er strahlt so viel Furcht aus, dass er in mir eine große, innere Stärke und einen ungeahnten Beschützerinstinkt weckt.

«Auf der Fahrerseite können Sie nicht aussteigen, das ist zu gefährlich. Sie müssen über mich rüberrutschen», sagt der Mann mit zittriger Stimme, und jetzt muss ich wirklich lachen.

«Wollen wir uns nicht vorstellen, ehe ich über Sie rüberrutsche? Mein Name ist, wie Sie ja schon wissen, Ruth. Und wer sind Sie?»

«Angenehm. Erdal Küppers.» Er reicht mir seine kleine, gut gepolsterte Hand, die, genauso wie meine, nass von Schweiß ist. Wir glitschen quasi auf den Spuren unserer Angst zueinander, und zumindest auf meiner Seite entsteht dadurch sofort ein Gefühl der Zusammengehörigkeit. Erdal wischt sich seine Hand an seiner Hose ab.

«Jetzt fällt mir wieder ein, woher ich Sie kenne! Die Brille hat mich irritiert!», rufe ich bewegt und erleichtert. «Ich dachte erst, Sie seien ein Krimineller aus *Aktenzeichen XY* – und damit lag ich ja auch gar nicht so falsch! Sie sind Fernsehstar und hatten mal eine Talkshow, in der es nur ums Essen ging, richtig? Die habe ich immer total gern gesehen.»

«Ja, das stimmt. Ich habe mich allerdings bemüht, auch ernsthafte Themen in meiner Show zu behandeln. Mit Verona Pooth habe ich zum Beispiel über Feminismus gesprochen und mit dem Bergdoktor über die Midlife-Crisis beim Mann. Hören Sie, Ruth, es ist wirklich nett, mit Ihnen zu plaudern, aber meinen Sie nicht, wir sollten langsam mal losfahren?»

«Gern. Sie müssen dann, sobald Sie hier sitzen, nur den Startknopf drücken und die Wegfahrsperre betätigen.» Erdal Küppers schaut mich an, als hätte ich ihm ein unsittliches Angebot gemacht. «Ist das ein Problem für Sie?»

«Allerdings. Ich fahre normalerweise Taxi oder sitze auf der Rückbank einer Limousine mit Fahrer. Und dieses Auto ist mindestens so groß wie ein Reihenhaus. Passt das überhaupt auf eine normale Straße drauf?»

«Wissen Sie was, Erdal? Ich fahre jetzt einfach weiter. Ich fühle mich viel besser, Ihre Anwesenheit wirkt sehr beruhigend. Und ich glaube, dahinten sehe ich schon Blaulicht. Wir müssen uns also beeilen.» Das mit dem Blaulicht ist zwar gelogen, aber ich halte es für besser, jede Diskussion mit meinem ängstlichen Beifahrer im Keim zu ersticken.

Mein ganzer Körper zittert vor Anspannung und Erschöpfung, als wir Minuten später aus dem Tunnel auftauchen, aber die Angst ist von mir abgefallen wie getrockneter Kuhfladen von der Schuhsohle. Auch die Stubenfliege neben mir scheint sich allmählich etwas zu entspannen.

«Kennen Sie den Weg?», fragt Erdal Küppers.

«Wie im Schlaf. Das Haus Ohnsorg war meine zweite Heimat. Ich habe alle meine Ferien hier verbracht.»

«Na dann: Willkommen daheim.»

Ich sage «Danke» und habe auf einmal das Gefühl, eine gute Entscheidung getroffen zu haben und endlich auf dem Weg nach Hause zu sein.

RUDI

Und nun fahrt endlich los. Wir klären das, wenn wir zu Hause sind», ruft Gloria ungeduldig in ihr Handy. Dann zündet sie sich die nächste Zigarette an. Gloria sieht blass aus und angespannt. Kein Wunder, wenn man auf einem Telefon, das seit zehn Jahren nicht mehr geklingelt hat, einen Hilferuf aus der nur mühsam verdrängten Vergangenheit bekommt. Rudi legt seine Hand auf Glorias so wie sie ihre auf seine ein paar Stunden zuvor.

«Ruth ist also zurückgekommen», sagt er. Rudi hat den Motor seines Passats abgeschaltet. Der Geländewagen vor ihm im Tunnel macht immer noch keine Anstalten loszufahren. Der gigantische Wagen passt kaum auf die winzige Standspur. Im Inneren bewegt sich ein dunkler Schatten auf der Rückbank, der Rudi an die Verfilmung von Der Hund von Baskerville erinnert. Er kann sich kaum vorstellen, dass sich der stets besorgte Erdal über diesen zusätzlichen Fahrgast freuen wird.

«Sieht so aus, als hätte sie einen Hund», sagt Rudi und wendet sich seiner Freundin Gloria zu, die mit angestrengtem Blick in das Auto vor ihnen starrt. «Wie geht es dir?»

«Schlecht. Glaube ich. Oder gut? Ich weiß nicht, wie es mir geht. Was will sie hier? Jetzt, ausgerechnet heute, nach all den Jahren? Was verbindet mich noch mit dieser Frau, die zufällig meine Schwester ist? Sie kennt nicht einmal meinen Namen.»

«Dein Name war mal Maria.»

«Ja. Ein Virus mit Namen Maria», lacht Gloria gequält auf. «Der Name hat sich so unpassend angefühlt wie ein kratziger und viel zu enger Wollpullover mit einem Kragen, der sich dir wie ein Würgegriff um den Hals legt. Ich habe den Namen gehasst.»

«Wie bist du ihn eigentlich losgeworden?»

«Sofort nach dem großen Knall, heute vor fünfzehn Jahren, habe ich wieder den Nachnamen meines ersten Mannes angenommen und einen neuen Vornamen beantragt. Das ging viel leichter, als ich dachte. Auf dem Standesamt habe ich etwas von einem traumatischen Erlebnis in meiner Kindheit vorgeheult und eine beste Freundin erfunden, die auch Maria geheißen habe und mit zehn an den Folgen einer Hirnhautentzündung verstorben sei. Quasi in meinen Armen. Ich habe sehr laut und überzeugend den frühen Tod der anderen Maria beklagt, und der Beamte hat sich sehr beeilt, mir für zweihundertfünfundfünfzig Euro einen neuen Pass zu bewilligen. Und schon wurde Maria Lorenz aus Iserlohn zu Gloria Wilhelmi aus dem Nirgendwo.»

«Du warst schon immer eine gute Schauspielerin», sagt Rudi freundlich lächelnd.

«Meine Familie hat mich immer bloß eine gute Lügnerin genannt», antwortet Gloria. «Gloria. Der Name klang für mich nach Selbstbewusstsein und innerer Stärke. All das, woran es mir zu jener Zeit am allermeisten fehlte. Und vor allem war das Ablegen des Namens wie eine Häutung für mich. Ich wollte mit dem ungeliebten Namen auch ein ungeliebtes Leben loswerden, in dem ich mich immer fehl am Platz gefühlt hatte. Und vor allem wollte ich diesen grauenvollen Abend hinter mir lassen. Ich wollte einfach nicht mehr die Frau sein, der das passiert war. Ich wollte eine Frau sein, der so etwas nicht passieren würde.»

«Du weißt, dass du keine Schuld hattest. Und es ist dir nicht passiert. Es wurde dir angetan. Er hat es dir angetan.»

«Ich weiß das, Sozi, aber manchmal fühlt es sich immer noch anders an. Der Zweifel klebt an mir wie diese schrecklichen, zähen

Preisschilder, die man nie restlos entfernt bekommt. Du wirst es nie los, Sozi, so was wirst du nie los. Verdammt, warum fahren die denn da vorne nicht endlich?!»

Rudi hat Maria zuletzt vor fünfzehn Jahren so außer sich erlebt wie heute. Ein Laster fährt hupend nur wenige Zentimeter vorbei. Der alte Passat wackelt, und Rudi zuckt erschrocken zusammen. Erstaunlich, denkt er, dass man trotzdem noch Angst um sein Leben hat, selbst wenn die Tage gezählt sind. Irgendwie kommt es dann doch noch auf jeden einzelnen von ihnen an.

Er bemerkt, dass Gloria leise weint, und er kennt sie gut genug, um zu wissen, dass er ihr einen Gefallen tut, wenn er jetzt darüber hinweggeht. Sie kann Mitgefühl nur sehr dosiert ertragen, und wenn sie die Wahl hat, weint sie lieber allein. Er lässt seine Hand auf ihrer liegen und spürt die tiefe Verbundenheit und Freundschaft.

Und mit einem Mal hat Rudi das verzweifelte Verlangen zu leben. So lange wie möglich. Am Leben bleiben. Egal wie. Das Blatt mit dem Todestag aus dem Kalender reißen. Den Dingen ihren Lauf lassen. Warum Schicksal spielen? Warum nicht leben bis zur letzten Sekunde? Rudi möchte für seine Freundin Gloria da sein, jetzt, wo sie ihn so dringend braucht. Auf einmal scheint ihm die Zeit zu knapp, um dem gerecht zu werden, was jetzt noch zu tun ist. Gloria beschützen vor ihrer Schwester und vor ihrer Vergangenheit. Einer jungen Frau Spanisch beibringen. Johann mit dem Dachausbau der Remise helfen und ihm sanft klarmachen, dass er sein Glück längst gefunden hat.

So wenig Zeit.

Ein halbes Jahr hat sein Arzt ihm gegeben, mit sehr viel Glück noch bis November. «Dann war mein letztes Weihnachten mein letztes Weihnachten», hatte Rudi gesagt, auf weitere Behandlungen verzichtet und sich mit einem festen Händedruck verabschiedet. Der Hirntumor, ein alter Bekannter von Rudi, war zwei Jahre nach der Operation und der Bestrahlung zurückgekehrt und würde sich diesmal nicht wieder kleinkriegen lassen.

«Glioblastom» lautet der medizinische Fachausdruck für den Tumor, und Rudi hatte ihn damals, nach der ersten Diagnose, respektvoll «Hannibal» genannt. Gefährlich, aber, so Rudis Hoffnung, nicht unschlagbar. Diese Hoffnung hatte sich nicht bestätigt. Hannibal war zurück, noch aggressiver als bei seinem letzten Angriff, inoperabel, tödlich.

Gloria ist die Einzige, die Bescheid weiß. «Hannibal und du, ihr seid herzlich willkommen», hatte sie gesagt, als er ihr von seinem Plan erzählt hatte. Und so war Rudi, der Architekt, der sein Leben damit verbracht hatte, anderen ein Zuhause zu bauen, aber selbst nie wirklich eines gehabt hatte, in den Ohnsorgweg nach Hamburg gezogen.

«Ich werde rechtzeitig wieder gehen», hatte er zu Gloria gesagt. «Und du musst mich gehen lassen. Versprich mir das. Ich bestimme selbst, wann und wie es an der Zeit ist zu sterben.»

Gloria hatte es versprochen, und er wusste, dass er sich auf sie und ihre warmherzige Stärke verlassen konnte.

Sie würde ihn nicht aufhalten, wenn es so weit war.

Aber jetzt, in diesem Tunnel, die verzweifelte Freundin an seiner Seite, war er sich seiner eigenen Stärke plötzlich nicht mehr so sicher. Er hatte seinen Tod für den 15. Juli geplant. Monate bevor die Begleiterscheinungen seiner Krankheit es Rudi unmöglich machen würden, selbst die Initiative zu ergreifen. Schwindel, Kopfschmerzen, Lähmungen, Krampfanfälle, Wortfindungsstörungen, Demenz. Der Tumor saß gleich neben dem Sprachzentrum. Ausgerechnet. In Rudis Rechenzentrum hätte es deutlich weniger zu zerstören gegeben. Erst würde Rudi einzelne Worte vergessen, dann Sätze, schließlich alles, was er mal geliebt hatte.

Sein ganzes Leben würde ihm abhandenkommen und damit der Entschluss, es sich rechtzeitig zu nehmen.

Er wollte kein Risiko eingehen und Hannibal unbedingt zuvorkommen.

Heute in zwei Monaten.

Der Obolus für den Fährmann war bereits gezahlt. Das Ticket gebucht. Abfahrt um zwei Uhr morgens. Travemünde nach Helsinki. Einfache Fahrt. Rudi würde in der Dunkelheit verschwinden. Finnland reizte ihn sowieso nicht besonders. Das Meer jedoch hatte er immer geliebt.

Aber jetzt merkte Rudi, wie er innerlich begann, mit sich selbst zu verhandeln. Er könnte seinen letzten Tag verschieben, nur um ein paar Wochen. Nur bis Gloria wieder festen Boden unter den Füßen hatte. Johanns fünfzigsten Geburtstag Anfang September noch einmal feiern. Im Garten des Ohnsorgwegs, hinten bei der Remise, in der Johann wohnte. Mit langen Tischen und Lampions im Baum. Glorias Pflaumenkuchen. Vielleicht den Herbst noch erleben, einen letzten Oktober, mit Frühnebel über der Elbe und goldenen Tagen im Park hinterm Haus. Noch mal Laub fegen und Kindern dabei zusehen, wie sie sich jauchzend in die bunten Blätterhaufen fallen lassen.

Rudi atmet tief und entschlossen ein und ruft sich innerlich zur Ordnung. Was soll das Gefeilsche um ein paar Stunden, Tage oder Monate? Wann ist schon der richtige Zeitpunkt, um zu sterben? Irgendwie passt es ja nie so richtig. Die Entscheidung ist getroffen, und Rudi wird nicht daran rütteln, bloß um vielleicht noch einmal Laub zu harken. Er neigt nicht zu Sentimentalität. Und er ist ein Mann, der Verabredungen einhält.

Er schaut auf die Uhr. Kurz vor Mitternacht. Rudi drückt Glorias Hand. Und es kommt ihm vor, es sei gestern gewesen, als sie seine beste Freundin geworden war.

Rudi würde in der Dunkelheit verschwinden.
Finnland reizte ihn sowieso nicht besonders. Das
Meer jedoch hatte er immer geliebt.

Auf den Tag und die Stunde genau vor fünfzehn Jahren: Eine große, breitschultrige Frau in einem roten Abendkleid stürmte in das Liebknecht. Die winzige Bar am Hamburger Fischmarkt hatte Rudi mit zwei Kollegen gepachtet, umgebaut und sie nach Wilhelm Liebknecht, dem Gründer der Sozialdemokratischen Arbeiterpartei, benannt.

Es war Samstag, fast Mitternacht, es windete, und es regnete in Strömen, Hochwasser war für die Nacht angesagt und der letzte Gast schon vor einer halben Stunde gegangen. Plötzlich wurde die Tür aufgerissen, und mit der eintretenden Frau fegte der Sturm herein.

«Hast du noch auf?», fragte sie atemlos, und Rudi bemerkte, dass sie barfuß war und ihre ebenfalls roten, hochhackigen Schuhe in der einen Hand und ihr Handy in der anderen hielt. Sie musste um die vierzig sein, einige ziellos in die Luft ragende Haarnadeln erinnerten nur noch rudimentär an die Hochsteckfrisur, die ihr dunkles, klatschnasses Haar bis vor Kurzem noch zusammengehalten hatte, die Wimperntusche war vom Regen zerlaufen, das Kleid bis zu den Knien mit Dreck bespritzt. Für Halloween müsste sie sich nicht extra umziehen, dachte Rudi, aber in seiner kurzen Zeit als Kneipier in Hamburg Altona hatte er schnell aufgehört, sich über seltsame Gestalten zu wundern. Die Frau hatte ein bemerkenswertes Gesicht, kantig und schmal, eine markante Nase und große, außergewöhnlich intensive blaue Augen. Trotz ihrer Größe wirkte sie auf Rudi gehetzt und verletzt und in erster Linie sehr, sehr nass.

«Ein heißer Tee und Handtücher?», fragte er. Sie nickte und stellte sich an den Tresen. Sie wirkte nicht ganz sicher auf den Beinen. Eine wankende Walküre. Rudi holte drei Geschirr- und ein paar kleine Frotteegästehandtücher, und während die Frau versuchte, sich damit notdürftig abzutrocknen, fielen ihm die rotblauen Flecken an ihren Handgelenken und der Riss am Rückenausschnitt ihres Kleides auf.

«Ist alles in Ordnung?»

«Alles bestens. Ich würde mich nur gern etwas aufwärmen. Ich setz mich dahinten an den Ecktisch. Könnte ich zu dem Tee noch einen starken Gin Tonic bekommen?»

«Kommt sofort.» Als Rudi wenig später zu ihr an den Tisch trat, saß die Frau zurückgelehnt, mit verschränkten Armen und geschlossenen Augen da und zitterte am ganzen Körper. Sie roch nach Erbrochenem und Urin. Sie hielt sich selbst so fest, als hätte sie Angst, ansonsten auseinanderzufallen. Rudi erinnerte sie an eine prachtvolle Vase, die über und über von feinen Haarrissen durchzogen war und bei der kleinsten Berührung in Tausende Stücke zerspringen könnte. Die Frau rührte sein Herz, vielleicht weil sie ihn ein bisschen an seine Lieblingsschwester Marion erinnerte, die ähnlich groß und wuchtig war, eine scharfe Zunge und ein goldenes Herz hatte. Marion war anderthalb Köpfe größer und sechs Jahre älter als Rudi und nannte ihn bis heute ihren «kleinen Bruder».

Die Frau in Rot öffnete die Augen und schreckte kurz zusammen, als sie Rudi so dicht vor sich sah. Er würde sie gerne in den Arm nehmen, aber sie wirkte nicht wie jemand, der gerne bemitleidet oder angefasst wurde.

«Entschuldige. Hier sind die Getränke. Kann ich dir helfen? Ist dir noch kalt? Ich hol dir mal eben meine Jacke.»

«Mir ist nicht kalt. Aber vielen Dank, das ist sehr nett von dir. Ich kann mich echt nicht erinnern, dass mir schon mal jemand seine Jacke angeboten hat. Ich wirke meistens nicht besonders hilflos.»

«Dagegen ist ja auch nichts zu sagen. Es sei denn, man braucht Hilfe.»

«Ich hatte einfach nur einen richtig beschissenen Abend.»

«Möchtest du darüber reden?», fragte Rudi und fand selbst, dass er wie ein männliches Softeis mit Vanillegeschmack klang. Immerhin hatte er nicht «quatschen» gesagt. Aber eigentlich sah er nicht ein, warum man passende Sätze nicht mehr benutzen sollte, nur weil sie irgendwann zu ihrem eigenen Klischee geworden waren. Es war zum Beispiel nahezu unmöglich geworden, einer Frau peinlichkeitsfrei mitzuteilen, dass sie schöne Augen, und einem Mann zu sagen, dass er schöne Hände habe. Man sollte sich an der Ächtung solcher Sätze einfach nicht beteiligen, sondern ihnen ihre einstige, schlichte Würde und Aussagekraft zurückgeben und sie wacker verwenden, wann immer es sich anbietet.

«Was für eine Seltenheit. Ein Frauenversteher», sagte die große rote Frau, und Rudi hatte nicht das Gefühl, dass sie sich über ihn lustig machen wollte. «Ich hatte es bisher eher mit Frauenvorstehern zu tun. Weißt du, was ich meine? Diese innerlich klein gewachsenen Typen, die sich nur männlich fühlen, solange sie sich überlegen fühlen können. Und diese Überlegenheit setzen sie durch. Mit allen Mitteln, wenn's sein muss.» Sie presste ihre Lippen zusammen.

«Ich habe zwei Schwestern und bin zwischen Barbiepuppen, Tampons, Pferdepostern und verfilzten Haarbürsten aufgewachsen. Ich bin aus reiner Notwehr ein Frauenversteher.»

«Aber schwul bist du vor lauter Verzweiflung nicht geworden?»

«Nein. Ich mag Männer eigentlich nicht besonders.»

«Da haben wir was gemeinsam.»

Es entstand ein Moment der Stille, in dem Rudi nicht wusste, ob er bleiben oder an den Tresen zurückgehen sollte. Aber sein Gefühl sagte ihm, dass er in gebührendem Abstand bei ihr stehen sollte. Sie schüttelte plötzlich den Kopf.

«Mir fällt gerade ein, dass ich meine Handtasche liegen lassen habe. Ich habe kein Geld.»

«Das macht nichts. Gib es mir ein andermal», sagte Rudi und dachte, dass eine Frau, die ihre Handtasche zurücklässt, wahrscheinlich auf der Flucht ist. Aber wovor?

«Hast du dich verletzt?», fragte er und deutete auf die geröteten Handgelenke der Frau. Sie schaute auf die Flecken, als sähe sie sie zum ersten Mal und rieb mit den Fingern darüber, so als wollte sie sie wegreiben oder es zumindest versuchen.

Sie fragte: «Hast du Zeit?»

Rudi nickte und setzte sich zu der fremden Frau an den Tisch. Sie begann zu erzählen, und er hatte das Gefühl, eine alte Freundin wiedergefunden zu haben.

Sie erinnerte ihn an eine prachtvolle Vase, die über und über von feinen Haarrissen durchzogen war und bei der kleinsten Berührung in Tausende Stücke zerspringen könnte.

GLORIA

Alles war perfekt, und ich hätte kotzen können. Wenigstens das Wetter war auf meiner Seite, und der Hamburger Frühling zeigte sich von seiner herbstlichsten Seite. Es stürmte und regnete ohne Unterlass, und die Gäste, die auf einen warmen Maiabend auf der Terrasse gehofft hatten, liefen fluchend von ihren Taxis zum Hoteleingang, begleitet von durchnässten Pagen, die sie mit Regenschirmen zu schützen versuchten.

Ich bat meinen Fahrer, einen Moment zu warten, lehnte mich zurück und versuchte, mich in eine positive und zugewandte Stimmung zu bringen. Das misslang komplett. Ich fühlte mich hilflos und zornig. Schon die «Chakrameditation für innere Balance und Herzensgüte» heute Morgen hatte mich total in Rage versetzt. Ich hatte mich zwar auf die Anweisungen der Meditationsstimme von der CD konzentriert – «Benenne deine Gefühle, lasse sie zu, akzeptiere sie und lasse sie dann vorbeiziehen wie Wolken am Horizont» –, war aber stets bei dem Punkt «Lasse deine Gefühle zu» hängen geblieben und von Minute zu Minute wütender geworden. Die Wolken an meinem Seelen-Horizont waren nicht vorbeigezogen, sondern hatten sich, ganz im Gegenteil, zu einer bedrohlichen Gewitterfront zusammengeballt.

Warum war ich überhaupt hergekommen? Wollte ich diesem traurigen Schauspiel wirklich beiwohnen? Krampfhaft lächelnd Zeugin einer Zeremonie werden, von der ich wusste, dass sie das endgültige Ende unseres sowieso schon kranken Familienlebens bedeuten würde?

Meine kleine Schwester Ruth würde in zwei Stunden ihren letzten Atemzug in Freiheit tun. Sie würde einen widerlichen Volltrottel heiraten, einen lächerlichen Blender und drittklassigen Schauspieler. Mein hartherziger Vater würde einem herzlosen Bräutigam seine brave Tochter übergeben, die ihr ganzes Leben lang nichts anderes getan hatte, als es anderen recht zu machen und sich für irgendwas zu entschuldigen. Und ich würde nichts dagegen tun können. Ich würde zuschauen müssen, wie sie ganz in Weiß in ihr Verderben schreiten würde.

Ich war zu Fuß vom Ohnsorgweg, wo ich während der Hochzeitsfeierlichkeiten bei Oma und Opa Pütz wohnte, zur Kirche in Nienstedten an der Elbchaussee gegangen. Das Wetter war sonnig und warm gewesen, und nichts hatte auf das bereits angekündigte Unwetter hingedeutet. Mag sein, dass ich mir auf meinem Weg unnötig und nicht ganz unabsichtlich etwas zu viel Zeit gelassen hatte. Ich hatte das Gefühl, als würde ich zu einer Hinrichtung unterwegs sein – und da beeilt man sich ja nicht unnötig.

Die Musik hatte bereits eingesetzt, als ich in die Kirche geschlüpft war, und Karl, der bereits am Altar gestanden hatte, um das Menschenopfer in Empfang zu nehmen, hatte mir einen Blick zugeworfen, den man getrost und ohne zu übertreiben als «mörderisch» beschreiben kann. Im Nachhinein weiß ich nicht mehr, wie ich die Zeremonie überstanden habe, ohne auszurasten, den Bräutigam zu beschimpfen und meine Schwester an den Haaren aus der Kirche zu zerren, ehe sie die unheilvollen Worte «Ja, ich will» sagen konnte.

Aber ich hatte mich tatsächlich still verhalten. Als das Brautpaar die Ringe tauschte, hatte Oma Auguste beruhigend ihre kleine, faltige Hand auf meine gelegt – ich hatte nie einen Hehl aus meiner profunden Abneigung gegen Karl Westphal gemacht –, und als ich mich gleich nach der Zeremonie mit starken

Kopfschmerzen, die ich angeblich bis zum Fest am Abend auskurieren wollte, verabschiedet hatte, war die Erleichterung meiner Familie deutlich spürbar gewesen.

Auf dem Rückweg hatte ich an Ruth gedacht und daran, wie sie in der Kirche am Arm unseres Vaters an mir vorbeigegangen war. Mit einem absurd schlanken Körper, der nicht zu ihr passte, in einem Albtraum in Cremeweiß, der nicht zu ihr passte, hin zu einem Mann, der sie passend machen würde, koste es, was es wolle.

Sie hatte mich angeschaut. Zunächst warnend, geradezu beschwörend, dann zaghaft lächelnd, so, als wolle sie mich um Entschuldigung bitten. Ich wäre am liebsten aus der Kirchenbank gesprungen und hätte meiner kleinen Schwester dieses flehende Lächeln grob und ein für alle Mal aus dem Gesicht geschüttelt.

Hör endlich auf damit! Hört alle auf damit zu lächeln! Wie sie mich aufbringen, diese sanften Schafe! Wie sie mich empören, diese zahnlosen Frauen, die sich alles gefallen lassen, bloß um zu gefallen! Sie hungern sich aus ihren natürlichen Körpern heraus, verzichten auf Nachtisch und Karriere, kümmern sich um alles außer um sich selbst, decken den Tisch und räumen ihn wieder ab, entschuldigen sich ständig um des lieben Friedens willen und kapieren nicht, dass sie dieser Frieden ihr eigentliches, wahrhaftiges Leben kostet. Sie begnügen sich mit dem Platz backstage, applaudieren laut, klagen still und bleiben weit hinter dem zurück, was sie können und was sie einmal wollten.

Ihr wollt niemandem im Weg sein? Dann werdet ihr nie euren eigenen Weg finden. Ihr wollt eure Stimme nicht erheben? Niemand wird euch bemerken. Ihr wollt nicht stören? Niemand wird euch hören!

Ruth war an mir vorbeigegangen. Sanft, lächelnd, verstummt, gezähmt.

Ich hatte meine Schwester verloren.

«Ich will nicht drängen, aber der Cocktailempfang beginnt in wenigen Minuten», sagte der Fahrer, und ich riss erschrocken die Augen auf, als wäre ich aus einem bösen Traum erwacht. Bloß um festzustellen, dass der Traum kein Traum war.

Der Regen prasselte meditativ auf das Dach des luxuriösen Wagens – Verwandtschaft und VIPs wurden von einem Limousinen-Service abgeholt –, und am liebsten wäre ich für immer in diesem beschützten Raum geblieben. Wer vor wem beschützt werden musste, war mir selbst nicht ganz klar. Ich empfand mich selbst als Sprengkörper, der bei der geringsten Erschütterung explodieren konnte. Und genauso sah ich auch aus.

Ich hatte mich zwar an den Dresscode «Um festliche Kleidung wird gebeten» gehalten, aber über die informelle Regel für Hochzeiten, dass man weder Rot tragen noch der Braut die Show stehlen darf, hatte ich mich bewusst und mir selbst gegenüber großzügig hinweggesetzt. Ich hatte mich für ein signalrotes Kleid entschieden, bodenlang und schulterfrei, eng anliegend und mit einem tiefen Rückenausschnitt. Das Kleid war figurbetont, ohne dass ich im gesellschaftlich anerkannten Sinne eine Figur habe, die man unnötig betonen sollte. Frauen wie mir wird in Rubriken wie ««Don'ts für Plus-Size-Styling» ganz genau erklärt, wie ich meinen Körper verstecken soll. Man nennt mich dort neckisch «curvy Lady» und sagt mir, wie ich meinen Bauch kaschieren, meinen Hüftspeck wegmogeln und von meinem dicken Po ablenken soll.

«Kurvig.» Das klingt nach pittoresken Serpentinen, die sich an der Amalfi-Küste entlangschlängeln, oder nach Sophia Loren, wie sie ohne Reue einen Teller Spaghetti Napoli verspeist. Kurvig heißt lecker, sexy, verführerisch, prall und wohlproportioniert, also ziemlich genau so, wie sich nur die allerwenigsten Frauen fühlen.

Ich bin von dem landläufigen Schönheitsideal so weit entfernt wie Lothar Matthäus von einem Summa cum laude für eine Dissertation in Elementarphysik. Ich bin etwas über eins achtzig groß, etwas über achtzig Kilo schwer, habe breite Schultern, wenig Busen, viel Bauch und etwa genauso viel Po. Meine Oberarme kann man nicht als definiert bezeichnen, und meine Oberschenkel vegetieren nicht am Existenzminimum dahin. Ich habe keine malerischen Kurven und schon gar nicht an den richtigen Stellen.

Meine Mutter war früh in heimlicher Sorge um mein Gewicht und rationierte die Kohlehydrate, mein Vater nannte mich «unser kleines Moppelchen» oder «Wuchtbrumme», und ich glaube nicht, dass er das nett meinte. Die erste Diät machten meine Schwester und ich mit zwölf, ich meine letzte mit fünfunddreißig. Seit sechs Jahren habe ich genau den Körper, von dem man mir immer eingeredet hatte, ich müsste ihn unbedingt vermeiden. Wenn ich sage: «Ich möchte nicht abnehmen», dann denken die Leute, sie hätten sich verhört. Und wenn ich sage: «Ich bin dick», dann gucken sie so betreten, als hätte ich gesagt: «Ich bin hässlich.» Als wäre das automatisch dasselbe.

Ich war schon immer auffällig, schon allein durch meine Größe. Meine Eltern hatten mir beibringen wollen, möglichst unauffällig zu werden. Ich sollte dunkle Farben und flache Schuhe tragen, nicht laut lachen, nicht laut reden und mich im Theater an den Rand setzen, um niemandem die Sicht zu versperren und nicht aus der Menge herauszuragen.

Mein Vater hatte versucht, mich kleinzuhalten, weil er Angst hatte, dass ich ihm eines Tages über den Kopf wachse. Bevor es so weit kommen konnte, wurde ich mit fünfzehn in ein Internat verfrachtet, für mich ein Segen, wie sich herausstellen sollte. Ich durfte wachsen, aber ich brauchte Jahre, um einen aufrechten Gang zu erlernen und zu begreifen, dass mein Körper gut und richtig war und anders gemeint, als ihn sich meine Eltern und die Modeindustrie vorstellen.

Und heute würde ich ihnen allen zeigen, was aus ihrem kleinen Moppelchen geworden war. Ich hatte nichts zu verbergen. Ganz im Gegenteil. In meinem roten, engen Kleid war ich nicht nur auffällig, ich war eine wuchtige Provokation für alle Frauen, die an die Diktatur des Body-Mass-Index glauben, und ich war eine unübersehbare Warnung für alle Männer mit breitbeiniger Gesinnung, die denken, es läge in der Natur der Frau, ihnen gefallen zu wollen. Heute würde ich voraussichtlich niemandem gefallen. Außer mir selbst.

Ich stieg aus der Limousine. Ein besonders kleiner Page lief auf mich zu und musste sich ziemlich strecken, um mir seinen Schirm über den Kopf halten zu können. Ich machte mich nicht mehr kleiner, nur damit andere sich größer fühlen konnten. Kämpferisch betrat ich das Hotel. Der Page machte erleichtert kehrt, ich straffte die Schultern, und das Verhängnis nahm seinen Lauf.

Ich saß gegenüber von einem wortkargen Ehepaar, das eilig dorthin gesetzt worden war, nachdem Oma und Opa Pütz leider abgesagt hatten, weil Opa Roman sein Hörgerät nach der kirchlichen Trauung in die Bowle gefallen war. Der ganze Trubel war den beiden ohnehin zu viel.

Ohne meine Großeltern fühlte ich mich einerseits total einsam, sah aber andererseits keinen Grund, irgendwelche konventionellen Rücksichten zu nehmen. Oma Auguste zuliebe hätte ich mich sicherlich zurückgehalten, auf meinen Alkoholkonsum geachtet, leiser gesprochen und keine Widerworte gegeben. Vielleicht wäre der Abend ganz anders verlaufen, wenn sie dabei gewesen wäre, wenn sie mir ab und zu gütig zugelächelt und wenn mir Opa Roman mit seiner polterigen Herzlichkeit das Gefühl gegeben hätte, willkommen und Teil der Familie zu sein. So aber kam ich mir auf vertraute Weise ausgeschlossen vor.

Sicherlich widerstrebend hatten Ruth und Karl mich am Familientisch platziert, allerdings so weit wie möglich entfernt vom Brautpaar, meinem Vater und Karls gruseliger Mutter, die er penetrant «Mutschi» nannte. Schon allein das wäre Grund genug gewesen, diesen Mann nicht zu heiraten. Meine Meinung.

Das wortkarge Paar stellte sich als Karls Cousin samt Gemahlin heraus, und die überkandidelte Frau neben mir war Karls PR-Beraterin Michaela, die auf meine Frage, ob sie etwa auch das Pech habe, zur Familie zu gehören, lediglich ratlos vor sich hin kicherte.

«Ich sehe es als meine Aufgabe, den Karl ganz groß zu machen», sagte sie, als der Fisch serviert wurde. «Jetzt, wo er diese Wahnsinns-Rolle bekommen hat, sehe ich da ein ganz, ganz großes Entwicklungspotenzial für seinen Namen als Marke», zwitscherte sie.

«Welche Wahnsinns-Rolle?», fragte ich.

«Ihr Schwager spielt seit einem Jahr den Kommissar Ben Hansen», sagte sie verunsichert. «Schauen Sie denn kein Fernsehen?»

«Nein.» Es folgte eine betretene Stille, die die arme Michaela mit zwei, drei positiven Bemerkungen über den köstlichen Feldsalat, den köstlichen Grauburgunder und das köstliche Mineralwasser zu füllen versuchte, bis sie sich schließlich an Karls Cousin mit der Frage wandte, was er beruflich mache.

«Ich bin Anwalt für betriebliche Altersvorsorge.»

«Wau! Das ist ja spannend!», rief die Michaela begeistert, und ich schaute sie überrascht an. Wie es diesen PR-Frauen doch immer wieder gelang, so zu tun, als habe auch die langweiligste Aussage noch ungeahnte Glamour-Kapazitäten. Leider fiel selbst der Kommunikations-Fachfrau keine weiterführende Frage an den

Anwalt ein, und so wandte ich mich freundlich an dessen Frau: «Und was arbeiten Sie?»

«Wir haben zwei Kinder.»

«Danach hatte ich nicht gefragt», sagte ich.

«Meine Frau hat sich ganz bewusst dafür entschieden, beruflich eine Weile lang zurückzutreten, um sich ganz unseren beiden Söhnen widmen zu können. Sie ist selbst eine sehr erfolgreiche Hautärztin», informierte mich der Anwalt stolz, als spräche er von einer preisgekrönten Kuh.

«Sie hatte ich nicht gefragt», sagte ich.

«Ich will einfach sehen, wie meine Kinder Tag für Tag aufwachsen. Ich finde, es gibt nichts Schöneres, als Zeit mit ihnen zu verbringen und ihre Entwicklungsschritte zu verfolgen. Ich will dabei sein. Das ist mir wichtiger als eine berufliche Karriere.» Die Frau lächelte entschuldigend.

«Das verstehe ich. Und warum verzichten Sie freiwillig auf so viel?»

«Ich empfinde das nicht als Verzicht», entgegnete sie schnell und wie auswendig gelernt.

«Ich meine auch nicht Sie. Ich meine Ihren Mann. Warum verzichtet er freiwillig auf das Privileg, seine Kinder Tag für Tag aufwachsen zu sehen? Sie sind Ärztin. Sie könnten sicherlich genauso gut für die Familie sorgen wie er. Gab es da keine Diskussionen, wer zu Hause bleiben darf und wer arbeiten muss?»

«Wir vertreten da vielleicht etwas traditionellere Ansichten als Sie», sagte der Anwalt nun äußerst schmallippig. «Sie sind die Schwester der Braut, nicht wahr? Nun, Ihnen eilt ja auch ein gewisser Ruf voraus.»

«Was denn für einer?», fragte ich.

«Das möchte ich nicht vertiefen. Man sieht ja schon an Ihrer Aufmachung, dass Ihnen nichts an Konventionen, gutem Stil

und gutem Benehmen liegt. Sie mögen uns langweilig und spießig finden, das ist mir vollkommen egal. Sie interessieren mich nicht. Aber Ihrer Schwester zuliebe sollten Sie sich zusammenreißen und sich hier nicht wie die Axt im Walde aufführen. Das ist ein Rat in aller Freundschaft. Und jetzt möchte ich, wenn Sie erlauben, das Thema und meine Gesprächspartnerin wechseln.»
Der Anwalt lehnte sich zurück, tätschelte seiner Frau, die mich entschuldigend anlächelte, die Hand und prostete mir mit süffisantem Lächeln zu. Dann wandte er sich zu seiner anderen Seite und drängte der Dame neben ihm ein Gespräch über Wagyu Beef auf, obwohl sie uns vorher erzählt hatte, dass sie seit vielen Jahren vegan lebt.

Als sei in meinem Inneren ein Vulkan ausgebrochen, füllte sich mein ganzer Körper mit glühender Lava und erkaltendem Stein. Scham und Wut kämpften in meinem Bewusstsein um die Oberhand, und ich merkte, dass ich dabei war, die Fassung, die Beherrschung, die Kontrolle über mich zu verlieren.

Mit wenigen Worten hatte der Mann gezielt meine schmerzhaftesten Punkte getriggert. Er war ein wahrer Meister der Abwertung, denn wenn sie ihre volle Wirkung entfalten soll, dann muss sie Hand in Hand daherkommen mit einer Prise Wahrheit und einem guten Schuss Schuldzuweisung.

Natürlich hatte er recht damit, dass ich mich unmöglich benahm. Dieser Tag sollte der schönste Tag im Leben meiner Schwester sein. Sie spielte die Hauptrolle, und sie spielte sie perfekt an der Seite des perfekten Ehemannes in einer perfekten Kulisse. Cremeweiße Wände, stuckverziert mit golden abgesetzten Blüten. Auf den Tischen rosa Pfingstrosen und weiße Ranunkeln, funkelndes Kristall, prachtvolle Kerzenleuchter, liebevoll gestaltete Tischkärtchen, das Menü auf Bütten, die Speisen erlesen, der Blick auf die berühmte Lindenterrasse über den Hamburger

Ein schönes Paar. Eine Traumhochzeit.
Ein Albtraum.

Hafen trotz des Regens einzigartig. Ruth, klein und blond, im cremeweißen Brautkleid mit Spitzenbesatz am Ausschnitt, perfekt auf Ruths schmale Figur geschneidert. Ich wusste genau, was sie dafür alles nicht hatte essen dürfen. Der Bräutigam, groß, dunkelhaarig und markant, im dunkelblauen Smoking, silberner Weste, passender Fliege und Einstecktuch. Ein schönes Paar.
    Eine Traumhochzeit.
    Ein Albtraum.

Sah denn keiner, was ich sah? War ich die Einzige, die Karl Westphals Falschheit und Durchtriebenheit durchschaute? Dieser erbärmliche Muttersohn, der mir auch heute nicht eine Sekunde lang gerade in die Augen blicken konnte. Ich verfüge über einen hochsensiblen Arschloch-Seismografen, der sofort Alarm signalisiert hatte, als ich Karl Westphal zum ersten Mal traf. Schillernd und einnehmend, charmant und witzig, reizend und aufmerksam. Er schaut dich an, und du denkst, er meint dich, du denkst, er mag dich, du denkst, er erkennt dich. Wir hatten uns erkannt und nach wenigen Minuten gewusst, was wir voneinander zu halten hatten.

Ich hatte es, als Ruth uns vor vier Jahren einander vorstellte, an seinen Augen bemerkt. Sie waren für einen Moment lang schmal geworden, als er begriffen hatte, dass ich immun gegen ihn und deswegen eine Bedrohung für ihn war. Ich hatte sofort gewusst, wer und was er war. Ein klassischer Narzisst. Selbstverliebt und pathologisch kränkbar, egozentrisch und lieblos, manipulativ und gefährlich. Er war das Schlimmste, was meiner Schwester Ruth hatte passieren können.

Ich hatte versucht, sie immer wieder zu warnen, aber wir hatten uns zu jener Zeit bereits ziemlich entfremdet. Das war meine Schuld gewesen, das gebe ich zu. Ich hatte eine rigorose Trennung von allem gebraucht, was mich an meine mühsame Kindheit im Schatten meines Vaters erinnerte. Ich hatte mich auf mein chaotisches Leben und auf meinen kleinen Sohn August konzentriert und meine Eltern und meine Schwester zurückgelassen. Und so war es Karl mit seinem ausgeprägten demagogischen Geschick nicht schwergefallen, einen Keil zwischen uns zu treiben und mich als neidische Schwester dastehen zu lassen, die Ruth ihr Glück nicht gönnte.

Er hatte ganze Arbeit geleistet.

«Du versuchst, dich zwischen uns zu drängen», hatte Ruth letztes Jahr am Telefon gesagt, als ich ihre unpassende Jungmädchen-Schwärmerei unterbrochen und ihren Freund einen peinlichen Großkotz genannt hatte. Diplomatie war nie meine Stärke gewesen. «Du beleidigst Karl, weil du ihn nicht haben kannst. Er wollte nicht, dass ich dir davon erzähle, aber ich weiß Bescheid. Was ist nur in dich gefahren, Maria?»

«Worüber weißt du Bescheid?», hatte ich völlig perplex geantwortet.

«Die SMS, die du ihm geschickt hast. Karl wollte sie mir nicht zeigen, um das Verhältnis zwischen dir und mir nicht noch mehr zu belasten. Ich habe sie rein zufällig gelesen.»

«Was für eine SMS? Ich habe nicht mal seine Nummer.»

«Es tut mir leid, dass du so unglücklich bist. Aber ich muss meine Beziehung schützen. Lass Karl einfach in Ruhe, o. k.?»

«Ich habe nie ...»

«Hör auf, Maria. Ich erwarte ja gar nicht, dass du mir die Wahrheit sagst. Dafür bist du viel zu stolz. Aber Karl meint auch, dass du professionelle Hilfe brauchst. Versprich mir, dass du wenigstens darüber nachdenkst, ja?»

Ich hatte aufgelegt, ohne ein weiteres Wort zu sagen.

Drei Monate später hatte ich die offizielle Einladung zur Hochzeit bekommen, mit einem handschriftlichen Zusatz:

Bitte lass uns vergessen, was war.

Ich wünsche mir, dass wir wieder Schwestern sind!

Deine Hazel

Und natürlich musste ich kommen. Sie hatte mit *Hazel* unterschrieben, eine Art geheime Botschaft, um mich zu erinnern, wie nah wir uns einmal gewesen waren. Wie wir uns gegenseitig getröstet hatten, wenn Papa im Nebenraum mal wieder im Suff randalierte und ihn im Halbschlaf all die Gespenster des Krieges peinigten, denen er sich tagsüber nicht zu stellen wagte. Dann war Hazel oft in mein Bett gekrochen, und ihre dünnen Haare hatten mich an der Nase gekitzelt. Ich hatte sie immer um ihr wunderbares, glattes, feines Haar beneidet, das sich, anders als mein wild wucherndes Gestrüpp, vorhersehbar verhielt und willig zu edlen Frisuren formen ließ. Ich hatte die Arme um meine kleine Schwester gelegt, und sie hatte mir die Angst genommen, indem sie bei mir Schutz gesucht hatte. Ihr Vertrauen in meine Stärke war so unerschütterlich gewesen, dass ich selbst begann, mir zu vertrauen. Wahrscheinlich hat sie nie gewusst, dass ich ohne ihre Angst niemals mutig geworden wäre.

Das Klingen eines einzelnen Glases riss mich aus meinen Erinnerungen und holte mich in die Wirklichkeit zurück. Mein Vater setzte zu seiner Rede an. Was nun folgte, war ein amüsantes Schauspiel an Selbstbeweihräucherung und Realitätsüberhöhung, bei dem sich erst mein Vater und im Anschluss Karl gegenseitig übertrumpften. Zwei Gockel gaben Gas. Unwissende Anwesende, und das waren alle außer mir, mussten glauben, sie hätten es hier mit einer Braut mit einer perfekten Vergangenheit zu tun, die auf eine perfekte Gegenwart gestoßen war, die gezwungenermaßen in eine perfekte Zukunft führen würde. Mein Vater dankte seiner wunderbaren Ehefrau, beschrieb Ruths Kindheit als einen sonnigen Traum, nannte seine Tochter eine einfühlsame und intelligente Frau, bescheiden und warmherzig, und schilderte dann in bewegenden Worten, wie schwer es ihm zwar einerseits falle, sein geliebtes Kind loszulassen, er es andererseits jedoch bei Karl Westphal, einem echten «Ehrenmann», in besten Händen wisse. Bei dem Wort «Ehrenmann» war ich die Einzige, die auflachte.

In Karls Rede ging es maßgeblich um seine Karriere und wie selbstlos und klug er sich von Ruth unterstützt fühle. Sie sei eine Frau, die einen nicht immer ganz einfachen Mann wie ihn zu nehmen wisse. Er habe zwei Menschen in seinem Leben alles zu verdanken. Seiner Mutschi und seiner Ruth. Dann erhoben wir alle unser Glas auf das Brautpaar. Ich war mit keinem Wort erwähnt worden. Man hatte mich einfach totgeschwiegen. Wäre ich bloß gegangen.

Das Essen zog sich noch elend lang hin. Der PR-Frau gelang es, in den zweieinhalb Stunden, bis endlich der Nachtisch abgeräumt wurde, nichts Falsches und nichts Interessantes zu sagen. Hin und wieder schallte das raumgreifende Lachen von Karl vom anderen Ende des langen Tisches zu uns herüber. Ruth sah selig aus.

Es war etwa halb elf, als ich mich erhob, um auf die Toilette und endlich mal eine rauchen zu gehen. Ich schwankte ein wenig, was mich nicht weiter überraschte, denn ich hatte versucht, sowohl meine Langeweile als auch meine Wut und mein Unglück mithilfe der vorzüglichen Weinbegleitung in den Griff zu bekommen.

Ich spürte die Blicke der anderen Gäste, als ich durch den Saal ging. «Was soll dieser Aufzug?», hatte mein Vater bei unserer Begrüßung gezischt, und seine Schwester, Tante Gisela, hatte gefragt, ob sie mir ihre Stola leihen dürfe, damit ich meine Schultern bedecken könne. Mit Ruth und Karl hatte ich den ganzen Abend noch kein einziges Wort gesprochen, die Gelegenheit hatte sich nicht ergeben, und von mir aus konnte das auch so bleiben.

Ich hatte keine Kraft mehr. Ich kam mir lächerlich vor, ich schämte mich für mein enges Kleid und meinen großen Körper. Ich war keine stolze Frau, sondern ein Trampeltier in Abendrobe. Belächelt, deplatziert, übergewichtig und unterlegen. Ich hatte mir und meinem Selbstbewusstsein zu viel zugemutet. Viel zu viel. Ich hatte den Kampf verloren. Nie eine Chance gehabt. Was hatte ich mir bloß dabei gedacht hierherzukommen? Ich würde pinkeln und rauchen gehen und dann grußlos verschwinden, und damit würde ich allen, mir selbst eingeschlossen, einen großen Gefallen tun. Meine kleine Schwester hieß jetzt Ruth Westphal. Hazel gab es nicht mehr. Eine Erinnerung. Vorbei. So wie Mainzelmännchen und Black Beauty. Was soll der sentimentale Quatsch?

Vor der Damentoilette im Erdgeschoss hatte sich eine lange Schlange gebildet, und da ich ziemlich dringend musste, machte ich mich auf den Weg in den ersten Stock, um dort nach einer weiteren Toilette zu suchen. Ich hatte nicht bemerkt, dass mir jemand folgte.

Am Treppenabsatz sah ich ein Hinweisschild, lief einen langen Gang an Wirtschaftsräumen entlang und musste noch zweimal in die Tiefen des Gebäudes hinein abbiegen, bis ich vor dem abgelegenen Damen-WC stand. Ich ging eilig hinein und wollte gerade eine der Kabinen öffnen, als ich hinter mir ein Geräusch hörte. Hatte sich noch eine Frau bis hierhin durchgeschlagen?

«Na, wie gefällt dir der Abend bis jetzt?» Karl Westphal stand breit grinsend in der Tür. Sein Gesicht war gerötet. Er hatte Sakko und Weste anscheinend nach seiner Rede abgelegt, ich konnte die Schweißränder unter seinen Armen sehen. Die silberne Fliege hing um seinen Hals wie ein erschlagenes Tier.

«Würdest du mich bitte allein lassen? Das ist die Damentoilette», sagte ich unwirsch.

«Die Kratzbürste kannst du dir sparen, Maria. Ich weiß genau, was du willst.»

«Ach ja? Woher denn? Habe ich dir wieder eine SMS geschrieben?» Karl lachte und schien sich zu freuen, dass ich das Thema zur Sprache brachte. «Man muss sich eben zu helfen wissen. Du warst eifersüchtig und hast Ruth ständig irgendwelchen Mist über mich erzählt. Hast du gedacht, ich würde mir das gefallen lassen? Die SMS habe ich mir selbst von meinem zweiten Handy aus geschickt und die Nummer dann unter deinem Namen gespeichert. Du weißt doch, im Krieg und in der Liebe sind alle Mittel erlaubt.»

«Das nennst du Liebe? Verschwinde endlich!», rief ich. Ich war wütend und angeekelt. Ich hatte keine Angst. Das war ein Fehler.

«Nein, das nenne ich Krieg. Ich will nur, dass du endlich kapierst, dass du gegen mich keine Chance hast. Lass uns in Ruhe, Maria.»

«Da kannst du Gift drauf nehmen. Und jetzt hau endlich ab, du Wicht!»

Das Wort «Wicht» traf Karl wie ein Geschoss. Ich sah mit Genugtuung, wie sämtliche Leitungen in seinem Hirn durchknallten. Sein Gesicht verzerrte sich zu einer Fratze, als er langsam auf mich zukam und erstaunlich ruhig sagte: «Du tauchst auf meiner Hochzeit in diesem Kleid auf, du willst mich provozieren, machst hier einen auf scharfe Braut? Ich habe deine Botschaft verstanden, Maria. Sogar ganz genau.»

Und dann begriff ich. Zu spät.

Karls Finger schlossen sich schraubstockartig um meine Handgelenke, er drängte mich gegen die Wand und presste seinen offenen Mund an meinen Hals. In diesem Moment schaltete meine Wahrnehmung auf Zeitlupe. Ich sah die hübschen, weiß-blauen Kacheln an der Wand und die goldenen Wasserhähne. Ich spürte den Heizkörper kalt in meinem Rücken und Karls Spucke, die mir in den Ausschnitt lief. Ich roch seinen sauren Weißweinatem, der sich mit dem Lavendelduft der Seifen vermischte, die in kleinen, weißen Schälchen neben den Waschbecken lagen. Die Gästehandtücher waren hellblau und lagen gestapelt in einem schmalen Holzregal. Und dann kam die Angst mit Wucht. Mein eigner Urin lief warm an meinen Beinen hinunter. Ich wusste, dass ich trotz meiner Körpergröße keine Chance hatte, mich gegen diesen betrunkenen Mann zu wehren, der mich wie ein gereizter und verletzter Stier schnaubend und sabbernd gegen die Wand drückte. Schwer und riesig, brutal und viel zu stark. Nicht mehr bei Sinnen. Mit einer Hand drängte er meine Beine auseinander. Ich schloss die Augen, um nicht sehen zu müssen, was passieren würde. Ich hörte mich keuchen, das Entsetzen schien mich zu erwürgen. War das alles meine Schuld? Warum hatte ich ihn provoziert? Ich hatte ihn gereizt und unterschätzt. Meine nackten Schultern, meine Häme. Ich hatte das Schicksal herausgefordert. Ich würde diese Rechnung mein Leben lang abbezahlen müssen. Ich hörte mein Kleid am Rücken reißen, und das Geräusch holte mich schlagartig zurück in die Realität. Ich erwachte aus meinem Zeitlupenfilm. Ich fing an zu schreien, ich klang wie ein Tier, und riss mein Knie hoch. Karl, der gerade seine Hose hatte öffnen wollen und anscheinend nicht mehr mit Gegenwehr gerechnet hatte, ließ mich abrupt los, und ich stieß ihn mit beiden Händen kräftig gegen die Brust. Er taumelte zurück und fasste sich ins Gesicht. Er starrte mich entsetzt an, als wäre er gerade zur Besinnung gekommen.

«Du bist eine Bestie», stammelte Karl. «Was hast du nur getan?» Er würgte und kotzte auf meine immer noch abwehrend ausgestreckten Hände. Dann verschwand er, und ich war nicht mehr dieselbe.

Ich lief wohl über eine Stunde lang durch die Nacht. Irgendwann zog ich meine Schuhe aus. Der Sturm schüttelte mich, als wolle er mich aus einem Albtraum wach rütteln. Und der Regen versuchte sein Bestes, um mich rein zu waschen. Als ich wieder klar denken konnte, waren meine Füße wund – und meine Seele.

Ich ging in die erstbeste Kneipe und fand einen Freund fürs Leben.

RUTH

«Mit der Karre finden wir im Ohnsorgweg nie einen Parkplatz», sagt Erdal Küppers mürrisch, und vermutlich liegt er damit richtig.

«Ich fahre zum Parkplatz oben am Pumpwerk, da ist immer was frei um diese Zeit. Es sind nur fünf Minuten zu Fuß. Ist das o. k. für Sie?»

«Was ist mit Ihrem Gepäck?» Wahrscheinlich vermutet er mehrere Schrankkoffer in den unergründlichen Tiefen des Wagens und hat nicht die geringste Lust, einen davon durch die Nacht zu schleppen.

«Ich habe kein Gepäck», sage ich und finde, dass das für eine Frau meines vorsichtigen und gemäßigten Gemüts ungewöhnlich ungewöhnlich klingt. Erdal reagiert entsprechend überrascht.

«Eine Frau ohne Gepäck ist entweder sehr vergesslich, sehr gefährlich oder sehr unglücklich.»

«Letzteres trifft es wohl in meinem Fall am ehesten. Ich bin ziemlich überstürzt aufgebrochen.» Ich kann förmlich spüren, wie Erdal Küppers sich einerseits vor Neugier verzehrt, andererseits aber wohl auch ahnt, dass jetzt nicht der passende Moment für eine umfangreiche Schilderung der Umstände ist, die zu unserer Tunnel-Begegnung geführt hatten.

«Warum?», fragt er nach einem sehr kurzen Zögern, und es wundert mich nicht, dass die Neugier hier über die gute Erziehung triumphiert. Herr Küppers scheint mir kein Mann äußerster Zurückhaltung zu sein, und nach allem, was ich über ihn aus den Medien weiß, ist er ein Freund deutlicher Worte und ein

Fachmann darin, mit der Tür ins Haus zu fallen. Ich erinnere mich noch, wie aufgebracht Karl gewesen war, als er vor etwa fünf Jahren mit Erdal Küppers und einigen anderen Gästen in die WDR-Talkshow *Kölner Treff* eingeladen war.

«Was für ein eitler, selbstgefälliger Gockel», hatte mein Mann erbost gerufen, als er nach Hause gekommen war, eine Flasche Wein entkorkt und das erste Glas quasi auf ex getrunken. «Wenn das keine Livesendung gewesen wäre, dann würde ich die Ausstrahlung verbieten lassen. Was fällt diesem kleinen Fettsack eigentlich ein? Hat mich als Frauenfeind und drittklassigen Schauspieler dastehen lassen. Dabei könnte der froh sein, wenn er mit seiner eigenen Scheiß-Show meine Quoten hätte!»

«So schlimm war es doch gar nicht», hatte ich versucht, Karl zu beruhigen. Das war aber nach hinten losgegangen.

«Hältst du mich für bescheuert, Ruth? Oder hast du die Sendung nicht gesehen? Der Küppers hat sich über mich lustig gemacht!»

«Ich finde, du hast zum Schluss das Ruder rumreißen können.» Das war zwar gelogen gewesen, aber warum hätte ich Salz in eine offene Wunde streuen sollen?

«Immerhin haben sie den Trailer für den neuen *Hauptkommissar Hansen* gezeigt. Das hatten wir vorher vertraglich vereinbart. Der Inhalt von diesen blöden Talkshows versendet sich sowieso. Was bleibt, sind Präsenz und Charakter. Und da bin ich dem Kümmeltürken weit überlegen.»

Damit hatte Karl nicht recht behalten. Sein unglücklicher Auftritt war viral gegangen und über hunderttausendmal geklickt und gelikt worden. Der kurze Dialog zwischen Karl und Erdal über Karls Theaterambitionen war sogar zum Refrain eines ziemlich erfolgreichen Rap-Songs mit dem Titel *Das ist mir jetzt zu blöd* geworden.

Karl: «Ich werde wieder mehr Theater spielen. Einmal Bühne, immer Bühne. Davon kommt man einfach nicht los.»
Erdal: «Sie haben doch noch nie Theater gespielt.»
Karl: «Hab ich wohl.»
Erdal: «Haben Sie nicht.»
Karl: «Doch.»
Erdal: «Das ist mir jetzt zu blöd.»

Danach war der Name «Erdal Küppers» bei uns zu Hause nur noch gefallen, wenn Karl irgendetwas über ihn gelesen und sich wieder über ihn aufgeregt hatte. Ich nehme mal an, dass auch Erdal meinen Mann nicht in allerbester Erinnerung hat, und sehe keinen Grund, ihm gleich auf die Nase zu binden, mit wem ich verheiratet bin.

Ich weiß nicht, ob Karl jemals Theater gespielt hat. Vielleicht in der Schule? Warum sollte ich ihm hinterherspionieren und versuchen, ihn einer Unwahrheit zu überführen? Wozu sollte das gut sein? Das wäre mir kleinlich vorgekommen. Ich finde, jeder hat das Recht dazu, sich durch kleine Schummeleien das Leben etwas leichter zu machen und sich in einem vorteilhaften Licht darzustellen.

Manche korrigieren ihre Abiturnote nach oben oder ihr Gewicht nach unten, behaupten, sie hätten ein Jahr in Paris gelebt, dabei waren sie nur zwei Wochen auf einer Sprachreise in Saint-Malo, oder sie bleiben verdächtig lange fünfundvierzig Jahre alt. Sie färben sich die Haare, posten funkelnde Sommer-Fotos aus dem Urlaub, in dem nur für zehn Minuten die Sonne geschienen hat, und berichten von ihrer glücklichen Ehe, während sie heimlich die Wodkaflaschen entsorgen.

Ich lebe mit einem Mann zusammen, der auf der Straße erkannt, der im Restaurant um Autogramme gebeten und im Urlaub von wildfremden Frauen mit «Ben Hansen» angesprochen wird. Die Wahrheit spielt in unserem Leben notgedrungen eine untergeordnete Rolle.

Als seine Karriere durchstartete und sein Sender zum ersten Mal Autogrammkarten drucken ließ, sagte Karl: «Du bist meine Privatsache. Ich teile dich nicht mit der Öffentlichkeit.» Wir vereinbarten, dass ich mich im Hintergrund halte, ihn nicht zu offiziellen Anlässen, auf Preisverleihungen oder Pressereisen begleite. Im selben Jahr gründete Karl die «Karl Westphal Stiftung» für soziale Integration von Kindern im Raum München und machte mich zum Vorstandsmitglied. «Charity bringt Publicity, und was mit Kindern kommt immer gut», hatte seine PR-Beraterin Michaela gemeint und auf erfolgreiche Stiftungseigner wie Manuel Neuer, Steffi Graf und Eckart von Hirschhausen verwiesen. «Ich stehe auf der Sonnenseite des Lebens und sehe mich in der Verantwortung, denen, die im Schatten stehen, meine Unterstützung zu geben. Kinder sind unsere Zukunft.» Dieses Zitat von Karl prangt über der Website der Stiftung, daneben sein Foto. Mich findet man im Impressum, ohne Foto. Wir posten auch keine Paarbilder, wir geben keine gemeinsamen Interviews, und Karls Anwalt würde jeden verklagen, der sich nicht an die Regeln hält.

Ich finde das richtig und angenehm. Ich will nicht bei jedem Gang zum Briefkasten fürchten müssen, fotografiert zu werden, mein Leben sollte privat bleiben, ich arbeite viel und lautlos für die Stiftung, ich wollte nie die Frau von *Ben Hansen* sein. Wer kennt die Frauen von Stefan Raab, Mark Keller oder Harald Schmidt? Wer hätte je die Kinder von Steffi Graf oder Claudia Schiffer gesehen? «Es zeugt von Stil und Größe, ein Privatleben zu haben, das diesen Namen verdient. Meine Frau hat ein sehr gesundes Selbstbewusstsein. Sie leistet Großartiges in meiner Stiftung und braucht keine Öffentlichkeit, um zu wissen, wer sie ist. Sie ist nicht die Frau in meinem Schatten. Ich bin der Mann an ihrer Seite», sagt Karl gern in Talkshows, wenn er nach mir gefragt wird. Das klingt gut, und abgesehen davon entspricht es meiner tiefen Abneigung, im Rampenlicht zu stehen.

Schon beim Krippenspiel im Kindergarten war ich ohnmächtig geworden, obwohl ich als Lamm noch nicht mal Text gehabt hatte. Wenn man «die Frau von Karl Westphal» im Internet sucht, findet man Hunderte von Bildern, die ihn strahlend an der Seite seiner bildschönen Kollegin Florentine von Stempel zeigen, die in der Serie eine Ermittlerin aus seinem Team spielt.

Niemand erkennt mich auf der Straße, aber natürlich kann ich es mir trotzdem nicht leisten, ehrlich zu sein, meine Gefühle und mein Unglück herauszuposaunen oder im Fitnessstudio mit dem Trainer zu flirten. Karl hat mir ein tiefes Misstrauen beigebracht gegen Frauen, die sich plötzlich meine Freundinnen nennen, sobald sie erfahren, mit wem ich verheiratet bin, gegen alte Bekannte, die aus dem Nirgendwo auftauchen und sich mit mir treffen wollen, um über die alten Zeiten zu plaudern, oder gegen Klassenkameradinnen, die zufällig auf der Durchreise sind und mich besuchen wollen. «Die meinen dich nicht, Ruth. Die meinen mich. Du musst dich gegen solche Menschen und vor Enttäuschungen schützen», hat Karl immer wieder gesagt und ziemlich oft damit richtiggelegen.

Ich habe häufig bemerkt, wie sich die Stimmung verändert, sobald sich herausstellt, dass ich mit dem Schauspieler Karl Westphal verheiratet bin. Blicke richten sich auf mich. Dann folgt ein Moment der Irritation. Cooles Abwenden. Oder ein Lächeln. Manchmal freundlich, manchmal abwertend. Plötzliches, unangemessenes Interesse. Oder auch plötzliche, unangemessene Ablehnung. Oft Überraschung, weil ich vielleicht nicht so schön bin, wie man sich die Frau an der Seite eines Stars vorgestellt hat. Oder, das ist fast am schlimmsten, diese aufgeregte, übertriebene

Devotheit. Hektische Flecken an Frauenhälsen. Es kam nicht selten vor, dass ich um ein Autogramm gebeten wurde.

Anfangs war ich noch stolz. Längst ist daraus Überdruss geworden, verbunden mit der bitteren Erkenntnis, dass sich das Interesse an mir und der Neid auf mich darin erschöpft, dass ich die Frau von Karl Westphal bin und man mir unterstellt und von mir erwartet, ich müsse deswegen durchgehend dankbar und ununterbrochen überglücklich sein. Mit einem prominenten Schauspieler verheiratet zu sein, ist so, als hätte man seinen ersten Wohnsitz in der Toskana. Alle Touristen denken, man würde jeden Morgen aufwachen, dem Schicksal für die formidable Aussicht danken und ein Leben in andauernder, vortrefflicher Urlaubsstimmung bei permanentem Sonnenschein und Temperaturen über 20 Grad verbringen.

Es ist unendlich anstrengend, immer beneidet zu werden. Denn Neid ist stets mit der Erwartung verbunden, sich des Neides als würdig zu erweisen. «Sei gefälligst glücklich, wenn du schon in mir so ein hässliches, kleinliches Gefühl wie Neid hervorrufst!», scheinen die weiblichen Karl-Fans mir bissig zuzuraunen, während sie gleichzeitig hoffen, dass ich Cellulite habe oder Depressionen, heimlich saufe oder von meinem Mann betrogen werde.

Ich bin immer nur die Frau von dem raubeinigen Fernseh-Ermittler Ben Hansen mit dem Achtzigerjahre-Charme. Jeder hat ihn mal gesehen, hat eine Meinung über ihn, glaubt, sich ein Urteil erlauben zu können. Frauenschwarm. Guter Schauspieler. Schlechter Schauspieler. Charismatischer Typ. Haudegen. Authentisch. Dumpfbacke. Macho. Bergdoktor für Arme. Erfolgreich ohne Talent. Charmant. Raumfüllend. Strahlend.

Karl hatte recht. Ich bin nie gemeint. Ich bin lediglich mitgemeint. Irgendwann habe ich mich selbst nur noch mitgemeint.

Ich habe mich vor meinen Augen aufgelöst. Meine Konturen sind verschwommen, ich weiß nicht mehr, wo ich aufhöre und wo er anfängt. Ich bemühe mich, Erwartungen zu entsprechen, ich will nicht enttäuschen, und ich will keine Angriffsflächen bieten, weder für meinen Mann noch für seine Fans. Ich versuche, Toskana zu sein. Aber im Herzen bin ich Iserlohn.

Ich denke wieder an das zerrissene Foto. An die Wahrheit, die ich nicht hatte wissen wollen. Erdal schaut mich erwartungsvoll an.

Warum bin ich so überstürzt aufgebrochen?

Die Frage hängt wie ein Fallbeil über mir. Wenn ich sie ehrlich beantworte, ist das, als ließe ich einen wütenden Hund von der Kette. Wem würde die Bestie an die Kehle gehen?

Was bleibt von mir, wenn man meinen Mann von mir abzieht? Es ist, als würde man eine dreistellige Zahl von einer zweistelligen abziehen.

Die Differenz ist negativ.

Minuszahl.

Das erste und das einzige Opfer der Wahrheit würde ich selbst sein.

Ich steige aus dem Wagen und atme tief ein. Ich kann den Park riechen, den Frühling und die Elbe. Der niemals schlafende Hafen begrüßt mich mit fernen, vertrauten Geräuschen.

«Vergessen Sie Ihren Hund nicht», sagt Erdal Küppers, der sich anscheinend nur unwillig damit abgefunden hat, keine Antwort auf seine Frage zu bekommen. Die Bestie Wahrheit bleibt an der Kette. Vorerst.

«Gehen Sie ruhig schon vor», sage ich, und er versteht, dass das eine Bitte ist, mich einen Moment allein zu lassen.

«Bis gleich. Sie wissen ja, wo Sie lang müssen.» Er klingt beleidigt, und es gelingt mir nur mit großer Mühe, mich daran zu hindern, mich bei ihm zu entschuldigen.

Ich nehme den etwas längeren Weg durch den Jenischpark und lasse Dagmar von der Leine. Die Nachtschwärze schreckt mich nicht. Normalerweise bin ich keine große Freundin von Dunkelheit und ungenügender Beleuchtung. Ich habe nie verstanden, warum es «Morgengrauen» heißt und nicht «Abendgrauen». Für mich verändert sich die Welt mit jedem Sonnenuntergang. Und zwar nicht zum Guten. Ich fürchte die Schatten der Nächte. Was mir eben noch wie ein heimeliger, schöner Ort vorkam, wird plötzlich zu einer Bedrohung. Selbst unsere große Dachterrasse in München mag ich im Dunkeln nicht betreten. Ferienhäuser mit Blick aufs Meer verloren ihren Reiz, wenn ich nachts nicht mehr aufs Meer blickte, sondern ins Nichts, und die Palmen nicht mehr beruhigend im Wind raschelten, sondern ich hinter jedem Geräusch das herannahende Böse vermuten musste.

Vielleicht liegt es an den Schreien meines Vaters, die nachts durch unser Haus schallten und die, selbst wenn ich mir die Hände auf die Ohren presste, nicht aufhörten. Manchmal stundenlang. Ich hasse die Nacht. Aber für heute scheine ich meinen Vorrat an Angst verbraucht zu haben. Diese Nacht legt sich um mich wie eine Strickjacke von Oma Guste. Fast glaube ich, ihren typischen Geruch nach Rosenseife und Arnikaöl zu riechen. Vielleicht sind es auch die blühenden Sträucher, an denen ich vorbeigehe.

Ich habe Schmerzen in den Beinen und im Kiefer, so sehr habe ich während der schrecklichen Minuten im Tunnel die Zähne zusammengebissen und meine Muskeln verkrampft. Die kühle Luft klärt meinen Kopf und beruhigt mich, der Bach rechts von mir, die Flottbek, plätschert leise und erinnert mich, wie alles hier, an die Ferien bei meinen Großeltern. Die Teiche, durch die meine

Die Nachtschwärze schreckt mich nicht.

Schwester und ich gewatet sind, die riesige Wiese vor dem eleganten Jenisch-Haus, auf der wir Drachen steigen ließen, Schneemänner bauten, Picknick machten und uns beim Blick auf die Elbe ausmalten, in welche fernen Länder die Schiffe unterwegs waren.

Dort hinten, am Rande des Parks, wo das Licht einer Straßenlaterne durch die Bäume blinzelt, ist das reetgedeckte Restaurant *T'on Peerstall*, in dem wir mit Oma und Opa jeden Samstagabend Bratkartoffeln mit Roastbeef und Remouladensauce aßen. «Nach dem Essen sollst du ruhn oder tausend Schritte tun», sagte Oma Auguste jedes Mal anschließend – und auch wenn Opa, Maria und ich der Meinung waren, wir sollten lieber ruhen, setzte sich Oma immer durch, und wir gingen bei Wind und Wetter durch den Park zur Elbe bis zum Fähranleger Teufelsbrück und über die Elbchaussee und die Holztwiete wieder zurück zum Ohnsorgweg.

Ich weiß noch genau, mit welcher stillen Freude ich mich dem Haus meiner Großeltern jedes Mal genähert habe. Egal ob ich nur für ein paar Stunden unterwegs oder monatelang nicht in Hamburg gewesen war – beim Anblick der großen, weißen Villa und der beiden Kastanienbäume davor überkam mich stets das wunderbare Gefühl, erwartet worden und willkommen zu sein. Ein Zuhause. Eigentlich mein einziges.

Ich hatte oft im Dunkeln vor dem erleuchteten Haus gestanden und das Glück genossen, hier gleich zu klingeln und Opas bedächtige Schritte auf der Treppe zu hören, bevor sich die dunkelblaue Haustür öffnen würde. Ich konnte die beiden mattrosafarbenen Plissee-Lampenschirme sehen, die die Regale der Bibliothek in heimeliges Licht tauchten. Bücher an allen Wänden, vom Fußboden bis zur Decke. Manchmal beobachtete ich meine Oma, wie sie in der Küche mit dem Rücken zum Fenster am Herd stand. Oft roch es sogar bis auf die Straße hinaus verlockend nach dem, was sie gerade zubereitete. Pfannkuchen. Hühnerfrikassee. Spaghetti bolognese. Arme Ritter. Bratkartoffeln. Jägerschnitzel. Vanillepudding. Apfelkuchen. Seelenessen.

Im ersten Stock der große Balkon, den Opa im Sommer mit Petunien bepflanzte. Und unter dem Dach mein Zimmer, in dem, solange ich mich erinnern kann, immer die alte Lampe mit den drei grünen Schirmchen im Fenster stand. Man konnte sie von der Straße aus im Dunkeln schon von Weitem sehen, denn ich knipste sie immer an, wenn ich mein Zimmer verließ und wusste, dass ich erst abends zurückkommen würde.

Meine Eltern hatten in Iserlohn grundsätzlich auf Sparsamkeit und Ordnung und dementsprechend auch darauf geachtet, dass sämtliche Lampen ausgeschaltet wurden, bevor wir das Haus

Die alte Lampe im Fenster.
Jedes Mal sagte Oma, wenn wir in
den Ohnsorgweg einbogen den
obligatorischen Satz: "Wo die blauen
Schirmchen leuchten, da sind wir
zu Haus."

verließen. Mein Vater war eine menschgewordene Energiesparleuchte, und nicht selten hatte er mich oder meine Schwester zurück ins Haus gescheucht, wenn er von der Straße aus irgendwo noch Licht gesehen hatte. Selbst die Außenbeleuchtung wurde nur zu besonderen Anlässen angeknipst, wenn Gäste kamen beispielsweise, weil Papa fürchtete, für auf dem dunklen, etwas unebenen Weg zur Haustür zu Bruch gegangene Knochen haften zu müssen.

Ich hatte es geliebt, in Hamburg schon aus der Ferne von meinem heimelig erleuchteten Zimmer begrüßt zu werden. Die alte Lampe im Fenster. Die Stoffschirmchen, an einigen Stellen von der Glühbirne leicht bräunlich verfärbt wie altes Pergament. Vertraut. Ein freundliches Lichtzeichen. Hier bist du stets willkommen. Gern gesehen. Geliebt. Hier wird nicht gespart an Licht und Wärme. Jedes Mal sagte Oma, wenn wir in den Ohnsorgweg einbogen, den obligatorischen, von mir als höhere Poesie eingestuften Satz: «Wo die blauen Schirmchen leuchten, da sind wir zu Haus.» Sie hatte eine leichte Farbschwäche, was Grün und Blau anbelangte. Opa hatte immer nur milde gelächelt und sie nie korrigiert.

«Wo die blauen Schirmchen leuchten, da sind wir zu Haus.»
Und genauso hatte es sich auch angefühlt. Wie ein Zuhause.
Bis zu der Nacht vor fünfzehn Jahren.
Es ist schon weit nach Mitternacht. Mein Hochzeitstag ist vorbei. Meine Ehe höchstwahrscheinlich auch. Ich nehme Dagmar wieder an die Leine. Durch die Kronen der Kastanienbäume kann ich den Giebel der Villa Ohnsorg bereits erahnen. In meinem Zimmer brennt kein Licht. Natürlich nicht. Es ist ja auch nicht mehr mein Zimmer.

Als ich zum letzten Mal hier war, bin ich die Einfahrt hochgerannt, so gut wie es mir auf meinen hohen Brautschuhen möglich gewesen war. Ich muss ein erbärmliches Bild abgegeben haben. Eine Furie im Hochzeitskleid. Mit verschmiertem Make-up, wutverzerrtem Gesicht. Strömender Regen. Sturmböen. Eine Irre in einem Traum in Creme. Ein Albtraum.

Ich weiß noch, dass ich auf den wenigen Metern von der Limousine bis zum Haus völlig durchnässt wurde. Der Sturm hatte kleinere Äste von den Bäumen gerissen, von denen sich einer im Saum meines Kleides verfangen hatte, kurz vor den vier Stufen, die hoch zur Eingangstür führten. Ich hatte zusätzlich zu meinem inneren auch noch mein äußeres Gleichgewicht verloren, war gestolpert und hatte versucht, mich mit beiden Händen abzufangen.

Ich könnte bis heute schwören, dass ich gehört habe, wie mein rechter Unterarm brach. Jedenfalls brachte mich der Schmerz zur Besinnung, und mir fiel ein, dass ich weder mein Handy noch den Schlüssel für das Haus Ohnsorg bei mir hatte. Karl und ich hatten uns für die Hochzeitsnacht im Hotel eingebucht, und meine Handtasche hing noch an meiner Stuhllehne, wo ich sie bei meinem kopflosen Aufbruch vergessen hatte.

Mir war völlig klar gewesen, dass ich meinen herzkranken, schwerhörigen Opa und meine ängstliche, ebenfalls schwerhörige Oma nicht mitten in der Nacht aus dem Bett klingeln konnte. Ich hatte mich bis zur Treppe geschleppt, hatte mich an die Hauswand gelehnt und, trotz des pochenden Schmerzes, seltsam unbeteiligt meinen Arm betrachtet, der oberhalb des Handgelenks einen deutlichen Knick in eine Richtung aufwies, die von der Natur keineswegs so vorgesehen war. Auch mein Knie schien etwas abbekommen zu haben, es tat weh, und ich hatte gemerkt, wie mir etwas Warmes über das Scheinbein gelaufen war.

Ich schließe die Augen und rufe mir den Tag in Erinnerung, der ursprünglich mal der schönste meines Lebens hatte werden sollen: die kirchliche Trauung. Karl war rührend nervös und sah fabelhaft aus. Meine Mutter weinte in der ersten Reihe, meine Schwester kam zu spät. Ich war froh, dass sie überhaupt da war. Gleichzeitig fürchtete ich, dass sie sich irgendwie danebenbenehmen könnte. Sie war schon immer unberechenbar. Ich lächelte sie an und schüttelte die Befürchtung ab. Das war mein Tag. Meine Hochzeit. Mein Mann. Meine Schwester wäre nicht hier, wenn sie das nicht längst eingesehen hätte.

Das Essen, die Reden, der Wein. Papa tat in seiner Brautrede so, als sei ich ein Einzelkind. Auch Karl erwähnte Maria nicht mit einer Silbe. Ich konnte ihr Gesicht nicht genau erkennen, sie saß zu weit weg. Aber es würde sie wohl kaum überraschen. Sie hatte es den beiden ja auch nie leicht gemacht. Sie lachte zu laut. Wie immer. Unüberhörbar, unübersehbar. «Das Kleid ist ein Affront», hatte mir Karl gleich zu Beginn des Abends wütend ins Ohr geflüstert. Ich sah darin nur ihren verzweifelten, anrührenden Versuch, mich auf sich aufmerksam zu machen, mich daran zu erinnern, dass wir Schwestern sind und bleiben. Es war eine ungeschickte Entschuldigung. Schau her, ich bin so, wie ich bin. «Sie meint es nicht so», sagte ich zu Karl. «Lass dir die Stimmung nicht verderben.» Er drückte meine Hand und sagte: «Du bist zu gut für diese Welt, Stellina.»

Ich war glücklich. Toasts auf das Brautpaar. So fühlte sich das also an, im Mittelpunkt zu stehen. Der Nachtisch. Ich war immer noch ganz beseelt. Maria ging in Richtung der Toiletten. Groß, breitschultrig. Ich liebte ihren vertrauten, wiegenden Gang. Lange, ausgreifende Schritte, leicht vorgebeugt, nicht elegant, aber kraftvoll, wie ein Kerl. Ich kam immer kaum hinterher. Kurz überlegte ich, ihr nachzugehen. Wir hatten den ganzen Tag noch nicht miteinander gesprochen. «Wann genau zieht ihr denn nach München in die neue Wohnung?», fragte meine Tante in diesem

Moment. Karl erhob sich, küsste mich auf die Stirn und entschuldigte sich für ein paar Minuten.

Er war ziemlich lange weg. Als er sich wieder neben mich setzte, bemerkte ich, dass er nach Schweiß roch. Seine Stirn glänzte, er war blass und fahrig. «Was ist los?», fragte ich. Er lächelte, aber das beruhigte mich nicht. Minuten später. «Wo ist Maria?» Karls Augen wurden schmal. «Woher soll ich das wissen?»

Ich war nervös. Irgendwas stimmte nicht. War sie gegangen, ohne sich zu verabschieden? «Ich gehe sie suchen», sagte ich zu meinem Mann.

«Du bleibst hier», mahnte er eindringlich.

Ich schaute ihn überrascht an. Jetzt bekam ich wirklich Angst. «Sag mir, was passiert ist.»

Er schaute auf den Tisch. «Das willst du nicht wissen.»

Ich stand auf, sagte: «Ich will jetzt sofort wissen, was los ist», und ging in Richtung Ausgang. Karl folgte mir, griff meinen Arm. Wir stellten uns etwas abseits vor eine geöffnete Terrassentür, der Regen rauschte lauthals, Karl sprach mit gedämpfter Stimme.

«Maria ist gegangen. Ich hätte dir nie etwas gesagt. Reg dich bitte nicht auf. Versprich es mir. Es ist ja nichts passiert.»

Ich nickte, und das Herz klopfte mir bis zum Hals.

«Ich war nur kurz auf unserem Zimmer, um dir deine Stola zu holen. Ich dachte, du könntest sie brauchen. Ich wollte gerade wieder gehen, als Maria klopfte und fragte, ob wir kurz sprechen könnten. Ich ließ sie natürlich rein, weil ich dachte, dass sie sich vielleicht entschuldigen wollte für diese SMS von damals und für ihr Verhalten von heute. Sie kam rein, schloss die Tür von innen ab und ging sofort auf mich los. Ich war völlig überrumpelt.»

«Was soll das heißen, sie ging auf dich los?»

«Ach, Ruth, bitte, zwing mich nicht, dir die Details zu schildern. Lass es damit gut sein.»

«Ich will es wissen.»

«Sie hat mich in eine Ecke gedrängt. Es war einfach ekelhaft. Sie hat ihr Kleid aufgemacht und versucht, mich zu küssen, und dann –» Karl versagte die Stimme.

«Was dann?»

«Als sie vor mir auf die Knie ging, habe ich sie weggestoßen und bin rausgerannt. Ich war völlig durcheinander und habe mich da oben auf einer der Toiletten eingeschlossen, um mich erst mal zu beruhigen.»

«Das kann doch nicht wahr sein. Warum sollte meine Schwester so was tun?» Ich konnte das Gehörte nicht zusammenbringen mit Maria. «Kann das ein absurdes Missverständnis gewesen sein? Wahrscheinlich war sie völlig betrunken und wusste nicht, was sie tat?»

«Ja, vielleicht.» Karl schaute betreten auf den Boden. «Lass uns wieder zu unseren Plätzen gehen und das Ganze vergessen.»

«Da ist doch noch mehr, oder?» Karl wand sich sichtlich, bis er schließlich widerstrebend in seine Hosentasche griff und mir sein Handy zeigte.

«Das hat sie mir vor ein paar Minuten geschickt.»

Ich starrte auf die SMS, und je mehr die Worte sich zu einem Sinn zusammenfügten, desto mehr stieg in meinem Hals die Wut hoch wie bittere Galle.

Das eben ist nie passiert. Ein Wort zu Ruth, und ich werde sagen, du hättest mich vergewaltigt. Mein Wort gegen deins. Dann ist es vorbei mit deiner Karriere. Wenn du jetzt nicht schweigst, wirst du mich nie wieder los. M.

Ich versuchte zu atmen, aber irgendwas stimmte mit der Luft nicht. Sie erreichte meine Lungen kaum. Ich roch Karls Schweiß, und mir wurde übel. «Ich gehe kurz aufs Klo. Ich bin gleich wieder zurück. Gib mir einen Moment, um mich zu sammeln.»

«Niemand wird uns auseinanderbringen, Stellina, das verspreche ich dir», erwiderte er, und seine Stimme klang warm und voller Sorge um mich. «Und versprich du mir, dass deine Schwester ein für alle Mal aus unserem Leben verschwindet. Sie macht mir Angst. Hörst du, Ruth?»

Ich nickte und versuchte, meinen Brechreiz zu unterdrücken.

«Versprich es mir.»

«Ich verspreche es.» Ich ging langsam durch den Raum, vorbei an den Tischen in Richtung der Toiletten. Ich wusste, dass alle Blicke auf mich gerichtet waren. Jetzt nicht rennen, nicht kotzen, nicht weinen, nicht schreien. Schritt für Schritt. Leute prosteten mir zu. Meine Schwiegermutter lächelte schmallippig. Karls Cousin, ein unfassbar langweiliger Anwalt, schaute mich abschätzend an. Michaela, die PR-Tante, strahlte wie immer, als hätte sie einen hoch dotierten Dauerlächel-Vertrag unterschrieben. Der Stuhl neben ihr war leer. Was hatte meine Schwester nur getan?

Ich ging nicht zu den Toiletten, sondern zum Parkplatz hinter dem Hotel, wo die Limousinen darauf warteten, die Gäste nach Hause zu bringen. Bei den Mülltonnen musste ich mich übergeben. Mir pochte das Blut in den Ohren, und ich brauchte minutenlang, um meine Panik, mein Herzrasen und meinen keuchenden Atem zu beruhigen. Ich stieg in eines der Autos. «Ohnsorgweg, bitte.» Die Fahrt dauerte nur ein paar Minuten. Oma hatte das Licht in der Bibliothek angelassen. Unterm Dach, in meinem Zimmer, leuchteten die grünen Schirmchen, so als sei noch alles gut. Ich achtete einen Moment lang nicht auf den Weg, stolperte, fiel. Mein Arm brach.

«Ruth! Ich dachte mir, dass ich dich hier finde!» Wie lang hatte ich auf der Treppe gesessen? Irgendwann war Karl gekommen und hatte mich ins Krankenhaus Altona gebracht. Mein Arm war geschient, die Platzwunde am Knie war versorgt worden. Am nächsten Morgen waren wir zurück nach München geflogen.

«Wo ist mein Handy?», hatte ich irgendwann, kurz nach dem Start gefragt. «Ich fürchte, ich habe es im Restaurant liegen lassen.»

«Das ruht auf dem Grund der Elbe», hatte Karl geantwortet und den Arm um mich gelegt. «Ich will, dass wir das alles hinter uns lassen. Ab morgen hast du eine neue Nummer, und bald haben wir eine neue Adresse. Maria ist Vergangenheit.»

«Sie hat doch bestimmt versucht, mich zu erreichen? Sie kann doch nicht so einfach abhauen. Hat sie versucht, das Ganze zu erklären oder irgendwie zu entschuldigen? Hast du nachgesehen?»

«Sie hat sich nicht gemeldet. Es tut mir so schrecklich leid für dich, Stellina. Deine Schwester wird dir nie wieder wehtun, dafür sorge ich. Ich bin jetzt deine Familie.»

Wir haben niemals wieder über Maria gesprochen. Wenn Karl und ich abwechselnd und immer an denselben Stellen lachend von unserer Hochzeit erzählen – diesem perfekten Fest, das mit einem perfekten, nämlich glatten Unterarmbruch geendet hatte –, erwähnen wir meine Schwester mit keinem Wort.

Maria ist nach und nach zu einer jener Erinnerungen geworden, die ich bewusst vermeide wie einen unbefestigten Weg mit Schlaglöchern und steilen Abhängen. Ich habe meine Schwester über die Jahre rigoros aus meinen Lebensgeschichten herausredigiert. Aber aus meinen Träumen war sie nicht zu verbannen. Sie hat sich noch nie durch mich von etwas abhalten lassen. Bis heute besucht sie mich manchmal im Schlaf. Groß und kräftig. Nennt mich liebevoll Hazel und fragt mich, mit dunkler, vertrauter Stimme, immer ein bisschen zu laut: «Warum wehrst du dich nicht?»

Ich bleibe ihr die Antwort stets schuldig.

Ich bin angekommen. Die Villa Ohnsorg. In der Küche brennt noch Licht, das Gartentor quietscht vertraut, als ich es öffne, und aus dem Schatten des gewaltigen Kastanienbaumes löst sich eine Gestalt.

«Da bist du ja endlich», sagt meine Schwester, und wir gehen zusammen ins Haus.

RUTH

«Das ist ja wirklich eine unglaubliche Sache!» Erdals Augen glänzen hinter seiner Brille wie die eines Kindes vor dem Weihnachtsbaum. Er sieht aus wie ein kleiner, runder Bub mit grauen Schläfen. Ich bin ein wenig konsterniert, dass er meine Leidensgeschichte mit so offensichtlicher Begeisterung aufnimmt. Gleichzeitig nimmt mir sein Eifer etwas von der Schicksalsschwere, die auf meinen Schultern lastet.

«Du hast dieses Foto also aus dem Mülleimer irgendeines dusseligen Münchner Drogeriemarkts gefischt?»

Ich nicke.

«Und hast du gesehen, wer es ausgedruckt hat?»

Ich schüttele den Kopf.

«Wahnsinn.» Erdal lehnt sich zurück und schaut mich erwartungsvoll an. Meine Schwester, die jetzt Gloria heißt, und der Mann, den sie Rudi oder auch den guten Sozi nennen, schweigen.

«Und warum bist du so sicher, dass dich dein Mann betrügt? Letztlich ist es nur ein Foto von ihm und einem scheußlichen grünen Pullover.»

Ich blicke missbilligend zu Erdal herüber, der mir eben bei Krabbenrührei und Buttertoast freundlicherweise das «Du» angeboten hat. «Den Pullover habe ich ihm letztes Jahr zu Weihnachten geschenkt.»

«Mir gefällt er», sagt der gute Sozi. Er scheint ein durch und durch freundlicher Mensch zu sein. «Aber es geht ja hier weniger um den Pullover als um das gesamte Drumherum», fügt er bedächtig hinzu.

«Und insbesondere um das Untenrum», sagt Erdal, und ich sehe, dass sich nun auch Gloria ein Grinsen nicht ganz verkneifen kann.

«Ich fasse mal zusammen.» Erdal beugt sich über das zerrissene Foto, das in der Mitte des Küchentischs liegt. «Wir sehen hier einen Mann mit spärlicher Brustbehaarung und blasser Haut. Er befindet sich nackt in einem Bett. Seine Körpermitte ist lediglich mit einem grünen Pullover bedeckt, den ihm seine Frau zu Weihnachten geschenkt hat. Das Foto ist also nicht älter als fünf Monate, und wir wissen definitiv, dass seine Frau es nicht aufgenommen hat. Auf dem Nachttisch stehen zwei Sektgläser und ein Kühler mit einer Flasche *Ruinart Rosé*, das erkenne ich sogar ohne Lupe, denn das ist auch meine Marke. Er ist meiner Meinung nach der beste unter den Rosé-Champagnern. Den *Taittinger* halte ich persönlich für überschätzt. Hier rechts im Bild auf dem Boden meine ich eine Art Weihnachtsgesteck zu erkennen, seht ihr die Sternchen hier auf dem kleinen Blumentopf? Ich nehme also an, dass das Foto kurz nach Weihnachten aufgenommen wurde.»

«Noch Kaffee?», fragt Rudi umsichtig.

Ich kann Erdal schlecht vorwerfen, dass er sich so engagiert um eine Klärung der Umstände bemüht. Schließlich hatte ich selbst das Foto aus der Tasche gezogen, um auf die Frage, die meine Schwester heute Morgen schließlich gestellt hatte, zu antworten.

«Warum bist du hier?»

Ich hatte gewusst, dass es an der Zeit war, mich der Realität zu stellen, die Wahrheit auszusprechen und, auch das, zuzulassen, dass sie mein Leben in den Grundfesten erschüttern würde.

«Mein Mann betrügt mich.»

«Na und?» Das war Erdals spontane Reaktion gewesen.

«Sollen wir euch Schwestern allein lassen?», hatte Rudi gefragt, und Erdal hatte etwas enttäuscht ausgesehen.

«Nichts, was in diesem Haus geschieht oder besprochen wird, dringt nach außen. So war es immer. So ist es auch jetzt. Darauf kannst du dich verlassen, Ruth», hatte meine Schwester gesagt, und so hatte ich begonnen zu erzählen. Einfach so.

«Und jetzt bin ich hier, weil ich nicht wusste, wohin ich sonst gehen sollte», hatte ich meinen kurzen, wirren Bericht beendet und begonnen, die einzelnen Teile des Fotos auf dem Küchentisch zusammenzusetzen. Den Teil, der Karls Gesicht zeigte, hatte ich vorsichtig abgerissen und in meinem Portemonnaie versteckt. Wenn ich mein Privatleben schon so schonungslos zur Schau stellte, musste ich wenigstens seines schützen. Ich hatte keine Ahnung gehabt, ob Rudi und Erdal bereits wussten, mit wem ich verheiratet war. Aber mir schien, dass Karls Name und Karls Gesicht hier nichts zur Sache taten. Ich wollte zur Abwechslung mal nicht die Frau an seiner Seite, sondern einfach ich selbst sein. Die ungewohnte Offenheit stieg mir zu Kopf wie ein Rausch.

«Hier fehlt noch was», hatte Erdal zwar gesagt und anklagend auf das fehlende Gesicht gedeutet, aber ich hatte mit den Schultern gezuckt und geantwortet: «Ich weiß, dass es mein Mann ist. Das muss reichen.»

Erdal beugt sich jetzt noch tiefer über das Foto und schiebt sich seine Stubenfliegenbrille auf die Stirn. Es ist mir ein bisschen peinlich, wie er meinen nahezu nackten Mann in Augenschein nimmt. Gut, dass Karl den Pullover gerade noch rechtzeitig über sein Geschlechtsteil gelegt hatte.

«Wenn ich bloß wüsste, wo das gemacht worden ist. Was ist da wohl im Hintergrund an der Wand? Das sieht fast wie ein Gesicht aus», sage ich und deute auf den Teil eines offenbar riesigen Kunstwerkes, das hinter dem Bett hängt. Sollte Karls Geliebte eine Frau mit Geld und Sinn für Ästhetik sein? Womöglich eine bedeutende Künstlerin oder eine reiche Sammlerin? Das Ambiente des Raumes sieht, soweit man es erkennen kann, sehr edel aus. Dunkelgraue Wände, dazu farblich passende Lichtschalter gleich neben dem Bett, eine Nachttischlampe mit goldenem Fuß und dunklem Schirm, und der Champagnerkühler war bestimmt auch kein Weißblech-Schnäppchen bei *Butlers* oder *Nanu Nana* gewesen. Hier lebte und schlief jemand mit einem exquisiten Geschmack und dem nötigen Einkommen, ihn umzusetzen.

Das verletzte mich auf irrationale Weise ganz besonders. Wann immer ich darüber nachgedacht hatte, ob und mit wem Karl mich betrügen würde, hatte ich mir stets eine junge und makellose Frau vorgestellt, ohne so lästige Charaktereigenschaften wie Geltungsdrang, ausgeprägten Ehrgeiz oder das störende Bedürfnis, eigenes Geld zu verdienen. Der Gedanke, Karl könnte mich mit einer Frau hintergehen, auf die er nicht herabschaut, ist nahezu unerträglich. Ich habe doch nicht fast zwei Jahrzehnte ein Schattendasein geführt in der Annahme, mein Mann könne keine Götter und erst recht keine Göttinnen neben sich ertragen, um dann meinen Platz für eine starke Frau zu räumen? Wenn Karl auf Augenhöhe lieben kann, dann hätte ich mich ja völlig umsonst kleingemacht. Nicht auszudenken, was das für meine sowieso schon eher bescheiden ausfallende Lebensbilanz bedeuten würde.

Ich fühle mich gerade wie ein Wurm oder eine Schnecke, jedenfalls ein wirbelloses Wesen ohne Rückgrat. Champagner? Ich kann mich nicht erinnern, wann ich mit meinem Mann zuletzt irgendwas Edles getrunken habe. Schon gar nicht im Bett. Ich koche Trennkost, wir machen Intervallfasten und teilen uns abends eine Flasche alkoholfreies Bier. Kommissar Ben Hansen darf nicht zunehmen, schon gar nicht, seitdem Karl einen sehr lukrativen Werbevertrag mit *Shake in Shape* hat, einem Hersteller für Diät-Eiweiß-Drinks.

Ständig stellt er sich von einer Ernährung auf die andere um.

Zuletzt machten wir die Blutgruppendiät. Dabei orientierten wir uns, wie könnte es anders sein, ausschließlich an Karls Blutgruppe. Ich halte mein Gewicht auf einfache und effektive Weise: Jeden Sonntagabend nach dem *Tatort* schlüpfe ich in mein Hochzeitskleid. Sobald es anfängt zu zwicken, esse ich weniger. Ich will so bleiben, wie ich war, als ich Karl geheiratet habe. Damals habe ich ihm gefallen. Er hat mich sehr geliebt. Ich will nicht, dass das vorbei ist.

«Darf ich mal?» Erdal hält sich das betreffende Stückchen des Fotos jetzt direkt vors Auge, und ich bin kurz davor, in hysterisches Gekicher auszubrechen. Wo bin ich nur hineingeraten? Kann das wirklich mein Leben sein?

«Das ist ein Gesicht. Und ich weiß auch, von wem.»

Erdal genießt den Moment spannungsgeladener Stille sichtlich.

«Wer ist es?», hauche ich erbleichend.

«Das ist Thomas Gottschalk.»

«Wie bitte?», stottere ich bestürzt. Das Ganze nimmt nun Formen an, die sich einer beschämenden Groteske ohne nennenswertes Niveau nähern.

«Das ist eindeutig die Thomas-Gottschalk-Suite im *Bayerischen Hof* in München. Ein furchtbar geschmackloses Zimmer, ganz nach Gottschalks eigenen Vorstellungen eingerichtet. Als er noch in den USA lebte, hat er immer dort gewohnt, wenn er in München war. Direkt über dem Bett hängt ein riesiges Porträt von ihm. Ein Goldstaub-Gemälde. Ich meine, das sagt doch alles über den Mann, oder? Er legt sich sich selbst zu Füßen. Und einen Teil genau dieses Bildes sehen wir hier.»

«Woher weißt du das?», fragt Gloria verblüfft.

«Ich habe dort schon gewohnt. Ich bekam ein Upgrade – aber ich habe es nicht als Verbesserung empfunden, unter den Augen von Thomas Gottschalk schlafen zu müssen. Also habe ich um ein anderes Zimmer gebeten. Aber der Anblick hat sich mir eingebrannt. Ich habe den Raum damals sogar fotografiert.» Erdal greift nach seinem Handy und scrollt ein wenig darauf herum. «Schaut mal. Kostet dreitausend die Nacht. Wenn man Stammkunde ist, vielleicht etwas weniger.»

Ein Hotelzimmer also. Ich bin geradezu erleichtert. Das heißt, dass die Frau entweder nicht in München lebt oder einen guten Grund hat, ihren Geliebten nicht bei sich zu Hause zu empfangen. Vielleicht ist sie verheiratet? Oder lebt in einer Sozialwohnung mit Schimmel in der Duschkabine? Das würde mein Weltbild wieder zurechtrücken, denke ich und würde diesen Gedanken, darauf angesprochen, selbstverständlich jederzeit weit von mir weisen.

Ich finde, wir Frauen müssen zusammenhalten und uns gegenseitig fördern, unterstützen und stärken. Aber gilt das auch für die Frauen, die heimlich mit unseren Männern schlafen? Ich denke, da müssen Ausnahmen in Sachen Women-Empowerment erlaubt sein. Ich wünsche der Schlampe jedenfalls Schaben und Getreidemotten in die Küche, Milben ins Bett und Kleidermotten in den Schrank. Möge das Schicksal sie mit Hängebrüsten, Besenreisern und Haarausfall strafen und damit, meinen Mann mal eine Woche lang so zu erleben, wie er im Alltag, jenseits von Champagner und Luxussuiten, wirklich ist.

Karl hat nach dem Duschen immer Wasser im Ohr, hört dann stundenlang schlecht und bohrt sich den Finger stöhnend und auch gern während des Essens tief in den Gehörgang. Manchmal muss er figurformende Unterwäsche während der Dreharbeiten tragen, damit sein Auftraggeber Karls Bauch nicht bemerkt und der Werbevertrag nicht gekündigt wird. Karl zahlt nie den vollen Preis und versucht, selbst bei der Hemdenreinigung Sonderkonditionen auszuhandeln. Er hat Angst vor Spinnen und leidet an hartnäckigem Pilzbefall an seinem rechten großen Zeh. Er neigt zu Blähungen und Geiz.

Mal ganz ehrlich: Wenn wir im Moment des Verliebens die Möglichkeit hätten, einen kurzen Blick in die Zukunft zu werfen und den Mann und unsere Beziehung zu ihm zwanzig Jahre später sehen könnten – wie viele Frauen würden noch vor dem ersten Kuss auf dem Absatz kehrtmachen und entschlossen das Weite suchen?

Ich weiß genau, wie Karl ist, wenn er jemanden für sich gewinnen will, sei es für ein Projekt oder eine Liebesbeziehung. Er ist unwiderstehlich. Karl war ein anderer Mann, als ich ihn kennenlernte. Oder zumindest zeigte er mir ein anderes Gesicht von sich.

Ich habe mich in meinem Leben noch nie so verstanden, begehrt, geliebt und auf Händen getragen gefühlt wie in den ersten zwei Jahren mit ihm. Ich fand mich mitten in einem wahren Bombardement von Aufmerksamkeit und Zärtlichkeit wieder, einem Romantik-Tsunami erster Güte. Die Veränderung geschah schleichend, erst allmählich zeigten sich weitere Teile seiner Persönlichkeit, ein ganz anderer Mann kam zum Vorschein, neben dem ich mich minderwertig, verunsichert und dauerschuldig fühlte. Ich begann, an seiner Seite zu frieren, nicht nur, weil er gern Heizkosten spart.

Aber ich habe den wunderbaren Geliebten der ersten Jahre nie vergessen, und oft genug blitzte er durch, kam auf Kurzbesuch und hinterließ in mir das Gefühl, dass da noch ein Glück war, auf das es zu hoffen lohnte. Karl war schillernd und unberechenbar, anziehend und abstoßend, großzügig und geizig, abwertend und aufbauend. Mal war er gereizt, mal reizend, mal war er voll des Lobes, mal explodierte er vor Wut über Nichtigkeiten.

Hätte ich Reißaus genommen, wenn ich damals gewusst hätte,

was vor mir liegt? Ich fürchte nicht. Ich habe ja bis heute nicht die Kraft dazu gefunden. Ich bin nicht unglücklich genug. Oder nicht mutig genug. Vielleicht muss ich mir auch nur noch mehr Mühe geben. Ich kann mir eine Zukunft ohne meinen Mann nicht vorstellen, weil ich mir mich selbst nicht ohne ihn vorstellen kann.

«Sag mal, Ruth, ist dein Mann vielleicht schwul?», unterbricht Erdal meine Überlegungen, und schon wieder gerät mein Weltbild ins Schwanken.

«Wie bitte? Wie kommst du denn darauf?»

«Diese Suite hat so was Homosexuell-Pompöses. Die Waschbecken sind rot, die Sofas silbern, und mitten im Zimmer steht ein schlimmer Pop-Art-Engel. Selbst mir war das zu viel. Ich kann mir nicht vorstellen, dass sich ein überwiegend heterosexuell orientierter Mensch darin wohlfühlt, außer er heißt Thomas Gottschalk.»

«Vielleicht hat Ruths Mann einfach einen ungewöhnlichen Geschmack», gibt der gute Sozi zu bedenken, und ich werfe ihm einen dankbaren Blick zu. Dieser gutartige Mensch ist ständig auf Deeskalation bedacht und offensichtlich darum bemüht, die Nerven aller Anwesenden zu beruhigen. Ab und zu wirft er meiner Schwester einen besorgten und gleichzeitig liebevollen Blick zu. Die beiden scheinen sich sehr gut zu kennen. Ob sie sich lieben? Ob sie ein Paar sind?

Gloria hat sich bisher kaum geäußert. Gestern Abend war ich tatsächlich sehr schnell auf dem großen, dunkelblauen Samtsofa im Wohnzimmer eingeschlafen, nachdem meine Schwester und ich wortlos, vielleicht auch sprachlos, eine Weile lang beisammengesessen und den Tee getrunken hatten, den Rudi uns gebracht hatte.

Ich hatte nicht gewusst, was ich sagen sollte. Es war mir falsch und unehrlich vorgekommen, die Geschehnisse in der Nacht meiner Hochzeit totzuschweigen, aber gleichzeitig war es auch nicht der richtige Moment gewesen, um nach all den Jahren mit der Tür ins Haus zu fallen und dann sofort damit anzufangen. Ich nehme an, meine Schwester Maria, ich muss mich an ihren neuen Namen Gloria erst gewöhnen, hatte das ähnlich empfunden.

«Wie fühlst du dich?», hatte sie gefragt.

«Wie nach einem Marathonlauf. Ich bin völlig erschöpft. Danke, dass du mich aus dem Tunnel gerettet hast. Und danke, dass ich überhaupt hier sein darf.»

«Schon gut. Hast du diese Panikattacken öfter?»

«Ab und zu. Geschlossene Räume machen mir manchmal Angst. Der Stau im Tunnel hat mir den Rest gegeben.»

Dabei hatten wir es bewenden lassen.

«Können wir morgen über alles reden?», hatte ich sie gebeten, sie hatte genickt, und als ich heute Morgen aufgewacht war – ich hatte tatsächlich bis zehn Uhr geschlafen –, war eine Decke über mir ausgebreitet gewesen, und aus der Küche nebenan hatte es nach frischem Kaffee, Toast und Rührei geduftet. Ein Geruchserlebnis, wie man es nicht mehr kennt, wenn man nach der 16:8-Intervalldiät lebt und das Frühstück seit Jahren konsequent weglässt, um dem Körper eine sechzehnstündige Ernährungspause zu gönnen.

«Was glaubst du, Ruth?», fragt Erdal, der offenbar nicht bereit ist, so leicht von seiner Theorie des schwulen Ehemannes unter dem goldenen Gottschalk abzurücken. Und in diesem Moment fällt mir wieder ein, was die magere Drogeriemarkt-Mitarbeiterin gesagt hatte, als sie sich mit dem Foto an mich gewandt hatte.

«Ich bin ganz sicher, dass es eine Frau war. Die Angestellte hat mir gesagt, dass unmittelbar vor mir eine Frau einen großen Stapel Fotos ausgedruckt und wahrscheinlich dieses eine vergessen hat. Wenn ich mich jetzt recht erinnere, war da sogar jemand. Sie ging an mir vorbei, als ich vor den Haarfarben stand.»

«Wie sah sie aus?»

«Ich habe nicht auf sie geachtet. Sie hat mich mit ihrem Einkaufskorb gestreift. Ich hatte den Eindruck, dass sie etwas dicker war.»

«Etwas dicker als wer? Als du? Das ist ja wohl keine Kunst», sagt Erdal schnippisch und schaut erst mich und dann den Brotkorb vorwurfsvoll an. «Du hast kaum was gegessen. Ich habe extra Croissants geholt.»

«Ich frühstücke normalerweise nicht.»

«Warum nicht?» Erdal klingt gereizt, und ich habe das Gefühl, mich verteidigen zu müssen. Soll ich mich jetzt etwa dafür entschuldigen, dass ich schlank sein möchte und, anders als offenbar Erdal und meine Schwester, bereit bin, dafür auch das ein oder andere Opfer zu bringen? Das sehe ich nun wirklich nicht ein.

Natürlich entschuldige ich mich auf der Stelle. «Sorry, aber ich habe morgens einfach noch keinen Hunger.» Und das ist natürlich total gelogen. Aber ich will nicht zugeben, dass ich beim Anblick des Marmeladencroissants, das Gloria gerade genussvoll isst, das Gefühl habe, vom Loch in meinem Magen verschlungen zu werden, und dass ich das letzte Mal Anfang der Achtzigerjahre Butter gegessen habe, als ein halbes Pfund noch 2 Mark 50 kostete und Nena mit *99 Luftballons* an der Spitze der Charts stand.

Ich habe mir angewöhnt zu behaupten, keinen Hunger zu haben, um mir selbst und anderen nicht eingestehen zu müssen, dass ich im Grunde genommen seit meinem zwölften Lebensjahr Hunger habe. Genauso behaupte ich, ohne rot zu werden, dass ich Salat liebe und eine Glutenunverträglichkeit habe, dass ich nach mehr als zwei Gläsern Wein nicht schlafen und Fettgeba-

„Ich frühstücke normalerweise nicht."

ckenes nicht gut verstoffwechseln kann. Die Wahrheit ist, dass ich ein dickes Kind war. Meine Mutter hat meine Schwester und mich schon mit sieben Jahren jeden Abend auf die Waage gestellt und besorgt kontrolliert, ob wir mit unserem Gewicht der vorgeschriebenen Norm entsprachen. Irgendwann, ich war etwa elf, hatte mein Vater mich lachend «meine kleine Wuchtbrumme» genannt und mein T-Shirt hochgehoben, um dem Ehepaar, das bei uns zu Gast war, meinen Bauch zu zeigen. Ich war vor Scham im Boden versunken, hatte eine Woche später meinen ersten Obsttag gemacht und mich nie wieder richtig satt gegessen.

Meine Schwester hatte einen anderen Weg eingeschlagen. Eine große, schwere Frau, die keine Kalorien zählt und den Preis dafür zahlt. In den letzten fünfzehn Jahren ist sie noch mal deutlich dicker geworden. Findet sie sich schön, so wie sie ist? Ob sie ihren

Frieden mit sich gemacht hat? Früher war sie eine trotzige Dicke. Und was bin ich? Eine folgsame Dünne, die einsehen muss, dass der innere Frieden nicht Hand in Hand mit einem BMI von zwanzig einhergeht.

«Achte nicht auf ihn», sagt Gloria und schiebt lächelnd den Brotkorb in Erdals Richtung. «Er dürfte eigentlich gar nicht hier sein. Warten sie nicht in deiner Fastenklinik mit dem nächsten Einlauf auf dich? Noch ein Croissant als Wegzehrung?»

«Verdammt!» Erdal schaut erschrocken auf seine Uhr. «Ich muss tatsächlich allmählich wieder zurück. Um 15 Uhr habe ich Bogenschießen, und um 18 Uhr beginnt der Vortrag mit dem Thema ‹Verzicht ist Ausdruck innerer Freiheit›. Demzufolge muss Ruth ja eine sehr freie Frau sein.»

«Vielleicht bald freier, als mir lieb ist.»

«Entschuldige, so war das nicht gemeint. Das war unbedacht von mir. Gloria hat völlig recht. Ich bin nur neidisch auf deine Disziplin und habe nicht die geringste Lust, in diese aseptische Fastenhölle zurückzukehren.»

«Wie wäre es, wenn wir Erdal alle zusammen mit dem Auto hinbringen?», schlägt meine Schwester vor. «Ich hätte große Lust auf einen Spaziergang am Meer und anschließend Pommes mit Trüffelmayo im *Hafen-Eck*.»

«Nichts dagegen», sagt Rudi.

«Ich würde ganz gern hierbleiben, ich habe ja gestern den ganzen Tag im Auto gesessen. Hättest du vielleicht noch ein Bett für mich frei, Maria, äh, Gloria?»

«Natürlich. Du kannst dein Zimmer haben.»

«Mein Zimmer? Gibt's das noch?»

«Es ist alles unverändert. Das Bett habe ich gestern Nacht noch frisch bezogen. Komm, Sozi, lass uns kurz das Altglas aus dem Keller holen und dann losfahren.»

«Wie lange willst du denn hierbleiben?», fragt Erdal, der Spezialist für unbequemes und undiplomatisches Nachhaken.

«Du kannst bleiben, solange du willst», sagt meine Schwester im Hinausgehen.

«Kikeriki!»

«Was ist das?», fragt Erdal argwöhnisch.

«Mein Mann.» Ich stelle den Klingelton leiser.

«Willst du nicht drangehen?»

«Ich weiß nicht, was ich sagen soll.»

«Er wird sich doch wundern, dass du nicht nach Hause gekommen bist. Im besten Fall macht er sich sogar Sorgen.»

«Er ist selbst gerade unterwegs. Er meinte, er bräuchte eine Auszeit.»

«Eine Auszeit im *Bayerischen Hof*? Das klingt nach einer ausgeprägten Midlife-Crisis.»

«Er sagt, ich würde ihn erdrücken und jeglichen kreativen Impuls in ihm abtöten. Er sucht eine neue Herausforderung.»

«Die hat er ja jetzt dank seiner dusseligen Geliebten. Nacktfotos im Drogeriemarkt ausdrucken und dann auch noch vergessen, also wirklich, wie kann man nur so bescheuert sein? Eine intellektuelle Leuchte ist die schon mal nicht. Womöglich sucht dein Mann eine Art Mutterersatz, oder er wollte bloß mal wieder richtig frühstücken?»

«Sehr lustig.»

«Ganz im Ernst. Vielleicht solltest du die Sache nicht zu hoch hängen. Du bist betrogen worden. Das macht dich nicht gerade zu einem Einzelfall in Sachen schweres Schicksal. Besonders der Mann in mittleren Jahren ist enorm anfällig für Außenreize jeglicher Art. Frauen, Autos, Sneaker, Reisen, noch mal den Körper auftrainieren, an der Börse spekulieren, Wein anbauen. Jeder sucht das Abenteuer auf seine Weise. Meiner ist zum Glück nur mit den Kindern segeln gegangen. Die wollen sich noch mal richtig spüren, kurz bevor es dann wirklich bergab geht. Zwischen all den Vorsorgeuntersuchungen und gesetzten Essen mit gesetzten Freunden wollte dein Mann es einfach krachen lassen, Champagner trinken und sich von Thomas Gottschalk für dreitausend Euro beim Fremdgehen zuschauen lassen. Kannst du ihm das wirklich verübeln? Du solltest es nicht persönlich nehmen.»

«Klar, ich weiß genau, was du meinst: Eine Frau wie ich muss damit rechnen, betrogen zu werden. Es ist einfach nicht vorstellbar, dass ich meinem Mann ein Leben lang genug sein könnte. Ein geradezu lächerlicher Gedanke, oder? Also Schwamm drüber. Augen zu und durch. Er wird schon zu mir zurückkommen, wenn er wieder gesund essen, früh ins Bett gehen und die Füße hochlegen will. Ich bin es nicht wert, dass man mir treu ist. Schon verstanden. Und das Schlimme ist: Du hast absolut recht.»

«Das habe ich weder gesagt noch gemeint. Niemand hat es verdient, betrogen oder nicht betrogen zu werden. Es sagt nicht zwangsläufig etwas über den Wert einer Beziehung aus. Meine Güte, es ist doch so leicht, einen Typen rumzukriegen. Dass sie kommen, ist nicht schwer. Aber dass sie bleiben, das ist die Kunst. Dein Mann ist fremdgegangen. Okay, kann vorkommen und ist auch schon anderen passiert. Es ist schrecklich und schmerzhaft. Aber letztendlich verzeihlich.»

«Ich soll ihm einfach so verzeihen? Ist das wirklich eine Option aus deiner Sicht?», frage ich und bemerke selbst den lauernden und gleichzeitig hoffnungsvollen Unterton in meiner Stimme. Wo steht geschrieben, dass man einen untreuen Ehemann verlassen muss? Wer sagt, dass ich Karl überhaupt von meiner Entdeckung erzählen muss? Ich habe in meinem Leben so vieles totgeschwiegen – warum nicht auch die Geliebte meines Mannes?

Gebe ich ihr nicht erst in dem Moment Macht über mich und meine Ehe, in dem ich sie zum Thema mache?

«Natürlich ist Verzeihen eine Option», sagt Erdal. «Mehr als das. Vergebung ist ein wichtiger Wert, und Verzeihen ist wie Verdauen. Nicht verzeihen ist wie nicht kacken. Du verfaulst von innen. Es gibt aus meiner Sicht nur einen Grund, deinem Mann seine Untreue nicht zu verzeihen.»

«Und der wäre?»

«Dass er deine Vergebung nicht verdient.»

«Ich würde schon sagen, dass ich meinen Mann noch liebe.»

«Das meine ich nicht. Liebe ist kein zuverlässiger Hinweis auf eine gute Beziehung. Ständig verschenken Frauen ihre Herzen an Vollidioten oder handfeste Arschlöcher. Ich möchte mir gar nicht ausmalen, wie viele traurige Eulen in beschissenen Ehen verharren, weil sie glauben, sie hätten nichts Besseres verdient. Aber wenn dein Mann im Grunde ein anständiger Kerl ist, wovon ich mal ausgehe, und du dich wohl und sicher bei ihm fühlst, spricht nichts dagegen, ihm zu verzeihen. Ein Seitensprung sagt nichts über seine Gefühle aus.»

«Er liebt mich, das weiß ich.»

«Man kann den Falschen lieben, und genauso kann man vom Falschen geliebt werden. Wie gesagt, Liebe ist kein Kriterium. Wir sind ja keine zwanzig mehr. Der Himmel hängt schon lange nicht mehr voller Geigen. Eher voller Arschgeigen. Wir wissen doch mittlerweile, worum es in guten Beziehungen wirklich geht: Verantwortung, Mitgefühl, Anerkennung und Respekt.»

«Du klingst wie ein Therapeut.»

«Und du klingst, als bräuchtest du einen Therapeuten. Dein Selbstwertgefühl ist ja total im Eimer. Allerdings kein Wunder, bei dem Vater. Gloria ist ja seinetwegen auch völlig gestört.»

«Kommst du, Erdal?» Meine Schwester steht mit Flaschenkartons beladen in der Küchentür. «Bis später, Ruth. Fühl dich wie zu Hause.»

Ich bin hier zu Hause, denke ich, als die Tür ins Schloss fällt, und ich bemerke, wie sich der ranzige Zorn auf meine Schwester und der abgestandene Kummer über alles, was sie mir angetan und genommen hat, wieder bemerkbar machen. Wenn Erdal recht hat, dann muss ich innerlich ein verfaulender Kadaver sein, voll mit halb verwestem Groll und stinkendem Unverziehenen. Meine Seele – eine Sickergrube.

Aber das Hohelied des Verzeihens singt sich so verdammt leicht. Es ist ein weltweiter, ewiger Gassenhauer wie das Hohelied der Liebe. Alle singen mit, alle können es auswendig. Die Melodie ist eingängig und fröhlich. Wer verzeiht, der hat nichts falsch gemacht, handelt zutiefst menschlich und hat seinen Platz im Himmel schon mal sicher. Und wer nicht verzeihen kann, der hat definitiv ein Problem, hohen Blutdruck, den Geist voller Schlacken des Hasses und die Seele verdüstert von den Schatten der Verbitterung.

Aber kann es nicht ebenfalls ein Akt der Selbstachtung sein, auf die befreiende Wirkung des Verzeihens zu verzichten? Sich selbst und dem anderen diese Entlastung nicht zu liefern, sondern sich bewusst dafür zu entscheiden, etwas Unverzeihliches nicht zu verzeihen? Erkennt man nicht gerade auch an dem, was Menschen nicht zu vergeben bereit sind, ihre Moral und ihren Anstand und an ihrem Entschluss, die kollektiv eingeforderte Größe nicht zu zeigen, ihre eigentliche Größe?

Ich muss meiner Schwester nicht verzeihen. Was geschehen ist, ist unverzeihlich. Aber jetzt will ich endlich wissen, warum es geschehen ist.

«Kıkerıkı!»

«Hallo, Karl, mein Liebster, wo steckst du?» Ich versuche,

meine Stimme klingen zu lassen wie ein frisch aufgeschütteltes Federbett. Ich will mir alle Optionen offenhalten und Karl jetzt nicht misstrauisch machen. Noch ist offiziell nichts passiert. Und egal, wofür ich mich entscheide, radikale Verdrängung oder brutale Konfrontation – beides will gut durchdacht sein.

Karl ist kein Typ, der sich wehrlos anklagen ließe und klein beigeben würde. Wahrscheinlich würde er selbst angesichts des Fotos noch leugnen und mich für verrückt und paranoid erklären. Vielleicht gelingt es mir, noch mehr über seine Affäre herauszufinden. Ich könnte im Hotel recherchieren, versuchen, an Karls Online-Kalender zu kommen oder an seine Mails. Ich muss mich mit Fakten wappnen und unangreifbar machen. Denn sobald er sich angegriffen fühlt, schaltet Karl auf unverhältnismäßig heftige Gegenwehr – und Karl fühlt sich sehr leicht angegriffen. Und natürlich ist er beleidigt, dass ich mich seit gestern nicht bei ihm gemeldet habe.

«Sag mal, spinnst du? Ich versuche seit gestern, dich zu erreichen.»

«Ich wollte dieses Digital Detox auch mal ausprobieren. Das ist toll, wirklich sehr entspannend.»

«Soll das ein Witz sein? Ich muss dich doch erreichen können!»

«Warum?»

«Wie warum? Ich habe mir Sorgen gemacht, Ruth.»

«Das tut mir leid. Aber hast du schon mal daran gedacht, dass deine Auszeit automatisch auch eine Auszeit für mich ist?»

«Was willst du damit sagen?»

«Dass du nicht auf Abstand gehen und davon ausgehen kannst, dass ich mich dir trotzdem noch nah fühle. Aktion und Reaktion. So läuft das. Wenn du dich veränderst, kann ich nicht die Alte bleiben.»

«Ach, daher weht der Wind. Alles klar, ich weiß worauf du hinauswillst. Darüber sprechen wir, wenn ich zurückkomme. Ich lasse mich von dir nicht erpressen.»

«Wie bitte?»

«Kaum bin ich aus dem Haus, legst du dir einen neuen Begleiter zu. Dachtest du etwa, ich würde das nicht erfahren? München ist ein Dorf.»

Ich schweige, weil mir dazu gerade überhaupt nichts einfällt. Ahnt Karl, dass ich von seinem Betrug weiß? Es wäre typisch für ihn, sofort in die Nach-vorne-Verteidigung zu gehen und zu versuchen, den Spieß umzudrehen.

«Du dachtest, du könntest mich vor vollendete Tatsachen stellen. Da hast du aber falsch gedacht. Wenn ich zurückkomme, ist der weg.»

«Von wem sprichst du?»

«Von dem verdammten Hund natürlich, den du dir hinter meinem Rücken angeschafft hast. Ich komme in zwei Wochen vor dem Drehbeginn für zwei Tage nach Hause. Bis dahin ist das Vieh weg. Haben wir uns verstanden?»

Ich bin total perplex. Woher weiß er von Dagmar? Ich hatte geplant, ihm erst in ein paar Wochen von ihr zu erzählen, ihn langsam an den Gedanken einer neuen Mitbewohnerin zu gewöhnen, ein paar schnuckelige Bilder zu schicken und allmählich seinen Widerwillen zu brechen.

Es war ein Wagnis und auch ein Affront gewesen, gegen Karls ausdrücklichen Willen einen Hund anzuschaffen. Aber ich hatte mich verlassen gefühlt und war so wütend auf meinen Mann gewesen, der sich ohne Rücksicht auf mich auf die Suche nach neuen Lebensentwürfen gemacht hatte, während ich weiterhin im Karl-Westphal-Homeoffice Autogrammwünsche beantworten und in der *Karl-Westphal-Stiftung* das Mädchen für alles sein durfte. Ich hatte auch mal etwas nur für mich tun wollen, einen

„Du bringst den Hund zurück ins Heim, ist das klar?"

unbekannten Weg einschlagen, etwas wagen, etwas ausprobieren, mir einen lang ersehnten und lang verkniffenen Wunsch erfüllen wollen. Selbstverwirklichung. Warum nicht auch für mich? Aber natürlich war es unverantwortlich gewesen, mein kindisches Bedürfnis nach Entfaltung auf dem Rücken eines Tieres auszutragen. Was hatte ich mir nur dabei gedacht?

«Ruth, ich habe gefragt, ob wir uns verstanden haben. Du bringst den Hund zurück ins Heim, ist das klar?»

«Willst du sie nicht wenigstens erst mal kennenlernen?»

«Habe ich mich undeutlich ausgedrückt, oder was? Noch mal zum Mitschreiben: Der Hund kommt zurück ins Tierheim. Und zwar sofort. Damit ist das Thema beendet. Ich gebe um 12 Uhr mein Handy für sieben Tage ab. Ich erwarte morgen oder übermorgen ein Paket von der Produktionsfirma. Sag mir bitte sofort Bescheid, wenn es da ist.»

«Wie denn? Soll ich dir einen Brief schreiben?»

«Meine Güte, Ruth, was ist denn bloß los mit dir? So kenn ich dich gar nicht.»

«Wir sprechen uns dann in einer Woche, ich muss jetzt dringend mit dem Hund raus. Mach's gut, Karl.» Und noch ehe er etwas erwidern kann, lege ich auf.

Dagmar schaut mich an. Ich lege mein Gesicht an ihren Hals und fange endlich an zu weinen. Um meinen Hund, um meine Ehe und um mich. Wer bin ich, und wie war ich ursprünglich mal gedacht? Wer war ich, bevor ich damit anfing, gefallen zu wollen? Steckt auch in mir so ein wildes, kantiges Wesen wie das meiner Schwester, eine Frau, die ungezähmt ist und verwegen, die sich wehrt, sich nicht anpasst und ihre Stärken und Schwächen zeigt?

Ich bin so ein widerlich braves Mädchen. Ich weiß mich zu benehmen, ich bin nie auffällig, nie ausfällig. Ich habe die richtige

Kleidergröße und halte mich am Buffet zurück. Ich habe meine Leidenschaft und mein Verlangen zurechtgestutzt wie die Hecken in den Vorgärten der besseren Gegenden. Ich habe mich passend gemacht und mich daran gewöhnt zu glauben, «gut genug» sei für mich gut genug. Und jetzt bin ich auf dem besten Wege dahin, mich widerspruchlos betrügen zu lassen. Nicht aus innerer Größe, sondern aus Angst. Lieber stumm bleiben. Bloß nicht schreien. Keine schlafenden Hunde wecken. Ein Leben auf Zehenspitzen.

Ich versuche, mich zur Ordnung zu rufen und das Selbstmitleid in seine Schranken zu weisen. Mein Life-Coach Carlos Weber-Stemmle zitiert in solchen Momenten, wenn ich ins Jammern über mein vermeintlich schweres Schicksal gerate, gern Epikur: «Nichts genügt dem, für den genug zu wenig ist.» Und dann weist er mich energisch darauf hin, dass die Entzauberung des in Erfüllung gegangenen Wunsches quasi ein Naturgesetz ist. «Sie, liebe Ruth, sind notorisch unzufrieden, weil Sie vergessen, dass Ihr Leben aus einer Menge wahr gewordener Träume besteht. Ständig verpassen Sie Ihr Glück um ein paar Minuten, Tage oder auch um Jahre, weil Sie damit beschäftigt sind, den Wünschen hinterherzutrauern, die nicht in Erfüllung gegangen sind, ohne die wertzuschätzen, die durch ihre Erfüllung ein wenig an Glanz verloren haben. Sie müssen lernen, Ihr Glück zu bemerken und das, was Sie haben, wertzuschätzen.»

Aber ich frage mich, ob es wirklich meine Wünsche waren, die wahr geworden sind. Was, wenn ich mich verwünscht habe? Was, wenn ich nur von dem geträumt habe, was ich träumen sollte? Habe ich mich verirrt? Und wo, verdammt noch mal, ist diese viel beschworene innere Weisheit, meine innere Stimme? Warum kann ich sie nicht hören? Ist sie verstummt, wie ich?

Die alte, schwedische Standuhr im Flur schlägt. Altvertraut

und tröstend. Erst der Westminster-Glockenschlag und dann noch zwölf Mal. Mein Opa hat die Uhr meiner Oma zur Hochzeit geschenkt. Sie ging von Anfang an fünf Minuten nach.

Mittagsstunde. Fünf vor zwölf.

Zur selben Zeit schaltet Karl Westphal sein Handy aus und übergibt es der strengen Dame am Empfang. Er schenkt ihr sein Ermittler-Lächeln. Sie erwidert es nicht. Das passiert ihm selten. Normalerweise bringt er damit selbst hartgesottene Eis-Enten zum Auftauen. Er spürt eine diffuse Art von Bedrohung, als würden ihm, nahezu unbemerkt, die Fäden aus der Hand gleiten. Kurz überlegt er, die kühle Frau zu bitten, ihm sein Handy noch einmal zurückzugeben. Er hat das unangenehme und völlig ungewohnte Gefühl, dass Ruth ihm etwas verschweigt. Mit einem kurzen Blick auf sein Telefon könnte er überprüfen, wo sie sich gerade befindet. Er hatte, ohne ihr Wissen, eine App installieren lassen, die den Standort von Ruths Handy an seines übermittelt. Allerdings war Ruth bisher immer genau da gewesen, wo er sie vermutet hatte. Sie war keine Frau, die ihn überraschen konnte. Und genau das schätzte er an ihr.

Er hatte noch bei einer weiteren Person heimlich die Standort-App installiert. Nicht zu Kontrollzwecken. Einfach nur, um Bescheid zu wissen. Wann immer er auf die beiden Punkte im Stadtplan blickte – jeder von ihnen da, wo er sein sollte –, fühlte sich Karl wohl und sicher. Er war einfach gern Herr der Lage, wer wollte ihm das verübeln?

Die Sache mit dem Hund hat Karl allerdings hellhörig werden lassen. Das passte nicht zu Ruth. Er ist beunruhigt. Er würde beizeiten Carlos nach Details fragen müssen. Die Frau am Empfang legt sein Handy in eine Schublade und verschließt sie. «Kann ich noch etwas für Sie tun?», fragt sie unwillig, und Karl schüttelt stumm den Kopf. Er wird später den Nachtportier fragen, vielleicht ist der zugänglicher. Karl dreht sich abrupt um, um der Empfangsdame seine Ablehnung zu signalisieren, und stößt dabei fast mit jemandem zusammen. Karl ringt sich einen mürrischen Gruß ab und geht direkt auf sein Zimmer. Das fängt ja gut an. Immerhin Blick aufs Wasser.

Es ist kurz nach zwölf. Würde er jetzt auf seinem Handy die Standorte der beiden Punkte kontrollieren, er würde feststellen, dass sie nicht mehr dort waren, wo sie seiner Meinung nach sein sollten. Beide waren unterwegs, und Karl Westphal war nicht mehr Herr der Lage.

GLORIA

Meeresrauschen im Mai. Im frühlingswarmen Sand liegen, den Kopf auf Rudis Pullover gebettet, Sonntags-Kinderlachen in genau der richtigen Entfernung und dazu exakt die angemessene Menge Wölkchen am Himmel, die ihm Postkartentauglichkeit und die gebührende Dynamik verleiht. Die Trüffelpommes haben das ihre zu der entspannten, vorsommerlichen Stimmung beigetragen. Der gute Sozi atmet ruhig neben ihr, das vertraute, geliebte, von feinen Fältchen durchzogene Gesicht der Sonne zugewandt, die Augen geschlossen. Die friedlichen Geräusche, die für diesen Augenblick lang die Welt heil klingen lassen. Wenn er doch nur länger bleiben könnte.

Der Moment. Und der Freund.

Gloria versucht, die verschiedenen Stimmen in ihrem Inneren zu sortieren und zu beruhigen. Rudis letzter Tag, irgendwo in seinem Kalender. In nicht allzu weiter Ferne. Das Wiedersehen mit Ruth. All das Ungesagte, Ungefragte, Unbeantwortete. Und dennoch die Sehnsucht nach Versöhnung und danach, wieder eine Schwester zu haben.

Eine Schwester, die sich noch daran erinnert, wie Mamas Kartoffelsuppe schmeckte, nämlich ziemlich schlecht, und wie sie versuchten, sie sich gegenseitig auf die Teller zu füllen, sobald die Mutter ihnen den Rücken zukehrte. Eine Schwester, deren kalte Füße Gloria am Einschlafen gehindert hatten, die Monchhichis gesammelt und die den Familienhund *Imperator*, einen gemütlichen Boxer mit Hang zu Blähungen, ebenso geliebt hatte wie Gloria. Ruth hatte neben ihr gestanden, als der Hund angefahren

Meeresrauschen im Mai. Die Trüffelpommes haben das ihre zu der entspannten, vorsommerlichen Stimmung beigetragen.

worden und leise winselnd in Glorias Armen gestorben war. Gloria war damals dreizehn, Ruth war elf Jahre alt gewesen. Sie hatten ihren toten Hund in einer Schubkarre die wenigen Meter zurück nach Hause gefahren. Am nächsten Morgen war sein Körper steif gefroren und mit Raureif bedeckt gewesen. Sie hatten ihn im Garten, ganz hinten bei der Ligusterhecke, begraben, und für beide hatte eine neue Zeitrechnung begonnen. Die Zeit ohne ihn.

Glorias Vater hatte seinen Töchtern die Schuld am Tod des Hundes gegeben und ihnen Zimmerarrest erteilt. «Ihr hättet besser aufpassen müssen!», hatte er sie angeschrien. «Jetzt seht ihr, wozu Gedankenlosigkeit führen kann. Das ist Mord! Stellt euch mal vor, das wäre ein Kind gewesen!» Gloria hatte sich schuldig gefühlt, und nachts hatte sie ihre Mutter und ihre Schwester in ihren Zimmern schluchzen hören. In diesem Haus hatte jeder für sich allein geweint.

Gloria hatte es nie wieder gewagt, sich einen Hund anzuschaffen. Sie hatte bereits ein Leben auf dem Gewissen. Eine der etlichen Bürden, die ihr Vater ihr aufgeladen hatte. Dass Ruth mit dieser bezaubernden, riesigen Dogge aufgetaucht war, ließ darauf schließen, dass es wenigstens ihr gelungen war, sich selbst eine zweite Chance zu geben. Gloria lächelt mit geschlossenen Augen und hat das vielleicht etwas alberne, aber schöne Gefühl, dass die ständig sabbernde Dagmar eine Art Vorbotin von einer guten Zeit sein könnte.

«Woran denkst du?», fragt Rudi, der anscheinend ihr Lächeln bemerkt hat.

«An Dagmar und an Ruth. Die beiden sind ein lustiges Paar, irgendwie rührend. Ich glaube, das ist Ruths Art der Vergangenheitsbewältigung.»

«Und was denkst du über die Geschichte mit ihrem Mann? Wie fühlst du dich? Das wühlt sicher alles wieder auf.»

«Ich weiß nicht, was ich ihr wünschen soll. Dass sie endlich erkennt, was für ein Scheißkerl Karl ist, und ein neues Leben beginnt? Hätte sie dazu überhaupt die Kraft? Sie bildet sich seit zwanzig Jahren ein, mit einem untadeligen Mann zusammen zu sein. Ich bin sicher, dass dazu einiges an Verdrängung und rechtzeitigem Weggucken nötig war. Ruth will die Wahrheit nicht sehen. Das war schon in der Hochzeitsnacht so. Das wird jetzt nicht anders sein. Es kann sehr gut sein, dass sie Karl seinen Seitensprung verzeiht und ihn noch nicht einmal damit konfrontiert. Augen zu und durch. Und wer bin ich, ihr nach all der Zeit ungebeten die Augen öffnen zu wollen? Ich will nicht ihr Lebenskonstrukt auf dem Gewissen haben, die Demontage müsste sie schon selbst einläuten. Außerdem wird Ruth mir jetzt genauso wenig glauben wie damals. Du warst doch dabei.»

«Ja, ich erinnere mich an ihre Nachrichten. Du hattest mir gerade von Karls Angriff auf dich erzählt, da kam die erste SMS.»

«Ich kann sie leider immer noch auswendig. Schade, dass meine Vergesslichkeit immer nur Dinge betrifft, die ich nicht vergessen möchte, wohingegen ich mich an sämtliche Katastrophen in meinem Leben hervorragend erinnere. Außerdem weiß ich, wie die Kinder von Julia Roberts heißen.» Gloria hält einen Moment erschrocken inne. Vor einem todgeweihten Mann mit einem hühnereigroßen Tumor namens Hannibal im Kopf sollte sie nicht albern über ihre Gedächtnisschwäche lamentieren. «Bitte entschuldige, das war eine gedankenlose Bemerkung von mir.»

«Unsinn. Fang bloß nicht an, mich mit Samthandschuhen anzufassen und jedes Wort auf die Goldwaage zu legen. Wir werden ganz normal weitertrinken und weiterlachen und weiterreden wie bisher. Keine Schonzeit. Sondern wunderbare Lebenszeit. Und bevor du anfängst, dich um mich zu sorgen und mich wie einen Mann mit Hirntumor zu behandeln, werde ich mich auf den Weg machen. Ich habe immer selbst bestimmt, was ich tue und was ich lasse. Ich sehe keinen Grund, warum ich bei meinem Tod eine Ausnahme machen sollte.»

«Hast du keine Angst?»

«Ich habe schreckliche Angst. Aber ich habe keine Alternative. Und jetzt lass uns weiter über die Probleme sprechen, die lösbar sind.»

«Du hast mir Ruths Nachricht damals vorgelesen, weißt du noch? Ich konnte das Handy nicht halten, so sehr hab ich gezittert. Sie schrieb: *Du bist nicht mehr meine Schwester.*»

«In Großbuchstaben, daran erinnere ich mich genau. DU BIST NICHT MEHR MEINE SCHWESTER. Was für ein furchtbarer, gnadenloser Satz. Ich habe deine Antwort für dich getippt: dass Karl dich angegriffen hat, dass du sie sehen möchtest und wo du bist.»

«Im *Liebknecht*. Ein schöner Laden war das. Du hast Ruth sogar meinen Standort geschickt, ich hätte gar nicht gewusst, wie das geht. Ihre Reaktion kam ein paar Sekunden später: *Du lügst. Ich glaube dir kein Wort. Keiner wird dir glauben, weil du schon immer eine Lügnerin warst. Du bist eifersüchtig und krank. Ich will nichts mehr mit dir zu tun haben. Verschwinde aus meinem Leben!* Und dann habe ich sofort versucht, sie anzurufen, auch in den nächsten Tagen noch, und ihr immer wieder Nachrichten geschrieben, habe sie angefleht, mich anzuhören und sich bei mir zu melden. Nichts. Der Anschluss war wie tot. Ein paar Wochen später war ihre Nummer neu vergeben.»

«Wir sind doch sogar noch in derselben Nacht in das Hotel gefahren, wo die Hochzeit war. Ich habe an der Rezeption nach der Braut gefragt, aber keiner wusste, wo das Hochzeitspaar abgeblieben war. Und kaum sind fünfzehn Jahre vergangen, steht sie vor der Tür. Deine Schwester Ruth. Wir haben ewig nicht mehr über sie gesprochen. Ich habe sie mir anders vorgestellt. Ich dachte, eine Frau, die so hasserfüllte, drastische Nachrichten schreibt, würde irgendwie rustikaler wirken, nicht so sanft und zart. Ich muss zugeben, dass es mir schwerfällt, sie nicht zu mögen. Sie kommt mir vor wie aus dem Nest gefallen, und sie scheint ständig zu frieren.»

«Sie hat immer kalte Füße, und sie will gefallen, ganz besonders ihrem Mann. Die Nachrichten und die Radikalität passen wirklich nicht zu ihr – aber du darfst nicht vergessen, Sozi, dass Karl ihr damals natürlich nicht die Wahrheit erzählt hat. Er wird mich als bösartige Femme fatale dargestellt haben, die ihrer eigenen Schwester den Mann nicht gönnt.»

«Sie hat ihm geglaubt und nicht dir. Das war ihre Entscheidung.»

«Ja, das tat weh. Und dass sie mir nicht mal die Chance gegeben hat, ihr meine Version des Geschehens zu erzählen, war fast genauso schlimm wie das, was Karl getan hat. Meine Güte, ich war damals ein Wrack. Du hast mich wirklich gerettet.»

«Und wie soll es jetzt weitergehen?»

«Jetzt ziehen wir unsere Schuhe aus und baden unsere Füße im Meer. Komm, wer als Erster am Wasser ist!» Gloria schmeißt ihre Sandalen von sich und rennt los. «Erste!», ruft sie, und als sie sich umdreht, sieht sie, wie Rudi nach wenigen Schritten plötzlich ins Straucheln gerät. Eine Sekunde lang sieht es so aus, als würde er fallen, dann fängt er sich wieder und geht weiter. Er lächelt Gloria an. Sie lächelt zurück, und sie weiß, dass sie beide einander zuliebe so tun, als sei nichts passiert. «Die Zeit läuft ab», denkt Gloria, und wenn der Himmel mit ihr fühlen würde, würde sich jetzt eine Wolke vor die Sonne schieben.

«Was für ein wunderbarer Tag! Ich dachte mir, dass ich euch hier finde!» Der Himmel hatte offenbar mitgedacht und Gloria statt einer Wolke ihren Freund Erdal geschickt. «Ich habe mich entschieden, bei diesem Wetter auf den Vortrag über Verzicht zu verzichten. Das, finde ich, ist auch ein Ausdruck innerer Freiheit!» Es war keine zwei Stunden her, dass sie Erdal in der Fastenklinik abgesetzt hatten. Offenbar hatte es ihn nicht lange dort gehalten.

«Der Gedanke, dass ihr hier nur wenige hundert Meter von mir entfernt im Sand sitzt und Trüffelpommes esst, während ich einer untergewichtigen Ernährungsmedizinerin zuhören muss, hat mich gestört. Wenn ihr euch auf den Weg zurück nach Hamburg macht, gehe ich wieder ins Entschlackungs-Gefängnis. Keine Sekunde früher. Immerhin habe ich eben noch umgebucht und mir ein größeres Zimmer im Anbau geben lassen. Diese kleinen, mönchsartigen Zellen sollen die innere Einkehr erleichtern, aber ich bekomme da Platzangst. Schlimmer als Stau im Elbtunnel. Deine Schwester würde sofort zu viel kriegen. Außerdem kann ich in den Mini-Räumen meine Online-Gymnastik nicht machen.»

«Online-Gymnastik?», fragt Gloria, weniger aus aufrichtigem Interesse als aus aufrichtiger Dankbarkeit dafür, dass es Erdal einmal mehr gelungen ist, mit seinem leichtfüßigen Drauflosgeplauder die Stimmung aufzuhellen. Auch der gute Sozi blickt wohlwollend auf Erdal, der ein recht knapp sitzendes oranges T-Shirt mit der Aufschrift «More than a Body» und einen hellblauen Sonnenhut trägt.

«Ich habe letztes Jahr mit Online-Gymnastik angefangen. Ich wurde immer dicker, konnte aber aus therapeutischen Gründen nicht abnehmen. Karsten hatte jeden Abend mit so viel Liebe, allerdings auch mit vielen Kalorien gekocht, dass ich es einfach nicht übers Herz gebracht habe, nur wenig davon zu essen.»

«Mit wenig meinst du nur eine Portion?»

«Ganz genau. Du weißt, Gloria, ich stehe zu meinem Gewicht, zumindest offiziell, aber dann wurde es langsam selbst mir zu viel. Ist es eigentlich Bodyshaming, wenn man abnehmen möchte? In der Fastenklinik sage ich immer, es gehe mir lediglich um meine Gesundheit und nicht um mein Aussehen. Knie und Rücken entlasten, Beweglichkeit vergrößern, Blutdruck senken, Leber und Nieren auf Vordermann bringen, Hautbild verfeinern. Das ganze Zeug. Das sagen alle. Glauben tut es natürlich niemand. Jedenfalls habe ich damals angefangen, zweimal die

Woche online live mit Mister Jumping Jack zu trainieren, ein sehr knackiger Mitvierziger aus Bruchsal bei Karlsruhe. Wir sind eine kleine, feste Gruppe, jeder kann jeden sehen, und es war für mich zu Anfang schwer, mich daran zu gewöhnen, wie scheußlich einige Leute eingerichtet sind. Dem Uwe aus Grevenbroich habe ich sogar angeboten, ihm meine Inneneinrichterin Isabelle vorbeizuschicken. Der turnte immer zwischen zwei Gummibäumen vor einer Raufasertapete und einem Billy-Regal voller Videospiele, Santana-CDs und Fitzek-Krimis. Zwischendurch kommt seine schwerhörige Mutter regelmäßig rein, um ihn anzuschreien und zu fragen, was er zu Abend essen möchte. Und dann wundert sich der Mann, warum er keine passende Partnerin findet. ‹Mach dich passend›, habe ich ihm geraten, und jetzt hat er wenigstens die Gummibäume verschenkt. Die Mutter wird er natürlich nicht so leicht los. Ach, das ist wirklich herrlich, bei dem Training kommen ganz unterschiedliche Menschen zusammen. Ich genieße das sehr. Ich kenne da ja keine Berührungsängste. Besonders weil man sich ja nicht berührt, keiner mit dreckigen Schuhen über den Wohnzimmerteppich latscht und man niemanden irgendwann mühsam rauskomplimentieren muss. Manchmal verkürzen wir das Training, machen jeder ein Fläschchen auf und plaudern ein bisschen. Jumping Jack trinkt auch gerne mal einen mit. Und Fatma, die alte Schnapsdrossel, hat das Weinglas meist schon direkt neben der Faszienrolle stehen.»

«Deine Cousine Fatma? Wann kommt sie denn eigentlich mit ihrer Tochter nach Hamburg?»

«Am Sonntagnachmittag.»

«Heute ist Sonntag.»

«Bist du sicher? Verdammt! Dadurch, dass die regelmäßigen Mahlzeiten fehlen, habe ich überhaupt keine richtige Struktur mehr im Leben. Ich hätte schwören können, dass heute Sams-

„Ich stehe zu meinem Gewicht, zumindest offiziell."

tag ist.» Erdal schaut eilig auf sein Handy. «16 Uhr 42, Hamburg Hauptbahnhof. Ich habe ihr versprochen, dass ich sie abhole.»

«Es ist fast drei», sagt Rudi bedauernd. «Sie müssen die U-Bahn oder ein Taxi nehmen.»

«Fatma hat kein Geld für ein Taxi und zu viel Stolz, um sich den Fahrpreis von mir zurückgeben zu lassen. Und U-Bahn? Mit dem Gepäck für zwei Wochen? Wie ich meine Patentochter Leyla kenne, hat sie alles mitgenommen, was sie an Klamotten besitzt. Sie ist eine Siebzehnjährige mit Liebeskummer, also eine tickende Zeitbombe. Sie wird sich dreimal am Tag umziehen und alles dafür tun, um ihr gebrochenes Herz in den Hamburger Clubs zu reparieren. Können wir nicht deine Schwester Ruth bitten, die beiden abzuholen? Sie macht einen sehr netten Eindruck und sagt bestimmt nicht Nein.»

«Sie hat noch nie in ihrem Leben Nein gesagt», antwortet Gloria und denkt etwas verlegen daran, dass sie sich als Heranwachsende die «Nein-Schwäche» ihrer Schwester oft zunutze gemacht hatte. «Kannst du mir deine Cliff-Richard-Platte leihen?» «Darf ich das letzte Stück Kuchen haben?» «Kannst du mir helfen, das Bild für Kunst zu malen?» «Kannst du Mama sagen, ich würde bei einer Freundin übernachten?» Es war so leicht und verlockend gewesen, Ruth auszunutzen. Im Nachhinein schämt sich Gloria dafür, dass sie die vielen Ja-Antworten ihrer Schwester für selbstverständlich gehalten und die Grenzen, die Ruth nicht in der Lage gewesen war zu ziehen, wieder und wieder rigoros und egoistisch überschritten hat.

«Nur weil sie nie Nein sagt, darf man sie nicht alles fragen. Manchmal muss man Menschen auch vor ihren eigenen Antworten beschützen», sagt Gloria, und Erdal sieht ein bisschen beleidigt aus.

«Sie ist doch eine erwachsene Frau», sagt er.

«Du bist ja auch ein erwachsener Mann. Und benimmst du dich deshalb immer erwachsen?» Gloria legt ihren Arm um Erdals Schulter. Er ist fast einen ganzen Kopf kleiner als sie und blinzelt lächelnd zu ihr hoch. «Ich beschütze dich ständig vor deinem inneren Peter Pan. Aber du hast völlig recht. Ruth ist älter und in den letzten Jahren vielleicht sogar erwachsen geworden. Woher soll ich das wissen? Ich weiß ja gar nicht mehr, wer sie ist. Es gibt nichts Blöderes als Leute, die einen seit Ewigkeiten kennen oder zu kennen glauben und nicht merken, wenn man nicht mehr in die Schublade passt, in die man im vergangenen Jahrhundert mal gesteckt worden ist. Wahrscheinlich denkt Ruth, ich würde immer noch trampen, Drogen nehmen, am liebsten Schwarz tragen und über ein Nasenpiercing nachdenken. Ruf sie an, Erdal, ich gebe dir ihre Nummer. Vielleicht überrascht sie uns und sagt dir, dass du dich zum Teufel scheren und deine Irrtümer selbst ausbaden sollst. Das hätte auch für dich einen wertvollen Lerneffekt.»

RUTH

«Du kannst wohl auch nicht Nein sagen, oder?» Die Frau mit dem schulterlangen, dunklen Haar, das so seidig glänzt, dass ich dafür morden würde, wuchtet lachend ihren Koffer aus dem Zug. Sie strahlt mich an und sieht so wohlig und rosig aus wie die Monchhichis, die ich früher mal gesammelt habe.

«Erdal hat mich vergessen, und du holst mich ab. Typisch. Er findet immer jemanden, der ihn rettet. Meistens mich. Du musst Ruth sein. Ich bin Fatma.» Sie ignoriert meine ausgestreckte Hand und umarmt mich, als hätten wir uns lange nicht gesehen und als Kinder zusammen Regenwürmer gegessen.

Ich stelle fest, dass Erdals Cousine figürlich ganz nach ihm kommt, moppelig, relativ klein und starkhüftig. Wenigstens ist sie dicker als ich, denke ich erleichtert und verachte mich dafür so derartig, dass ich befürchte, rot oder vom Höllenhund Zerberus persönlich verschluckt zu werden. Nur Schwächlinge haben es nötig, sich durch die Schwächen anderer aufzuwerten. Und zu dieser kleinkarierten Spezies gehöre ich leider ganz eindeutig. Der Großmut und die Fähigkeit, gelassen die Stärken, das Glück, die Kinder und die dicken, glänzenden Haare anderer Frauen hinzunehmen, fehlen mir streckenweise völlig. Ich weiß noch, wie ich in den bayrischen Schulferien lange Zeit froh über jeden Tag mit schlechtem Wetter war. Wenn mir schon keine Kinder vergönnt waren, dann sollten die ganzen heilen Familien wenigstens verregnete Ferien haben.

Wenn ich ehrlich bin, und das bin ich ungern, dann war der Tag, an dem ich erfuhr, dass meine Schwester schwanger war, einer der schwärzesten Tage meines Lebens. Ebenso schwarz wie meine Hochzeit und der Morgen, als unser Boxer Imperator durch meine Schuld überfahren wurde.

Ich war seit zwei Jahren mit Karl zusammen, verzweifelt kinderlos, führte einen Fruchtbarkeitskalender, trank literweise Frauenmanteltee und maß meine Temperatur wie ein zwangsneurotischer Bademeister. Ich war zu einer Zyklus-Buchhalterin geworden, einer Eisprung-Fanatikerin. Ich war zu Akupunkteuren und Osteopathen, zu chinesischen, orientalischen und schwäbischen Heilerinnen gerannt. Ich machte nach dem Sex einen Handstand an der Wand, weil ich gelesen hatte, dass die Spermien von der Schwerkraft unterstützt leichter ihren Weg in Richtung Eierstock finden würden. Ich weinte, wenn ich meine Tage bekam, und die Lektüre von Geburtsanzeigen stürzte mich in stundenlange Finsternis.

Und dann rief mich irgendwann meine Schwester an, wahrscheinlich stand ich gerade wieder kopfüber im Badezimmer, und sagte untröstlich: «Ich bin schwanger. Und ich weiß nicht, ob ich das Kind behalten soll.» Sie hatte ein einziges Mal die Pille vergessen und war prompt von ihrem Freund Christian, den sie eigentlich schon längst hatte verlassen wollen, schwanger geworden.

Ein einziges Mal die Pille vergessen! Und ich fraß seit Monaten Hormontabletten und bekam meine Regel mit der quälenden, mich verhöhnenden Regelmäßigkeit einer Schweizer Uhr. Alle achtundzwanzig Tage ging meine Welt unter. Und meine Schwester fragte mich, ob sie ihr versehentlich gezeugtes Kind behalten solle. Ich hätte fast am Telefon gekotzt.

Ich hatte ihr gesagt, sie müsse einzig und allein auf ihren Instinkt hören. Aber am liebsten hätte ich sie angefleht abzutreiben, weil ich glaubte, ihr unverdientes und sogar ungewolltes Glück nicht ertragen zu können. Ich hatte Angst vor meiner Missgunst.

Ich hatte Angst vor den Familienfesten, an denen meine Schwester mit ihrem Kind und ich mit meinem original *Rimowa*-Koffer anreisen würde. Ich hatte Angst, ihr Kind abzulehnen, weil es mich an das Kind erinnern würde, das ich nicht haben konnte.

Als ihr Sohn geboren wurde, schrieb ich eine Glückwunschkarte, legte ein Strampelhöschen bei und verbarrikadierte mich in meinem Schmerz und meinem Neid. An Augusts Taufe war ich wegen eines schweren Magen-Darm-Infekts verhindert, an seinem ersten Geburtstag war ich am Chiemsee Fastenwandern, an seinem zweiten und dritten kam beruflich was dazwischen, und ab seinem vierten Geburtstag hatte meine Schwester mich nicht mehr eingeladen. Ich habe August in den bald neunzehn Jahren seines Lebens nur dreimal gesehen, das letzte Mal, als er drei war und wir Weihnachten bei Oma und Opa in Hamburg feierten, ein halbes Jahr vor meiner Hochzeit.

Nach Augusts Geburt verhärtete ich innerlich. Ich machte Gloria vor mir selbst und vor Karl schlecht, verurteilte ihren recht unsteten Lebenswandel, belächelte ihre Versuche, beruflich Fuß zu fassen, und begann, mich ständig mit ihr zu vergleichen. Ich suchte händeringend nach fadenscheinigen Argumenten für meine Auf- und ihre Abwertung: Wenigstens habe ich eine glückliche Beziehung. Wenigstens habe ich einen guten Kontakt zu meinen Eltern. Wenigstens habe ich keine finanziellen Sorgen. Wenigstens kann ich mein Gewicht halten. Wenigstens habe ich Karl, meinen Fels in der Brandung. Wenigstens hat sie auch keinen Hund. Und ich bemerkte kaum, wie ich durch jeden Satz, der mit «wenigstens» anfing, langsam immer weniger wurde.

«Für deine Figur würde ich morden!», ruft Fatma und entlässt mich lachend aus ihrer Umarmung. «Und wenn du jetzt noch sagst, du könntest essen, was du willst, setze ich mich in den nächsten Zug nach Hause.»

«Ich hab dünnes Haar und seit dreißig Jahren Hunger.»

«O. k. Ich bleibe. Und das hier ist mein Tochter Leyla.»

Hinter Fatma kommt ein sehr großer Koffer zum Vorschein. «Hi», sagt das Gepäckstück, ehe ein schlaksiges, äußerst hübsches Mädchen dahinter hervortritt, das ihre Mutter und mich um einen Kopf überragt. Leyla sieht aus wie auf dem Reißbrett eines Disneyzeichners entworfen, eine gelungene Mischung aus Aschenputtel und Pocahontas, mit hüftlangem, schwarzem Haar, riesigen blauen Augen, elegant geschwungenen Brauen und heller, ebenmäßiger Haut.

«Hallo, ich bin Ruth», sage ich ergriffen, aber Leyla hat sich bereits wieder ihrem Handy zugewendet.

«Sie kann dich nicht hören. Ich glaube, sie nimmt ihre Kopfhörer nur zum Duschen raus, aber auch da bin ich mir nicht ganz sicher. Hast du Kinder?»

«Nein.»

«Willst du meins? Seit wir in Taufkirchen aufgebrochen sind, hat dieses Mädchen ungefähr drei Sätze gesagt. Zwei hatten damit zu tun, wie asozial sie die Idee findet, in Hamburg Spanisch zu büffeln.»

«Ihr kommt aus Taufkirchen? Ich wohne in München, das ist ja nicht weit.»

«Erdal hat mir erzählt, dass du deine Schwester besuchst. Ich kann dir gar nicht sagen, wie dankbar ich bin, dass wir bei euch sein dürfen. Das Zusammenleben mit einer Siebzehnjährigen, die jeden Tag ein neues Parfüm ausprobiert, Liebeskummer hat, sich vegan ernährt, Klimaaktivistin ist und acht Stunden am Tag telefoniert, ist schrecklich. Wir haben nur drei Zimmer, und ich arbeite von zu Hause aus. Wir schmoren da ziemlich in unserem eigenen Saft. Erdals Idee kam zur rechten Zeit. Ich war kurz davor durchzudrehen.»

Wir waren mittlerweile bei meinem Auto angekommen, und ich half den beiden, ihre Koffer einzuladen. «Geländewagen ohne Gelände», sagt Leyla und betrachtet den Wagen abschätzig. «Schon mal was vom CO_2-Fußabdruck gehört?»

«Wer kein Auto hat, spart fünf Tonnen CO_2 pro Jahr, wer kein Kind hat, spart hundertsiebzehn Tonnen», entgegnet Fatma fröhlich, ehe ich auch nur den Versuch einer Rechtfertigung starten kann. «Meine größte Umweltsünde bist du. Komm, steig schon ein, meine Süße, und hör für einen Moment auf, die Menschheit bekehren zu wollen.»

Leyla rollt mit den Augen, so, wie es nur Teenager können, und steigt auf den Rücksitz.

«Was für ein gigantisches Auto. Ich komme mir vor wie in einem Reisebus», sagt Fatma, während sie sich auf dem Beifahrersitz anschnallt. «Du hast also offensichtlich weder Figur- noch Geldprobleme. Es sei denn, das Auto ist geklaut. Ich hoffe, du hast überhaupt irgendwelche Sorgen. Und falls nicht, dann habe ich genug für uns beide. Bist du verheiratet? Bist du allein hier? Bleibst du länger?»

Ich schweige einen Moment, weil ich nicht weiß, wie ich Fatmas Fragen, ihre Offenheit und ihre Freundlichkeit einordnen soll. Ich bin es gewohnt, ausweichend zu antworten. Weiß sie, mit wem ich verheiratet bin? Erdal scheint es jedenfalls nicht zu wissen. Und Rudi ist viel zu diskret, als dass er sich dazu geäußert hätte. Ich merke, wie groß meine Sehnsucht ist, dieser fremden, netten Frau, in deren Gegenwart ich mich auf unerklärliche Weise wohl und angenommen fühle, von mir zu erzählen.

Was habe ich denn von diesem verdammten, angeblich so souveränen Schutz meiner Privatsphäre? Ich bin nicht geschützt, ich bin einsam. Ich wittere überall Verrat. Ich traue niemandem, und die Freundinnen, die ich hatte, konnte entweder Karl nicht leiden, oder sie haben Kinder bekommen oder es irgendwann aufgegeben, sich um meine Freundschaft zu bemühen. Zu Freundschaft gehört Ehrlichkeit, und wie soll man ein vertrautes Gespräch führen, wenn man immer aufpassen muss, was man sagt?

«Dein Leben ist ein Märchen», hatte eine Frau, die ich beim Sport kennengelernt habe, mal zu mir gesagt. «Aber mein Leben ist kein Märchen. Ich bin es leid, dass ich mich bei dir auskotze und von dir nur höre, wie gut es dir geht. Dein größtes Problem ist, dass dein Mann keinen Hund will und dein Lieblingsparfüm nicht mehr hergestellt wird. Sorry, nenn mich neidisch oder kleinlich, aber bei so viel Glück kann ich nicht mithalten. Ihr Glücklichen solltet lieber unter euch bleiben.»

Karl fand sowieso, dass wir uns selbst genug waren. Oder wohl eher, dass er mir genug sein sollte. Er war eifersüchtig auf meine Freundinnen. Zu Anfang schmeichelte mir sein Besitzanspruch. Damals dachte ich noch, starke Eifersucht sei eine Begleiterscheinung wahrer Liebe. Und als es mich zu nerven begann, hatte ich keine Freundinnen mehr. Während Corona stellte ich fest, dass sich mein Leben durch das Virus kaum veränderte. Die Ausgangssperre bemerkte ich gar nicht, und isoliert hatte ich mich seit Jahren gefühlt. Ich war schon lang vor der Pandemie in Quarantäne gewesen.

«Bitte entschuldige, Ruth.» Fatma legt kurz eine Hand auf meinen Arm. Sie berührt mich. Das rührt mich. «Ich falle immer mit der Tür ins Haus. Das haben Erdal und ich gemeinsam. Wir sagen, was wir denken, und fragen, was wir wissen wollen. Ohne Rücksicht auf Verluste. Wir sind Trampeltiere. Sei bitte nicht böse.» Ich werfe einen Blick in den Rückspiegel, um sicherzugehen, dass Leyla uns nicht hört. Aber die schaut gelangweilt aus dem Fenster. Ich hatte extra die etwas längere Strecke über die Elbchaussee gewählt, eine der schönsten Straßen Hamburgs.

Prachtvolle Gründerzeitvillen, schön angelegte Parks, immer wieder der Blick auf den Fluss. Ich hatte es geliebt, in Opas weinrotem Mercedes-Benz 190 hier entlangzufahren, meine Schwester und ich auf der Rückbank, Oma auf dem Beifahrersitz, wo sie sich stets besorgt an den Haltegriff klammerte und Opa unnötige Hinweise auf potenzielle Gefahrenquellen gab. Doch Leyla zeigt sich unbeeindruckt, und ich kann ihre Musik trotz ihrer Ohrstöpsel mithören. Ich atme tief durch.

«Ich stecke in einer schwierigen Phase. Mein Mann betrügt mich, ich bin in den Wechseljahren, habe kein Kind, ein derangiertes Selbstbewusstsein und garantiert nicht den Mut, neu anzufangen.» Ich schweige perplex und lausche meinen Worten nach. Innerhalb von vierundzwanzig Stunden hatte ich zum zweiten Mal mein Herz ausgeschüttet und lauter fremde Menschen, zu denen zählte ich auch meine Schwester, in meine Probleme eingeweiht. Ich fühle mich, um einen anschaulichen, aber unappetitlichen Vergleich zu bemühen, als hätte ich gerade ein verdorbenes Essen ausgekotzt. Erleichtert, erschöpft und froh, das ganze Zeug los zu sein. Karl würde toben. Loyalität war ihm das Allerwichtigste. «Wir gegen den Rest der Welt», lautete seine Devise. Dabei schien er mit «wir» allerdings nicht nur mich und ihn gemeint zu haben. Drecksack. Fatma lacht. Hatte ich das laut gesagt?

«Na, da haben sich ja zwei gefunden. Mein Mann hat mich wegen meiner besten Freundin verlassen, ich bin seit vier Jahren Single und stehe kurz vor dem Nervenzusammenbruch, weil meine Tochter ihr Abi schmeißen und Influencerin werden will. Selbstbewusstsein? Das war gestern. Ich kann Bayern per se nicht leiden, ich kenne keine Sau in dem schrecklichen Kaff, in dem ich lebe, und Geld hab ich auch fast keines mehr. Na, was sagst du nun?»

«Okay, du hast gewonnen. Aber nur knapp», sage ich. Wenigstens hat sie ein Kind, füge ich nach alter Manier im Stillen hinzu, aber ich bemerke, wie meine Sympathie für diese Frau wächst und sich mit meinem Misstrauen gleichzeitig meine Missgunst auflöst.

«Warum kennst du niemanden in Taufkirchen? Lebst du noch nicht lange dort?»

«Wir sind wegen meines Mannes dorthin gezogen, Malik. Der hat vor zwei Jahren einen Job als Controller bei Hibolla bekommen. Polstermöbelhersteller. Meine ganze Familie stammt aus Köln-Nippes. Mein Vater kam als Gastarbeiter nach Deutschland, so wie Erdals Vater. Der war sein Bruder. Ist ja leider schon tot. Ich bin in Köln geboren und aufgewachsen, da wohnen meine Eltern, da habe ich meine Tochter bekommen. Wir trinken Kölsch und essen Streuselbrötchen. Und dann nach Bayern. Das war der totale Kulturschock. Die sagen Fasching statt Karneval und Pommes statt Fritten, da weiß man doch schon alles. Ein Jahr nach unserem Umzug gesteht Malik mir aus heiterem Himmel, dass er sich in eine andere verliebt hat. Bittet um Bedenkzeit. Dann zieht er aus. Zwei Monate später steht er wieder vor der Tür und fleht mich an, ihn zurückzunehmen. Vier Wochen später zieht er wieder aus. Ruft mich aber jede Nacht an, um mir zu sagen, wie sehr er mich und Leyla vermisst. Plötzlich steht er freitags mit Rosen vor der Tür, bleibt das ganze Wochenende, spielt den geläuterten Ehemann, um mir am Sonntagabend zu sagen, dass seine Geliebte schwanger ist. Sie habe ihn reingelegt, er sei völlig verzweifelt. Er packt seine Tasche und geht. Am nächsten Morgen ruft mich meine Freundin Petra an, die Steuerberaterin in Mühlheim ist, und fragt mich, ob wir trotzdem Freundinnen bleiben können. Ich habe erst überhaupt nicht verstanden, was sie damit meint. Und sie hat nicht kapiert, warum ich sie nicht verstanden habe, weil sie davon ausgegangen ist, dass Malik mir endlich gebeichtet hat, wer seine Geliebte ist. Das Ende vom Lied: Mein Mann wohnt mit meiner Freundin Petra und Kind in Mühlheim, nahe meiner alten Heimat, und ich sitze alleinerziehend im tiefsten Bayern fest, solange meine Tochter ihr Abi noch nicht hat. Ich kann ihr jetzt unmöglich noch einen Schulwechsel zumuten. Und weißt du, was das Allerschlimmste ist?»

«Ich wüsste nicht, was noch schlimmer sein könnte», sage ich mitgenommen. Fatmas Geschichte ist schrecklich. Und so könnte schon bald auch meine Geschichte klingen.

«Das Schlimmste ist, dass ich all das mit mir habe machen lassen», fährt Fatma fort und lacht bitter. «Ich bin so ein dummes Schaf. Naiv, treudoof und ohne die geringsten Anzeichen von Würde oder Selbstachtung. Ich habe diesem Drecksack immer wieder verziehen, seinen Versprechungen geglaubt, mich umgarnen lassen und mich zum Schluss sogar gefragt, ob es an mir liegt. Habe ich mir nicht genug Mühe gegeben? Habe ich mich gehen lassen? Habe ich meine Beine zu selten rasiert, zu oft abends die Hose mit Gummibund getragen, war ich nicht aufmerksam, nicht liebevoll, nicht interessant, nicht interessiert, nicht sexy genug? Zu dick, zu gemütlich, zu langweilig? Vielleicht habe ich es nicht anders verdient. Du solltest mal meine Unterhosen sehen. Die würdest du nicht mal mehr zum Silberputzen nehmen.»

«Du glaubst, es hat an deinem Gewicht oder deinen Unterhosen gelegen? Die Männer von Beyoncé und Victoria Beckham sind auch fremdgegangen. Frau Beckham wiegt praktisch nichts, und Beyoncé trägt bestimmt nur nachtsschwarze Seidentangas. Um deinen Cousin Erdal zu zitieren: Niemand hat es verdient, betrogen oder nicht betrogen zu werden.»

«Erdal hat gut reden. Er und Karsten sind seit einundzwanzig Jahren zusammen, haben sich nie hintergangen und lieben sich abgöttisch. Mit den beiden am Frühstückstisch zu sitzen, ist eine Zumutung für jede Person, die in einer Beziehungskrise steckt. Erdal sorgt für das Drama, Karsten für die Bodenhaftung. Erdal macht viel Wind, Karsten macht nicht viele Worte. Yin und Yang. Feuer und Wasser. Himmel und Erde. Sie ergänzen sich perfekt.»

«Mein Mann und ich, wir ergänzen uns auch perfekt. Ich bin der Fels, er ist die Brandung. So hat er es immer genannt.»

«Das klingt sehr poetisch.»

«Vielleicht bin ich bald nur noch ein liegen gelassener, kahler Findling. Ohne Brandung macht so ein Fels ja nicht mehr viel her.»

«Wart's ab. Die Wahrscheinlichkeit ist jedenfalls auf deiner Seite: Nur fünf Prozent aller Ehemänner entscheiden sich für die Geliebte. Mein Mann hatte von dieser Statistik anscheinend noch nichts gehört. Heute bin ich allerdings froh, dass ich ihn los bin. Ich habe einen fatalen Hang zu Großmäulern und Diktatoren. Mein Vater war auch einer. Erdal sagt, ich sei es nicht gewohnt, gut behandelt zu werden, und würde einem unbewussten

„Zusammen ergeben wir ein Paar hochkarätige Perlenohrringe."

Muster folgen, indem ich mir immer wieder so bescheuerte Provinz-Tyrannen aussuchen würde. Meinen Mann bezeichnete er als ‹Erdogan für Arme› und meinen Neuen nennt er *Kermit*. Also vermutlich wieder kein Prinz. Ich bin eine Perle, die sich ständig vor irgendwelche Säue wirft.»

Ich muss laut loslachen und komme mir plötzlich unbeschwert vor, leicht, trotz aller Sorgen. Als stecke mein Leben noch in den Kinderschuhen, als sei es voller Wunder und ungeahnter Möglichkeiten. «Da sind wir schon zu zweit», sage ich und halte vor der Villa Ohnsorg. «Zusammen ergeben wir ein Paar hochkarätige Perlenohrringe.»

RUDI

«Erdal, mach bitte deine Kamera an, damit ich sehen kann, ob du die *Plank Challenge* richtig ausführst.» Mister Jumping Jack schaut streng in die Linse, und wenige Sekunden später erscheint Erdal in einem der acht Zoom-Quadrate auf dem Wohnzimmerfernseher. Er trägt immer noch das orangefarbene T-Shirt mit der Aufschrift «More than a Body» und liegt flach und ohne einen einzigen Muskel zu beanspruchen auf dem Boden seiner Hotelsuite. Ruth, Fatma und Leyla haben im Wohnzimmer im Ohnsorgweg die beiden großen Sessel beiseite gerückt und machen die Übungen direkt vor dem großen Fernsehbildschirm, an den Fatma ihren Laptop angeschlossen hat.

«Erdal! Die Totenstellung *Shavasana* heben wir uns für den Schluss auf. Dreh dich bitte auf den Bauch und komm in den Unterarmstütz. Für die anderen: Noch sechzig Sekunden halten!» Jumping Jack macht die Übung vor, während Fatma japsend und lachend ruft: «Das ist unfair! Sieh dir die zarten Gestalten neben mir an, Jack. Mein Hintern wiegt mehr als die beiden zusammen. Ich erbringe Höchstleistungen und arbeite hier als Einzige mit Gewichten!»

«Noch dreißig Sekunden! Schweigen, atmen, durchhalten», antwortet Jack ungerührt.

«Drei. Zwei. Eins. Fertig!», ruft Erdal mit seiner durchdringenden, hohen Stimme und lässt sich kartoffelsackartig auf den Bauch fallen. «Schweigen, atmen, durchhalten. So würde der Titel meiner Autobiografie lauten.» Aus den acht Zoom-Quadraten erklingt Gelächter, selbst die pubertär bedingt übellaunige Leyla kichert leise vor sich hin. Jack zuckt lächelnd mit den Schultern. Gegen die mitreißende Disziplinlosigkeit von Erdal Küppers ist schwer anzukommen.

«Dann werden wir jetzt mit ein paar brasilianischen Moves etwas Fett verbrennen», sagt Jack und dreht die Musik lauter. «Denkt daran, die Körperspannung bei jeder einzelnen Bewegung zu halten. Dann erreicht ihr die tiefsitzende Muskulatur. Legt auch schon mal eure Faszienrolle bereit.»

«Faszien hießen früher ja mal Bindegewebe!», ruft Gloria aus der Küche.

«Früher hatten wir ja auch noch welches», antwortet Fatma. Der Bildschirm bebt vor Lachen.

«Damals hatten wir auch noch Kassettenrekorder und Bonanzaräder. Bowls hießen Schüsseln und Influencer nannte man Schnorrer», fügt Gloria hinzu, während Ruth beginnt, mit den Schultern zur Salsa-Musik zu kreisen. Rudi sitzt am Küchentisch und wippt mit dem rechten Fuß. Die hohe Schiebetür zum Wohnzimmer ist geöffnet, rechts von ihm steht Gloria am Herd, klappert mit Töpfen und Geschirr, setzt Reis auf, schneidet Pilze, Hähnchen und grüne Bohnen klein. Sie nimmt ab und zu einen Schluck aus ihrem Weinglas und tauscht immer wieder amüsierte Blicke mit Rudi, der Korianderblätter von ihren Stängeln zupft und ein Bier direkt aus der Flasche trinkt.

«Du solltest mitmachen, Sozi. Ich sehe doch, wie deine alten Knochen sich nach Salsa sehnen», ruft sie ihm zu und hebt ihr Glas in seine Richtung.

«Gute Idee!», ruft Fatma. «Komm, Sozi, schwenk die greise Hüfte. Leyla kann simultan die Liedtexte ins Deutsche übersetzen. Das ist getanzte Spanisch-Nachhilfe.»

«Necesito un pequeno descanso», sagt Rudi und prostet den Frauen und dem Bildschirm zu.

«Er braucht eine kleine Pause. Das habe ich verstanden!», jubelt Leyla, als hätte sie das Abi damit quasi schon in der Tasche. Sie lacht kurz, besinnt sich aber sofort wieder auf ihre Pose ablehnender Coolness und zieht ihre Mundwinkel anscheinend mit einiger Mühe wieder nach unten.

Rudi lächelt das junge Mädchen an. Er mag sie, sie werden gut miteinander zurechtkommen. Er hat ein großes Herz für junge Menschen, die erst in sich selbst hineinwachsen müssen und die im Hormonsturm minütlich zwischen Größenwahn und Selbstzweifeln hin und her schwanken. Vielleicht liegt es daran, dass er selbst keine Kinder hat und seine Geduld diesbezüglich nicht beansprucht worden ist. Rudi hat der Behauptung, dass Kinder ihre Eltern jung halten würden, stets misstraut. Schließlich war er unmittelbarer Zeuge der Pubertätswirren seiner beiden Schwestern gewesen. Er hatte deren insgesamt sieben Kinder aufwachsen und revoltieren sehen, und auch August, Glorias Sohn, hatte seine wilde Zeit noch nicht lange hinter sich. Rudis Eindruck war, dass es Eltern enorm viel Kraft kostet, ihre Kinder großzuziehen.

Er nimmt noch einen Schluck Bier, lehnt sich zurück und denkt an den kurzen Schwindel heute Nachmittag am Strand. Gloria summt in der Küche vor sich hin. Sie hasst Abschiede. Genau wie er. Aber sie würde es aushalten, davon war er überzeugt. Sie würde ihn gehen lassen, sie würde trauern, aber sie würde nicht zerbrechen. An nichts würde sie zerbrechen. Sie hat ein Talent zum Glücklichsein wider die Umstände. Trotzig manchmal, aber immer effektiv. Sie lacht das Leid in die Flucht.

Rudi hatte Gloria immer für ihre Fähigkeit bewundert, ihr Leben unermüdlich mit Leben zu füllen. Sie hatte nie nachgelassen in ihrer Neugier auf Geschichten, Dinge und Menschen. Sie liebt die Bücher, die sie in ihrer kleinen Buchhandlung *Gute Seiten* in Ottensen verkauft, sie organisiert Lesungen und Diskussionsabende, will demnächst Bloggerin werden, hat sich selbst vor fünf Jahren das Akkordeonspielen beigebracht und aus der Villa Ohnsorg für viele eine Heimat auf Zeit gemacht. In diesem Haus waren, seit Gloria es vor zehn Jahren geerbt hatte, so viele unterschiedliche Menschen zusammengekommen, hatten sich erholt und gestärkt, an diesem Küchentisch gegessen, getrunken, gelacht und geweint, hatten aufgetankt und sich wieder auf den Weg gemacht oder waren geblieben, so wie Johann.

Nun würde auch Rudi bleiben, in diesem Haus voller Leben, wo gerade drei Frauen Zoom-Salsa im Wohnzimmer tanzen. Aus dem Fernseher hört man Erdal abwechselnd «Viva!» und «Caramba!» rufen, während Mister Jumping Jack versucht, die Truppe mit Kommandos wie «V-Step», «Basic-Step» und «Kick-Ball-Change!» unter Kontrolle zu halten.

Die schmale Ruth hat sich eine unförmige Jogginghose von Gloria geliehen, die ihr zu groß ist und ihr ständig von den Hüften zu rutschen droht. Dadurch sehen ihre Bewegungen nicht nach Salsa aus, sondern als müsse sie dringend auf die Toilette. Leyla will nichts falsch und sich bloß nicht lächerlich machen, sie tanzt vorsichtig auf der Stelle, während ihre Mutter zwischen Sofa, Stehlampe und Fernseher rotiert, ihre Hüften schwenkt und lachend mit Ruth Po an Po tanzt.

«Mama, du bist peinlich!», zischt Leyla.

«Und du bist spießig», ruft Fatma. «Was ihr hier seht, ist ausgelassenes Fett!»

«Caramba», ruft Erdal, und Glorias lautes, herzhaftes Lachen dröhnt aus der Küche und übertönt die Musik. Villa Ohnsorg.

Rudi liebt Frauen. Es war für ihn immer wieder faszinierend zu beobachten, wie sie es schaffen, innerhalb kürzester Zeit eine Form von Intimität und Zusammengehörigkeitsgefühl herzustellen, die Männern meist selbst in lebenslangen Freundschaften nicht gelingt. Frauen schütten ihre Herzen voreinander aus, ermutigen sich und machen sich nichts vor, zumindest, wenn sie ein gewisses Alter und einen gewissen Reifegrad erreicht haben.

Selbst Fatma und Ruth, die auf den ersten Blick so wenig gemeinsam haben und sich erst seit wenigen Stunden kennen, tanzen jetzt schon Po an Po, wissen um ihre Männer-, Gewichts- und Erziehungsprobleme, beziehen Rudi und Erdal unbekümmert ein in ihren Austausch, wobei Erdal natürlich die Königin der Seelenoffenbarung und ein Katalysator für intime Gespräche ist. Was Rudi allein in den letzten vierundzwanzig Stunden über Ruth und seit heute Nachmittag über Fatma erfahren hat, soviel weiß er von seinem besten Kumpel Ralf, mit dem er das Liebknecht hatte, bis heute nicht. Es ist wunderbar, Freundinnen zu haben.

In der Liebe hatte Rudi kein rechtes Glück. Vielleicht fehlt ihm das Bedürfnis nach Nähe oder der Wunsch, sein Leben zu teilen. Seine größte Liebe hat er heimlich geliebt. Liebende Frauen sind einfach nicht zu vergleichen mit guten Freundinnen. Das sind zwei völlig unterschiedliche Gattungen. Rudi hatte einmal den Fehler begangen, aus einer Freundschaft eine Beziehung werden zu lassen. Als Freundin hatte Sabine ihn rundum akzeptiert, aber als die Liebe ins Spiel kam, war er ihr auf einmal nicht mehr gut genug gewesen. Was sie früher an ihm geschätzt hatte – seine Ordnungsliebe, seine Unabhängigkeit, seine besonnene Art –, hatte sie plötzlich pedantisch, beziehungsunfähig und verschlossen genannt. Es war nicht lange gut gegangen, und Freunde sind sie danach auch nicht wieder geworden.

Warum müssen Liebesbeziehungen für Frauen immer Baustellen sein? Warum kommen sie nie zur Ruhe? Rudis ältere Schwester Marion lässt bis heute kein gutes Haar an ihrem Mann, zieht Tag für Tag über ihn her, dabei ist er seit zwölf Jahren tot. Warum machen sich Frauen selbst, und ihren Männern natürlich auch, das Leben so schwer? Statt bei der Partnersuche mit Sinn und Verstand vorzugehen, wählen sie oft bar jeder Ratio indiskutable und für sie völlig unpassende Partner aus. Auf der Suche nach dem Richtigen machen sie alles falsch, verlieren sich in Projektionen und Hoffnungen und sehen in dem Auserwählten etwas, was er in Wirklichkeit nicht ist und auch nie sein wird. Sie sagen absurde Dinge wie «Eigentlich ist er ganz anders» oder «Der meint das gar nicht so». Wann werden Frauen verstehen, dass Männer das meinen, was sie sagen, und dass sie niemals eigentlich ganz anders sind? Rudi hatte Gloria in eine Liebesfalle nach der anderen tappen sehen, jeder ihrer Männer war eine Kopie ihres dominanten Vaters gewesen, und so hatte sich der Machtkampf Mal für Mal wiederholt. Ein quälendes Schauspiel.

Und dass Ruth bei ihrer Partnerwahl auch nicht gerade Talent bewiesen hatte, das lag auf der Hand. Karl Westphal hatte vor fünfzehn Jahren versucht, die Schwester seiner Braut zu vergewaltigen, weil er ihre Ablehnung nicht aushalten konnte, weil er sie demütigen und sich unterordnen wollte. Rudi hat die Druckstellen an Glorias Handgelenken, ihr zerrissenes Kleid und die Angst und den Ekel in ihrem Gesicht noch genau vor Augen. Damals hatte er ihr geraten, Karl anzuzeigen. Aber sie hatte sich geschämt, sie glaubte, ihn provoziert zu haben, und, das vor allem, sie hatte das Glück ihrer Schwester nicht zerstören wollen.

«Du trägst keine Schuld», das hatte er Gloria schon in jener Nacht immer und immer wieder versichert. «Und wenn du deiner Schwester einen Gefallen tun willst, dann zeigst du ihren Mann an und sagst ihr die Wahrheit über ihn. Jetzt ist es noch nicht zu spät.»

Und so waren sie noch in der Nacht aufgebrochen, um Ruth zu suchen, aber sie war wie vom Erdboden verschluckt gewesen und hatte keine von Glorias Nachrichten erwidert, auf keinen ihrer Briefe geantwortet. Und nun tanzte diese Ruth, die Rudi nie kennengelernt und die ihm seine beste Freundin beschert hatte, im Wohnzimmer Salsa in der übergroßen Jogginghose ihrer Schwester. Betrogen von Karl Westphal. Und das nicht zum ersten Mal. Es war höchste Zeit, dass sie die Wahrheit über ihren Mann erfuhr. Beide Schwestern waren Opfer. Vielleicht konnten sie zusammen die Kraft finden, zurück auf die Bühne ihres eigenen Lebens zu treten.

«Frauen, ihr seht fantastisch aus», ruft Gloria aus der Küche. «Ich liebe dieses Lied! Es erinnert mich an die Sommer Ende der Achtziger. Weißt du noch, Ruth, als wir ein Wochenende zusammen in Barcelona waren?»

«*Gipsy Kings*. Natürlich. Sehr viele Tapas, sehr viel Weißwein und sehr wenig Schlaf!» Sie dreht sich auf dem Teppich, als sei sie jung. «Und sehr hohe Schuhe! Heute sind die Stilettos in meinem Schrank reine Deko und Erinnerungsstücke an bessere Zeiten. Ich käme darin keine fünf Meter mehr weit ohne anschließende Rücken-Reha.»

«Früher habe ich Sport gemacht, geraucht und Obst gegessen, um abzunehmen. Heute hoffe ich auf Gesundheit und ein langes Leben, rauche nicht mehr, trinke in Maßen und gehe freiwillig um zehn ins Bett! Was ist bloß aus uns geworden!?», ruft Erdal.

«Wir sind alt geworden», lacht Gloria, zündet sich eine Zigarette an und hebt ihr Glas. «Auf die verdammte Richtigmacherei! Auf unser vernünftiges Biedermeierleben! Auf Leinöl und Rote-Bete-Salat, auf den Schlaf vor Mitternacht und auf unsere gesunden Fußbetten!»

«Man kann sich auch in flachen Schuhen gehen lassen!», quietscht Erdal vergnügt.

«Porque mi vida yo la prefiero vivir así.» Rudi singt leise den Refrain mit.

«Weil ich es vorziehe, mein Leben so zu leben!», ruft Leyla und klatscht in die Hände.

«Ich kann dir nichts mehr beibringen!» Rudi lacht und schließt kurz die Augen und fragt sich, ob er in diesem Moment genauso glücklich wäre, wenn er nicht bald sterben müsste. Gesundheit und ein langes Leben. Es ist nicht so, als würde Rudi den Tod verdrängen. Im Gegenteil. Es scheint, als würde das nahende Ende, während Rudi mit geschlossenen Augen der Musik und dem Lachen lauscht und es in der Küche nach Curry und Reis zu duften beginnt, dem Augenblick mehr Glanz und mehr Kostbarkeit verleihen. Hannibal, der Tumor, ist der Ehrengast, der den Abend und jede Sekunde unvergesslich macht.

Glorias Hand legt sich von hinten auf Rudis Schulter. «Wollen wir nicht doch einen Tanz wagen? Denk an Kolumbien und die Frauen, die dir damals zu Füßen lagen.»

«Also gut.» Rudi lächelt und reicht Gloria seine Hand. Er hatte zwei Jahre in Cartagena gelebt, dort ein Krankenhaus entworfen und gebaut, Spanisch gelernt und tanzen. Ein Frauenheld war er allerdings nie gewesen.

Gloria zieht ihn hinter sich her ins Wohnzimmer. Sie ist eine großartige Tänzerin, nicht, weil sie besonders gut tanzt, sondern weil sie besonders gern tanzt und weil man sehen kann, dass sie ihrem Instinkt vertraut und sich so bewegt, wie sie will, und nicht so, wie man sich bewegen soll. Sie ist eine Rebellin, sie ist eine Kämpferin, und sie liebt die Freiheit. Trotzdem ist sie nicht frei. Aber wer weiß, vielleicht würde das späte Zusammentreffen der Schwestern beide von alten Lasten und Fesseln befreien? Rudi hofft, das noch mitzuerleben. Und vielleicht würde sich ja auch die Gelegenheit ergeben, Karl Westphal einmal mit voller Wucht die Faust ins Gesicht zu rammen. Rudi ist ein friedliebender Mensch, aber hier scheint ihm Gewalt angemessen.

Es ist interessant und bewegend für Rudi zu sehen, wie unterschiedlich die beiden Schwestern sich entwickelt haben, angesichts der gleichen Herkunft und sicherlich ähnlicher Verletzungen. Die eine hat sich gebeugt, die andere hat sich gewehrt. Die eine wollte gemocht, die andere respektiert werden. Letztlich haben weder Ruth noch Gloria ihr Ziel erreicht und es geschafft, mit der Vergangenheit abzuschließen. Rudi hofft für beide, dass sie wieder zueinander und Frieden finden werden. Noch scheinen sie zu fremdeln und erleichtert über die Gesellschaft von Menschen wie Erdal und Fatma zu sein, die den Schwestern eine direkte Konfrontation ersparen und eine wunderbare Leichtigkeit, Freude und Wärme verbreiten. Aber es ist nur noch eine Frage der Zeit, bis sie sich einander und dem, was geschehen ist, werden stellen müssen.

Eine Frage der Zeit.

Ein plötzlicher Schmerz durchstößt Rudis Kopf, als würde sein Schädel mit einer Machete gespalten. Ihm wird schwarz vor Augen. «Halt mich», flüstert er Gloria zu. Sie greift nach ihm, stützt ihren schwankenden Freund. Sie nimmt den guten Sozi fest in die Arme und wiegt ihn wie ein Kind. «Keine Angst, ich bin da», hört er sie leise sagen. Sein Herzschlag beruhigt sich langsam, sein Kopf an ihrer Schulter. Einatmen. Ausatmen. Es ist noch nicht so weit. Die anderen lächeln den beiden zu. Das Lied verklingt. «Gut gemacht!», ruft Jumping Jack. «Trinkpause!»

Die Träne, die über Glorias Gesicht läuft, verschwindet in Rudis Haar, als hätte es sie nie gegeben oder kaum.

RUTH

Die Welt hat sich schon lange nicht mehr um mich gedreht. Ich liege in meinem alten Alkovenbett, und die kühle, gestärkte Bettwäsche duftet wie früher. Die Blümchentapete, der kleine Kronleuchter, im Fenster die uralte Lampe mit den mintgrünen Schirmchen und die Zimmerdecke tanzen Ringelreihen um mich herum.

Ich bin betrunken, daran kann es keinen Zweifel geben. Nach der Online-Sportstunde hatten wir uns an Oma Gustes riesengroßen Holzküchentisch gesetzt, Glorias großartiges Curry gegessen, Erdal per Zoom dazugeholt, sodass er als sprechender Bildschirm bei uns saß, und bis Mitternacht getrunken und geredet, waren heiter von Thema zu Thema gehüpft, von Covid-19 zu Krystle Carrington, von Trump zu ketogener Ernährung, von Opa Roman zu Armin Laschet, die beide aus Aachen stammen, wo man jenes tief sitzende hoheitliche Gefühl teilt, von Karl dem Großen abzustammen. «Wir Rheinländer haben immer Heimweh!», hatte Erdal an dieser Stelle laut und verdächtig übermütig ausgerufen. «Du kriegst den Menschen aus dem Rheinland, aber nie das Rheinland aus dem Menschen!»

Ich vermutete, dass in der Kanne Fastentee womöglich die Flasche Chardonnay gelandet war, die Erdal aus Glorias Weinregal mitgenommen hatte. «Bloß damit ich im Notfall bei einer unerträglichen Einsamkeitsattacke ein Schlückchen zur Gemütsberuhigung nehmen kann.»

Meine Schwester und ich erzählten den anderen von unserem Opa, dem im Hamburger Exil lebenden Rheinländer, den zur

Karnevalszeit stets eine leichte Wehmut überkam, der im Winter, wenn er fror, sagte «Isch hab kalt», und der uns, wenn wir weinten, seine schwere Hand liebevoll auf den Kopf fallen ließ, sodass sich zum Kummer beinahe eine Gehirnerschütterung gesellte, und voller Mitleid murmelte: «Och härm noch.»

Wir hatten etliche Pfingstferien mit Oma und Opa in Aachen verbracht, den Dom ein halbes Dutzend Mal besichtigt, Reisfladen manchmal schon zum Frühstück gegessen, und Gloria sagte, wie schön es für sie sei, dass ihr Sohn nun ausgerechnet dort in der altvertrauten Gegend studiere und auf Erdals Hof wohnen könne.

«Es hat sich alles wunderbar gefügt», hatte sie gesagt und mich dabei angesehen, freundlich und offen, ohne die Augen zu senken, ohne die Bitte um Verzeihung im Blick, ganz so, als hätte sie keine Schuld auf sich geladen.

Es hat sich alles wunderbar gefügt. Hat es das? Für sie vielleicht. Sie hat ein Kind und das Haus unserer Großeltern bekommen, sie liebt ihren Beruf, braucht anscheinend keinen Mann, und an ihrem Küchentisch, an dem wir beide mit Oma Auguste vor dreißig Jahren Rommé und Mau-Mau gespielt haben, versammeln sich Freunde und Freundinnen in vertrauter Runde. Das ist ihr Leben, nicht meines. Ihre Freunde, nicht meine. Ich habe mal hierhergehört. Jetzt nicht mehr.

Ich war es, die die Augen gesenkt hatte, die Glorias Blick ausgewichen war. Ausweichen kann ich gut. Und aushalten. Auch im Nachgeben bin ich eine Spitzenkraft. Ich bin eine Jasagerin. Ich haue nicht mit der Faust auf den Tisch. Und wenn, dann entschuldige ich mich sofort für den Lärm, den ich dabei verursacht habe, verliere mich in ellenlangen Rechtfertigungen und lasse mich auf Diskussionen ein, an deren Ende ich wieder das tue, was ich immer tue: Ja sagen. Und Nein meinen.

Die Neinschwäche ist, wie die Bindegewebsschwäche, vermutlich bei Frauen verbreiteter als bei Männern. Das liegt an so durchaus wertvollen weiblichen Tugenden wie der Bereitschaft zum Geben, zum Teilen, zur Diplomatie und zur Selbstkritik. Eigenschaften, die ich alle zur Genüge besitze. Mein Lieblingsspruch, den ich früher nahezu automatisiert in die Poesiealben meiner Klassenkameradinnen in verschnörkelter Schönschrift mit meinem gut gepflegten Pelikan-Füller geschrieben habe, lautete:

«Sei wie das Veilchen im Grase,

sittsam, bescheiden und rein,

und nicht wie die stolze Rose,

die immer bewundert will sein.»

Darunter klebte ich Glanzbilder mit Feen und Engeln und Prinzessinnen oder eine Pferdepostkarte. Ich beschränkte mich stets auf eine Seite und wählte immer eine im hinteren Bereich des Albums. Ich erinnere mich, dass die meisten Poesiealben vorne eine Menge leerer Seiten hatten. Nur Jungs mit Schulproblemen schrieben vorne rein. Irgendwie wurde es unter uns haarreiftragenden Mädchen kollektiv als ungehörig und unfein empfunden, sich selbst in den Vordergrund zu spielen, und sei es nur auf Papier.

Meine Schwester sah das natürlich anders. Ich weiß noch, was sie mir in sehr großen Großbuchstaben und mit Filzstift in mein Album schrieb, als ich zehn und sie zwölf war:

«Lebe glücklich, lebe froh,

wie das Bärchen Haribo,

das in seiner Tüte saß

und die anderen Bärchen fraß!»

Die Sätze zogen sich über die gesamte erste Doppelseite meines rosafarbenen Albums und drückten sich bis auf die beiden nachfolgenden Seiten durch. Daneben hatte meine Schwester die Reste einer Gummibärchentüte geklebt und einen grinsenden, dicken, grünen Gummibären gemalt. «Von Maria für Hazel», hatte darunter gestanden. Auch hier hatte sie sich, wie selbstverständlich, an erste Stelle gesetzt. Ich fand ihren Eintrag schrecklich, aber ich konnte die Seiten nicht rausreißen, ohne das ganze Album zu zerstören. Mein wunderschönes Buch war entstellt und knisterte immer unfein, wenn man es öffnete oder zuklappte. Gesagt habe ich es ihr natürlich nie, denn auch mich zu beschweren gehört zweifelsohne nicht zu meinen Kernkompetenzen.

Meine Mutter hat auch nie was gesagt. Gemeinsam versanken wir regelmäßig im Erdboden, wenn sich mein Vater im Restaurant den Kellner kommen ließ, um ihm überlaut den Unterschied zwischen heiß und lauwarm zu erklären, oder einen nicht ganz sauberen Löffel reklamierte. Karl ist genauso. Ich habe schon heimlich unter dem Tisch, einmal sogar an meinem Rock, Besteck von Speiseresten befreit, ehe Karl den Schmutz bemerken und sich beschweren konnte.

Man kann mich nicht gerade konfliktfreudig nennen, selbst konfliktscheu wäre noch geschmeichelt. Ich habe eine Konfliktphobie, eine schwere Streitallergie, eine unkontrollierbare Sucht nach Eintracht. Harmonie ist mein Heroin. Ich komme nicht los davon.

«Du bist zu gut für diese Welt, Stellina.» Karls Standardspruch. Ich bin nicht zu gut für diese Welt, ich bin zu blöd. Ich habe keine Dornen. Vielleicht hatte ich nie welche. Ich bin bescheiden und schüchtern, ich trage einen schützenden Mantel aus Zurückhaltung und Konvention. Ich setze keine Grenzen. Habe ich überhaupt Grenzen? Habe mich nie drum gekümmert. Sage nie: «Stopp, bis hierher und nicht weiter!»

Ich bin nicht zu gut für diese Welt, aber ich bin definitiv zu gut für meinen Mann. Was hatte Erdal erst heute Morgen zu mir

Ich bin das Veilchen. Sie ist die Rose.

gesagt? «Wir wissen doch mittlerweile, worum es in guten Beziehungen wirklich geht: Verantwortung, Mitgefühl, Anerkennung und Respekt.» Ich gebe reichlich davon. Aber ich bekomme zu wenig.

Respekt? Dass ich nicht lache. Meine eigene Schwester hat sich während meiner Hochzeit an meinen Mann rangemacht. Ich bin das Veilchen. Sie ist die Rose. Ich hatte die Anspielung verstanden, als sie beide Blumensorten auf Mamas Grab gelegt hatte. Und mein Mann? Was ist der? Jedenfalls weder ein Boden- noch ein Schattengewächs. Mein Mann, der wahrscheinlich in diesem Moment versucht, sich unter den Augen von Thomas Gottschalk zu reproduzieren, und seine Auszeit nutzt, um sein Leben zu erneuern und meines zu zerstören.

Respekt? Mitgefühl? Verantwortung? Ein schlechter Witz. Ich bin umzingelt von Egomanen und Narzissten. Papa, Karl und meine Schwester Maria, die nicht mal vor ihrem eigenen Namen Respekt hatte. Gloria. Klar. Da klingen die Fanfaren und Jubelchöre ja schon mit.

Der ungewohnte Alkohol hatte mich in geradezu anarchische Stimmung versetzt. Leid und Wehleidigkeit brodelten in mir, und ich war drauf und dran gewesen, meine stumpfen Krallen auszufahren und meiner Schwester zu sagen, dass sie nicht nur mein Leben, sondern auch mein Poesiealbum ruiniert hatte.

«Et ist, wie et is, es kütt, wie et kütt, un et hätt noch ever jot jejange!», hatte Erdal jedoch in diesem Moment vergnügt ausgerufen und seine Tasse mit dem verdächtigen Tee erhoben. Ich hatte mir ein Lächeln abgerungen und meinen Zorn in den Kriechkeller meiner Seele zurückgedrängt.

«Alles in Ordnung, Ruth?», hatte meine Schwester gefragt, die das wechselnde Mienenspiel auf meinem Gesicht beobachtet haben mochte.

«Ja. Alles bestens», hatte ich gesagt. Meine Standardantwort. Ein Reflex. Das schnelle Ja, das kurzfristig Erleichterung verschafft. Aber wie alles Halbherzige im Leben verstopfen einem die bequemen, falschen Jas die Arterien und verringern die Sauerstoffzufuhr zu Hirn und Herz.

Gloria hatte erst mir und dann Erdal auf dem Bildschirm zugeprostet, Fatma hatte das Lied *Drink noch eene mit* angestimmt, und mein Empfinden von Unglück, Verlorenheit und Wut war fast restlos verschwunden, als der gute Sozi mir zugeprostet und mir ein verständnisvolles Lächeln über den Tisch zugeworfen hatte.

Ein angenehmer Mann. Allein seine Anwesenheit verbessert automatisch das Raumklima. Wie ein Luftreiniger oder eine menschliche Rotlichtlampe. Ein Paar sind sie nicht, meine Schwester und der Sozi, das hatte Gloria gesagt, als Fatma sie nach drei Minuten unverblümt danach gefragt hatte. «Wir haben uns vor genau fünfzehn Jahren im *Liebknecht* kennengelernt, in der Kneipe, die Rudi damals hatte.»

«Du warst mal Kneipier?», hatte ich ihn gefragt.

«Unter anderem. Ich war Kneipier in Hamburg und Dublin, SPD-Abgeordneter und Krankenpfleger in Bochum, Architekt in Cartagena und Essen-Kettwig, Spanischlehrer an der Volkshochschule in Dortmund, und jetzt bin ich Teilzeitbuchhändler bei deiner Schwester.»

«Krass», hatte Leyla gesagt, die sich ansonsten kaum am Gespräch beteiligt hatte und damit beschäftigt gewesen war, das Hühnerfleisch aus ihrem Curry zu klauben.

Der Sozi hatte zufrieden und in sich ruhend ausgesehen wie ein Mann, dem viel Gutes im Leben widerfahren ist. Oder wie einer, dem es gelungen ist, Frieden zu schließen mit dem Schicksal, das ihn vielleicht auch nicht immer mit Samthandschuhen angefasst haben mag. Eine feine, andauernde Traurigkeit scheint ihn zu umwehen. Nicht greifbar, nicht sichtbar. Wie ein warmer Windhauch, so als würde jemand irgendwo ein Fenster öffnen an einem Sommerabend. Nicht erschreckend, nicht niederdrückend. Wie ein melancholischer Besucher, der nicht lang bleiben kann, aber immer wiederkommt.

Im Wohnzimmer hatten Rudi und meine Schwester zu *Bamboleo* von den *Gipsy Kings* getanzt und sich zum Schluss kurz und innig umarmt. Fast sah es aus, als würde sie ihn festhalten oder beschützen wollen. Ich hatte geglaubt, eine Träne in Glorias Gesicht zu sehen, aber das könnte Einbildung gewesen sein.

Mein Prinzessinnenzimmer schwankt fröhlich. Dagmar liegt leise schnarchend auf einer Decke vor dem Fenster. Auf dem kleinen, weißen Schreibtisch steht noch der Schminkspiegel, der Zeuge meiner ersten, ungelenken Versuche mit Kajalstift und Puderpinsel war. Im Bücherregal die zerlesenen Exemplare von *Fünf Freunde erforschen die Schatzinsel*, *Geheimnis um eine verschwundene Halskette* und *Die drei ??? und die flüsternde Mumie*. An der Wand direkt über meinem Kopfkissen ein Paul-Young-Poster aus der *Bravo*. Meine Güte, wie oft ist zu *Come back and stay* mein Herz zerbrochen?

Georg, Martin, Michael, Tobi. Letzteren hatte ich schon in der Grundschule geliebt, und er hatte mir in besagtes Poesiealbum geschrieben:

«*Wenn die Flüsse aufwärts fließen*
und die Hasen Jäger schießen
und die Mäuse Katzen fressen,
dann erst will ich dich vergessen!»

Das hatte Tobi jedoch nicht daran gehindert, sieben Jahre später mit Yvonne in *Indiana Jones und der Tempel des Todes* zu gehen und mir anschließend das Ende unserer Beziehung auf einem Zettel zu verkünden, den er mir in Erdkunde zusteckte. Die Musikkassetten, die er für mich aufgenommen hatte, wollte er gern noch am selben Nachmittag zurückhaben.

Und was tat ich? Ich gab sie artig zurück, statt sie ihm wutentbrannt an den Kopf zu schmeißen, und weinte still in meine rosafarbenen Kissen. Mit Yvonne ist es, soweit ich das verfolgt habe, allerdings auch nichts geworden. Hoffentlich hat sie meine Kassetten behalten oder sie ihm als unappetitlichen Bandsalat kredenzt.

Paul Young dreht sich immer schneller. Hoffentlich muss er sich nicht gleich übergeben. Ist ja mittlerweile auch nicht mehr der Jüngste. Die Zeit knabbert mit unstillbarem Appetit an uns allen. Aber in diesem Zimmer ist sie einfach stehengeblieben. Sogar die tanzenden Wände sehen aus wie früher, als ich hier mit fünfzehn meinen ersten Rausch erlebte. Meine Schwester und ich hatten an der Elbe heimlich eine dreiviertel Flasche Martini Bianco geleert, den Rest in Omas Rosenbeet gegossen, und ich weiß, wie ich voller Begeisterung und Ehrfurcht an die sich drehende Zimmerdecke geblickt und den Eindruck gehabt hatte, endlich erwachsen zu sein.

Ich hatte mich frei gefühlt, voller Tatendrang und Träume, bereit für eine aufregende Zukunft, mutig und gleichzeitig gut aufgehoben in meinem gemütlichen Alkovenbett, geborgen im Haus meiner Großeltern und ermutigt durch ihre Güte und Liebe.

Hier war ich immer jemand anderes gewesen.

Vermutlich ich selbst.

GLORIA

Gloria verlässt um kurz vor acht das Haus. Alle schlafen noch. Gestern war es spät geworden. Ein schöner Abend, trotz all des Ungesagten zwischen den Schwestern. Vielleicht ist es gut, denkt Gloria, sich einander zunächst jenseits von Schuld und Anklage anzunähern. Das Thema auszusparen, bis genug Substanz und Nähe geschaffen sind, es anzusprechen, auszusprechen und das Gesagte auszuhalten.

Gloria geht so leise wie möglich über den Kiesweg, der ums Haus in den Garten führt. Rudi schläft zu dieser Seite im ersten Stock, und sie will ihn nicht durch ihre Schritte wecken. Fatma und Leyla hatte sie rechts von der Treppe ebenfalls in der ersten Etage einquartiert, in den beiden Zimmern, die sich ein gemeinsames Bad teilen. Eines der Zimmer hat einen eigenen Kamin, es war früher der sogenannte «kleine Omawohnraum» gewesen, in dem der Fernseher und Gustes Bügelbrett gestanden hatten. Nebenan, wo jetzt Leyla eingezogen war, hatte das ehemalige Schlafzimmer der Großeltern Pütz gelegen, mit einem schönen Erker, in dem ein wuchtiger Lesesessel stand, und dem großen, alten Bett mit geschwungenem Kopfteil, das Johann aufgearbeitet, weiß gestrichen und mit einer neuen Matratze versehen hatte und in dem man mit einem herrlichen Blick in den Garten und den Park aufwachte.

In diesem Haus konnte man überall gut schlafen und gut aufwachen. Das hatte sich in all den Jahren, in denen Gloria nun schon hier wohnte, nicht verändert. Der Ohnsorgweg war eine schmale, kaum befahrene Einbahnstraße, von hohen, alten Bäumen gesäumt. Die Villa ihrer Großeltern lag ein gutes Stück zurück, nach vorne raus blickte man durch den Vorgarten mit den beiden Kastanien und einer ausladenden Magnolie auf eines der hübschen Reetdachhäuser auf der anderen Straßenseite, wie sie manchmal unvermittelt in diesem Teil Hamburgs stehen.

Auf der Wiese im Garten hinter dem Haus wuchsen einige Obstbäume, der Pflaumen- und der Apfelbaum, mit deren Früchten Oma Guste ihre berühmten Hefekuchen gebacken hatte, trugen immer noch üppig. Das Gemüsebeet lag im hinteren Teil, wo ein Holzzaun das Grundstück vom Park abtrennte. Gegenüber die Remise, ein einstöckiges, weißes Holzhäuschen mit Veranda und Kohleofen.

In diesem Jahr würde Gloria wie immer Kuchen nach alter Oma-Guste-Tradition backen, Marmelade einkochen und Kartoffeln, Tomaten, Bohnen und Möhren im Gemüsegarten ernten. Zu Johanns fünfzigstem Geburtstag würde es ein großes Spätsommerfest geben mit allen Nachbarn, Freunden und Freundinnen, alten Mitbewohnerinnen und Weggefährten. Sie würden die Bierbänke aus dem Keller holen, die Lampions in die Bäume hängen, und Gloria würde, wie in den letzten Jahren auch, nach Einbruch der Dunkelheit für Johann das Lied auf dem Akkordeon spielen, das sie als erstes gelernt hatte und das zum Kulthit all ihrer Partys geworden war:

«*My Bonnie is over the ocean.*

My Bonnie is over the sea.

My Bonnie is over the ocean.

Oh bring back my Bonnie to me!»

Rudi hatte heute zweimal einen kurzen Schwächeanfall gehabt. Am Strand und abends im Wohnzimmer. Seit er ihr vorgestern gesagt hatte, dass er das Datum festgelegt hatte, schien der Tod Gloria ständig wie ein hässlicher Dämon über Rudis Schulter hinweg anzugrinsen. Das konkrete Datum hatte Gloria der Möglichkeit beraubt, sich etwas vorzumachen, den Schrecken zu vertagen, die Angst zu besänftigen mit den immer wiederkehrenden Worten: «Es ist noch nicht so weit. Noch lange nicht. Es ist noch Zeit.»

Aber jetzt blieb keine Zeit mehr. Der 15. Juli. Zwei Monate. Zu wenig, viel zu wenig. Was für ein kümmerlicher Lebensrest. Gloria hatte gestern Nachmittag das Hemd in Rudis Zimmer zurückgebracht, das er ihr vor ein paar Tagen gegeben hatte, um einen Fleck Rote-Bete-Saft daraus zu entfernen. Sein Kalender hatte aufgeschlagen auf dem Schreibtisch am Fenster gelegen. Der 15. Juli.

Mein letzter Tag.

Dahinter ein Punkt. Ein vollständiger Satz. Unumstößlich. Rudis säuberliche, akkurate, feine Handschrift. Alles an Rudi war säuberlich, akkurat und fein. Sein Wesen. Seine schönen Hände. Der gute Sozi liebte die äußere Ordnung. Sie war ein Spiegel seiner aufgeräumten Seele. Der Kleiderschrank, mit wenigen, ausgesuchten Anziehsachen, die halbleere Kommode. Keine offen stehenden Schubladen, keine herumliegenden Klamotten. Das Fenster auf Kipp. Das Bett gemacht, die Tagesdecke straff darüber ausgebreitet.

Ein gemachtes Bett war nach Rudis Ansicht eine wesentliche Grundlage für ein gelungenes Leben. Irgendwann, als Glorias Sohn August in den Fängen der Pubertät zu einem Clochard zu verkommen drohte, tagelang die Rollos in seinem Zimmer nicht hochzog, niemals lüftete, sein Müsli im immer unordentlichen, stinkenden Bett aß und Gloria befürchten musste, dass demnächst Maden unter seiner Tür hervorkriechen würden, hatte der gute Sozi ihm einen kleinen Vortrag gehalten: «Nur wer sein Bett macht, kann die Welt verändern. Beginne den Tag mit dieser kleinen Aufgabe. Wenn du die zu deiner Zufriedenheit erledigt hast, wirst du stolz sein und die nächsten, größeren Herausforderungen des Tages leichter meistern. Das hat nichts mit Spießigkeit zu tun. Es ist die Erkenntnis, dass es auf die kleinen Dinge im Leben ankommt. Und solltest du mal einen schweren Tag gehabt haben, an dem dir nichts gelingen wollte, dann kommst du nach Hause, und das Bett ist gemacht. Von dir. Und dein gemachtes Bett macht dir Hoffnung, dass der nächste Tag ein besserer Tag wird. Morgen kann kommen.»

August hatte geringschätzig den Mund verzogen und war wortlos in sein Müllhalden-Zimmer verschwunden. Aber in den darauffolgenden Wochen war eine deutliche Verbesserung der desaströsen Lage eingetreten. Erdal hatte Gloria erst neulich erzählt, dass ihr Sohn auf dem Hof in Jülich für seine Ordnung und sein stets gemachtes Bett berühmt sei.

15. Juli. Mein letzter Tag. Punkt. Der aufgeklappte Kalender passte eigentlich nicht zu Rudi. Hatte er Gloria die Möglichkeit geben wollen, zur Mitwisserin zu werden? Sie hatte das Zimmer weinend verlassen.

«My Bonnie is over the Ocean, my Bonnie is over the sea!»

Der gute Sozi würde nicht mehr mitsingen.

Der Tod hatte einen Termin bekommen.

Gloria lässt das Haus Ohnsorg hinter sich, geht durch den weitläufigen Garten, vorbei an der Remise und schlüpft dahinter an einer offenen Selle zwischen dem Zaun und der Birke in den Park. Sie geht jeden Morgen eine halbe Stunde zügig spazieren, um ihre Gedanken zu ordnen und den bevorstehenden Tag innerlich zu strukturieren und willkommen zu heißen. Der gute Sozi glaubt an gemachte Betten, Gloria schwört außerdem auf frühes Aufstehen und ihre Morgenrunde.

Sie ist aufgewühlt und angespannt. Das völlig unerwartete

Auftauchen von Ruth hatte Fragen und Zweifel in ihr bloßgelegt, die sie längst für erledigt oder zumindest für zuverlässig sediert gehalten hatte.

Plötzlich hat sie wieder eine Schwester. Ruth schläft in ihrem alten Prinzessinnenzimmer unter dem Dach, das Haus scheint aufzuatmen, als sei es ohne sie nie komplett gewesen, während Gloria die Luft anhält und sich zwischen ihren unterschiedlichsten und widersprüchlichsten Gefühlen so schlecht zurechtfindet wie eine Halligbewohnerin beim Rosenmontagszug. Freude und Hoffnung konkurrieren gegen Wut und Selbstschutz, alte Liebe gegen alte Verletzungen.

Ruth war nicht alleine zurückgekommen. Hinter ihr hatten sich die Erinnerungen an Karl Westphal zur Tür hereingedrängelt, dicht gefolgt von denen an ihren Vater, der seit zwölf Jahren auf dem Hauptfriedhof von Iserlohn lag. Natürlich neben seiner Frau. Gloria hätte ihr gern wenigstens im Tod Ruhe und Abstand von ihm gegönnt. Sie war nie an seinem Grab gewesen. Getrauert hatte sie nur darüber, dass sie nicht um ihn trauern konnte.

Fragen prasseln auf sie hernieder wie ein Hagelschauer. Faustgroße Eisstücke. Sie findet keine Deckung. Muss sie versuchen, Ruth von der Wahrheit zu überzeugen? Sie hatte sie vor fünfzehn Jahren nicht wissen wollen, ob sich das geändert hat? Oder ist Gloria zum abwartenden Schweigen verpflichtet? Ist es besser, wenn ihre Schwester freiwillig das Kartenhaus ihrer Illusionen einreißt oder es freiwillig stehen lässt? Ruth lebte seit zwanzig Jahren mit einem geschickten und skrupellosen Manipulator zusammen. Hatte Karl Westphal ganze Arbeit geleistet und die einstige Verbundenheit zwischen den Schwestern unwiederbringlich zerstört?

Andererseits war Ruth in ihrer größten Not zu Gloria gekommen. So wie früher, wenn sie Angst hatte und nicht weiterwusste.

Aber Gloria hat auch Angst und weiß nicht weiter, und der nahende Tod des guten Sozis raubt ihr den letzten Rest an Kraft, Zuversicht und Klarsicht. Sie lehnt sich an ihren Ruhebaum, eine zweihundert Jahre alte Blutbuche, an der sie stets Rast macht und den Blick über den Park, den kleinen See und die Elbe auf sich wirken lässt. Aber Gloria findet keine Ruhe.

Das Klingeln ihres Handys ist eine hochwillkommene Ausstiegsmöglichkeit aus ihrem Gedankenkarussell, und Erdals Stimme ist wie ein schützender Schirm zwischen ihr und dem Fragenhagel.

«Ich denke, ich habe jetzt den Weg zur finalen Weisheit gefunden», sagt Erdal. «Du und ich, wir waren bisher auf dem Holzweg.»

«Lass hören.»

«Ich war heute erst beim Feldenkrais, und danach hatte ich ein Körperpeeling mit anschließender Algenpackung. Ich hatte keine Ahnung, was da auf mich zukommt, und hätte ich es gewusst, hätte ich die Behandlung mit Sicherheit nicht gebucht. Du hättest mich sehen sollen, Gloria, ich sah aus, als sei ich Opfer einer Ölpest geworden. Eine Stunde lang musste ich in Folie verpackt unter einer Wärmedecke in einem fensterlosen Raum ruhen. Ich konnte nicht einmal meine Hände bewegen, geschweige denn telefonieren, einen Podcast hören oder auf Instagram nach dem Rechten sehen. Und das bei mir, wo ich doch so kommunikativ veranlagt bin. Ich war drauf und dran abzubrechen, aber dann sagte ich mir: ‹Erdal, du bist kein junges, närrisches Ding mehr, das jedem Impuls gedankenlos nachgibt. Du wirst hier und jetzt den Raum zwischen Reiz und Reaktion vergrößern, so wie es dir dein Therapeut Dr. Siemens hunderte Male nahegelegt hat.› Also blieb ich liegen, und was soll ich sagen? Die Stunde im Schlick hat mein Leben verändert. Bist du noch dran, Gloria?»

«Selbstverständlich. Ich bin ganz Ohr.»

«Das ist gut, denn ich denke, du kannst von meinen Erkenntnissen profitieren. Die Feldenkrais-Lehrerin, eine wunderbare, ältere Dame, die mich an die Pastorin erinnert hat, die meine Söhne getauft hat, kam während einer Übung zu mir und fragte: ‹Herr Küppers, warum strengen Sie sich so an?› Ich antwortete leicht gereizt, was das denn für eine Frage sei, ich würde mich anstrengen, damit es was bringt. Vom Rumliegen habe schließlich noch keiner abgenommen. ‹Sie scheinen da eine typisch deutsche Geisteshaltung verinnerlicht zu haben›, sagte sie daraufhin. ‹Viele Menschen denken, nur was wehtut, würde helfen. Sie quälen sich durch unangenehme Übungen, Behandlungen oder Beziehungen. Sie denken, da, wo die Angst ist, sei der Weg, und da, wo der Schmerz sitzt, liege auch die Lösung. Sie halten aus, statt sich zu fragen, was ihnen guttun würde, wo ihre Grenzen sind und wo ihr ureigener Weg ist. Oft liegt der Erfolg im Loslassen und nicht im Festhalten. Hören Sie auf, ein Opfer Ihrer selbst zu sein, lieber Herr Küppers.› Danach lag ich grübelnd in der Algenpackung. Und ich sage dir, ich bin jetzt wild entschlossen, meinen eigenen Weg zu gehen. Kommst du mit, Liebchen?»

«Denkst du denn, ich befinde mich nicht auf dem richtigen Weg?»

«Selbstverständlich nicht! Schau dich doch an! Du bist immer auf Konfrontationskurs. In der Liebe, beim Essen, bei der Arbeit. Ständig verletzt du deine Grenzen. Du isst zu viel, du arbeitest zu viel, du liebst zu wenig, und wenn, dann den Falschen. Und dabei wirst du immer ungeduldiger, gestresster und dicker. Ich darf das sagen, von Moppel zu Moppel. Gloria? Hörst du mir noch zu? Bist du beleidigt?»

«Noch nicht.»

«Ich habe eine komplexe Theorie über die psychologische Herkunft unserer Fettschichten entwickelt. Willst du sie hören?»

«Ich kann es nicht erwarten.» Gloria lächelt in sich hinein. Erdal pflegt ihr seine Kritik mit einer derart ungestümen Begeisterung vorzutragen, dass sie sich wie eine Spielverderberin vorkommen würde, wenn sie sie ihm übel nähme. Er ist, trotz all seiner Selbstbezogenheit und Ichvergnügtheit, ein sehr genauer Beobachter. Und weil ihm nichts Menschliches fremd ist und er seine eigenen Fehler mit großzügiger Milde betrachtet, ist er auch anderen gegenüber gönnend und verständnisvoll. Er kritisiert stets schnörkellos und ohne Umschweife, ist dabei aber nie verletzend oder von oben herab, denn im Zweifelsfall hat er eine ähnliche Schwäche selbst und kennt sich bereits bestens mit ihrer Behebung, Duldung oder Verdrängung aus.

«Mein Fett ist wie ein Kuschelkissen», fährt er eifrig fort, wobei es nicht ungewöhnlich ist, dass er bei sich selbst beginnt. «Ich bin ein gemütlicher, ängstlicher Mensch, der sich am liebsten in seinem vertrauten Lebensbereich aufhält. Und um den zu vergrößern, habe ich mich selbst zur Komfortzone erklärt und bin quasi über mich hinausgewachsen. Ich bin eine Schmusedecke, warm und weich. Und weil ich es mit mir selbst so bequem habe, fällt es mir natürlich viel schwerer als anderen, die immer nur vor sich selbst auf der Flucht sind, Abenteuer zu erleben, Risiken einzugehen oder die Nachspeise wegzulassen. Kannst du mir noch folgen, Gloria?»

«Durchaus.»

«Deine Schwester Ruth ist übrigens, das sei hier nebenbei bemerkt, eine menschgewordene Duftkerze. Lieblich, sanft, wohlriechend. Brennt und hat nichts davon. Ein tragischer Fall von Selbstaufgabe. Ich kann nur hoffen, dass sie sich von ihrem Kerl befreit und sich nicht gleich dem nächstbesten dominanten Männchen an den Hals wirft. Ihr beide seid geradezu grotesk unterschiedlich. Wo du zu hart bist, ist sie zu weich. Ruth passt sich an, du stellst dich quer, sie sagt immer ‹Ja›, du grundsätzlich ‹Nein›. Ihr seid euch wirklich auffällig unähnlich. Das Einzige, was ihr gemeinsam habt, ist, dass ihr euch gezielt auf die falschen Partner einlasst – du, um sie kleinzukriegen, Ruth, um sich kleinzumachen. Und genau dafür brauchst du deine Fettschicht, Gloria. Jetzt komme ich wieder zum Thema. Du ziehst in den Krieg. Die Liebe ist für dich ein Kampf, dein Körper ist deine Rüstung, und wer dir zu nahe kommt, ist ein potenzieller Feind. Wie gefällt dir meine Theorie?»

Erdal ist der Wahrheit so nahegekommen, dass Gloria sich erschüttert an die Blutbuche lehnt, die unerschütterliche. «Das weiß ich noch nicht», sagt sie beherrscht. «Ich werde jetzt auch den Raum zwischen Reiz und Reaktion vergrößern. Ich muss darüber nachdenken.»

«Eine weise Entscheidung. Von mir lernen heißt siegen lernen. Und ich habe den perfekten Vorschlag, wo du darüber nachdenken könntest. Auf der Fahrt nach Timmendorf. Heute Nachmittag gibt es hier einen Kochkurs mit gleichzeitiger Ernährungsberatung, dazu sind auch Aushäusige eingeladen. Was meinst du? Kannst du dem guten Sozi die Buchhandlung am Nachmittag allein überlassen? Das wäre wunderbar! So was macht zu zweit doch viel mehr Spaß. Vielleicht haben Ruth und Fatma auch Lust mitzukommen?»

«Die gehen heute Nachmittag einkaufen. Zeigen Leyla die Stadt und besorgen für Ruth das Nötigste. Sie hat ja überhaupt nichts mitgenommen, und ich habe keine passenden Anziehsachen für sie.»

«Die geheimnisvolle Ruth, die Frau ohne Gepäck. Aber sie hat trotzdem schwer zu tragen. Klingt das nicht unheimlich poetisch und lebensklug? Ich habe wirklich das Gefühl, ich bin ein ganz neuer Mensch.»

«Na, den will ich unbedingt kennenlernen. Ich komme gerne raus zu dir. Rudi macht heute Morgen mit Leyla eine Bestandsaufnahme von dem, was sie in den nächsten Wochen lernen muss. Er hat bestimmt Zeit, ab drei den Laden zu übernehmen. Ich leihe mir sein Auto und bin um kurz vor fünf in der Klinik. Muss ich mich da schick machen?»

«Nein. Ein Großteil der Zuhörer wird im Bademantel erscheinen. Und ich rieche noch dazu wie eine etwas ältere Futo-Maki-Rolle.»

Nach dem Gespräch geht Gloria schweren Herzens zurück zum Haus. Erdal hatte an schlecht verheilte Wunden gerührt. Und sie würde nicht darum herumkommen, sich in allzu naher Zukunft mit Ruth auseinandersetzen zu müssen. Die Fahrt an die Ostsee gibt ihr die Möglichkeit, die Aussprache ein weiteres Mal aufzuschieben. Sie schließt die Tür auf, und der Geruch von frischem Kaffee und aufgebackenem Brot heißt sie willkommen.

Zur selben Zeit liegt das Mobiltelefon von Karl Westphal sicher verschlossen in einer Schublade an der Rezeption. Die Angestellten waren nicht befugt, den Gästen, die die «Digital-Detox-Woche» gebucht hatten, ihre Handys auszuhändigen. «Sie sind auf Entzug, Herr Westphal, ich muss Sie vor sich selbst schützen», hatte die Dame am Empfang stoisch wiederholt, als er sie gestern zweimal gebeten hatte, ihm nur ganz kurz sein Telefon zu geben. Es sei ein Notfall, hatte er gesagt, er werde es nur ein paar Sekunden brauchen, es sei wirklich dringend. Die Frau hatte nur stumm den Kopf geschüttelt.

Jetzt steht er wieder vor ihr. Und wieder lehnt sie ab. Karl legt viel Wert darauf, in der Öffentlichkeit als menschenfreundlicher Typ zum Anfassen wahrgenommen zu werden, aber gleich würde ihm der Kragen platzen. Eine Chance wollte er der blöden Kuh noch geben.

«Sie bekommen hundert Euro von mir, wenn Sie mir dieses verdammte Telefon geben. Hundert Euro in einer Minute. Das ist wahrscheinlich mehr, als Sie hier in einer Woche verdienen.»

«Es tut mir leid, Herr Westphal, wir haben unsere Anweisungen.»

«Wissen Sie eigentlich, wer ich bin?»

«Natürlich, Sie sind Gast in unserem Hause.»

«Sagt Ihnen *Hauptkommissar Hansen* was? Klingelt es da bei Ihnen im Oberstübchen?»

«Es tut mir leid, ich schaue kein Fernsehen. Ich würde vorschlagen, dass Sie das Gespräch mit unserer Direktorin fortsetzen. Da kommt sie gerade.»

«Wie kann ich Ihnen behilflich sein?»

Karl beschreibt sein Anliegen und beschwert sich über die unkooperative Empfangsmitarbeiterin. Die Direktorin, eine magersüchtige alte Hexe, erdreistet sich, ihm zu sagen, dass sie ihm sehr gerne sein Telefon aushändigen würde, was aber den sofortigen Abbruch der Kur zur Folge hätte. Und ja, natürlich müsse er bei Abreise den vollen Preis bezahlen. Es liege ja keine höhere Gewalt vor, sondern lediglich persönliche Schwäche.

«Das hier ist keine Klinik, sondern ein Gefängnis», sagt Karl laut und hofft, dass ihn etliche der Umstehenden hören, die meisten in klinikeigenen Frotteelatschen und Bademänteln. «Wenn Sie so mit Ihren Gästen umgehen, dann können Sie den Laden bald wieder dichtmachen. Wir zahlen hier alle sehr, sehr viel Geld. Und Sie sind Dienstleister, keine Kerkermeister.» Er schaut sich um, als rechne er mit Beifall. Die Leute gucken. Sogar der Dickmops aus dem Fernsehen, wie heißt der noch? Dirk Bach, ach nein, der ist ja tot.

«Die anderen Gäste zahlen hier den vollen Preis. Sie nicht, Herr Westphal», sagt die Direktorin, und nun hofft Karl, dass keiner der Umstehenden zugehört hat. «Darf ich nun Ihre Abreiseunterlagen fertig machen?»

«Nein, das dürfen Sie nicht.»

«Wir freuen uns, dass Sie sich entschieden haben, bei uns zu bleiben. Und für wichtige Telefonate können Sie selbstverständlich das Festnetztelefon auf Ihrem Zimmer benutzen.»

Karl dreht sich zornig um und geht. Das kann er eben nicht. Die Nummer, die er anrufen will, kennt er nicht auswendig, und den Standort kann er schlecht auf dem Festnetz überprüfen. Verdammte, vertrocknete Ziege. Hat wahrscheinlich ewig keinen Sex mehr gehabt, die spröde Direktorin, und lässt ihren Frust hier an den Gästen aus. Oder sie ist lesbisch, das wäre natürlich auch eine Erklärung.

Um Ruth macht er sich nicht wirklich Gedanken. Seine Frau hat er im Griff, und die Tatsache, dass er sich nicht bei ihr meldet, würde Ruth verunsichern und zu Verstand bringen, da ist er sich absolut sicher. Das hatte immer einwandfrei funktioniert. Frauen sind so leicht zu durchschauen. Zeigt man ihnen die kalte Schulter, werden sie heiß wie Frittenfett. Funktioniert bei allen.

Es mag ein paar seltene Ausnahmen geben. Mannweiber wie die Direktorin. Die erinnert Karl von ihrer Art her an Ruths fette Schwester. Auch so eine charmefreie Pseudo-Emanze. Gott, war er froh, dass er Maria rechtzeitig unschädlich gemacht hatte. Er hätte sonst nie mit Ruth glücklich werden können.

Karl hatte nach den ersten Sekunden gewusst, dass Maria Probleme machen würde. Dieser prüfende, starrsinnige, herausfordernde Blick. Völlig unweiblich. Auch Mutschi hatte ihn sofort vor dieser Person gewarnt. Aber Ruth war wie besessen gewesen von ihrer älteren Schwester. «Du kannst sie nicht leiden, weil sie immun gegen deinen Charme ist», hatte sie lachend gesagt. Von wegen. Auf seiner eigenen Hochzeit hatte Maria ihn angemacht. Erst beim Essen diese ständigen, herausfordernden Blicke. Dann hatte sie bei seiner Rede an völlig unpassenden Stellen laut gelacht. Und überhaupt. Dieses Kleid. Eine einzige Provokation. Wenn man sich so anzieht, braucht man sich nicht zu wundern, wenn man mal ein bisschen härter angefasst wird.

Die Nummer auf dem Klo war im wahrsten Sinne zum Kotzen gewesen. Ihm wurde jetzt noch übel, wenn er daran dachte. Maria hatte ihn erst heißgemacht und dann bis aufs Blut gereizt. Du kannst einem Stier nicht das rote Tuch hinhalten und dich dann beschweren, wenn er dich auf die Hörner nehmen will. Diese Weiber schreien mit jeder Faser ihres Körpers: «Take me!» Und anschließend jammern sie heute sogar in aller Öffentlichkeit: «Me too!»

Karl hatte gewusst, dass er Maria zum Schweigen bringen musste, und das war ihm hervorragend gelungen. Er hatte Ruth die Wahrheit hinter der Wahrheit erzählt, denn natürlich war er das Opfer gewesen und hatte sich von Maria naiv in die Falle locken lassen. Und eine weitere SMS von seinem zweiten Telefon aus, die angeblich von Maria stammte, hatte die Angelegenheit zu seinen Gunsten und vollends geklärt.

Danach hatte er Ruths Handy mit den Dutzenden Nachrichten von Maria auf dem Grund der Elbe versenkt und einen Nachsendeantrag von ihrer Privat- an seine Büroadresse gestellt. Nach fünf Briefen von Maria an Ruth waren keine mehr gekommen. Den Nachsendeantrag hatte er dennoch vorsichtshalber nie gekündigt. «Zum Schutz unseres Privatlebens», wie er Ruth erklärt hatte – und genauso hatte er es auch gemeint. Maria war eine Bedrohung gewesen, und er hatte sich gewehrt.

Was hatte sie für absurdes Zeug in ihren Briefen an Ruth geschrieben. Karl sei ein gewalttätiger Narzisst. Ein gefährlicher Machtmensch. Ruth solle vor ihm fliehen, er würde sie manipulieren und kleinmachen und hätte ihr, Maria, sein wahres Gesicht gezeigt. Er hätte sie vergewaltigen wollen. Sie hätte Angst um Ruth.

Auf dem Grund der Elbe.

Die Alte war wirklich wahnsinnig. Wie krank kann man eigentlich sein? Vergewaltigung? Lächerlich. Und natürlich machte er Ruth nicht klein. Im Gegenteil. Ruth war eine liebenswerte, aber schwache Frau. Er gab ihr Halt, er machte sie stark, und wenn sie mal, so wie jetzt, die Orientierung verlor, dann zeigte er ihr, wo's langging.

Klar, jetzt fühlte sie sich ein bisschen einsam, da war sie kurz aus dem Ruder gelaufen. Aber wahrscheinlich hatte Ruth den dämlichen Köter längst dahin zurückgebracht, wo sie ihn herhatte. Nur gut, dass Carlos Weber-Stemmle ein alter Kumpel von ihm war, der ihn regelmäßig mit Informationen über Ruth versorgte und sie ganz in Karls Sinne beeinflusste. Es war eine Spitzenidee von ihm gewesen, ihn Ruth als Life-Coach zu empfehlen. So blieb Karl immer auf dem Laufenden. Vielleicht würde es ihm gelingen, auch Stellina bei Carlos als Klientin unterzubringen. Dann hätte er alles perfekt unter Kontrolle.

Er nannte seine derzeitige Liebhaberin der Einfachheit und Sicherheit halber Stellina, so wie alle anderen und seine Frau auch. Er hatte zu oft von dusseligen Ehemännern gehört, die sich beim Liebesakt mit der eigenen Frau versprochen und sich so in Teufels Küche gebracht hatten. Das würde ihm nicht passieren. Karl hatte einige Erfahrung im Führen von Parallelbeziehungen. Monogamie war ihm nie als einleuchtendes Konzept erschienen. Jedenfalls nicht für Männer wie ihn. Farblose Buchhalter mochten sich mit einer Frau begnügen. Aber Karl wollte in seinem Leben so viel wie möglich erleben. Er würde sich nie, nie, nie zufriedengeben. Warum auch? You only live once. Mehr ist mehr!

Jetzt hätte Karl gern seine Geliebte heimlich in die Fastenklinik eingeschleust. Sie ist ein Ausbund an Sinnlichkeit und Fröhlichkeit und eine willkommene Abwechslung zu Ruth, deren Lebensinhalt darin besteht, immer noch in ihr Hochzeitskleid zu passen. Jeden Sonntagabend probiert sie es heimlich an und glaubt, er würde es nicht merken. Danach kommt sie ins Schlafzimmer, stellt den Luftreiniger an, fängt an zu lesen und schläft nach vier Seiten ein.

Seine Neue trinkt Champagner im Bett, bestellt um Mitternacht Clubsandwich und versucht nicht, ihren prallen Hintern zu verbergen, wenn sie zum Klo geht. Ein Vollweib. Kein Knäckebrot. Das wäre ein Spaß gewesen. Warum hatte er sich ihre ver-

Koordinaten hatten sich verschoben, Punkte bewegten sich aufeinander zu. Kollisionskurs.

dammte Nummer nicht gemerkt? In seinem Handy hatte er sie unter «Marc Schmidt» eingespeichert, das war der Regisseur von *Hauptkommissar Hansen*, da konnte Ruth nicht misstrauisch werden.

Na ja, nur noch fünf Tage bis zum Ende der Detox-Kur. So lange würde er es schon noch aushalten. Ein paar Kilo mussten schließlich noch runter bis zu den nächsten Dreharbeiten. Karl beschloss, sich den Kochkurs am Nachmittag zu schenken und stattdessen am Strand spazieren zu gehen. Die Lust, mehr Zeit als nötig im *Millennium Medical* zu verbringen, war ihm vergangen. Er knallte seine Zimmertür zu.

In Karls für ihn unerreichbarem Handy hatten sich unterdessen die Koordinaten verschoben, und zwei Punkte bewegten sich aufeinander zu wie Meteoriten auf Kollisionskurs.

RUTH

«Komm raus, Fatma, ich will es sehen!»

«Wie soll ich rauskommen, wenn ich noch nicht mal reinkomme?»

«Mama, geht das nicht ein bisschen leiser?» Leyla rollt mit den Augen. Wie so oft. Sie kaut auf ihrem Kaugummi herum, als wolle sie es bestrafen.

«Dir wäre es wohl am liebsten, wenn ich für immer in dieser Umkleidekabine verschwinden würde!»

«Wisst ihr was, Leute? Einkaufen mit Mami ist echt nicht mein Ding. Ich dreh jetzt mal allein 'ne Runde. Um fünf schau ich beim Sozi in der Buchhandlung vorbei. Ich nehm den Bus. Tschüss.»

Fatma öffnet den Vorhang einen Spalt weit, grinst und sagt: «Ist sie weg? Endlich sind wir sie los. Sie ist ein verwöhntes Blag mit schlechten Manieren. Das habe ich davon, dass ich ihr früher jeden Wunsch von den Augen abgelesen, sie bei schlechtem Wetter zur Schule gefahren und ihr die Äpfel geschält habe. Sie nimmt mich nicht ernst und denkt, die ganze Welt würde sich nur um sie drehen.»

«Ich glaube, das muss so sein. Es gibt keine sympathischen Pubertierenden», sage ich. «Wahrscheinlich, um den Eltern die Abnabelung zu erleichtern.» Ich bin Fatma dankbar, dass sie nicht dazu neigt, ihre Tochter zu idealisieren und sich von ihr widerspruchslos terrorisieren zu lassen. Ich erlebe Mütter oft als humorbefreite Zonen, die immer gute und weniger gute Gründe finden, warum sich ihre Kinder danebenbenehmen. Die Müdigkeit, ein Wachstumsschub, ein schwelender Infekt, die Pubertät, das Schulsystem, die Bildungspolitik. Dass sie selbst es versäumt haben, Grenzen zu ziehen, und dass hinter dem Verwöhnen nichts anderes steckt als Halbherzigkeit und Scheu vor Konflikten, wollen sie ungern wahrhaben.

Ich sollte mich in Sachen Pädagogik natürlich nicht allzu weit aus dem Fenster lehnen als kinderlose Frau, der es noch nicht mal gelingt, bei ihrem Hund einen konsequenten Erziehungsstil durchzuziehen. Gestern Nacht war ich von Dagmars nicht gerade minzfrischem Atem und meinen eingeschlafenen Beinen aufgewacht. Der arme Hund hatte sich in der noch fremden Umgebung offenbar einsam gefühlt und sich zu mir ins Kojenbett gelegt. Ich hatte es nicht übers Herz gebracht, Dagmar zurück in ihr Körbchen zu schicken. Ich war ein wenig in Richtung Dachschräge gerutscht, damit sie es bequemer hatte, und war zufrieden wieder eingeschlafen, die mahnenden Worte der Tierheim-Chefin im Ohr: «Ein Hund braucht seinen Platz. Und der ist unter dem Tisch, neben dem Sofa, aber niemals in Ihrem Bett. Seien Sie von Anfang an konsequent.» Aber Dagmar und ich, wir befanden uns derzeit in einer emotionalen Ausnahmesituation. Ich nenne das nicht inkonsequent. Ich nenne es flexibel.

«Die Boutiquen in Bayern und in Köln sind besser auf Frauen mit meiner Kleidergröße eingestellt», sagt Fatma, die gerade wieder vollständig bekleidet aus der Kabine tritt. «Bei Kässpätzle und Fritten muss man mit großen Busen und großen Hintern rechnen. Bei Labskaus und Heringen anscheinend nicht. Hier wirst du erschrocken angeschaut, wenn du fragst, ob es das Kleid auch in 44 gibt. Dann verschwinden die Verkäuferinnen stundenlang im Lager und kommen mit einem Fetzen zurück, den sie wahrscheinlich dem dicken Hausmeister vom Leib gerissen haben.»

«Wollen wir woanders weiterschauen?»

«Nein. Ich brauche ja auch nicht wirklich was Neues. Aber was ist mit dir? Wir sind ja deinetwegen unterwegs. Bist du sicher, dass dir das Häufchen Kleider reicht?»

«Absolut.» Ich muss zugeben, dass Leyla mich bei meinem Einkauf wirklich gut beraten hatte. Sie hat, anders als ich, ein gutes Gespür für Farben, Schnitte und für meine wahrhaftigen Wünsche. Mit wenigen Kleidungsstücken hatte sie für mich eine komplette Garderobe zusammengestellt, die aussieht, als hätte ich einen eigenen Stil.

Oder ist das mein Stil? Vielleicht hatte Leyla ihn durch ihre Fragen «Was gefällt dir?», «Worin fühlst du dich wohl?», «Welche Farben magst du?» freigelegt wie eine Archäologin einen antiken Wasserkrug?

Ich habe mich immer eher gefragt, wie ich wirken will und worin ich gefalle, als worin ich mich wohlfühle. Karl wollte gerne, dass ich teure Designerkleidung in auffälligen Farben trug. «Luxus steht dir», hat er immer gesagt. «Ich möchte, dass man dir ansieht, dass dein Mann dich auf Händen trägt und ihm für dich nichts zu teuer ist.»

Wie selbstverständlich hatte ich also zu Beginn unseres Bummels durch die Hamburger Innenstadt den Neuen Wall mit seinen exklusiven Geschäften angesteuert. *Chanel. Gucci. Armani. Dolce & Gabbana.* In den entsprechenden Münchner Boutiquen kennt man mich mit Namen und serviert mir ein Glas Champagner. Ich dachte immer, wenn man teuer kauft, kann man nichts verkehrt machen.

Karl hätte es wahrscheinlich am liebsten gesehen, wenn ich die Preisschilder an den Klamotten drangelassen hätte. Der alte Angeber. Ich war seine wandelnde Jahresverdienstbescheinigung.

«Bist du bescheuert?», hatte Leyla gesagt, als ich vor dem Eingang zu *Chanel* stehen geblieben war. «Willst du aussehen wie eine osteuropäische Präsidentengattin? Chanel macht alt, und Gucci macht billig. Komm, lass uns woanders hin.»

Mit Dagmar im Schlepptau waren wir weitergezogen, und in zwei mir völlig unbekannten Läden hatte Leyla mit mir gestöbert, probiert, verworfen, diskutiert. Es hatte mir Spaß gemacht, ihre Fragen zu beantworten und meinem eigenen Geschmack auf die Spur zu kommen. Und der ist, wen sollte das wundern, relativ schlicht.

«Nicht schlicht! Basic. Klar. Power durch Understatement», hatte Leyla mich korrigiert. «Das passt zu dir. Dir steht kein Schnickschnack. Den brauchst du nicht. Du siehst doch gut aus, warum willst du von dir ablenken?»

Fatma hatte entschieden genickt und ich mich noch nie so perfekt eingekleidet gefühlt. Drei Hosen, zwei Blusen, zwei dünne Pullis, vier T-Shirts, ein Tuch, ein Cardigan, zwei Kleider und eine kurze Strickjacke. Das war's. Und das für weniger Geld, als ich normalerweise für einen Gürtel bezahle.

«Mehr brauchst du nicht», hatte Leyla gesagt, und ihre Mutter fragte sie, wieso sie selbst mit einem schrankartigen Koffer angereist sei, wenn so wenige Basics ausreichen würden. Leyla hatte dazu geschwiegen und natürlich mit den Augen gerollt.

Mein begehbarer Kleiderschrank in München ist ein Mahnmal meiner Unentschiedenheit, meiner Kaufsucht und vergeblichen Suche nach mir selbst. Vollgestopft mit sinnloser Mode-Materie, überladen, überfordernd und das meiste davon überflüssig. Wenn man davon ausgeht, dass der Kleidungsstil Ausdruck der Persönlichkeit ist, dann ist mein Kleidungsstil erstens Ausdruck der Persönlichkeit meines Mannes und zweitens ein sicheres Zeichen für meine innere Orientierungslosigkeit und für meine Unfähigkeit, mich auf mich selbst zu besinnen, mein wahres Wesen zu erkennen, zu benennen und entsprechend passend einzukleiden.

Mein begehbarer Kleiderschrank ist ein Mahnmal meiner vergeblichen Suche nach mir selbst.

Es war mir gestern wieder aufgefallen, als wir alle im Wohnzimmer zu den *Gipsy Kings* getanzt hatten. Bis auf Leyla, die ja noch mittendrin steckt in der Selbstfindung, hatten alle so getanzt, wie sie waren. Fatma war durch den Raum gewirbelt, hatte die Hüften geschwungen, körperliche Nähe gesucht und eine wunderbare Wärme und Ausgelassenheit verbreitet. Große Bewegungen. Vereinnahmend. Herz. Rheinland. Emotion. Der gute Sozi hatte sich sorgfältig und mit kleinen, korrekten Tanzschritten am Rande des Raumes bewegt. Elegant. Zurückhaltend. Wohlwollend beobachtend. Rücksichtsvoll. Und Gloria hatte ihren Namen getanzt. Ruhm und Ehre. Selbstbewusst. Mit ganz eigenen und eigenwilligen Bewegungen. Völlig bei sich. Abgegrenzt. Wie nach einem eigenen inneren Rhythmus, den nur sie kannte. Erst als sie Rudi umarmt und an sich gezogen hatte, war sie wieder anwesend gewesen und hatte dasselbe Lied gehört wie wir alle.

Und ich? Ich hatte mich ständig nach den anderen umgesehen und versucht, deren Tanzstile zu kopieren. Ich hatte mich bemüht, Fatmas Leidenschaft nachzuahmen, Rudis Achtsamkeit und die bewundernswerte Selbstbezogenheit meiner Schwester. Nichts davon hatte funktioniert.

Und so hatte ich mich schließlich an Leyla, der Orientierungslosen orientiert, und vorsichtig ein paar Schritte nach rechts und nach links gemacht und minimal mit den Hüften gewackelt. Meine Arme hatte ich runterhängen lassen, weil ich mit ihnen nichts anzufangen gewusst hatte. Unauffällig. Farblos. Bloß nicht extravagant. Tanzen in der dritten Reihe. Den Blick nach außen gerichtet, nie nach innen. Original sind die anderen. Ich bin bloß die Kopie.

Und dann sagt mir eine Siebzehnjährige, ich solle nicht immer von mir ablenken, und packt meine Persönlichkeit in drei Tüten. Ballast abwerfen. Das Wesentliche vom Unwesentlichen unterscheiden. Nicht meine Stärke. Aber vielleicht bin ich auf einem guten Weg.

«Lass uns an der Alster spazieren», sagt Fatma. «Ich kenne Hamburg kaum. Hast du Lust? Dagmar wird sich freuen, aus der Enge hier rauszukommen.»

«Wolltest du nicht noch ein Parfüm kaufen, um deinem Liebhaber die Sinne zu vernebeln?»

«Das eilt nicht. Ich würde lieber raus an die Sonne. Wollen wir?»

Wir passieren den Jungfernstieg, schlendern an der Binnenalster hinunter Richtung Rotherbaum, unter den Brücken hindurch und dann eine Weile schweigend am Wasser entlang. Ich lasse Dagmar von der Leine und koste das Gefühl aus, nach Hause zu kommen. Weiße Segel, weiße Villen, zwei Ruderclubs, Bodos Bootssteg mit dem Fähranleger und schließlich der prachtvolle

Harvestehuder Weg und die Hochschule für Musik, wo Oma Guste vierzig Jahre als Dozentin für Gesang, Blockflöte und Klavier gearbeitet hatte.

«Ich habe früher in Iserlohn im Chor gesungen. Meine Oma fand, ich hätte eine gute Stimme und sollte sie ausbilden. Ich war aber immer etwas zu leise und habe dann irgendwann aufgehört. Schade eigentlich. Hier haben Gloria und ich unsere Oma oft in den Mittagspausen besucht, haben uns auf die Alstersessel gesetzt und Omas Pausenbrote gegessen. Ei mit gekochtem Schinken, Gurke, Mayonnaise und dazu noch Butter. Herrlich. Hier hat nie jemand auf Kalorien geachtet. Das ist ja bis heute noch so.»

«Deine Schwester ist ganz anders als du. Seid ihr euch nahe?»

«Wir haben uns fünfzehn Jahre nicht gesehen. Ich weiß gar nicht mehr genau, wer und wie sie ist.»

«Was ist passiert?»

«Ich kann darüber nicht sprechen, ehe ich es nicht mit ihr geklärt habe. Es steht zwischen uns, aber irgendwie gab es noch nicht die richtige Gelegenheit, darüber zu reden. Vielleicht haben wir auch beide Angst und schieben es vor uns her. Es hat jedenfalls ein Zerwürfnis gegeben am Tag meiner Hochzeit. Am 15. Mai vor genau fünfzehn Jahren. Mein Hochzeitstag und mein Geburtstag.»

«Du hattest am Samstag Geburtstag? Warum sagst du denn nichts!? Das muss nachgefeiert werden! Herzlichen Glückwunsch, lass dich umarmen!», ruft Fatma und drückt mich überschwänglich an ihren großen Busen. Ich leiste keinerlei Widerstand. Ich habe das Gefühl, als würden Fatmas Arme einen Panzer zerknacken. Langsam fasse ich mehr und mehr Zutrauen in ihre Offenheit und Herzlichkeit. Warum sollte sie mir etwas vormachen? Sie weiß nichts von meinem Mann, dem Fernsehstar. Sie meint mich. Es fühlt sich wie Freundschaft an, schon fast wie Glück. Fatma hakt sich bei mir unter, hüpft auf zwei Alster-Sonnensessel zu, zieht mich mit und singt: «Wie schön, dass du geboren bist, ich hätte dich sonst sehr vermisst!» Dagmar wirkt erfreut und umkreist uns schwanzwedelnd, die Leute gucken und lächeln uns hanseatisch-freundlich zu.

Keine halbe Stunde später kommt der Pizzabote, dem Fatma unsere Koordinaten geschickt hat, bringt Brot, zwei Flaschen Weißwein, Salat, zwei geschnittene Pizzen, Funghi und Hawaii, und eine große Schale Tiramisu. An der Lehne meines Stuhls ist ein medizinballgroßer, bunter Folienballon festgebunden, den Fatma unterwegs in einem kleinen Laden gekauft hatte. «Happy Birthday!», steht darauf, er schillert in der Sonne wie ein Schmuckstück in der Vitrine eines hochpreisigen Juweliers am Jungfernstieg.

«Auf dein Wohl, liebste Ruth! Ich bin glücklich, dass uns das Schicksal hier zusammengebracht hat. Ich hoffe, du kannst das mit deiner Schwester klären, ich hoffe, du bekommst deinen Mann zurück, vorausgesetzt, dass du ihn noch haben willst, und ich hoffe, dass wir für immer Freundinnen bleiben. Prost und herzlichen Glückwunsch nachträglich zum Geburtstag!»

Wir stoßen mit den Flaschen an, denn Gläser haben wir keine, trinken und essen und liegen lächelnd und schwatzend in der warmen Maisonne. Mir fehlt nichts.

«Erzähl mir von deinem Geliebten. Was ist er für ein Typ?», frage ich schließlich.

«Er ist der absolute Knaller», antwortet Fatma lachend. «Wirklich, du würdest ihn lieben. Alle lieben ihn. Er hat mich völlig überwältigt. Einmal gesehen, und schon war's um mich geschehen. Groß, gut aussehend, charmant, klug, sexy, einfühlsam.»

«Wie heißt er?»

«Ich nenne ihn *Aslanim*. Das ist türkisch für *Löwe*. Das passt gut. Seine einzige schlechte Eigenschaft ist seine Frau.»

«Will er sie verlassen?»

«Lieber heute als morgen, aber sie ist schwer krank. Er redet wenig über sie, aber ich glaube, sie hat schlimme Depressionen und Ängste und Verfolgungswahn. Nimmt wohl auch starke Medikamente. Sie kann das Haus kaum verlassen und würde ihn am liebsten auch einsperren. Sie muss eine total kalte und gestörte Frau sein. Sie macht ihm das Leben zur Hölle.»

«Hast du kein schlechtes Gewissen ihr gegenüber?»

«Machst du Witze? Ich sterbe vor schlechtem Gewissen. Noch vor ein paar Jahren war ich auf der anderen Seite, da war ich die Betrogene. Ich weiß genau, wie scheiße sich das anfühlt. Und du weißt es ja auch. Aber dann denke ich wieder, dass es nicht mein Job ist, seine Ehe zu retten. Das muss er schon allein hinkriegen. Und wenn er die Entscheidung trifft, seine Frau zu verlassen, dann ist das seine und nicht meine Verantwortung.»

«Wow, das klingt so abgeklärt. Gar nicht nach dir.»

«Stimmt. Das habe ich in einem Ratgeber gelesen. Es ist das, was ich versuche mir einzureden.»

«Hat er Kinder?»

«Zum Glück nicht. Er hat sich schon vor Urzeiten sterilisieren lassen. Total tote Hose. Verhütung ist damit schon mal kein Thema. Praktisch, oder? Ein Kind ist wirklich das Letzte, was ich jetzt noch gebrauchen könnte. Ich liebe meine Tochter, aber ich muss dir ehrlich sagen: An dem Tag, an dem sie auszieht, mache ich ein Freudenfest, ziehe zurück nach Köln und mache in meinem ganzen Leben keinen einzigen Kompromiss mehr.»

«Dann musst du allerdings Single bleiben.»

«Stimmt. Will ich wirklich einen Mann? Das frage ich mich in letzter Zeit auch immer öfter. Ich bin mir da nicht so sicher.

Ich habe kein Händchen für gute Typen. Auch wenn dieser anscheinend anders ist. Das habe ich allerdings bei all den anderen Vollpfosten auch gedacht, denen ich mich an den Hals geworfen habe. Ich traue mir selbst nicht über den Weg. Am besten, ich versuche, die Affäre zu genießen, nicht zu viel zu grübeln und die Dinge so zu nehmen, wie sie kommen.»

«Weise Worte. Ich glaube, mir würde die Kraft für so ein Doppelleben fehlen.»

«Mir bringt es eher zusätzliche Energie. Der Abwasch macht doch viel mehr Spaß, wenn man noch nach dem Rasierwasser des Geliebten riecht. Ich pendle praktisch zwischen Lotterbett und Alltagstrott. Ich kaufe das Müsli für meine Tochter und denke dabei an seine Küsse. Wobei sich mein fantastischer Liebhaber nach unserem letzten Sex kaum noch bewegen konnte. Hexenschuss. So viel zum Thema älterer Geliebter.»

Fatma lacht, und ich versuche mitzulachen, aber es klingt so schepprig und unehrlich, wie es ist. Ich hätte auch gern einen Geliebten. Oder wenigstens einen treuen Mann. Aber ich bin nur die arme, betrogene Ehefrau, und, egal wie man es dreht und wendet, das ist die mit Abstand beschissenste Rolle, die man in diesem Spiel haben kann.

«Entschuldige, Ruth. Für dich muss das schrecklich klingen. Dein Mann betrügt dich, und ich schwärme dir von meinem Lover vor. Ich komme mir fies vor. Und das bin ich ja auch.»

«Quatsch. Es ist ja, wie du sagst, seine Entscheidung. Und ich würde wahrscheinlich genauso handeln, wenn ich mich verlieben würde. So ist das Leben jenseits der Puppenstube, in der ich mich verbarrikadiert habe. Mir hat es schon immer an Mut und Energie gefehlt. Ich bin selbst schuld.»

«Dass dein Mann dich betrügt? Das kann doch nicht dein Ernst sein, Ruth! Wo ist denn dein Selbstbewusstsein geblieben, dein Stolz, deine Ehre? Du benimmst dich ja genauso erbärmlich wie ich damals mit Malik! Ich kenne die Sprüche. Hör auf damit. Es liegt nicht an dir. Es liegt an ihm. Du bist eine wunderbare, kluge und schöne Frau. Wer dich betrügt, muss ein Riesenarschloch sein. Ist dein Mann vielleicht ein Riesenarschloch, hast du dich das mal gefragt?»

«Was würde es über mich aussagen, wenn ich seit über zwanzig Jahren mit einem Arschloch zusammen wäre? Das wäre doch eine totale Bankrotterklärung. Dann hätte ich quasi umsonst gelebt.»

«Ruth, was für eine Scheiße! Du redest so, als würdest du schon auf dem Sterbebett liegen. Du kannst deinen Mann auf der Stelle verlassen und sofort neu anfangen. Du bist frei! Nimm doch seinen Betrug als Chance. Zieh Bilanz und frag dich, ob du deinen Mann wirklich noch liebst und ob er dir überhaupt noch gut genug ist.»

«Ob mein Mann mir noch gut genug ist?» Ich muss laut lachen. Ich stelle mir Karls Gesicht vor, während ich ihm sage: «Du bist nicht gut genug für mich.» Und wie ich meinen Koffer nehme beziehungsweise meine drei Tüten und einfach gehe. Eine absurde Vorstellung. Aber sie hat für diesen kleinen Moment lang einen gewissen Reiz.

«Warum lachst du?», fragt Fatma. «Ich meine das ganz ernst. Ich hatte immer beschissene Ego-Shooter an meiner Seite, die fanden, ich müsste den Boden küssen, auf dem sie gehen. Die meinten, ich sollte dankbar sein, dass sie mich lieben. Die dachten wirklich, sie seien das Beste, was mir passieren konnte. Die haben sich nie infrage gestellt. Die haben nie gerätselt, wie sie sein oder wie sie sich verändern müssten, um mir zu gefallen, ob sie sich vielleicht mehr Mühe geben, im Bett die Socken auszuziehen oder mal an ihrem Charakter oder ihrer Frisur feilen sollten. Das machen immer nur wir. Wir dummen Puten. Wir fragen uns ständig, was wir falsch gemacht haben. Aber ich frage mich, was dein Mann falsch gemacht hat. Warum fühlst du dich so klein?»

«Das war schon immer so. Du kennst ja meine Schwester. Es ist nicht leicht, sich neben ihr groß zu fühlen. Und mein Vater, Gott hab ihn selig, hatte ein ähnliches Kaliber.»

«Und weil dir dein Minderwertigkeitskomplex so gut gefallen hat, hast du dir gleich den dazu passenden Mann gesucht? Bravo!»

«Nein, das stimmt nicht. Zu Anfang war es mit ihm anders. Ich glaube, ich bin noch nie so geliebt worden wie von meinem Mann. Ich habe mich zum ersten Mal in meinem Leben wie eine Königin gefühlt. Als sei ich aus dem Schatten in die Sonne getreten. Er hat mich verehrt, begehrt, mich beschenkt, mich überrascht, mir stundenlang zugehört, wollte alles ganz genau wissen, immer mit mir zusammen sein. Unsere ersten zwei Jahre waren die glücklichste Zeit meines Lebens.»

«Und dann?»

«Es fing irgendwann nach unserer Hochzeit an. Vielleicht lag es daran, dass ich keine Kinder bekommen kann, obwohl er mir immer versichert hat, das spiele für ihn keine Rolle. Er zog sich manchmal ohne Grund zurück. Reagierte schnell beleidigt, schwieg dann tagelang. Er fand meine Freundinnen oberflächlich und langweilig. Meine Familie mochte er auch nicht, meine Schwester hat er regelrecht gehasst. Irgendwie konnte ich ihm nichts mehr recht machen. Ich sei zu fordernd. Ich würde ihn einengen. Ich hätte kein Verständnis für ihn. Ich würde ihm nicht richtig zuhören. Ständig gab es Missverständnisse, an denen immer ich schuld war. Wir kamen zu spät, weil ich den Termin falsch eingetragen hatte. Das Geld für die Putzfrau war verschwunden, obwohl ich dachte, ich hätte es ihr in die Ablage gelegt. Solche Sachen. Und wenn ich mit ihm reden wollte, war sein Standardsatz:

‹Das bildest du dir nur ein.› Es war schrecklich. Und immer wenn ich dachte, jetzt halte ich es nicht mehr aus, war er plötzlich wieder da: der wunderbare Mann vom Anfang. Liebevoll. Aufmerksam. Rosen, Reisen, Sex, Gespräche, Kerzenschein. Für ein paar Wochen oder Monate. Und dann sage ich ein falsches Wort oder vergesse eine Kleinigkeit, und schon explodiert er oder zieht sich zurück. Ich weiß nie, was als Nächstes kommt. Es ist ein ständiger Eiertanz. Immer habe ich Angst, ihn zu verärgern, zu verletzen, zu verlieren. Ich bin total erschöpft.»

Ich lehne mich in dem Liegestuhl zurück und atme durch. Das war ich. Das war mein Leben. Das war meine Ehe. Eine Bestandsaufnahme. Ungeschönt und wahrhaftig ausgesprochen. Das hatte ich noch nie getan, nicht mal bei Carlos Weber-Stemmle, der ja sowieso findet, ich solle mehr Dankbarkeit zeigen für das, was ich habe. Ich schaue zu Fatma herüber, und unsere Blicke treffen sich.

«Das tut mir sehr, sehr leid, Ruth. Ich weiß genau, wie du dich fühlst. Ich finde, du musst deinen Mann verlassen. Der Typ ist ein Schwein. Ein Egoist aus dem Lehrbuch. Und du bist das hundertprozentig passende Opfer. Er behandelt dich scheiße, und du denkst, es liegt an dir. Das kenne ich. Du musst aus diesem Teufelskreis raus. Pack deinen Krempel, verschwinde und dreh dich nie wieder um.»

«Das sagt sich so leicht. Ich war noch nie gut im Loslassen. Ich breche schon bei nichtigen Abschieden wie dem Abschmücken des Weihnachtsbaumes, dem Abspann von *Schicksalsjahre einer Kaiserin* oder dem Ende der Freibadsaison in Tränen aus. Ich bin nicht mutig.»

«Dann musst du es eben werden. Es geht schließlich um dein Leben. So einen Kerl musst du nicht nur loslassen, du musst ihn hinter dir lassen, du musst in dir aus dem Herzen reißen. Das ist kein Abschied, das ist eine Revolution!»

«Dafür ist es doch viel zu spät.» Ich finde diesen Satz in dem Moment, wo ich ihn laut sage, so schrecklich und so falsch, dass ich ihn am liebsten zurücknehmen, in der Luft zerreißen und mit einem lebenslangen Fluch und Aussprechverbot belegen möchte. Seit wie vielen Jahren entschuldige ich meine Lethargie, meine Angst vor Veränderung schon damit, dass es angeblich zu spät ist, um noch mal neu anzufangen? Wie lange rede ich mir schon ein, dass mir nicht genug fehlt, um zu gehen? Wie lange schon gebe ich mich mit zu wenig zufrieden und behaupte, das wenige sei für mich gerade gut genug?

Manchmal regen sich ein paar Ideen für ein anderes Leben in mir wie Vogelküken in einem Nest. Bloß werden die meisten von ihnen niemals flügge. Sie verenden irgendwo auf dem steinigen Weg zwischen Imagination und Wirklichkeit und scheitern an ihren drei schlimmsten Feinden: der Trägheit, den Bedenken und dem Zögern.

Manchmal, so wie jetzt gerade, regen sie sich noch, die dahinsiechenden Ideen, und versuchen, noch mal auf die Beine zu kommen. Leise gemurmelte Fragen gegen das ohrenbetäubende Rauschen der Gewohnheit: Wo will ich hin, und was hält mich auf? Wer will ich sein, und wer hindert mich daran? Brauche ich ein Ziel, oder reicht ein Weg? Suchen. Statt Finden. Wege wagen. Statt mich durch das Definieren von Zielen schon vor dem Aufbruch zu entmutigen. Mich aufmachen, mich ausprobieren, notfalls umdrehen und einen neuen Versuch starten.

Warum nicht jetzt? Ich kenne meine Antworten: zu alt, zu riskant, vielleicht im nächsten Jahr oder im nächsten Leben. Es ist zu spät!

«Zu spät? Was für ein Schwachsinn!», ruft Fatma und richtet sich auf. «Lösch seine Nummer, zieh in eine andere Stadt, mach einen totalen Cut. Sonst wirst du beim ersten Rosenstrauß oder

der ersten säuseligen Sprachnachricht wieder schwach. Du hast echt was Besseres verdient. Denn eines ist so was von sicher: Du bist eine Königin. Wir sind alle Königinnen!» Fatma hebt die Flasche in den blauen Himmel. «Und wir haben Männer verdient, die uns auch so behandeln! Rat mal, was wir jetzt machen? Hast du deine Kopfhörer dabei?»

Ich nicke und hole mein Handy und meine AirPods aus meiner Jackentasche.

«Darf ich?» Fatma verbindet meine Kopfhörer mit ihrem Handy, steckt sich einen ins Ohr und gibt mir den anderen wieder zurück. «Den nimmst du. Komm mit und vergiss deinen Ballon nicht. Jetzt lernen wir fliegen! Es wäre doch gelacht, wenn aus uns müden Enten nicht wieder stolze Adlerinnen würden!»

Wir gehen ein paar Schritte in Richtung Alster, bis wir genug Abstand von den Bäumen haben. Dagmar folgt uns interessiert, aber vorsichtig. Der Ballon ist ihr nicht geheuer. Sie ist kein mutiges Tier. Auch kleine, kläffende Hunde, Schwäne und Personen mit großen Taschen sind ihr suspekt. «Ich zähl bis drei, dann lässt du los!», ruft Fatma. «Warte, ich muss nur kurz bis zum Refrain vorspulen. Eins! Zwei! Drei!»

Ich lasse den Ballon los, in meinem rechten Ohr beginnt das Leben zu toben, und Irene Cara singt für mich und alle flügellahmen Frauen, die ebenfalls glauben, sie hätten das Beste lange hinter sich:

> *I'm gonna live forever*
> *I'm gonna learn how to fly*
> *I feel it coming together*
> *People will see me and cry*

Mein Ballon wird von einer Windböe erfasst und schraubt sich funkelnd und tanzend in die Höhe. Fatma nimmt meine Hand, und ich höre sie laut mitsingen. Ich stimme ein, leise erst, dann lauter, als ich meiner Erinnerung nach jemals gesungen habe.

Ich habe ja doch noch eine Stimme!

Mein Ballon steigt und steigt, und ich habe das Gefühl, als hätte er mein Herz mit in die Luft genommen.

I'm gonna make it to heaven
Light up the sky like a flame
I'm gonna live forever
Baby remember my name!

Was hält mich noch zurück? Worauf warte ich? Ich kann jederzeit aufbrechen und neu anfangen. Fliegen lernen. Den Käfig verlassen. Die Tür ist ja noch nicht mal verschlossen! Wann und warum habe ich begonnen, mir so viel gefallen zu lassen, mich ständig zu entschuldigen? Um des lieben Friedens willen. Scheiß Frieden. Ich lasse Karl sogar absichtlich beim Kartenspielen gewinnen, damit er sich gut fühlt. Ich bin das Verlieren gewohnt. Er nicht.

Ich nehme immer Rücksicht. Außer auf mich selbst. Ich halte mir beim Niesen die Nase zu, um niemanden zu stören, dabei weiß ich, dass das total ungesund ist. Dann richtet sich der Druck nach innen, Gefäße können reißen, und anstatt sie loszuwerden, presst man die Viren in den eigenen Körper zurück. Du wirst krank davon – aber Hauptsache, du hast niemanden gestört.

Ich habe gelesen, dass viel mehr Frauen als Männer in Restaurants an ihrem Essen ersticken. Frauen wollen keine Szene machen. Sie verschlucken sich und rennen auf die Toilette, um anderen ihr Würgen und ihren womöglich ekligen Anblick zu ersparen. Sie verrecken lieber hilflos auf dem Klo, als Umstände

zu machen. Selbstlos bis zum Ersticken. Das muss man sich mal vorstellen!

Ich muss an die Rede denken, die Karl auf unserer Hochzeit gehalten hatte: «Meine Ruth ist ein durch und durch guter Mensch, aufopfernd und selbstlos. Ich kann mich glücklich schätzen, sie an meiner Seite zu haben.» Damals habe ich das als Kompliment empfunden: aufopfernd und selbstlos. Warum nicht gleich: lieb, doof und frei von Rückgrat? Selbstlosigkeit wurde von Männern für Frauen erfunden, um sie in Schach zu halten. Denn eigenartigerweise gilt sie nur bei Frauen als gute Eigenschaft. Der selbstlose Mann wurde noch nicht erfunden. Warum auch? Es gibt ja genug brave Weiblein wie mich, die sich bereitwillig ihres Selbst entledigen, um in erster Linie dafür zu sorgen, dass es anderen gut geht. Die Frage nach dem Selbst stellt sich dann irgendwann nicht mehr.

Ist es zu spät, diese unbequemen Fragen jetzt zu stellen? Wer bin ich, wenn ich aufhöre, Rücksicht zu nehmen? Wer bin ich, wenn ich niemandem mehr gefallen will, und wo will ich hin, wenn ich mir von niemandem mehr sagen lasse, wo es langgeht?

Mein Ballon tanzt im Licht.

Bin ich zu alt, um aus dem Schatten zu treten?

Oder bin ich endlich alt genug?

Nachdem wir das Lied zweimal durchgehört haben, stellt Fatma es auf Endlosschleife, und wir gehen Arm in Arm zurück zu unseren Liegestühlen und stoßen noch mal an.

«Danke», sage ich.

«Ich muss aufs Klo», sagt Fatma. «Gibt es hier eines in der Nähe?»

Ich erkläre ihr den Weg zum Restaurant *Alster Cliff*, lege mich in meinen Stuhl und verfolge weiter den steilen Aufstieg meines Ballons, der mit bloßem Auge kaum noch zu erkennen ist. Nur wenn seine Silberseite in der Sonne kurz aufleuchtet, kann ich ihn sehen, und es ist, als blinzelte er mir verschwörerisch zu.

Ich kann mich nicht erinnern, wann ich mich zuletzt so voller Energie und Zuversicht gefühlt habe.

Endlich alt genug!

Ich summe mit, wippe geradezu ausgelassen mit den Füßen und genehmige mir noch den einen oder anderen großen Schluck Wein. Eine konventionelle Hamburger Entenfamilie watschelt an mir vorbei und betrachtet mich geringschätzig. Egal. Spießer. Ich spüre eine Sehnsucht nach Freiheit, die mich berauscht. Plötzlich wird die Musik unterbrochen, als eine Sprachnachricht auf meinem Handy eingeht.

«Hallo, Stellina», höre ich Karls Stimme, und ich ziehe automatisch die Schultern ein. «Schade, dass ich dich jetzt nicht erreiche. Ich habe mir extra ein Handy ausgeliehen, um dich anrufen zu können. Ich wollte dir nur sagen, dass ich dich sehr vermisse und dass ich mich unendlich darauf freue, dich wiederzusehen. Hab Geduld mit mir, bitte. Ich weiß, es ist nicht immer einfach, aber das Wichtigste ist doch, dass wir uns lieben. Und ich liebe dich, Stellina, da kannst du dir ganz sicher sein. Ich melde mich baldmöglichst wieder. Ich wünschte, du wärst hier. Vielleicht kannst du mich ja besuchen kommen?»

Ich nehme die Kopfhörer raus, suche den Himmel ab, blinzele und bemerke, wie Zuversicht und Energie von mir abfallen wie eine lädierte Rüstung. Darunter kommt wieder das zum Vorschein, was ich war und was ich immer sein würde: eine Frau im Schatten.

Für wenige, alberne Momente war ich aus dem Ruder gelaufen. Der Sekunden-Größenwahn einer Nebendarstellerin, die die Wechseljahre mit der Pubertät verwechselt. Die ihren Verstand mit einem lächerlichen Ballon in den Himmel entweichen lässt, um sich für ein paar Momente einzureden, das Leben läge in seiner ganzen Pracht noch vor ihr.

Leben heißt Kompromisse machen. Und mein Leben ist kein schlechter Kompromiss. Es ist gut genug, so wie es ist.

Karls Nachricht bringt mich schlagartig auf den Boden zurück, und seine sanften Worte bewirken genau das, was sie immer bewirkt haben: Sie bringen mich zur Vernunft und wecken die Hoffnung darauf, dass alles wieder gut werden könnte. So wie es mal war.

Stellina.

Vielleicht haben wir doch noch eine Chance? Ich hatte mich von lachhaften Luftballon-Fantasien dazu hinreißen lassen, all das zu vergessen, was Karl und mich seit vielen Jahren verbindet. Natürlich hatte ich Fatma angesichts der gegenwärtigen Situation nur von den Schattenseiten meines Mannes und meiner Ehe erzählt, von der quälenden Sehnsucht nach den guten Jahren des Anfangs, als ich ihm noch genügte und als es mir noch gelungen war, Karl glücklich zu machen. Und damit auch mich.

Fatma hat ja auch gut reden. Frisch verliebt und auf Händen getragen, fällt es ihr natürlich leicht, einen Ballon steigen zu lassen und mich glauben zu machen, ich hätte etwas Besseres verdient als meinen Mann.

Was, wenn Karl das Beste ist, was ich haben kann? Wir sind eben nicht alle Göttinnen – schon gar nicht nach fünfzehn Jahren Ehe. Wer keine Kompromisse macht, kann keine lange Beziehung führen, und wer nicht bereit ist, ein gewisses Maß an Entzauberung, Ernüchterung und Resignation hinzunehmen, wird sein Leben lang einer Kleinmädchen-Fantasie nachjagen. Karl ist die Erfüllung meines Traums. Ich kann ihm schlecht übel nehmen, dass dieser Traum durch die Realität verblasst ist wie ein Kopfkissenbezug nach Hunderten von Wäschen oder wie eine Kommode, die täglich benutzt wird und seit einem Vierteljahrhundert in der Nachmittagssonnenecke eines Zimmers steht. Die Farben leuchten nicht mehr so wie früher. Der Lack blättert an einigen Stellen ab. Die obere Schublade klemmt, und der Schlüssel ist schon in den Neunzigern verloren gegangen. Na und?

Wir kommen doch alle allmählich in die Jahre und sollten froh sein, wenn unser Partner behutsam über unser ergrauendes Haar, unser löchriges Gedächtnis, die beginnende Arthrose und die generelle, radikale Verschrumpelung unserer äußeren Erscheinung hinwegsieht. Im besten Fall erinnert er sich liebevoll an die vergangene Pracht und sieht im Verblühten die Schönheit und den Wert einer langen, gemeinsam verbrachten Zeit. Und gehört es nicht auch zu einer reifen Liebe, das Aufbäumen des geliebten Menschen gegen die Vergänglichkeit zu dulden?

Ich kann die Verzweiflung doch so gut verstehen, mit der Karl versucht, sich gegen die Zeit zu stemmen. Sabbatical, Detox, Diät. Champagner, Hotel, Affäre. Er bettelt um Aufschub, er fleht um Gnade: Bitte, Alter, verschone mich! Bitte, Leben, geh doch nicht vorbei!

Ich kenne Karl seit einem Vierteljahrhundert. Seine Schwächen, seine Stärken, seine launische, verletzende Art zu lieben, seine Eitelkeit, seine Unsicherheit, seine Energie und seine Härte, sein Herz und seine Herzlosigkeit. Ich wusste genau, worauf ich mich einließ.

All die wohlmeinenden, vorsichtigen Andeutungen meiner Mutter und meiner Oma Auguste. Die schonungslosen, polternden Warnungen meiner Schwester. Die zarten Hinweise einiger Freundinnen. Alle schienen zu glauben, ich würde blind in mein Unglück laufen. Aber ich war nicht blind. Und Unglück ist relativ. Natürlich ist Karl der Prototyp eines Narzissten. Als ob ich das nicht wüsste. Er ist ein Narzisst, ganz genauso wie alle anderen strahlenden, imposanten, schwierigen und dominanten Persönlichkeiten. Von Thomas Mann bis Thomas Gottschalk, von Michelangelo bis Madonna, von Kleopatra bis Coco Chanel, von Ludwig XIV. bis Ronaldo. Neben solchen Menschen kann man nur im Schatten stehen. Aber da hat man immer noch mehr vom Leben als die meisten anderen Frauen in ihrem nieselberegneten, dauertristen Alltag an der Seite ihrer Durchschnittsmänner.

Ich bin nicht bereit, meinen Mann aufzugeben, nur weil er in eine Lebenskrise geraten ist. «Was fällt, das soll man auch noch stoßen!» war früher ein Lieblingszitat meiner Schwester, als sie noch Maria hieß und sich gegen alles und jeden auflehnte. Nietzsche. Passt zu ihr. Wuchtig, viel Getöse, laut, anmaßend und völlig falsch aus meiner Sicht. Ich finde, was fällt, das soll man auffangen, wenn einem daran gelegen ist.

Karl ist kein einfacher Mann. Aber er hat mich nicht betrogen. Betrogen wird nur, wer sich betrogen fühlt. Karl hat die Orientierung verloren. Er hat sich auf der Suche nach neuen Perspektiven verlaufen. Wer bin ich, ihn dafür zu verurteilen? Was sind schon ein paar Nächte mit einer ersetzbaren Bettbekanntschaft im Gegensatz zu einem ganzen geteilten Leben?

Ich bin wieder bei Sinnen. Gott sei Dank.

Ich greife nach meinem Handy, um Karls Nachricht noch mal abzuhören.

Aber da ist keine Nachricht auf meinem Display. Ich sehe in unserem Chatverlauf nach – nichts!

Ich stutze. Und dann kommt mir ein schier unglaublicher Verdacht. Fatma hatte ihre Jacke auf dem Stuhl neben mir liegen lassen, darauf ihr Telefon.

Eine neue Voicemail von Aslanim

Meine Kopfhörer sind noch mit ihrem Handy verbunden.

Karls Nachricht war nicht für mich bestimmt, sondern für Fatma. Hoch am Himmel scheint der Ballon zum Abschied noch ein letztes Mal aufzuleuchten. Aber vielleicht täusche ich mich auch.

GLORIA

Gloria sitzt in der ersten Reihe, und Erdal verbreitet neben ihr einen intensiven, nicht unbedingt angenehmen Geruch nach Seetang, Meersalz und *Azzaro pour Homme*. Er ist der einzige Mann, den Gloria kennt, der sein Aftershave nie gewechselt hat und immer noch so riecht wie die Jungs in den frühen Achtzigern, die keinen Bartwuchs hatten, aber schon Rasierwasser benutzten. Die Mädchen dufteten damals entweder nach *My Melody* oder *Anais Anais* – das waren die Gänseblümchen, die Liebreizenden mit den Pferdepostern an der Wand, die bei *The Lady in Red* von Chris de Burgh von ihrem Prinzen träumten. Die zweite Fraktion nebelte sich mit *Patchouli* beziehungsweise *Poison* ein, hörte *This is not a love song* von *Public Image Ltd.* und stand mit dem Patriarchat, den Eltern, dem Schulsystem und Ronald Reagan auf Kriegsfuß, und mit dem Rest der Welt eigentlich auch.

Im Badezimmer in Iserlohn hatten beide Duftrichtungen gestanden. *My Melody* von Ruth und *Poison* von Gloria. Besser konnte man ihre Gegensätzlichkeit nicht beschreiben. Mama hatte nur ein *Rexona*-Deo benutzt und einen einzigen Lippenstift besessen, den sie auch als Rouge verwendete. Aber selbst das hatte sie selten getan.

Äußerlichkeiten seien ihr nicht wichtig, hatte sie oft gesagt. Die Wahrheit war, dass sie sich selbst nicht wichtig genommen hatte. Weder ihr Äußeres noch ihr Inneres. Sie hatte sich gefügt, geduckt und ihre Talente und Leidenschaften verscharrt wie eine überfahrene Katze am Straßenrand. Sie hatte die Poesiealbum-Eigenschaften kultiviert. Folgsam, fleißig, selbstlos. Alle Farbe war im Laufe der Jahre aus Glorias Mutter gewichen. Auf Familienfotos war sie entweder im Hintergrund oder gar nicht drauf, weil sie die Aufnahme machte oder gerade in der Küche stand.

Mama hatte weder gut noch gerne gekocht. Kochen war eine Pflichterfüllung gewesen – wie alles in ihrem Leben. Beischlaf, Urlaub, Abendgesellschaften, Essen, Trinken, Reden. Nichts davon hatte sie nur zum Spaß getan. Ihr Leben war eine einzige Notwendigkeit. Und dann war sie auch noch vor ihrem Mann gestorben, was Gloria bis heute als himmelschreiende Ungerechtigkeit empfand. Wie sehr hätte sie ihrer Mutter ein paar Jahre selbstbestimmtes Leben gegönnt.

Ruth war ziel- und passgenau in die Fußstapfen ihrer Mutter getreten. Immer schön dem Entscheidungsträger hinterherlaufen. Geradewegs in Richtung Doppelgrab mit pflegeleichten Bodendeckern. Das ewige Licht brennt natürlich nur auf seiner Seite. Vielleicht würde das nun ein Ende haben, und Ruth würde endlich aus dem Schatten treten.

Und dann? Würde sie überhaupt etwas mit ihrer Freiheit anzufangen wissen? Wie würde ihr Leben ohne ihren Mann aussehen, ohne den Wegweiser, den Besserwisser, den Bestimmer? Gloria hat gelesen, dass man gezüchtete Tiger nicht auswildern kann und dass die meisten Tiere, die im Zoo geboren wurden, in freier Wildbahn verenden, weil sie nicht jagen können und es gewohnt sind, gefüttert zu werden. Kann man Freiheit verlernen und so sehr fürchten, dass man lieber freiwillig in Abhängigkeit bleibt?

«Es gibt Raubtiere, und es gibt Haustiere», hatte Ruth früher einmal gesagt. Aber daran mochte Gloria nicht glauben. Zu Anfang sind wir alle frei – so lange, bis wir anfangen, in Poesiealben zu schreiben und uns an dem zu orientieren, was andere von uns erwarten.

«Der Küchenchef sieht aus wie eine ganz üble Mischung aus Martin Semmelrogge und Maradona», flüstert Erdal Gloria zu, und sie muss ihm recht geben. Ein finsterer Geselle mit anscheinend ebensolcher Laune. Er betritt die große Bühne des imposanten Veranstaltungssaales forschen, geradezu wütenden Schrittes und baut sich breitbeinig vor dem mobilen Herd-Backofen-Modul auf, das in der Mitte steht und von einem Punktstrahler angeleuchtet wird. Er schaut grimmig auf sein Publikum voller Bademantelträgerinnen mit leeren Mägen.

Es sind fast ausschließlich Frauen im Saal, die mit gezückten Stiften, ihre Notizblöcke auf den Knien, darauf warten, erlösende Weisheiten in Sachen Ernährung zu hören. Irgendwie scheinen alle immer noch darauf zu hoffen, dass ihnen jemand den Weg in eine schlanke, gesunde Zukunft weist, ohne auf überbackene Pastagerichte, Zimtsterne, Chipsletten und Chardonnay verzichten zu müssen.

«Dieser Abend kann Ihr gesamtes Leben verändern!», donnert der düstere Koch statt einer formellen Begrüßung.

«Das Enfant terrible der Fastenköche», wispert Erdal kichernd.

«Ich dachte, du wolltest dich ab jetzt mit vorschnellen Urteilen über andere zurückhalten, um auch deine dunkle Seele zu entgiften?»

«Das ist kein vorschnelles Urteil.»

Der Blick des Kochs richtet sich bohrend auf Gloria und Erdal. «Wenn die Herrschaften hier vorne dann bitte ihre Unterhaltung einstellen würden? Danke sehr. Ich habe nicht ewig Zeit.»

Gloria spürt, wie Erdal sich ruckartig anspannt und in seinem Sitz zu seiner vollen, dabei immer noch relativ geringen Größe aufrichtet. Sie lächelt. Dieser Abend könnte interessanter und amüsanter werden, als sie gedacht hatte.

Die Begegnung mit mustergültigen Feindbildern bringt immer Schwung in träge Gesellschaften. Und Gloria liebt die Konfrontation genauso wie Erdal. Der Mann auf der Bühne verursacht ihr fast körperlichen Widerwillen. Ein Potenz-Poser am Herd, der jetzt zum Messer greift und gelangweilt, mit einer hochgezogenen Braue, auf sie herabschaut. Gloria strafft die Schultern und macht sich innerlich kampfbereit.

«Willkommen zu meiner Kochdemonstration in Verbindung mit einem Vortrag über Ernährung. Für die wenigen, die mich vielleicht noch nicht kennen: Ich bin Chefkoch hier im neu eröffneten *Millennium Medical* und seit dreißig Jahren auf gesundes Kochen spezialisiert. Ich zeige Ihnen heute, wie Sie ein schmackhaftes Schlank-Menü zubereiten, das nicht mehr als 380 Kalorien hat. Und ich werde Ihnen sagen, wie Sie Ihre Ernährung dauerhaft umstellen müssen, um gesund zu bleiben oder zu werden. Für die Hauptspeise des Menüs benötigen Sie 380 Gramm Fisch, vier kleine Kartoffeln, 500 Gramm Brokkoli und 250 Gramm Karotten.»

«Ist das für eine oder für zwei Personen?», fragt Erdal und schaut betrübt auf die vier Kartöffelchen.

«Meine Rezepte sind immer für vier Personen berechnet. Würden Sie sich Ihre Fragen bitte bis zum Schluss aufsparen? Ich möchte mich hier oben konzentrieren. Sie klatschen ja auch nicht mitten in einem Sinfoniekonzert.»

«Könnten Sie bitte Ihren Namen wiederholen?», fragt Gloria. «Ich muss ihn vorhin überhört haben.»

«Mein Name ist Stefan Kaczmarek. Darf ich jetzt fortfahren?»

«Unbedingt, Herr Kaczmarek.» Gloria neigt generös ihren Kopf, der Koch kocht.

Eine knappe halbe Stunde lang schnippelt und brät, hackt, püriert und referiert er auf der Bühne, bis das Menü fertig ist und vor ihm auf der Arbeitsplatte steht. Jeweils vier Teller mit Salat, vier mit der Hauptspeise und vier Schälchen mit dem Nachtisch, der aus einem Obstsalat mit einem Minzblättchen besteht.

«Kommt da noch Sauce drauf?», fragt Erdal bekümmert mit Blick auf das trockene Stückchen Fisch.

«Ich bin hier, um mit 300 Kalorien zu kochen, nicht, um Sie glücklich zu machen», antwortet Herr Kaczmarek. «Lassen Sie die Kartoffel weg und nehmen Sie zusätzlich Gemüse. Dann sieht es nach mehr aus.»

«Und wer isst das jetzt?», fragt Erdal weiter, er ist nicht bereit, sich einschüchtern zu lassen. «Ich hätte sogar Lust auf den Obstsalat, so weit ist es mit mir schon gekommen.»

«Meine Angestellten oder die Gäste, die lediglich auf Reduktionskost gesetzt sind», sagt der Koch unwirsch und wendet sich wieder an das gesamte Publikum. «Mit der richtigen Ernährung beugen Sie sämtlichen zivilisatorischen Krankheiten vor, verbessern Ihre Lebensqualität und verlängern Ihre Lebenszeit.» Herr Kaczmarek tritt an den Rand der Bühne und hebt beide Hände, als setze er zu einem satanischen Ritual an. Er senkt seine Stimme: «Nudeln sind leere Energie, es sei denn, Sie sind ein Spitzensportler, wovon ich nicht ausgehe. Studentenfutter ist was für Studenten. Die brauchen viel Energie zum Denken und Lernen. Sie sind aber keine Studenten, oder? Wer wächst, braucht viel Brennstoff. Wer nicht mehr wächst oder gar schrumpft, braucht wenig Brennstoff. Das dürfte jedem klar sein. Ihr Grundumsatz sinkt mit dem Älterwerden dramatisch. Ich habe ein Auge dafür. Ich schätze, dass Sie beispielsweise nicht mehr als 1150 Kalorien im Ruhezustand verbrennen. Wenn überhaupt.» Der Koch betrachtet eine üppige Dame in der zweiten Reihe wie ein Metzger seine Auslage.

Die Frau läuft rot an, der Koch fährt fort: «Raffinierter Zucker und Kohlenhydrate in Form von weißen Nudeln, weißem Reis und weißem Brot sind Gift für Ihren Körper. Die Folgen einer Kohlehydratmast kennen und sehen Sie hier alle: Gewichtszunahme. Leistungsabfall. Überschüssiges, fatales Fett. Im Bauchfett wohnt der Tod.»

Die Schar der fastenden Frauen schweigt einen Moment beunruhigt, und es ist, als streife ein kalter Hauch durch die Menge, der Bauchfett-Tod persönlich auf der Suche nach seinem nächsten Opfer.

«Und was machen Sie, wenn Ihnen nach Schokolade zumute ist? Gönnen Sie sich dann auch mal was Gutes?», fragt eine Frau mit dünner Stimme, in der man die Furcht vor einer etwaigen Zurechtweisung schon mitschwingen hören kann.

«Genauso gut könnten Sie mich fragen, ob ich ab und zu zur Entspannung Heroin spritze. Ich finde Zucker ekelhaft. Er macht süchtig und krank. Sie tun Ihrem Körper damit nichts Gutes, das müssen Sie alle endlich mal begreifen.»

«Und als Seelennahrung, was empfehlen Sie da?», piepst die Frau erschrocken, aber irgendwie rührend hartnäckig.

«Ein gesunder Körper braucht keine Seele. Das ist Schnickschnack für Esoteriker. Mein Körper braucht Salat und Radfahren. Bei Wind und Wetter. Morgens acht Kilometer hierher und abends wieder zurück.»

«Und was essen Sie heute Abend?», fragt die Dame mit dem niedrigen Grundumsatz.

«Ich esse abends nichts. Es ist enorm wichtig, dem Körper genug Zeit zu geben zu verdauen.» Herr Kaczmarek scheint jetzt ausschließlich zu Gloria und Erdal zu sprechen und schaut die beiden drohend an: «50 Prozent der Herz-Kreislauf-Krankheiten lassen sich auf Übergewicht zurückführen. Arthrose, Krebs, Depressionen, Allergien – alles eine Frage der Ernährung. Auch Wechseljahresbeschwerden können mit einer konsequent ketogenen Kost vermieden werden.»

Gloria nimmt ihren knallroten Fächer aus ihrer Handtasche und beginnt, sich demonstrativ Luft zuzuwedeln. Mit den Wechseljahren kennt sie sich bestens aus. Seit gut drei Jahren lebt sie in einem Körper, in dem der Temperaturregler verrücktspielt. Der Fächer ist zu ihrem ständigen Begleiter und der Satz «Würden Sie bitte ein Fenster öffnen» zu einer Art freudlosem Refrain geworden.

Das Klimakterium – so könnte ja auch durchaus der Name eines zwielichtigen Laboratoriums in einem Gruselroman heißen – ist die weibliche Klimakatastrophe in einem Hormonsystem, das im Grunde genommen eine einzige störanfällige, himmelschreiende Ungerechtigkeit ist. Wenn es zum weiblichen Wesen einen Beipackzettel gäbe, er wäre kilometerlang und voll mit Risiken, Kontraindikationen, Warnhinweisen und sehr häufig auftretenden Nebenwirkungen.

Erst neulich hat Gloria in ihrer Buchhandlung zusammen mit einer Hormonspezialistin einen Themenabend mit dem Titel «In der Hitze der Nacht» organisiert. Gloria hat nicht vor, tatenlos zuzuhören, wie ein blasierter Diätkoch, der auf seinem sich allmählich senkenden Hormonspiegel gemächlich in den Lebensabend gleiten würde, Absurditäten über den weiblichen Hormonhaushalt verbreitet.

Warum, das fragt sie sich zum wiederholten Male, neigen Männer so häufig dazu, anderen, insbesondere natürlich Frauen, ungebeten die Welt erklären zu wollen? Wissen sie mehr, oder fehlt es ihnen an der rechten Dosis Selbstzweifel? Gloria hat Selbstzweifel. Und sie hat sie gern. Was soll daran so schlimm sein, sich immer wieder zu fragen, ob man auf dem rechten Weg ist, ob man recht hat oder ob es gar nicht ums Rechthaben geht, ob man so, wie man ist, gut ist und ob man so bleiben möchte?

Der Zweifel gehört zum Selbstbewusstsein wie die Hefe in den

Ist es das Klima oder das Klimakterium?

Pizzateig. Er gärt, er wächst, er reift. Wer schon alles zu kennen glaubt, lernt nichts Neues mehr. Zweifeln heißt nachfragen, und Selbstzweifel ist die Neugier auf eine andere, bessere, durchdachtere Version des eigenen Ichs. Gloria gruselt es vor jenen Selbstzufriedenen, die sich Entwicklungen versperren, alles zu wissen glauben und vor allem alles besser. Typen wie der anmaßende Koch, die ständig Aussagen machen, aber kaum eine Frage stellen, die es für Schwäche halten, eine Antwort nicht zu kennen, und die niemals nach dem Weg fragen würden.

«Schlecht informierte Frauen schlucken gefährliche Hormone, statt lieber mal auf die Tafel Schokolade am Abend oder die Pasta zum Mittagessen zu verzichten!», ruft der Koch nun angriffslustig in die Runde. «Studien beweisen, dass aktive Frauen, die sich gesund ernähren, keine Probleme mit den angeblichen Wechseljahren haben.»

«Sind Sie denn schon in der Menopause? Sprechen Sie aus eigener Erfahrung, Herr Kaczmarek?», fragt Gloria mit klirrend kalter Stimme. Ein paar Bademantelträgerinnen kichern vorsichtig. Eine Art von kollektivem Kampfgeist scheint zu knospen.

«Das ist hier keine Comedy-Veranstaltung, gute Frau. Die Wechseljahre sind ein Märchen, das die Pharmaindustrie erfunden hat, um Hormonpräparate zu verkaufen. Und die Fächerhersteller verdienen bestimmt auch nicht schlecht an Ihnen.» Herr Kaczmarek grinst breit und scheint sich über seinen despektierlichen Witz sehr zu freuen.

«Millionen von Frauen bilden sich ihre Beschwerden nur ein? Die werden unglaublich erleichtert sein, das zu hören. Ich hoffe, Sie denken über eine Veröffentlichung Ihrer Erkenntnisse nach.»

«Von Einbildung habe ich nicht gesprochen, Sie müssen mir schon zuhören. Ich spreche von Disziplinlosigkeit als Ursache der Beschwerden.»

«Wenn wir diszipliniert wären, hätten Sie keinen Job», wirft Erdal ein. Zustimmendes Gemurmel der versammelten Bademäntel, eine Frau ruft von hinten: «Kann jemand ein Fenster öffnen, ich habe eine Schogetten-Wallung!»

«Ist es das Klima oder das Klimakterium?», fragt eine Stimme aus den Tiefen des Raumes kichernd. «Ist es Haribo? Oder sind es die Hormone?»

«Ich esse nie Zucker und jogge fünfmal die Woche», meldet sich jetzt eine Dame aus einer der vorderen Reihen zu Wort. «Ich muss trotzdem dreimal pro Nacht das Bettzeug wechseln. Ihre Zuckertheorie scheint mir unausgereift.»

«Glauben Sie mir, ich beschäftige mich seit dreißig Jahren mit dem Thema, ich weiß, wovon ich spreche», sagt Herr Kaczmarek mit einem gönnerhaften Lächeln. «Das Problem sind Sie selbst, nicht Ihr Körper.»

«So einen Dünnpfiff habe ich ja noch nie gehört!», meldet sich jetzt eine robuste Dame mit pfälzischem Akzent zu Wort. «Man kann nicht immer alles auf Zucker und Weißmehl schieben. Hitzewallungen sind die Hölle. Wie Schmerzen, bloß ohne dass es wehtut. Man kann sich auf nichts anderes konzentrieren. Sie haben offensichtlich keine Ahnung, wovon Sie sprechen!»

«Genau! Ich finde, Männer sollten sich komplett raushalten. Es sei denn, sie sind Hormonspezialisten», ruft die schlechte Futterverwerterin, deren Grundumsatz in diesem Moment sicherlich engagiert in die Höhe schnellt.

«Ich werde jetzt das Thema wechseln und langsam zum Schluss kommen», sagt Kaczmarek gereizt und schaut auf die Uhr, aber seine Worte verhallen ungehört. Seine Präsenz scheint auf der Bühne in sich zusammenzufallen wie ein Soufflé, das zu früh aus dem Ofen geholt wurde.

«Früher hat mein Mann gefragt, ob ich meine Tage hätte, wenn ich schlechte Laune hatte. Heute schiebt er es auf die Menopause. Aber auf die Idee, dass meine Stimmungsschwankungen was mit ihm zu tun haben könnten, ist er bisher nicht gekommen», fügt eine hochgewachsene Frau hinzu, die neben Gloria sitzt, und die Bademantelträgerinnen im Saal brechen in solidarisches Gelächter aus.

«Menopause, Zuckerentzug, zwei pubertierende Söhne und ein Mann, der über eine Kopfhaartransplantation nachdenkt. Hat eine von euch mehr zu bieten?», ruft eine Stimme von hinten.

«Keine Kohlehydrate nach 17 Uhr, Angst vor dem Empty Nest und ein Mann, der essen kann, was er will, ohne zuzulegen!», mischt sich nun Erdal begeistert in die Runde ein. Die Frauen applaudieren und lachen.

«Wenn ich mit voller Blase niesen muss, dann Gute Nacht Deutschland», ruft eine Frau, und eine andere kontert: «Ich werde immer vergesslicher. Neulich rief ich jemanden an, und noch vor dem ersten Freizeichen wusste ich nicht mehr, wen!»

«Ich habe die Überraschungsgäste für den Geburtstag meines Mannes im Keller vergessen!»

«Ich schaue im Sommer alle ‹Tatort›-Wiederholungen, ohne zu merken, dass ich sie schon mal gesehen habe!»

«Statt Sturm und Drang habe ich jetzt nur noch Drang. Und zwar Harndrang! Ich muss vier Mal pro Nacht raus. Auf der A1 von Köln nach Hamburg kenne ich jede Toilette.»

Gloria pfeift laut auf ihren Fingern. Sie hat sich das vor Jahren beigebracht, hat tagelang geübt, gesabbert und erbarmungswürdige Sprotzgeräusche von sich gegeben, bis sie es endlich gekonnt hatte. Sie wollte immer eine Frau sein, die auf den Fingern pfeifen und Akkordeon spielen kann. Jetzt ist sie so eine. Das macht sie für Männern nicht gerade attraktiver. Ganz im Gegenteil. Auch Herrn Kaczmarek, der auf Gloria bisher lediglich mit abwertendem Desinteresse herabgeschaut hat, steht jetzt die blanke Ablehnung ins Gesicht geschrieben. Kein Verlust.

Seit einigen Jahren gelingt es Gloria, gut und zielgenau die Männer abzuschrecken, die sie abschrecken will. Ihre früheren Beziehungen waren wie Armdrücken gewesen. Nur einer kann gewinnen. Konkurrenz statt Vertrauen. Macht statt Liebe.

Die falschen Männer kann sich Gloria gut vom Leib halten. Die richtigen allerdings auch. Aber wie soll sie sich selbst schützen und gleichzeitig zutraulich bleiben? Vertrauensvoll und vorsichtig, reserviert und einladend sein? Sie kann die Gewalt, die ihr angetan worden war, nicht vergessen. Die Hilflosigkeit. Die Scham. Die Schwäche. Den Ekel. Den Heizkörper in ihrem Rücken. Die Spucke, die ihr in den Ausschnitt läuft. Das hätte nie passieren dürfen. Und nie, nie wieder durfte sich das wiederholen.

Gloria hasst es, sich das einzugestehen, aber Karl Westphal

bestimmt bis heute ihr Leben. Ihr Hass auf ihn liegt schwer auf ihrer Seele, und das Vertrauen, das er zerstört hatte, fehlt ihr immer noch. Sie hat sich unangreifbar gemacht. Aber auch unnahbar.

«Gegen den Süßhunger helfen Bitterstoffe!», versucht sich nun zornig der abservierte Koch wieder Gehör und Aufmerksamkeit zu verschaffen. Ein vielstimmiger Chor antwortet ihm heiter.

«Campari Soda!»

«Aperol Spritz!»

«Sauerbraten!»

«Prost!»

«Sehr witzig», faucht der Koch, dem jetzt Schweißperlen auf der Stirn stehen. Er scheint, völlig zu Recht, den Eindruck zu haben, dass die Situation ihm entgleitet und er nicht mehr Herr der Lage ist.

«Wenn Sie nicht bereit sind, Ihr Leben zu ändern, dann sehen wir uns hier alle in sechs Monaten wieder. Dann sind Sie allesamt noch dicker als jetzt, noch verzweifelter, noch verschwitzter und noch tiefer in Ihre ungesunden Gewohnheiten verstrickt.»

«Ich bin weder verzweifelt noch dick. Ich bekomme nur verdammt schlechte Laune, wenn man mir sagen will, was ich zu tun und zu lassen habe», antwortet Gloria.

«Und warum sind Sie dann hier? Wenn Sie derart beratungsresistent sind, vergeuden Sie meine und Ihre Zeit.»

«Ich habe nichts gegen Beratung. Ich habe was gegen Bevormundung. Aber was die Frage der Zeitvergeudung angeht, haben Sie absolut recht. Ich wünsche Ihnen noch einen schönen Abend.» Gloria erhebt sich, Erdal tut es ihr gleich, und es ist, als würde eine kollektive Hitzewallung den Saal erfassen. Bis auf drei, vier verdatterte Männer verlassen alle den Raum, während Herr Kaczmarek wütend und hilflos auf sein Kochbuch «Leichter essen, besser leben» hinweist, das heute Abend hier vor Ort zum Vorzugspreis von 25 Euro 95 erhältlich sei.

Der Abend ist wunderbar warm, die Frauen verabschieden sich voneinander mit freundlichem Nicken, einige bleiben in kleinen Grüppchen stehen und fachsimpeln weiter über Östrogen und ob der Begriff «naturidentisch» nicht im Grunde genommen dasselbe sei wie «unnatürlich».

Gloria und Erdal sind schon auf dem Weg zum Parkplatz der Klinik, als eine Frau hinter ihnen herruft und schnellen Schrittes auf sie zukommt. «Frau Wilhelmi!?»

«Die Direktorin», flüstert Erdal. «Bitte sag ihr nichts von den Fritten am Strand. Sie ist eine böse Frau, ganz ohne Bauchfett.»

«Bitte verzeihen Sie, dass ich Sie einfach so anspreche, Frau Wilhelmi, aber ich bin ein großer Fan Ihrer Buchhandlung. Ich heiße Almut Marquart und bin die Klinikleiterin. Ich lebe auch in Hamburg und war schon auf einigen Ihrer Themenabende. Ich muss Sie für das Verhalten meines Kochs um Verzeihung bitten. Er ist vermutlich besser am Herd als auf der Bühne aufgehoben. Aber unser Veranstaltungsprogramm steckt noch in den Kinderschuhen, und wir experimentieren derzeit mit Formaten und Rednern. Mir kam aber eine Idee, die ich Ihnen gerne kurz erzählen würde. Unsere offizielle Einweihung, die ‹Millennium-Nacht›, findet Anfang September statt. Könnten Sie sich vorstellen, den Abend zu gestalten? Natürlich soll es dabei um Gesundheit und Fasten, um den Körper und die Herausforderungen des Älterwerdens gehen. Aber es soll lustig sein und warmherzig. Ironisch, aber nicht von oben herab, glaubwürdig ohne Besserwisserei. Ich glaube, Sie wären dafür perfekt geeignet, Frau Wilhelmi.»

«Das ist sehr schmeichelhaft, Frau Marquart, allerdings auch ziemlich kurzfristig», antwortet Gloria zögernd. Normalerweise würde sie begeistert zusagen. Was für eine Gelegenheit! Eine große Bühne, eine große Chance. Aber jetzt ist sie ängstlich und überfordert. Ruth und Rudi. Die Vergangenheit und der Tod. Gloria fühlt sich ihrem Leben nicht gewachsen, auch ohne Millennium-Nacht. Es ist zu viel. Viel zu viel.

«Das ist mir klar. Bitte denken Sie darüber nach. Am Honorar soll es auf keinen Fall scheitern, wir haben einige sehr wohlhabende Investoren. Sie hätten völlig freie Hand, könnten ganz nach Ihren Wünschen weitere Künstler oder Moderatoren engagieren. Wir rechnen mit sechshundertfünfzig prominenten Gästen. Es wäre Ihr Abend, Frau Wilhelmi.»

«Ich danke Ihnen für das Vertrauen, das ehrt mich wirklich sehr. Und ich verspreche Ihnen, darüber nachzudenken.»

«Lassen Sie mich bitte nicht zu lange warten.»

«Das werde ich sicher nicht. Sie hören Anfang nächster Woche von mir.»

Erdal platzt fast, als sie das Auto erreichen und die Direktorin sich endlich sicher außerhalb ihrer Hörweite befindet.

«Gloria! Das ist doch der Hammer! Was für ein fantastisches Angebot. Sag mir bitte, dass du keine einzige Sekunde darüber nachdenkst abzulehnen. Das ist doch wie für dich gemacht. Du könntest ein paar prominente Gäste einladen. Zum Beispiel mich!»

«Ich dachte, du hättest keine Lust mehr auf die Bühne?»

«Das war selbstverständlich gelogen. Du kennst mich doch, Gloria. Im Fernsehen habe ich mich zuletzt nicht mehr wohlgefühlt, die Eile, die Oberflächlichkeit, der Jugendwahn. Aber ich liebe das Rampenlicht und das Publikum. Und diesem menschenfeindlichen Koch heute zusehen zu müssen, das grenzte für mich an körperliche Folter.»

«Da hast du allerdings recht. Das würden wir besser machen.»

«Ich wäre sofort dabei. Und Rudi könnte sich während der

Vorbereitungen um die Buchhandlung kümmern. Das wäre doch perfekt. Wie lange bleibt er eigentlich?»
«Das weiß ich nicht.»
«Hoffentlich für immer. Er ist mir sehr ans Herz gewachsen.»
«Mir auch», sagt Gloria.
Es ist plötzlich kühl geworden.

RUDI

Er genießt die Gesellschaft der Stille und der Bücher. Nach all den Berufen, die Rudi hatte, kommt es ihm stimmig vor, sein Leben zwischen den Erzählungen anderer ausklingen zu lassen. Der Blick auf die Regale hat auf ihn eine ähnlich tröstende Wirkung wie der Blick aufs Meer. Er fühlt sich klein, aber aufgehoben, relativiert und dennoch ernst genommen. Angekommen und gleichzeitig bereits auf dem Weg. So viel Horizont, so viele Seiten. Und seine Geschichte nur eine von vielen.

Der Vormittag mit Leyla war eine Freude für Rudi gewesen. Vielleicht sah die junge Frau in ihm eine Art Großvaterersatz, jedenfalls war sie ihm mit Respekt, Eifer und Vertrauen begegnet, und Rudi hatte keinen Zweifel, dass sie den Stoff bis zur Prüfung nachholen können würden.

Der Nachmittag in der Buchhandlung war weniger ruhig gewesen, als es sonnige Montagnachmittage sonst waren. Gloria hatte das Schaufenster einladend und in Frühlingsfarben dekoriert. Reiseführer, Gartenbücher, Neuerscheinungen, Romane, Ratgeber, Kinderbücher und ein paar Klassiker. Sie hatte sich immer geweigert, eine Gewichtung zwischen Unterhaltungsliteratur und Literatur vorzunehmen. «Gute Seiten» war eine Buchhandlung für eine Kundschaft ohne Dünkel und ohne Berührungsängste, und in den ledernen Lesesesseln, die in den beiden Verkaufsräumen verteilt waren, saßen Krimileserinnen friedlich neben Kafka-Kennern und wurden Empfehlungen für Liebesromane, Gedichtbände und historische Sachbücher ausgetauscht.

Es ist kurz nach sieben, Rudi will gerade die Ladentür abschließen, als sich ein großer, schwarzer Schatten vor das Schaufenster schiebt und ein Auto direkt vor dem Geschäft auf dem Gehweg hält. Ein gigantischer Geländewagen. Münchner Kennzeichen. Ruth springt raus, zerrt Dagmar hinter sich her, reißt die Tür auf und stürmt herein wie eine Naturgewalt.

So viele Seiten. Und seine Geschichte nur eine von vielen.

Rudi fühlt sich an den Abend erinnert, als Gloria genauso aufgelöst in seine Kneipe gefegt war. Er will eine freundliche Bemerkung über die Begabung der Schwestern für große Auftritte machen, aber Ruths Gesichtsausdruck lässt ihn davon Abstand nehmen. Rudi erkennt sie kaum wieder. Die Haut aschfahl, der Mund weit aufgerissen, als würde sie an einem Schrei ersticken. Die Augen voller Entsetzen, sodass es selbst Rudi, der sich für leidlich unerschütterlich hält, angst und bang wird.

«Ich ersticke», flüstert Ruth, sie taumelt, Rudi kann sie gerade noch stützen und sanft auf einen der Sessel schieben. Er hockt sich neben sie und spürt dabei schmerzhaft seine Knie. «Ich kann nicht atmen.» Er versteht sie kaum, ihre Halsschlagader pulsiert, als würde sie gleich platzen, und ihre Stirn ist mit kaltem Schweiß bedeckt.

«Was ist passiert, Ruth? Hast du Schmerzen in den Armen oder in der Brust?» Sie schüttelt den Kopf, ihr rinnen Tränen aus den jetzt geschlossenen Augen. Rudi war lange genug Rettungswagenfahrer, um einen Herzinfarkt zu erkennen. Das hier ist keiner. Eine Panikattacke, wie Ruth sie schon im Elbtunnel gehabt hatte. «Ich bin gleich wieder bei dir.»

Unter der Kasse bewahrt Gloria noch ein paar restliche Plastiktüten auf, sie hat schon lange auf Stofftaschen umgestellt. Und gleich daneben im Schrank stehen die «Sundowner» – eine kleine Kollektion von Hochprozentigem für Abende, an denen der Ladenschluss mit einem Sherry, einem Cognac oder Ähnlichem begangen wird. Rudi greift nach dem Whisky, setzt sich neben Ruth, die nach Luft ringt und nun panisch Rudis Hand umklammert.

Nachdem Ruth drei Minuten in die Tüte mit der Aufschrift *Gute Seiten* geatmet und vorher zwei tiefe Schlucke aus der Flasche genommen hat, beruhigt sich ihr Atem, und eine Ahnung von Farbe kehrt in ihr Gesicht zurück. Sie hält immer noch Rudis Hand so fest, als würde sie über einem Abgrund hängen. Ihre Knöchel treten weiß hervor, und Rudis Finger beginnen allmählich zu schmerzen. Aber er wagt es nicht, seine Hand auch nur ein winziges bisschen zu bewegen. Wie Gloria damals erinnert ihn auch Ruth heute an eine mit feinen Haarrissen durchzogene Vase, die bei der kleinsten unvorsichtigen Bewegung in tausend Stücke zu zerspringen droht.

Zum ersten Mal fällt Rudi die Ähnlichkeit der beiden auf den ersten Blick so unterschiedlichen Schwestern auf. Die fast hochmütig geschwungenen, dunklen Brauen. Der Ausdruck von trotzigem Stolz um den Mund. Gloria und Ruth teilen diesen selbstzerstörerischen Unwillen, Schwäche zu zeigen. Sie neigen zum Lächeln, wenn es keinen Grund zum Lächeln gibt, und wenn sie weinen, sehen beide so aus, als würden sie sich dafür missachten und als sei jede Träne eine zu viel.

«Was ist passiert?», fragt Rudi.

«Entschuldige, ich wusste nicht, wohin. Ich konnte Gloria nicht erreichen, sie ist sicher noch bei Erdal in der Fastenklinik.»

In diesem Moment klingelt Rudis Telefon. Ruth wirkt beschämt, als sie seine Hand loslässt, damit er den Anruf entgegennehmen kann. Seine Finger fühlen sich taub an.

«Rudi? Ruth hat fünfmal versucht, mich zu erreichen, und jetzt geht sie nicht an ihr Telefon. Fatma hat auch keine Ahnung, wo sie ist. Sie sagt, Ruth sei einfach verschwunden.»

«Sie ist bei mir in der Buchhandlung.»

«Ist alles in Ordnung?»

«Mach dir keine Sorgen. Aber ich glaube, es wäre gut, wenn du vorbeikommen würdest. Sie ist sehr aufgewühlt. Bist du schon unterwegs nach Hause?»

«Ich bin schon fast da. Hatte bloß mein Handy noch auf lautlos, wegen des Vortrages. Gib mir zehn Minuten.»

«Gloria ist gleich hier», sagt Rudi und sieht Ruth dabei zu, wie sie ihre Fassung wiederherstellt, ihren Schmerz niederringt und schließlich ein wackeliges, schauriges Lächeln anknipst, als hätte sie sich selbst den Befehl dazu erteilt.

«Entschuldige», sagt sie, und Rudi hat mit nichts anderem gerechnet.

«Was soll ich entschuldigen?»

«Dass ich dich hier so überfalle. Diese Panikattacken kommen manchmal aus heiterem Himmel.»

«Du brauchst dich nicht zu entschuldigen. Was war denn der Auslöser?»

«Ach, es ist eigentlich gar nicht so schlimm», sagt Ruth, und ihre Fassade lächelt und bröckelt zeitgleich. Rudi kann das nicht mehr mit ansehen. Dieses ständige Verleugnen von Verletzungen, die andauernde Abwertung der eigenen Gefühle.

«Du ähnelst deiner Schwester. Gloria kann Mitgefühl auch nicht ertragen – weder von anderen noch von sich selbst. Ich kenne den Satz ‹So schlimm ist es nicht› sehr gut von ihr. Und ich kann ihn langsam nicht mehr hören. Manchmal geschieht Schlimmes. Und es wird nicht erträglicher oder weniger schlimm, wenn man die Zähne zusammenbeißt und behauptet, so schlimm sei es ja gar nicht. Das ist Betrug, Ruth. Du betrügst dich selbst. Du nimmst dich selbst nicht ernst. Du beleidigst und irritierst deine Psyche, indem du lächelst, obwohl dir zum Heulen zumute ist, und indem du dir ständig einredest, du würdest etwas Falsches fühlen. Doch, es ist schlimm, Ruth. Irgendetwas ist in deinem Leben passiert, was wirklich, wirklich schlimm ist. Gesteh dir das ein und hör endlich auf zu lächeln.» Rudi hält erschrocken inne. Es ist nicht seine Art, sich so hinreißen zu lassen, und es steht ihm überhaupt nicht zu, Ruth eine derart harsche Predigt zu halten. Vielleicht liegt es daran, dass ihm die Zeit knapp wird und er sich nicht mit dem Gefühl verabschieden will, Wesentliches sei ungesagt, Wichtiges sei ungetan geblieben.

Rudi kann es sich nicht mehr leisten, geduldig zu sein und auf ein wohlwollendes Schicksal, auf eventuelle Selbstheilungskräfte oder auf den gnädigen Lauf der Dinge zu hoffen. Er hat seiner Freundin Gloria lang genug dabei zugeschaut, wie sie sich selbst im Weg steht. Ruths Rückkehr ist eine einmalige Chance für beide, die Fäden ihres Lebens zu entwirren, die Vergangenheit zu klären und, wenn möglich, zu begraben. Und er, Rudi, der Todgeweihte, würde gern zum Totengräber dieser Vergangenheit werden.

Die Schwestern waren lange genug ängstlich umeinander herumgeschlichen, hatten sich vorsichtig beäugt und einen weiten Bogen um das offensichtlich zu klärende Problem gemacht. Nicht mal Karls Namen hatte eine von ihnen auszusprechen gewagt. Karl Westphal. Je mehr sie versuchten, ihn totzuschweigen, desto größer wurde seine Macht über sie.

Rudi würde nicht warten, bis die Schwestern einander mit versteinertem Lächeln irgendwann versichern würden, es sei eigentlich alles nicht so schlimm gewesen.

«Du hast recht, Rudi», sagt Ruth, die sich nun redlich darum bemüht, aufzuhören zu lächeln. «Es ist etwas sehr Schlimmes passiert. Weißt du eigentlich, wer mein Mann ist?»

«Ich weiß, wer dein Mann ist», sagt Rudi. Und in diesem Moment, der sich durch nichts angekündigt hat, geschieht etwas in seinem Kopf. Wie bei einem Küstenabbruch, wenn fester Boden ganz plötzlich den Halt verliert und innerhalb von Sekunden ins Meer stürzt, versinkt ein Stück von Rudis Welt. Er steht an der Abbruchkante und starrt auf das aufgewühlte Wasser. Er trauert. Aber er weiß nicht, worum. Er weiß, dass er etwas verloren hat. Aber er weiß nicht, was. Sein Kopf ist gespenstisch leer. Das Vergessen hat wie ein Raubtier einen Teil seiner Erinnerungen verschlungen.

«Hannibal», sagt Rudi, dabei wollte er gar nichts sagen. Der Name kommt ihm wie von selbst in den Sinn, ohne Sinn zu ergeben.

«Hannibal? Habt ihr ihn so genannt? Ja, das passt gut zu Karl.» Rudi schaut die Frau an, und es tut ihm unendlich leid, dass sie keine Bedeutung für ihn hat. Sie sieht so unglücklich aus, so als erwarte sie seine Hilfe. Ausgerechnet seine Hilfe. Irgendetwas Schlimmes ist passiert, das weiß er noch. Warum kann er sich nicht erinnern? Er hat sich verlaufen. Er findet den Weg nicht mehr.

In seinem Kopf kann er das Wichtige nicht mehr vom Unwichtigen trennen, das Vergangene nicht mehr vom Zukünftigen. Wie auf einem Frachter, auf dem sich bei starkem Seegang die Ladung gelöst hat, rutschen Worte und Satzfetzen, Daten und Bilder in seinem Hirn herum, und Rudi muss hilflos zusehen, wie einiges über Bord geht.

Abfahrt Travemünde. Wohin? Und wann? Wer ist Hannibal? Ein zerrissenes, rotes Kleid. Eine weinende Frau, deren Gesicht er meint zu kennen. Aber er kann sich nicht an sie erinnern. Wie heißt sie? Die Verzweiflung droht ihn mitzureißen. Was geschah am 15. Juli? Oder was wird geschehen? Liebknecht. Ohnsorgweg. Wo ist er zu Hause? Das Schiff wird ohne ihn ablegen. Er spürt sich versinken. Der Kapitän geht als Letzter von Bord. Rudi braucht etwas Vertrautes, etwas, woran er sich orientieren kann. Wenn ihm jetzt niemand hilft, wird er zusammen mit seinen Erinnerungen und allem, was ihn jemals ausgemacht hat, untergehen.

Das Klingeln der Ladentür lässt ihn herumfahren. Gloria. Sie ist da. Ihr Gesicht und ihr Name. Das Monster in Rudis Innerem zieht sich fauchend und speiend zurück und spuckt seine Beute

Er weiß, dass er etwas verloren hat.
Aber er weiß nicht, was.

wieder aus. Alles ist gut. Rudi weiß wieder, wo er ist. Die Buchhandlung. Ruth, Glorias Schwester. Das große Auto auf dem Gehweg. Atmen in die Tüte. Whisky. Hannibal. Noch ist nichts endgültig verloren. Noch nicht. Rudi muss sich beeilen. Seine Zeit läuft ab.

«Karl Westphal», sagt er zu den beiden Schwestern. «Ihr müsst endlich über Karl Westphal sprechen und über das, was er euch angetan hat.»

Gloria nickt, schließt die Tür, und es kommt ihr vor, als würde in diesem Moment etwas aus Rudis Gesicht verschwinden, was sie dort noch nie zuvor gesehen hat. Was war das? Leere, Teilnahmslosigkeit, Kälte? Der Ausdruck macht sich davon wie ein Einbrecher, der sich, auf frischer Tat ertappt, eilig durchs Fenster hinausschlängelt. Rudi lächelt sie warmherzig und irgendwie erleichtert an. Gloria lächelt zurück. Aber ein Unwohlsein bleibt und eine ungefähre Ahnung von Schrecken.

Zur selben Zeit schaltet Karl Westphal sein Handy wieder ein. Einer der Nachtportiers hat sich als eingefleischter *Hauptkommissar Hansen*-Fan erwiesen und sich bereit erklärt, für vier Autogrammkarten mit persönlicher Widmung beide Augen zuzudrücken und die Schublade mit den Gästehandys eine Stunde unverschlossen zu lassen.

Karl scrollt durch seine neuen Textnachrichten, bis er auf eine von «Marc Schmidt» stößt. Na also, Fatma hat sich gemeldet. Seine Unruhe war unbegründet gewesen. «*Aslanim! Wie schön, von dir zu hören! Keine Sorge, Geduld ist meine größte Stärke. Oder Schwäche? Und ich würde dich liebend gern besuchen. Aber wo steckst du? Ich vermisse dich und freue mich unendlich auf dich! Stellina.*»

Braves Mädchen. Karl hatte ihr eingeschärft, niemals Nachrichten an ihn mit ihrem Namen zu unterschreiben oder ihn mit seinem richtigen Namen anzusprechen. Der Kosename *Aslanim*, was auf Türkisch «mein Löwe» bedeutet, scheint ihm mehr als passend und gibt ihm außerdem das entscheidende, exotische, männlich-triebhafte Liebhabergefühl, das ihm seine Frau definitiv nicht vermittelt.

Er hatte Fatma gegenüber ein wenig übertrieben und Ruth als rachsüchtige und psychotische, womöglich suizidgefährdete Person dargestellt. Diese Taktik hatte sich schon in der Vergangenheit bewährt. Niemand erwartete von ihm, eine kranke Frau zu verlassen, da waren Frauen auf geradezu lächerliche Weise verlässlich solidarisch. Karls Bitte um Vorsicht und absolute Diskretion war stets auf vollstes Verständnis gestoßen. Frauen. Wirklich kein Buch mit sieben Siegeln.

Noch keine Nachricht von Ruth. Wahrscheinlich besteht trotzdem kein Grund zur Sorge. Sie weiß ja, dass er nicht erreichbar ist, und ist bestimmt schon dabei, die Wohnung akribisch von Hundehaaren zu reinigen.

Karl lächelt bei dem Gedanken an Ruth. Sie ist eine gute, ehrliche Haut. Und er weiß das durchaus zu schätzen. Sie würde alles für ihn tun. Ruth hat niemanden außer ihm. Dafür hat Karl gesorgt.

Karl notiert sich Fatmas Handynummer, um sie später in Ruhe von seinem Zimmer aus anzurufen. Er will gerade beruhigt sein Telefon wieder ausschalten, als ihm einfällt, dass er kurz nachschauen könnte, ob seine Frau und seine Freundin auch wirklich dort sind, wo er sie vermutet. Er hat die Dinge stets gern an ihrem für sie vorgesehenen Platz. Das gilt für Schlüssel, Socken, Werkzeuge genauso wie für Gattin und Geliebte. Alles fein säuberlich getrennt. Als die App die Ortung beginnt, sieht er zunächst noch die Positionen, wo sich die beiden Telefone bei seiner letzten Abfrage vor einer Woche befunden hatten: die eine im Zentrum Münchens am Englischen Garten, Maria-Theresia-Straße 7, das Penthouse. Blick über die Isar. An Föhn-Tagen bis zu den Alpen. Die andere in Taufkirchen, Banater Straße 5, in irgendeiner wahrscheinlich eher unwirtlichen Dreizimmerwohnung, die Karl noch nie betreten hat und auch nie betreten würde. Er hat nicht vor, seine wunderbare Affäre durch zu viel Realität zu belasten. Und Taufkirchen ist ihm definitiv zu nah dran an der Hefe des Volkes. Da gefällt ihm die Thomas-Gottschalk-Suite im *Bayerischen Hof* deutlich besser – zumal er dort einen Rabatt rausgehandelt hat, der sich sehen lassen kann.

Karl pfeift leise und gut gelaunt vor sich hin, während sein Handy ortet. Er hat bestimmt schon vier Kilo abgenommen, und mit etwas Glück würde Fatma ihn in den nächsten Tagen besuchen. Wenn nicht, wird er sie demnächst auf Sylt treffen, wo er einen Nachdreh für *Hauptkommissar Hansen* hat. Zwischendurch will Karl bei Ruth in München nach dem Rechten sehen. Ein bisschen wohldosierte Zuwendung hat sie sich redlich verdient. Er ist ja kein Unmensch, denkt er zufrieden, während sich auf seinem Handy die Deutschlandkarte mit den lokalisierten Geräten aufbaut.

Er betrachtet einen Augenblick lang verblüfft das Display. Sein Hirn stolpert der visuellen Information hinterher, dann fällt der Groschen, und Karls Lächeln verabschiedet sich zügig und grußlos aus seinem Gesicht. Hamburg? Beide Frauen befinden sich in Hamburg. Fatma ist an der Alster, Ruth in einem Geschäft namens *Gute Seiten* in Ottensen. Die Standortbestimmung ist auf zwanzig Meter genau, und Karl wird klar, dass er jetzt sehr schnell handeln muss.

Er weiß alles über Maria Lorenz, die Frau, die heute Gloria Wilhelmi heißt, die vor zehn Jahren in das Haus ihrer Großeltern gezogen ist und eine Buchhandlung eröffnet hat. Karl hatte immer befürchtet, dass sie irgendwann wieder aus der Versenkung auftauchen und versuchen würde, Ruth zu manipulieren und gegen ihn aufzubringen. Er hat seine alte Feindin nie aus den Augen gelassen. Sie hatte ihm in der Hochzeitsnacht ihr wahres Gesicht gezeigt, und Karl hatte nicht den Fehler gemacht, Maria zu unterschätzen. Es hatte ihn einiges an Aufwand gekostet, ohne Ruths Wissen das Erbe auszuschlagen. Die alte Pütz hatte ihren Nichten das Haus im Ohnsorgweg zu gleichen Teilen hinterlassen – zum

Glück war die Benachrichtigung des Nachlassgerichts, wie alle an Ruth adressierte Post, in Karls Büro gelandet. So ein Besitz hätte Ruth innerlich zerrissen, und der Kontakt zu ihrer Schwester wäre Gift für sie gewesen. Vielleicht war es nicht ganz rechtens gewesen, dass er, nicht zum ersten Mal, Ruths Unterschrift gefälscht und in diesem Fall unter die Erbausschlagung gesetzt hatte. Aber es war auf jeden Fall richtig gewesen. Karl war bereit, alles zu tun, um seine Frau und seine Ehe zu schützen.

Und jetzt ist es dieser Hexe irgendwie gelungen, sowohl Ruth als auch Fatma nach Hamburg zu locken. Was hat sie vor, diese kranke Nutte, die schon vor fünfzehn Jahren versucht hatte, sein Leben und seine Ehe zu zerstören?

Ihm tritt der Schweiß auf die Stirn. Er muss nachdenken. Und er muss handeln. Karl muss sich beeilen. Die Zeit läuft ihm davon.

RUTH

Ich möchte dir etwas zeigen.» Wir sitzen auf der Veranda. Weißes Holz, von Wein umrankt, Dämmerung. «Wie in ‹Vom Winde verweht›», hat Oma Guste immer gesagt. Sie hat hier jeden Abend sogar bei Minusgraden in ihrem verwitterten Schaukelstuhl einen Schlummertrunk in Form einer heißen Whisky-Milch mit Honig und etwas geriebener Muskatnuss zu sich genommen. «Na, Scarlett», hat Opa Roman meist gesagt und sich noch einen Moment zu ihr gesetzt.

Gloria hatte ein paar Laternen und Kerzen angezündet, Gläser, Wein und Wasser auf den Tisch zwischen uns gestellt. Dann hat sie sich zurückgezogen. Auch Rudi ist im Haus. Es tut mir gut zu wissen, dass die beiden in der Nähe sind. Eine Lichterkette mit warm leuchtenden, weißen Kugeln ist um das Geländer gewunden, die Bäume im Garten wiegen sich in der Nacht wie schlafende Riesen, und ich empfinde die Schönheit dieses vertrauten Ortes in diesem Moment wie Hohn.

Ein boshafter Hinweis des Schicksals darauf, dass hier das bessere Leben vergeblich auf mich gewartet hat. Jahrelang. Und jetzt ist es zu spät, und das Leben, das ich hätte führen können, war vorbeigegangen, ohne dass ich es gelebt hatte. Ich hatte mich anders entschieden. Ich hatte mich falsch entschieden.

Und ich kann jetzt nicht so tun, als wäre ich völlig ahnungslos gewesen. Denn das Gefühl, dass ich meine Bestimmung und das für mich vorgesehene Glück verpasst hatte und in einer für mich ungeeigneten Existenz gelandet war, hat mich nie verlassen. Aber irgendwann war ich so lange in der falschen Richtung unterwegs gewesen, dass ich dachte, das Umkehren würde sich nicht mehr lohnen.

Ich habe mich immer mal wieder weggeträumt aus meinem makellosen Penthouse, in dem alles entweder aus Glas, Marmor oder Räuchereiche war. Ein riesiger Esszimmertisch, an dem einmal im Jahr der Regisseur von *Hauptkommissar Hansen* mit seiner Frau Platz nahm. Ein Fitnessraum statt eines Kinderzimmers. Ein begehbarer Kleiderschrank und eine Video-Gegensprechanlage. Ein Heim ohne Heimatgefühl, ohne Anschrift und ohne Briefkasten. «Wenn erst der Postbote weiß, wo ich wohne, dann weiß es die ganze Welt», hatte Karl gemeint. Unsere ganze Post war schon immer direkt in sein Büro gegangen. Karl wollte Anonymität. Für mich war das ein Synonym für Einsamkeit.

Unsere Wohnung hatte nichts mit dem zu tun, woher ich kam oder wonach ich mich sehnte. Heimlich hatte ich Suchaufträge bei sämtlichen Immobilienportalen eingegeben. Ich hatte online Reihenhäuser im Grünen besichtigt. Kinderzimmer mit Dachschrägen und Mobiles in den Fenstern. Villen mit Holzveranden und großen Gärten. Wohnküchen und Treppenhäuser. Aufwachen vom Vogelgezwitscher statt vom Lärm der Straße. Sprossenfenster statt Panorama-Scheiben mit Raubvögel-Aufklebern.

Ich muss wieder und wieder an den Satz denken, den Gloria auf der Beerdigung unserer Mutter so wutentbrannt und verzweifelt zu mir gesagt hatte: «Es schnürt mir die Kehle zu, wenn ich daran denke, wer unsere Mutter hätte sein können, wenn sie unserem Vater nicht begegnet wäre.»

Jetzt schnürt es mir die Kehle zu, als ich daran denke, wer ich hätte sein können, wenn ich Karl Westphal nicht begegnet wäre. Ich greife in meine Jackentasche, lege das zerrissene Foto auf den Tisch und setze es vor Fatmas Augen zusammen, dieses Mal komplett.

«Das ist mein Mann», sage ich bemüht sachlich und erwarte Fatmas Reaktion. Ich rechne mit einem Gefühls-Taifun. Mit Unverständnis. Entgeisterung. Mit Scham. Vielleicht Wut.

Nichts davon geschieht. Fatmas Gesicht bleibt völlig regungslos. Hart und kühl. Voller Ablehnung. Ich erkenne sie kaum wieder. Wie eine in Stein gemeißelte Version ihrer selbst.

«Woher hast du das Foto?», sagt sie nach einigen Momenten des Schweigens.

«Du hast es im Drogeriemarkt in der Sendlinger Straße vergessen. Ich war zur selben Zeit dort und habe es zufällig gefunden.»

«Zufällig?» Fatma lacht nervös auf. «Das glaubt doch kein Mensch. Seit wann spionierst du mir schon nach? Du hast mich mit Absicht hierhergelockt und einen auf gute Freundin gemacht.» Plötzlich meine ich fast so etwas wie Angst in Fatmas Stimme zu hören. Was hat ihr Karl über mich erzählt?

«Es geht nicht darum, ob du mir glaubst, Fatma. Ich verurteile dich nicht. Ich möchte nur die Wahrheit wissen.»

«Die kennst du doch schon», sagt Fatma mit einem trotzigen Blick auf das Foto, dessen Einzelteile der Nachtwind ein wenig durcheinandergebracht hat.

«Es geht mir nicht um eure Affäre. Es wundert mich nicht, dass Karl mich betrügt, und er tut es bestimmt nicht zum ersten Mal. Es tut mir nur wahnsinnig leid, dass du es bist. Für uns. Und für dich. Mir geht es um etwas ganz anderes. Bist du ganz sicher, dass Karl keine Kinder zeugen kann?»

«Wie bitte? Bist du jetzt völlig übergeschnappt? Karl hat mich vor dir gewarnt. Ich hätte auf ihn hören sollen.» Fatma steht auf. Sie starrt mich entsetzt an. Wen sieht sie? Was für ein Monster hat mein Mann aus mir gemacht? Ich weiß ja, wie überzeugend Karl sein kann und wie geschickt er seine Macht einsetzt, um sich auf-

und andere abzuwerten. Diesmal hat es mich erwischt. Ich sehe in Fatmas Augen, dass es ihr vor mir graut.

Ich sehe in ihr immer noch die Frau, die vor wenigen Stunden mit mir einen Ballon hat steigen lassen und die meine Freundin hätte werden können. Wenn sie nicht bereits die meines Mannes gewesen wäre. Ich empfinde ihr gegenüber keinen Hass und keine Eifersucht. Nur Kummer darüber, dass Karl auch diese beginnende Beziehung zerstört hat. Ich werde nicht zulassen, dass er noch mehr Schaden anrichtet. Zumindest nicht in meinem Leben oder dem, was er davon übrig gelassen hat.

«Bitte bleib. Was meinst du damit, er hat dich gewarnt?»

«Karl hat mich vor einer Stunde angerufen, um mir zu sagen, dass du alles über uns rausgefunden hast. Er konnte kaum glauben, dass ihr mich nach Hamburg gelockt habt. Das hätte selbst er euch nicht zugetraut. Karl hat mir dann auch deine Nachricht an ihn vorgelesen. Dein Betteln, dass er dich nicht verlassen soll, und deine Drohung, dass du mir Lügen über ihn erzählen wirst, um unsere Beziehung zu zerstören.»

«Ich habe Karl keine Nachricht geschrieben.»

«Er wusste, dass du das sagen würdest. Er hat mich angefleht, mich nicht auf dieses Treffen mit dir einzulassen. Aber ich konnte nicht glauben, dass du wirklich so gemein und verdreht bist. Normalerweise täusche ich mich nicht in Menschen. Zumindest nicht in Frauen.»

«Karl hat dir eingeredet, ich sei verrückt und krankhaft eifersüchtig. Ich kenne seine Masche. Mir hat er auch vieles eingeredet. Unter anderem, dass meine Schwester versucht hat, ihn auf unserer Hochzeit zu verführen, und dass ich keine Kinder bekommen kann. Verstehst du, was das bedeutet?»

«Nein, ich verstehe nicht, was das bedeutet. Das ist doch alles total krank!»

«Allerdings ist das krank. Karl hat mich belogen. Und er hat meine Familie zerstört, damit ich bei ihm bleibe. Ich hätte ein Haus, eine Schwester und Kinder haben können!» Mir entgleiten Stimme und Fassung, und wieder überfällt mich diese unerträgliche, unfassbare Verzweiflung angesichts meines mutwillig zerstörten Lebens. Das Entsetzen darüber nimmt mir erneut die Luft zum Atmen. So wie ein paar Stunden zuvor auf den Alsterwiesen, als mir allmählich klar geworden war, was Karls Nachricht an Fatma bedeutete. Als sich das ganze grässliche Bild vor meinen Augen Teil für Teil langsam zusammengesetzt hatte: Fatmas Erzählung von ihrem Geliebten. Aslanim. Der kastrierte Löwe. «Total tote Hose.» Blauer Himmel. Ihre Sätze, die da noch harmlos geklungen, die noch nichts mit mir zu tun gehabt hatten. Seine kranke Frau, die er lieber heute als morgen verlassen würde. «Er hat sich schon vor Urzeiten sterilisieren lassen.» Meine neue Freundin. Ihr Lachen. Der Wein. «Verhütung ist damit schon mal kein Thema. Praktisch, nicht wahr?» Dann die Nachricht. «Stellina. Hab Geduld mit mir. Ich liebe dich.»

Es hatte nicht an mir gelegen. Ich hätte Kinder haben können. Karl hatte mir mein Leben genommen. Ich war losgerannt. Von Sinnen. Gejagt von der Erkenntnis. Zum Auto. Wie auf der Flucht. Ich hatte versucht, meine Schwester zu erreichen. War sie auch ein Opfer? Karls Opfer? Hatte er uns beide belogen? Was hatte er bloß getan? Gab es eine Erklärung für all das? Irgendeine Erklärung, die erträglich gewesen wäre? Ich hatte um Luft und um irgendeine Form von Trost oder Begreifen gerungen, war wie ferngesteuert zur Buchhandlung gefahren und hatte direkt davor geparkt. Ich hatte Halt gesucht, und der wackere, gute Sozi hatte mich aufgefangen.

«Karl hat mir eben alles von eurer kaputten Familie erzählt», sagt Fatma jetzt. Sie steht immer noch fluchtbereit da, und ich zwinge mich, tief ein- und auszuatmen zu ihrer und zu meiner Beruhigung. Ich will nicht, dass sie geht. «Auch von der Hochzeitsnacht, wo Gloria ihn provoziert und auf dem Klo geradezu angefallen hat. Das ist so widerlich.»

«Karl hat versucht, sie zu vergewaltigen.»

«Wie bitte? Das glaubst du doch wohl selbst nicht!»

«Ich habe es fünfzehn Jahre lang nicht geglaubt. Karl hat Nachrichten von meiner Schwester gefälscht und ihre Briefe vernichtet. Er hat sogar mein Erbe ohne mein Wissen ausgeschlagen. Das alles weiß ich seit ein paar Stunden.»

«Und du glaubst deiner Schwester? Auf einmal ist Karl der Böse, der sich das alles nur ausgedacht hat? Warum sollte er das getan haben? Ich bitte dich, Karl ist doch kein Verbrecher. Vergewaltigung? Du machst dich ja lächerlich. Als hätte er das nötig.»

«Rudi hat sich in der Tatnacht um Gloria gekümmert. Er hat zusammen mit ihr versucht, mich zu finden.»

«Was beweist das schon?»

«Er hat ihr zerrissenes Kleid gesehen.»

«Sie hat es selbst zerrissen.»

«Am Rücken? Sie hatte blutunterlaufene Handgelenke.»

«Karl musste sich wehren. Er muss sich bis heute wehren. Gegen dich und deine geisteskranken Vorwürfe. Gegen Gloria, die nie darüber hinweggekommen ist, dass er dich ihr vorgezogen hat. Gegen seine eifersüchtige Kollegin Tomuschat, die hinter ihm herschnüffelt und ihn aus seiner eigenen Serie rausmobben will. Wahrscheinlich steckt ihr alle unter einer Decke. Ich halte ja viel von Frauenpower. Aber ihr seid rachsüchtige Hexen. Das hat nichts mehr mit Emanzipation zu tun. Das ist einfach nur kranke Scheiße!»

«Fatma, ich wollte zwei Jahrzehnte lang die Wahrheit genauso wenig erkennen wie du jetzt. Niemand kann dich besser verstehen als ich. Du willst mir nicht glauben. Du kannst mir nicht glauben. Nichts davon passt zu dem Karl, den du kennst. Oder zu kennen glaubst. Ich hoffe, du kapierst schneller als ich, mit wem du es wirklich zu tun hast. Aber das geht mich alles nichts mehr an. Ich will nur wissen, ob ich hätte Kinder haben können.»

«Ruth, du bist krank, lass dir bitte helfen. Karl weiß, dass du deine Tabletten heimlich abgesetzt hast. Ich glaube, er hätte alles für dich getan. Und er hätte dich nie verlassen, weil er ein anständiger Mann ist, der zu seinem Wort steht. Aber jetzt bist du zu weit gegangen. Du tust mir nur noch leid.»

«Ich habe nie Tabletten genommen. Und ich brauche auch kein Mitleid. Du bist Karls neues Opfer, Fatma, versteh das doch!»

«Mir reicht's. Ich hau jetzt aus diesem Irrenhaus ab. Habt ihr Rudi und Erdal auch benutzt und getäuscht? Bestimmt. Mein Cousin hätte da niemals mitgemacht. Das ist so zum Kotzen! Ich schnappe mir jetzt meine Tochter und mache, dass ich hier wegkomme. Ihr seid doch alle nicht ganz dicht!»

Fatma stürmt ins Haus und die Treppe hoch.

Ich will aufspringen und ihr nachlaufen, sie anflehen, zu bleiben, mir zu glauben. Aber meine Beine funktionieren nicht. Alles an mir ist leb- und kraftlos. Wie ein Ballon, aus dem alle Luft entwichen ist. Ein schrumpeliger Haufen Müll. Der Traum vom Fliegen? Kurz. Vorbei.

«Kikeriki!»

Mein Handy. Der gerupfte Hahn kräht auf dem letzten Loch. Ich gehe ran.

«Du hast mich belogen. Ich hätte Kinder haben können.»

Meine Stimme klingt kraftlos und müde.

«Na und? Du hattest mich. Und ich wollte keine Kinder. Noch nie. Thema erledigt. Hör auf, dich wie eine Bekloppte zu benehmen, Ruth. Deine Schwester hat dich gegen mich aufgehetzt. Die verspritzt Gift, weil sie eine verbitterte, schwitzende, alte Frau ist, die dir dein Glück nicht gönnt. Kapier das endlich! Du kommst jetzt sofort mit mir nach München zurück, Ruth. Ich bin schon unterwegs, um dich zu holen. Wenn ich in fünf Minuten vor der Tür stehe, steigst entweder du bei mir ein oder Fatma. Ganz wie du willst. Deine Entscheidung. Aber eins sage ich dir: Das ist deine letzte Chance.»

«Karl?»

«Was denn noch?»

«Du bist nicht gut genug für mich.»

Ich lege mein Telefon auf den Tisch, und während ich Karl noch am Ende der Leitung abwechselnd zetern und höhnisch lachen höre, greife ich nach einem der Kerzenleuchter, hole aus und bringe meinen Mann für immer zum Schweigen.

Thema erledigt.

Einen Stock höher, im Zimmer über der Veranda, hat der gute Sozi vor wenigen Minuten einen sehr geraden, sehr säuberlichen Strich gemacht. Hannibal hat seinen eigenen Kopf und sich nicht an die Prognose der Ärzte gehalten. Rudi spürt ihn in seinem Schädel mehr und mehr Raum einnehmen, wie ein Untermieter, der unverfroren allmählich Zimmer für Zimmer okkupiert. Rudi wird seine letzte Reise früher als geplant antreten müssen. Seine Hand hat nicht gezittert, als er zum Kugelschreiber gegriffen, seinen Kalender aufgeschlagen und entschlossen eine Linie gezogen hat:

~~Mein letzter Tag.~~

Ein Krachen von draußen lässt Rudi aufhorchen. Er tritt auf den Balkon hinaus und hört die beiden Schwestern auf der Veranda leise miteinander sprechen. Ruth schluchzt. Er kann nur ahnen, was in dieser gepeinigten Frau vorgehen muss, nachdem sie von dem ungeheuerlichen Betrug ihres Mannes erfahren hat. Dieser böse Mensch hat so entsetzlich viel Unheil angerichtet – am liebsten hätte Rudi ihm Hannibal und ein Dutzend seiner Kumpels auf den Hals gehetzt.

Rudi blickt in den Garten hinunter, wo Gloria und Ruth jetzt schweigend und untergehakt über den Weg in Richtung Park gehen. Auf dem Kies klingen ihre Schritte vernehmlich durch die Dunkelheit. Ein vornehmes Geräusch. Die Gartenbeleuchtung taucht die beiden in ein etwas surreales Strahlen, wie in der letzten Szene eines künstlerisch wertvollen Films mit offenem Ende.

Im ersten Stock der Remise, am Rand des Grundstücks, schimmert Licht zwischen den Zweigen des Pflaumenbaums hindurch. Johann muss gerade aus Berlin zurückgekommen sein. Rudi fühlt sich geborgen. Trotz all des Leids, das hier auf engstem Raum zusammenkommt. Es ist ein guter Ort.

Kurz nach zehn. Ein leichter Regen hat eingesetzt, und Rudi überlässt sich einen Moment lang der ihn selbst verwundernden Vorstellung, der Nachthimmel würde um ihn weinen. Der gute Sozi amüsiert sich über seinen neuen Hang zur Rührseligkeit. Macht Sterben sentimental?

Vielleicht, denkt er, haben Tumore, so wie Menschen, gewisse Persönlichkeitsmerkmale. Und jetzt, wo er und Hannibal langsam eins werden, verschmelzen womöglich auch ihre Charaktereigenschaften miteinander. Vielleicht ist Hannibal gar nicht so bösartig, wie er von den Ärzten beschrieben wurde. Vielleicht ist er ein sentimentaler, greiser Geselle, den es auf seine letzten Tage in Rudis Hirn, das Altenteil für ein todgeweihtes Glioblastom, verschlagen hatte. Hier sind sie nun, auf Gedeih und Verderb einander ausgeliefert. Mitgehangen, mitgefangen. Überleben würden sie beide nicht. Warum nicht Freundschaft schließen?

Rudi und Hannibal. Der rationale Mensch und sein romantischer Hirntumor. Rudi lächelt, und Hannibal antwortet mit einem leichten, kurzen Druck, als wolle er sich bei seinem Gastgeber für dessen Verständnis bedanken. «Schon gut», murmelt Rudi belustigt, «du hast es ja auch nicht leicht.»

Der Regen wird stärker. Die Schwestern stehen im Schutz des Pflaumenbaums. «Schade», denkt der gute Sozi, «das mit dem Pflaumenkuchen wird wohl nichts mehr.» Und jetzt ist er sich nicht mehr ganz sicher, ob nur der Himmel weint oder auch Hannibal, der traurige Tumor. Ein Auto hält vor dem Haus und bleibt mit laufendem Motor stehen.

«Scheiße!» Aus dem Treppenhaus klingt Leylas Fluch, begleitet von einem bedrohlichen Rumpeln. Rudi durchquert sein Zimmer, wischt sich den Regen und die Tränen aus dem Gesicht, öffnet die Tür und sieht, wie sich das Mädchen auf der Treppe mit seinem riesigen Koffer abmüht.

«Deja que te ayude. Lass mich dir helfen.»

«Ach Rudi, hier sind irgendwie alle total durchgedreht», sagt Leyla und überlässt ihm ihr Gepäckstück von schlachtschiffartigen Ausmaßen. «Völlig verrückt! Totalmente despistado!»

«Despistado heißt vergesslich. Es muss ‹totalmente loco› heißen», sagt Rudi und lächelt die aufgebrachte Leyla an. «Alles in Ordnung?»

«Mama will, dass wir sofort abreisen. Keine Ahnung, warum. Die dreht völlig am Rad. Weißt du, was hier los ist?»

«Ich kann es mir ungefähr denken, aber wir beide sollten uns da lieber raushalten.» Rudi wuchtet den Koffer die Treppe hinunter.

«Und wie soll ich jetzt mein mündliches Abi bestehen?»

«Das schaffst du. Du bist viel besser, als du denkst.»

«Warte, Sozi, ich mach dir auf!» Leyla drängt sich an Rudi vorbei. «Mama wartet schon draußen auf mich.» Leyla öffnet die Haustür. «Sind Sie der Taxifahrer? Würden Sie bitte mein Gepäck nehmen?»

Rudi stellt den Koffer ab und blickt in das Gesicht des Fahrers. Er hat den Mann noch nie gesehen. Aber er weiß genau, wer er ist.

Der gute Sozi empfindet eine ungeheure, stille Freude, eine tiefe und erfüllende Genugtuung, als er ausholt und Karl Westphals Nasenbein mit einem satten und vollkommenen Krachen bricht.

Wie schön, dass ich das noch erledigen konnte, denkt Rudi und schließt beschwingt die Tür.

Der gute Sozi empfindet eine ungeheure, stille Freude, eine wunderbare, tiefe und erfüllende Genugtuung, als er ausholt ...

ERDAL

«Das ist nicht angenehm.»

«Das soll es auch nicht sein.»

«Es ist sogar ausgesprochen widerlich.»

«Sie werden sich daran gewöhnen. Es sieht schlimmer aus, als es ist.»

«Ich bin ein Augenmensch. Für mich ist allein der Anblick eine Zumutung.»

«Sie sind ja nicht zum Essen hier. Versuchen Sie, sich zu entspannen. Die Tiere sind sehr empfindsam. Sie reagieren auch auf Stress. Im schlechtesten Fall geben sie vor lauter Aufregung Darminhalt in die Bisswunde ab. Das wollen wir vermeiden. Ich denke, es wäre gut, wenn Sie während der Therapie schweigen würden, Herr Küppers. Ich beginne jetzt.»

Es ist acht Uhr morgens, Erdals Kreislauf ist noch nicht richtig angesprungen, und er verwünscht den Moment, als er sich gedankenlos zur Blutegel-Behandlung angemeldet hatte. Ruth hatte ihm vor zwei Tagen eindringlich zugeraten, sie habe gute Erfahrungen gemacht, ihre Rückenschmerzen seien danach deutlich besser gewesen.

Der Heilpraktiker, ein schlaksiger, gänzlich unbehaarter Mann, der selbst an einen überdimensionierten Egel erinnert, fischt die schleimigen Kreaturen aus einem Einmachglas und platziert sie der Reihe nach um Erdals Knie herum. Mit einem kaum spürbaren Piks beißen sie sich fest, strecken sich, schmiegen sich auf obszöne Weise an Erdals Haut und beginnen damit, sich mit Blut vollzusaugen.

«Na los, Brutus, beiß», sagt der Egel-Mann zärtlich, als er den fünften Bluthund auf sein Opfer hetzt.

«Sie geben den Tieren Namen?», haucht Erdal und bemüht sich, nicht in Ohnmacht zu fallen. Er kann sich kaum erinnern, jemals etwas Furchtbareres erlebt zu haben. Er starrt wie gebannt auf seine von Egeln umzingelte Kniescheibe, deren leichte Arthrose ihm jetzt völlig vernachlässigenswert erscheint.

«Ich nenne sie alle Brutus. Man kann ja keine wirkliche Beziehung zu ihnen aufbauen, weil man sie nur einmal verwenden darf.»

«Und dann?»

«Dann werden sie getötet. Wir erledigen das im Millennium Medical in der Tiefkühltruhe. Danach geht's ab in den Gewerbeabfall.»

«Gewebeabfall?» Erdal spürt, wie die Schwäche ihn übermannt, allein der Ekel hält ihn bei Bewusstsein.

«Gewerbeabfall. Wir verbrauchen hier bei uns bis zu hundertfünfzig Blutegel am Tag. Da kommt ganz schön was an toter Masse zusammen.»

«Ich glaube, mir wird schlecht. Können wir bitte aufhören?»

«Das geht jetzt nicht mehr. Blutegel darf man nicht mit Gewalt entfernen. Dann bleiben ihre Zähne stecken, und die Bisswunde entzündet sich. Atmen Sie einfach tief ein und aus und entspannen Sie sich. Denken Sie an den Nutzen der Behandlung.»

«Wie lange wird das Ganze ungefähr dauern?»

«Unterschiedlich. Manche fallen nach zwanzig Minuten ab, andere brauchen zwei Stunden, bis sie vollgesogen sind.»

«Zwei Stunden? Das halte ich auf keinen Fall aus!»

«Das schaffen Sie schon. Ich schaue später noch mal nach Ihnen.»

«Sie wollen mich mit diesen Bestien alleine lassen? Nur über meine Leiche!» Erdal richtet sich halb auf seiner Liege auf, die ihm jetzt mit einem Mal wie eine Totenbahre vorkommt, und greift in Panik nach dem Arm des Therapeuten.

«Herr Küppers, ich bitte Sie, nehmen Sie sich zusammen. Sie machen den Egeln Angst und den anderen Patienten auch. Die Wände der Behandlungs-Kabinen sind nur aus Stoff, man hört hier jedes Wort. Und lassen Sie mich bitte los. Das ist gegen die Hygienebestimmungen.»

Erdal lässt sich theatralisch seufzend zurückfallen und schließt die Augen. Er ist noch nie gut darin gewesen, sich dem Schicksal zu überlassen und sich demütig in Situationen zu fügen, die ihm unerträglich erscheinen. Tatsächlich hat seinetwegen einmal eine voll besetzte Boeing 747 den Start abbrechen und umkehren müssen. Erdal war, von seiner Flugangst übermannt, in Panik aufgesprungen, hatte an der Kabinentür gerüttelt und wie von Sinnen geschrien: «Ich will hier raus!!! Ich will nicht sterben!!!»

Bis man zum Terminal zurückgerollt war, Erdal aus der Kabine und seinen Koffer aus dem Gepäckraum des Flugzeugs entfernt hatte, war eine gute Stunde vergangen, und er hatte sich unter den vierhundertsechsundsechzig Passagieren womöglich nicht viele Freunde gemacht. Drei Mitreisende allerdings, zwei Frauen und ein junger Mann, waren durch Erdals Angstattacke so inspiriert worden, dass sie ebenfalls Panik bekommen und mit ihm die Maschine verlassen hatten.

Interessanterweise hatte der Vorfall Erdals Fernsehkarriere nicht geschadet, ganz im Gegenteil. Die Talkshow *Erdal kocht nicht*, die er zu jener Zeit noch moderierte, hatte nach der sachlich nicht ganz korrekten BILD-Schlagzeile «TV-Star zwingt Jumbojet zur Notlandung!» einen wahren Boom erfahren. Das YouTube-Video einer Passagierin aus dem Flugzeug, das den verzweifelten Erdal an der Kabinentür zeigte, war viral gegangen, Erdal war in sämtlichen Talkshows zum Thema «Angst und Panikattacken» zu Gast gewesen und hatte ein sehr lukratives Werbeangebot für ein marktführendes, pflanzliches Beruhigungsmittel bekommen und nicht abgelehnt.

Nein, er konnte wirklich nicht sagen, dass ihm seine Schwächen und das unbedingte Zulassen und Ausleben derselben zum Schaden gereicht hätten. Menschen lieben Menschen mit Problemen, dann fühlen sie sich nicht so allein mit ihren eigenen. Und die Probleme von Prominenten stehen ganz besonders hoch im Kurs.

Mal amüsiert, mal verärgert beobachtete Erdal den Trend zur Schwäche in den sozialen Medien. Seit sich herumgesprochen hat, dass Perfektion out und Natürlichkeit in ist, versuchen makellose Influencerinnen, so lange an ihren hauchdünnen Oberschenkelchen rumzuquetschen, bis ein angeblicher Beweis für Orangenhaut erbracht scheint. Schattenseiten haben Hochkonjunktur. Wohl dem, der nicht lange nach ihnen suchen muss.

Erdal war es immer viel zu anstrengend gewesen, so zu tun, als sei er auch nur annähernd perfekt. Er hatte sich, lange bevor Hashtags wie #justbeyou oder #nofilter erfunden wurden, stets öffentlich zu seinem Übergewicht, seinen Ängsten und seinem Hang zu Gemütlichkeit, Feigheit, Pedanterie, Egomanie, zu seinem übertriebenen Hygienebedürfnis, seiner Helikoptermentalität bezüglich seiner Kinder und seines Partners und zu seinem problematischen Haar bekannt. Er hatte niemandem etwas vorgemacht und seine Schwächen so offensiv zur Schau gestellt, dass sie sich immer mehr wie Stärken angefühlt hatten.

Erdal hatte dank seiner ihn vergötternden Mutter eine ausgeprägte Selbstliebe entwickelt, die alle seine negativen Eigenschaften großherzig mit einschloss. Er akzeptierte und liebte sich ganz genau so, wie er war – und erwartete das im Grunde genommen auch von allen anderen.

Aber ist das wirklich auch weiterhin der richtige Weg?

Das Gespräch mit Fatma geht ihm nicht aus dem Kopf. «Werd endlich erwachsen, Erdal», hatte sie gesagt und ihm vorgeworfen, die Grenzen anderer durch seine kompromisslose Selbstliebe zu überschreiten.

Hatte er sich zu sehr mit seinen Schwächen angefreundet, sich behaglich mit seinen Macken und Ängsten eingerichtet und versäumt, sich infrage zu stellen und zum Wohle anderer zu verändern? Erdal war stets ein großer Befürworter des Werbeslogans «Ich will so bleiben, wie ich bin» gewesen. «Ich will abnehmen, ich will mich nicht weiterentwickeln», hatte er stets stolz verkündet. Und wenn er ganz ehrlich war, hatte er seine diversen Therapeuten hauptsächlich aus einem nahezu unstillbaren Redebedürfnis heraus besucht und um seine Ehe zu entlasten. Andere Männer gingen zu Prostituierten, um ihren Sexualtrieb zu stillen, Erdal bezahlte einen Profi fürs Zuhören. Aber jetzt, wo Dr. Siemens ihn rausgeworfen hatte, war es womöglich an der Zeit für eine nachhaltige Phase der Selbstreflexion und Persönlichkeitsentwicklung. Er würde mutiger sein und mehr Rücksicht nehmen. Und zwar ab sofort.

Mit einem satten Platschen, das Erdal im ersten Moment an einsetzenden Applaus erinnert, fällt der erste Egel auf den Boden. Eine kleine Blutlache bildet sich um das sich windende Tier, und Erdal steckt sich entsetzt seine Faust in den Mund, um nicht hysterisch loszuschreien.

Mut ist keine Eigenschaft. Mut ist ein Prozess. Und er steht ja erst ganz am Anfang. Man darf sich gerade zu Beginn nicht überfordern. Die Grenze seiner Belastbarkeit war nahezu erreicht.

Erdal versucht, sich abzulenken, schließt die Augen und konzentriert sich auf die wohlklingende, sonore, männliche Stimme, die jetzt in der Kabine nebenan zu hören ist, wo Fangopackungen verabreicht werden. Anscheinend war es einem der Gäste gelungen, sein Handy in den medizinischen Bereich einzuschmuggeln. Erdal ärgert sich über so viel Dreistigkeit und gleichzeitig darüber, dass er nicht selber daran gedacht hat. Dann hätte er jetzt Karsten anrufen und von seiner peinigenden Situation berichten oder Gloria um Aufmunterung bitten können. Ach nein, die Zeiten sind ja vorbei. Er ist ja jetzt erwachsen und in der Lage, seinen Mann zu stehen und sich selbst zu helfen.

«Hast du das denn nicht kommen sehen?», fragt die Stimme nebenan jetzt mit kaum gezügelter Wut. Ein paar Sekunden vergehen. Erdal spitzt erfreut die Öhrchen. Seine Neugier ist erwacht, die saugenden Egel fürs Erste vergessen.

Dann spricht der Mann erregt weiter – seine Stimme kommt Erdal bekannt vor –, immer wieder kurz von seinem Gesprächspartner am anderen Ende der Leitung unterbrochen. Viel zu Wort kommt der allerdings nicht. «Mister Fango», wie Erdal ihn gedanklich tauft, hat sich bereits in Rage geredet. «Ich bezahle dich, um meine Frau in meinem Sinne zu beraten. Und was ist passiert? Sie ist komplett durchgedreht! Sie denkt, ich hätte sie betrogen und um eine eigene Familie gebracht. Das ist natürlich völliger Unsinn. Kinder und Glück, das ging für mich noch nie zusammen. Schau dir doch die ganzen Fettsäcke in meinem Alter an. Alle vorzeitig vergreist, weil sie sich ständig Sorgen um ihre Blagen machen, nicht genug Schlaf bekommen haben und sich ihr ganzes Leben lang einschränken mussten. Hier wimmelt es von diesen armseligen Gestalten. Alle fett und frustriert. Männer wie Frauen. Du kennst mich, Carlos, ich brauche meine Freiheit ... Was soll das heißen, die habe ich ja jetzt? Soll das witzig sein, oder was? Du musst dafür sorgen, dass sie zu mir zurückkommt.»

Erdal nimmt seine Faust, die er zwischenzeitlich völlig vergessen hat, aus dem Mund und richtet sich ein wenig auf.

«Ich kann mir eine Trennung überhaupt nicht leisten», poltert Mister Fango weiter. «Was? Natürlich habe ich einen Ehevertrag. Die bekommt bei einer Scheidung kaum einen Cent. Es geht um meinen Ruf, Carlos, verdammt noch mal. Um mein Image. Lass dir was einfallen! Zitiere sie zu dir, sag ihr, dass sie ohne mich niemals glücklich wird ... Nein, ich kann sie nicht erreichen. Und mit Einschüchterung habe ich es schon versucht. ... Ja, mit Freundlichkeit auch.»

Es folgt eine längere Pause. Erdal versucht, sich, um ja kein Wort zu verpassen, auf seiner schmalen Liege ein wenig nach rechts in Richtung Nachbarkabine zu neigen, was ihn in eine nicht ungefährliche Schieflage bringt. Das ist ja ein ausgemachtes Ehedrama, fast schon ein Verbrechen, das sich da vor seinen Ohren abspielt! Diese Frau ist jedenfalls nicht zu beneiden. An was für ein Scheusal von Ehemann war sie da geraten? Mister Fango ist ein Teufel mit der vertrauenerweckenden Stimme des Bergdoktors. Eigentlich sollte man seine Frau warnen, aber dazu muss Erdal herausfinden, wer der Kerl nebenan ist. Erdal ist ein großer und überzeugter Freund von Einmischung in private Angelegenheiten. Er wagt allerdings nicht, mit den Egeln am Bein aufzustehen, lehnt sich aber noch ein kleines bisschen weiter vor.

«Nein, Carlos, ich will keine Trennung ... Wie, warum nicht? Was für eine Frage. Ich brauche meine Frau! ... Was meinst du damit, das hätte ich mir überlegen sollen, bevor ich sie betrüge? Auf wessen Seite stehst du eigentlich? Ich habe sie nicht betrogen. Die paar harmlosen Affären. Fremdgehen ist wie Onanieren. Und außerdem habe ich wirklich genug andere Baustellen in meinem Leben. Ich hab die ganze Nacht in der Notaufnahme verbracht. Gebrochene Nase, so eine Scheiße ... Ja, ein dummer Unfall mit einer Tür. Da zahlt keine Versicherung. Ich hab meinem Regisseur schon Bescheid gesagt. Die müssen das schleunigst ins Drehbuch schreiben ... Was? Natürlich ist die Verbindung hier schlecht. Ich liege in einer Fangopackung und hab zwei Tampons in der Nase. ... Nein, Nein, Carlos, das ist nicht lustig! Hör mal, eine Sache noch, falls das mit Ruth nicht klappen sollte, könnte es sein, dass ich dir demnächst jemand Neues schicke. Schreib dir den Namen bitte schon mal auf. Hast du was zum Schreiben? Gökmen, Fatma ... Was? Nein, das ist kein Mann! Fatma ist der Vorname, du Idiot!»

Erdal zuckt zusammen und bemerkt im selben Moment, dass es mit ihm rapide bergab geht. Er greift reflexartig nach dem Ablageschränkchen neben sich, das sich bedauerlicherweise als instabil erweist. Zusammen mit dem noch immer gut gefüllten Blutegel-Glas, einer Nierenschale und einer Wasserflasche kracht Erdal auf den Boden. Der Lärm ist ohrenbetäubend und die Situation, dessen ist sich Erdal vollends bewusst, an Lächerlichkeit kaum mehr zu überbieten.

Zum Glück bin ich so gut gepolstert und habe mich nicht an die Fastenregeln gehalten, denkt er, als er zwischen zuckendem Getier, in einer wässrigen Blutlache liegend, seinen Körper auf Unversehrtheit überprüft. Mit einem ausgemergelten Leib hätte dieser Sturz böse enden können.

«Was ist denn hier los?» Im Eingang steht der Mann zur Stimme. Mister Fango. Kermit. Der Geliebte von Fatma und der Ehemann von Ruth. Nackt bis auf ein Tuch um die Hüften, über und über mit braunem Schlamm bedeckt, Nase und Stirn eingegipst, die Nasenlöcher mit zwei unnatürlich groß wirkenden Tamponaden zugestopft. Erdal erkennt ihn trotzdem sofort.

Er hat Karl Westphal schon mehrmals in den letzten Tagen auf den Fluren und an der Rezeption des *Millennium Medical* gesehen und immer versucht, ihm aus dem Weg zu gehen. Erdal war sich sicher, dass der eitle Ermittler das Zusammentreffen beim

Kölner Treff ebenfalls in denkbar schlechter Erinnerung behalten hatte.

«Alles o. k.» Erdal rappelt sich hoch und bemüht sich, nicht auf einen der Ekel-Egel zu treten. Er muss jetzt Contenance bewahren und verarbeiten, was er da gerade gehört hat. Unfassbar. Ihn überkommt die deutliche und unangenehme Ahnung, dass sich hier ein Drama von spektakulären Ausmaßen anbahnt oder bereits ereignet hat.

«Haben Sie mein Telefonat belauscht?» Karl Westphal schaut drohend auf Erdal herab, was die Skurrilität seines Anblicks wesentlich steigert. Es ist erstaunlich, wie es manchen Menschen an realistischer Selbstwahrnehmung fehlt, insbesondere Männern wie diesem. Eine Witzfigur ohne Sinn für Humor.

«Nein», antwortet Erdal höflich, «aber ich konnte Sie beim besten Willen nicht überhören.»

«Ich kenne Sie doch irgendwoher?»

«Ich bin Erdal Küppers. Wir waren vor einigen Jahren gemeinsam beim *Kölner Treff* zu Gast.»

«Stimmt. Ich erinnere mich. Hören Sie, Erdal, unter uns Großen: Ich kann mich doch auf Ihre Diskretion verlassen?» Karl Westphal grinst und setzt jetzt ein joviales Gesicht auf, das bei Erdal auf tief empfundene Aversion stößt.

«Selbstverständlich nicht, Herr Westphal. Ich bin weder groß noch diskret. Und Sie sind ein Arschloch.» Erdal lächelt nicht. Mit einem unappetitlichen Plopp fällt der letzte Egel zu Boden.

RUDI

In der Küche im Ohnsorgweg steht Rudi am Herd und brät Spiegeleier. Die Finger seiner rechten Hand schmerzen gehörig. Ein gutes Gefühl. Johann bewacht den Toaster und wartet darauf, dass er die ersten knusprigen Brotscheiben fürs Frühstück ausspuckt.

Der Regen hat sich über Nacht verzogen, die Sonne scheint durch die hohen Fenster. Der gute Sozi hat eine Entscheidung getroffen. Morgen um diese Zeit wird er tot sein. Die Standuhr im Flur schlägt neun Mal. Es ist fünf vor neun. Die Uhr geht fünf Minuten nach. Schon immer. Das stört hier keinen. Im Gegenteil. «So weiß man, dass bald eine neue Stunde beginnt. Man wird freundlich vorgewarnt und daran erinnert, dass es noch nicht zu spät ist», hatte Gloria mal gesagt. Sie hat eine liebevolle Einstellung gegenüber den Schwächen von Dingen und Menschen. Ihre eigenen Schwächen einmal ausgenommen. Mit denen kennt sie wenig Gnade.

Die Standuhr im Flur ist, wie so manches hier in der Villa Ohnsorg, etwas älter und etwas eigenwillig. Der Toaster beispielsweise katapultiert das Brot mit übereifrigem Engagement heraus, sodass es, wenn nicht jemand aufpasst, häufig auf dem Dielenboden oder im Spülbecken landet.

Johann weiß um die Eigenheiten der Menschen und Dinge in der Villa Ohnsorg. Rudi betrachtet ihn wohlwollend. Sie kennen sich seit vier Jahren, seit Johann übergangsweise auf der Suche nach einem neuen Job und nach einer neuen Wohnung dort eingezogen und dann geblieben ist. Sie mögen sich, ohne viele

Worte zu machen. Johann ist zurückhaltend und gleichzeitig zupackend, er hilft Gloria bei ihrer Website, ist im Haus zuständig für Reparaturen aller Art, und Rudi hat oft bemerkt, wie Gloria sich in Johanns Gegenwart entspannt, Verantwortung an ihn abgibt und damit den quälenden Anspruch, alles selbst und alles gut machen zu müssen.

«Ruth und Gloria schlafen wohl noch. Wann sind wir gestern ins Bett gegangen? Es war bestimmt nach zwei», sagt Rudi.

«Halb drei», antwortet Johann, ohne den Toaster aus den Augen zu lassen. «Wie geht's deiner Hand?»

«Die Schmerzen erinnern mich ständig an Westphals gebrochene Nase. Es könnte mir nicht besser gehen.»

«Der Scheißkerl hat viel mehr verdient als eine gebrochene Nase. Der Mann ist ein Verbrecher.»

«Abwarten.»

«Weißt du etwas, was ich nicht weiß?»

«Ja. Und so wird es erst mal auch bleiben.» Der gute Sozi schmunzelt heiter vor sich hin und gibt den Speck in die zweite Pfanne. Nach der langen, alkoholreichen und schicksalsschweren Nacht war sicher allen nach reichlich Kalorien und tröstender Hausmannskost zumute. Der gute Sozi hatte bereits einen großen Topf Hühnersuppe fürs Abendessen aufgesetzt, der seit einer halben Stunde vor sich hin köchelt. Alle im Haus anwesenden Seelen brauchen heute Nahrung.

Es würde Rudi nicht wundern, wenn auch Erdal im Laufe des Tages noch auftauchen würde. Fatma hatte ihm sicherlich längst ihre Version der Dinge geschildert. Rudi war gespannt, wie Erdal reagieren würde – aber ein ordentliches Essen würde er so oder so nach dem Schock auf leeren Magen brauchen. Falls Erdals Magen leer war. Bei ihm wusste man nie.

Der gute Sozi wendet den Speck, schaltet den Herd runter und beginnt damit, das Gemüse für die Suppe klein zu schneiden. Viel Paprika. Keine Möhren. Gloria liebt Paprika. Rudi mag schon seit seiner Kindheit keine Möhren. Als käme es jetzt noch darauf an, was er mag und was nicht. Schon Rudis Mutter hatte die Hühnersuppe ihrem Sohn zuliebe ohne Möhren gekocht. Alte Gewohnheit. Warum jetzt noch damit brechen?

Andererseits, warum eigentlich nicht?

«Haben wir noch Möhren im Gemüsefach?», fragt Rudi und wundert sich sehr über sich selbst. Das muss Hannibal sein, der abenteuerlustige Tumor mit Lust auf Wurzelgemüse.

«Ich dachte, du magst keine Möhren?», fragt Johann und reicht dem guten Sozi ein frisches Bund aus dem Kühlschrank. Es ist schön, so gut gekannt zu werden.

«Das dachte ich auch. Und zwar seit über sechzig Jahren. Ich habe seither allerdings auch nie wieder eine einzige Möhre probiert. Vielleicht mag ich sie schon seit dreißig Jahren wieder und habe es einfach nicht bemerkt?»

Johann lacht, und Rudi putzt das Gemüse. Die Suppe würde bis zum Wochenende reichen. Im Kühlschrank hielt sie sich bis zu fünf Tagen. Länger als er. Rudi erschauert bei der Vorstellung. Das Basilikum auf der Fensterbank, der Brokkoli im Kühlschrank, die angebrochene Flasche Rotwein von gestern Abend – das alles würde ihn überleben. Dem Suppenhuhn blieb mehr Zeit als ihm. Seine Haltbarkeit war abgelaufen. Verfallsdatum morgen, Mittwoch, der 17. Mai.

Rudi hatte sein Ticket in den Tod umgebucht. Er würde heute Abend von Travemünde in Richtung Helsinki starten und gegen Mitternacht über Bord gehen. Hannibal ließ ihm viel weniger Zeit als erwartet, und Rudi musste ihm zuvorkommen. Es mehrten sich die Sekunden und Minuten, in denen Rudi nicht mehr Herr seiner selbst war. Schwindel überkam ihn immer öfter, starke Kopfschmerzen wechselten sich ab mit Momenten der gespenstischen Leere, in denen sich sein Kopf anfühlte wie eine entmietete, unbelebte Wohnung. Dann hastete Rudis Geist verzweifelt durch die leer geräumten Zimmer seines Bewusstseins, auf der Suche nach Vertrautem, nach einem alten Möbelstück, das ihm bekannt vorkam, einem Stück Tapete, das eine Erinnerung zum Klingen brachte, nach einem Bild an der Wand, das ihm erzählte, wer er einst gewesen war.

Das innere Nichts war es, was Rudi am meisten fürchtete. Zu vergessen, wer er war. Zu vergessen, wen er liebte. Ihren Namen nicht mehr zu erinnern, ihr Gesicht nicht mehr zu erkennen, nicht mehr zu wissen, was sie ihm bedeutete. Das durfte nicht passieren.

Er würde die nächsten Stunden damit verbringen, das zu erledigen, was ihm jetzt noch zu tun blieb: eine gute Suppe kochen, seine Sachen packen, das Bett machen und Karl Westphals Schicksal besiegeln.

Der gute Sozi hatte sich seit Jahren auf diesen Tag vorbereitet und geduldig, aber nicht untätig darauf gewartet, bis die Zeit reif und Gloria bereit sein würde. Das war sie jetzt. Und mehr als das. Gloria war nicht nur endlich willens, sich ihrer Vergangenheit zu stellen, sondern Ruth war es ebenfalls und als Mitstreiterin unverhofft an Glorias Seite getreten. Er konnte ohne Sorge gehen. Sie würde nicht allein sein. In etwa einer Stunde würde er sich von Gloria verabschieden, und sie würde nicht wissen, dass es ein Abschied für immer war.

Rudi hatte ein feines Netz um Karl Westphal herum gesponnen, Kontakte geknüpft, Erkundigungen eingezogen, Fakten, Gerüchte, Vermutungen gesammelt, die er nun in treue Hände übergeben würde. Karl Westphal würde deutlich größere Probleme haben als eine gebrochene Nase und eine gescheiterte Ehe.

Das Basilikum auf der Fensterbank, der Brokkoli im Kühlschrank, die angebrochene Flasche Rotwein – das alles würde ihn überleben. Dem Suppenhuhn blieb mehr Zeit als ihm.

Ein weiterer Anruf bei seiner alten Freundin Wanda Tomuschat und ein kurzer Weg zum Briefkasten – mehr war dazu nicht mehr nötig.

Der gute Sozi würde heute, an seinem letzten Tag, einen Stein ins Rollen bringen, der über kurz oder lang Karl Westphal unter sich begraben und irgendwann für Gerechtigkeit sorgen würde.

«Ich hatte die ganze Zeit keine Ahnung, was dieser verdammte Westphal Gloria angetan hat», sagt Johann. «Er hat sich an beiden Schwestern versündigt. Ob Ruth darüber hinwegkommt?»

«Hoffentlich. Das braucht Zeit. Gloria schleppt die Last bis heute mit sich herum.»

«Ich verstehe nicht, warum sie mir nichts gesagt hat.»

«Sie hat es niemandem gesagt. Du kennst sie doch.»

«Ich hätte ihr gern geholfen. Aber Gloria ist lieber allein und macht die Dinge mit sich aus.»

Rudi lässt für einen Moment die Möhren aus den Augen und wirft einen forschenden Blick auf Johann. Er sieht Kummer in dessen Gesicht und noch etwas anderes. Eine lange, unausgesprochene, milde und tiefe Liebe.

«Gloria nimmt sich alles viel zu sehr zu Herzen», fährt Johann fort, für seine Verhältnisse ungewohnt mitteilsam und aufgewühlt. «Ihr fehlt eine natürliche Distanz zu ihrer Umwelt. Sie leidet immer mit allem und jedem mit. Sogar mit kürzer werdenden Tagen. Ende August ist sie regelmäßig jeden Abend traurig, nur weil die Sonne untergeht und der Sommer bald vorbei ist.»

Rudi lacht. «Dafür freut sie sich schon im Mai auf Weihnachten und bastelt im Herbst Kastanienmännchen.»

Johann sagt: «Sie kann kein Baby sehen, ohne vor Rührung zu weinen. Und als die Taliban Afghanistan zurückeroberten, hat sie nachts im Schlaf vor Entsetzen ihre Beißschiene zerbissen.»

«Aber sie ist der einzige Mensch, den ich kenne, der viermal im Jahr *Natürlich blond* schaut und sich dabei durchgehend kaputtlacht.»

«Sie hat einen entsetzlichen Filmgeschmack. Sie liebt *Pretty Woman* und mag alle Teile von *Hangover*. Neulich hat sie im Theater beim *Damenlikörchor* so laut gelacht, dass sich alle Leute nach ihr umgedreht haben. Sogar die Sängerinnen auf der Bühne waren irritiert.»

«Und, hat sie sich geschämt oder leiser gelacht?»

«Natürlich nicht.» Nun muss auch Johann lächeln.

«Du kennst sie besser als jeder andere», sagt Rudi. «Sie ist nicht allein, das weißt du doch. Du hilfst ihr jeden Tag.»

«Ach ja? Wie denn?»

«Du musst nur da sein. Manchmal reicht es ihr, wenn das Licht bei dir brennt, damit sie innerlich ein wenig zur Ruhe kommt.»

In diesem Moment feuert der Toaster die beiden Brotscheiben ab und gebärdet sich dabei wie eine Wurfmaschine fürs Tontaubenschießen. Johann reagiert nicht rechtzeitig, und sie landen neben dem Herd auf dem Fußboden. Rudi und Johann bücken sich gleichzeitig, und beim Aufrichten treffen sich ihre Blicke nur kurz.

«Sag es ihr, Johann. Mach nicht denselben Fehler wie ich.»

Rudi wendet sich wieder dem Herd zu und unterdrückt ein Schluchzen. Dafür ist es nun zu spät. Wie für alles andere auch.

RUTH

Ich schaue den Wolken nach, als hinge mein Leben davon ab. Ich verfolge jede einzelne von ihnen mit meinen Blicken, betrachte ihre Farbe und ihre Form, kategorisiere sie akribisch in Regen-, Schönwetter- und witterungsneutrale Wolken und weiß, dass ich verrückt werden würde, sollte ich meinen Blick jemals auf etwas anderes als auf dieses Stückchen Himmel richten.

Ich starre durch das Dachfenster meines Zimmers, weil dieser Anblick alles ist, was ich ertragen kann. Dieser kleine Ausschnitt Leben hinter Glas. Ein Quadratmeter, vielleicht etwas mehr oder weniger, in dem alles so weitergeht wie bisher. Unbeeindruckt von meinem Schicksal. Wolken. Himmel. Mal blau, mal grau. Der Wipfel des Kastanienbaumes mit seinen weißen Blütenkerzen. Die Lampe mit den drei hellgrünen Schirmchen auf der Fensterbank.

Ich habe sie nicht ein einziges Mal angemacht, seit ich wieder hier bin. Ich habe mich nicht getraut, weil ich befürchtete, dass sie nicht mehr funktioniert und ich das als schlechtes Zeichen hätte werten müssen. Mir hatte vor diesem trostlosen Moment gegraut, wenn man einen Schalter umlegt und es dunkel bleibt. Das ist, als würde man die Augen öffnen und feststellen, dass man trotzdem nichts sieht. Dann doch lieber gar nicht mit Licht rechnen und darauf warten, dass sich die Augen und die Seele langsam an die Finsternis gewöhnen. Ich hatte mich nie daran gewöhnt.

«Energieverschwendung», hatte es mein Vater genannt, als ich ihn als kleines, dreijähriges Mädchen darum gebeten hatte, die Nachttischlampe in meinem Kinderzimmer und die Heizung im

Bad über Nacht anlassen zu dürfen. «Wärme ist was für Weichlinge, und gut schlafen kann man nur in stockdunklen Räumen», war sein Standpunkt gewesen. Ich hatte nie gut geschlafen, weil ich immer Angst gehabt hatte, im Dunkeln aufzuwachen.

Karl war meinem Vater auch in diesem Punkt ein Ebenbild gewesen, hatte nachts die Rollläden im Schlafzimmer runtergelassen und sich geweigert, das Bad zu heizen. «Ich brauche morgens zehn Minuten, und davon stehe ich fünf unter der heißen Dusche. Warum heizen? Das wäre rausgeschmissenes Geld. Mal ganz abgesehen vom Umweltaspekt.»

Ein Aspekt, nebenbei bemerkt, der ihm bei der Anschaffung seines kleinlasterartigen Autos völlig egal gewesen war. Wenn ich nachts wach wurde und die Augen öffnete, fuhr mir auch nach Jahren immer wieder ein furchtbarer, altbekannter Schrecken durch den Körper, weil ich dachte, ich sei blind. Ich fühlte mich orientierungslos und schutzlos. Kein tröstlicher Lichtschimmer, der durch die Vorhänge fiel oder unter der Tür hindurch zu mir fand. Sonne, Mond und Sterne – Karl hatte sie alle ausgesperrt.

Vom heutigen Tage an würde ich trotzig mit halb geöffneten Vorhängen schlafen, das Badezimmer heizen und mich von einer eingeschalteten Lampe im Fenster begrüßen lassen, wenn ich abends nach Hause kam. Es würde ab sofort für mich keine undurchdringliche Finsternis mehr geben.

Aber welches Zuhause? Welches Bad? Welches Licht? Ich wünschte, ich hätte in meinem Leben viel mehr Energie verschwendet und viel früher damit angefangen.

Der Himmel vor meinem Dachfenster zieht sich langsam zu, und der strahlende Frühsommertag verwandelt sich allmählich in etwas, das an einen schmuddeligen November erinnert. Wie lange lag ich schon auf meinem Bett? Gloria hatte am Vormittag

Welches Zuhause? Welches Licht?

nach mir gesehen, bevor sie in die Buchhandlung zu einer Lesung mit Kindern gegangen war. Der Geruch von Speck war hinter ihr in mein Zimmer gekommen, und mir war übel geworden.

Irgendwann am frühen Nachmittag hatte der gute Sozi leise geklopft und angeboten, mir einen Teller frische Hühnersuppe zu bringen. Ich hatte nur den Kopf geschüttelt und weiter aus dem Fenster geschaut. «Auch das wird vorübergehen. Ruf mich, wenn du etwas brauchst. Ich bin noch bis etwa sechs Uhr hier, dann habe ich eine Verabredung», hatte Rudi gesagt und leise die Tür geschlossen.

Gestern um diese Zeit war mein Leben in sich zusammengefallen wie ein abbruchreifes Haus bei einer Sprengung. Erst vierundzwanzig Stunden war das her. Es kam mir vor wie eine Ewigkeit, und ich hatte keine Ahnung, wie ich die nächste Minute, die kommende Nacht, überhaupt alles, was vor mir lag, ertragen sollte.

Ich klammere mich mit meinem Blick noch fester an die Wolken, um zu vermeiden, dass sich ein paar versprengte Gedanken in meinem Hirn selbstständig und aufmachen konnten, unerträgliche Fragen zu stellen, auf die es nur unerträgliche Antworten gab.

Aus dem Jenischpark dringt Kinderlachen zu mir hoch. Ich halte mir die Ohren zu. Das Lachen hört nicht auf. Ich presse mir die Fäuste noch fester gegen meinen Kopf. Das Lachen wird lauter. Es ist in mir. Es klingt aus den Tiefen meines Bewusstseins. Immer lauter und lauter. Das Lachen der Ungeborenen. Es löst einen Schmerz aus, der mich um den Verstand bringt.

Ich will schreien, aber kein Ton kommt über meine Lippen. Ich taste nach Dagmar, die normalerweise direkt neben meinem Bett liegt, sodass ich nur die Hand auszustrecken brauche, um ihr den Kopf zu streicheln. Aber ich greife ins Leere. Dann fällt mir ein, dass Rudi sie schon vor Stunden mitgenommen hat, um einen Spaziergang mit ihr zu machen.

Ich schließe die Augen und verliere den Kontakt zu der heilen Ein-Quadratmeter-Welt im Fenster. «Wo die blauen Schirmchen leuchten, da sind wir zu Haus.» Hier brennt kein Licht mehr im Fenster.

Hallo, Finsternis, meine alte Feindin. Das Kinderlachen schwillt in meinem Kopf zu einem tosenden Unwetter an. Ich entgleite mir, verliere den Halt und mich selbst. Mein Leben lässt mich fallen und wird in diesem Moment zu einem niemals endenden Sturz ins Leere.

«Hazel.» Eine Hand legt sich auf meine. «Wach auf.»

Hazel. Der lang verklungene Name. Das heldenhafte Kaninchen. Ich hätte gelächelt, wenn ich gekonnt hätte. Ich öffne die Augen so mühsam, als wären sie über Jahrhunderte verschlossen gewesen. Meine Schwester sitzt am Rand des Bettes.

«Bitte hilf mir», sagt sie und rettet damit mein Leben.

GLORIA

Du bist ein Patriarsch!», schrie das sehr kleine Mädchen in der ersten Reihe und haute dem noch kleineren Jungen, der sich nicht angesprochen gefühlt hatte, ihre Brotdose auf den Kopf. Zwei ihrer Freundinnen kreischten vor Vergnügen, während die Lehrerin schmallippig einen weinenden Knirps aus dem Raum trug, der durch die Schilderung einer verwunschenen Schildkröte retraumatisiert und daran erinnert worden war, dass seine eigene Schildkröte vor zwei Jahren von seinem Vater versehentlich mit dem Rasenmäher überfahren und in mehrere Teile zerlegt worden war. Die Bemerkung seines Sitznachbarn, man hätte sich aus den Resten eine prima Schildkrötensuppe kochen können, war nicht hilfreich gewesen, sondern hatte die Sache eher noch verschlimmert, zumal sich ein Mädchen daraufhin in ihren Turnbeutel übergeben hatte und nun ebenfalls an der Hand der Lehrerin hinausgeführt werden musste.

Die Kinderbuchautorin, selbst kinder- und humorlos, las ungerührt weiter ihre Schildkröten-Story und schien ihr sich in totaler Auflösung befindliches Publikum erfolgreich auszublenden. Sie wollte ganz offensichtlich die Veranstaltung möglichst schnell und unversehrt hinter sich bringen, und selbst als eine leere Capri-Sonne nur um Zentimeter an ihrem Kopf vorbeisegelte, hob sie nicht den Blick, sondern leierte lieblos ihren Text herunter wie eine Busfahrerin die Stationen einer Strecke, die sie seit fünfundzwanzig Jahren fährt.

«Essen und Trinken ist hier verboten, Jasper», fiepte die zurückkehrende Lehrerin Frau Weigand mit schrillem, aber nahezu unhörbarem Stimmchen. Jasper scherte sich nicht um das lästige kleine Geräusch, sondern riss sich lieber noch 'ne Bifi auf. Sein Kumpel öffnete gerade eine Dose Cola, während das Mädchen in der ersten Reihe zu einem weiteren Schlag mit der Brotdose gegen das bereits jammernd am Boden liegende Patriarchat ansetzte. Die Lehrerin wurde erst blass, dann rot und entschied sich schließlich, nichts zu tun und sich mit dem Turnbeutel und dessen Entsorgung zu beschäftigen.

Gloria fragte sich, aufgrund welcher persönlichen Fehleinschätzung oder inkompetenten Berufsberatung sich Frau Weigand für ein Lehramtsstudium entschieden hatte. Ohne tragende Stimme, ohne tragende Persönlichkeit und ohne solide Nerven hätte sie sich bestimmt besser im Fachhandel für Klangschalen und Energieharmonisierung zurechtgefunden. Die Lehrerin schien dem Zusammenbruch nah.

Gloria hatte genug gesehen. Die Lesung war noch keine zehn Minuten in Gang und schon in ein Fiasko ausgeartet. Gloria war heute nicht in der Verfassung, einer aus dem Ruder laufenden Horde von Erstklässlern mit pädagogisch wertvoller Milde gegenüberzutreten. Normalerweise liebte Gloria solche Veranstaltungen, das Lachen der Kinder, ihre gespannte Aufmerksamkeit, das Glück in ihren Gesichtern, wenn zum Schluss der Geschichte doch mal wieder alles gut ausgegangen war. Gloria hatte früher als andere aufgehört, an Happy Ends zu glauben. Sie rechnete schon lange nicht mehr damit, dass alles gut werden würde.

«In dieser Klasse gibt es eine ungewöhnlich hohe Anzahl von Primärpersönlichkeiten», hatte Frau Weigand nervös vor der Lesung zu Gloria und der ebenfalls sehr angespannten Autorin gesagt. «Sie ist deswegen nicht ganz so leicht in den Griff zu bekommen. Zumal ich auch noch meine Tage habe und zurzeit emotional nicht gefestigt bin.»

Gloria hatte sich einen Moment lang gefragt, ob sie die jammerlappige Frau Weigand darauf hinweisen sollte, dass man Probleme auch ruhig mal für sich behalten und stattdessen die Zähne zusammenbeißen konnte. Aber da hatte schon der erste Sechsjährige gefragt, wo er sein Handy aufladen könne, und die Autorin war auf die Toilette geflüchtet, von wo sie nach zehn Minuten verdächtig teilnahmslos zurückgekehrt war. Gloria vermutete ein schnell wirkendes Beruhigungsmittel hinter der Wesensveränderung.

«Ruhe!», donnerte Gloria jetzt so laut, dass Jasper das Kauen vergaß und die Lehrerin den Turnbeutel mit der Kotze fallen ließ. Sogar die monotone Stimme der Autorin verstummte. Die Stille war fast genauso wuchtig, wie es der Lärm zuvor gewesen war.

«In meiner Buchhandlung gelten meine Regeln», sagte Gloria laut, während sie durch die Reihen der am Boden hockenden erschrockenen Primärpersönlichkeiten schritt. Sie kassierte die Bifi, die Cola und die Brotdose der gewaltbereiten Feministin ein. «Hier wird nicht gegessen, nicht getrunken und nicht gestört. Wer quatscht, fliegt raus. Bücher sind sehr sensible, magische Geschöpfe, und vor Menschen, die ihnen nicht mit Respekt begegnen, verschließen sie sich. Der Zauber funktioniert nur, wenn ihr leise seid und ganz genau hinhört. Entweder ihr benehmt euch ab jetzt meinen Büchern gegenüber gut, oder ihr müsst wieder zurück zur Schule gehen. Und da habt ihr es dann wieder mit Schulbüchern zu tun. Und das sind keine magischen Geschöpfe, wie ihr wisst. Also, ihr habt die Wahl: Magie oder Mathe. Was wollt ihr?»

«Magie, Magie!», schrien die Kinder begeistert, um dann, auf Glorias Handzeichen hin, in gespanntes Schweigen zu verfallen. Sie hockte sich neben Frau Weigand, die ein beeindrucktes «Danke» hauchte. Gloria ließ sich von der Valiumstimme der Autorin zurück ins Haus Ohnsorg tragen. Wo sie heute Morgen ihre Schwester schweren Herzens verlassen hatte.

«Du kannst ihr jetzt nicht helfen. Ich bin hier, falls etwas mit Ruth sein sollte», hatte der gute Sozi gesagt. «Ich werde ab und zu nach ihr sehen. Letztlich muss die Zeit auch bei Ruth ihr heilendes Werk vollbringen.»

«Meine Wunden hat sie nicht geheilt. Die Zeit», hatte Gloria geantwortet.

Bücher sind sehr sensible, magische Geschöpfe.

«Das wird sie.» Rudi hatte Gloria zum Gartentor begleitet und sie kurz in den Arm genommen. Das tat er selten, und Gloria hatte versucht, die innigen Sekunden zu genießen, aber es war ihr nicht gelungen. Der Todgeweihte konnte sie nicht trösten. Sie spürte seinen Herzschlag wie den Countdown vor dem Finale. Jeder Moment mit Rudi war einer der letzten und wurde durch dieses Wissen seiner Schönheit beraubt. Bald würde der allerletzte Augenblick kommen, Rudis letztes Lächeln, seine letzte Umarmung, der letzte Abschied.

Gloria sah in dem guten Sozi nur den geliebten Menschen, den sie bald verlieren würde. Es war ein ständiger Schmerz.

«Bis später», hatte sie hastig gesagt, als sie die Tränen in sich aufsteigen gespürt hatte, und sich auf den Weg gemacht. Als sie sich am Ende der Straße noch mal umdrehte, hatte er immer noch dort am Tor gestanden. Rudi. Der gute Sozi. So schmal, so gezeichnet, dennoch lächelnd. Er hatte kurz gewinkt und war zum Haus zurückgegangen. Eine Sekunde lang hatte Gloria das Gefühl gehabt, dieser Abschied könnte für immer gewesen sein.

Das würde gut zu Rudi passen. Es war seine Spezialität, Partys früh und ohne sich zu verabschieden zu verlassen. Er ging gern grußlos. Nicht aus Unhöflichkeit, ganz im Gegenteil. Aus Respekt den Gastgebern gegenüber. Er wollte vermeiden, dass sein Aufbruch die Stimmung der anderen störte oder womöglich weitere Gäste zum Gehen veranlasste. Er war kein Freund von großen Auftritten und lauten Abgängen. Er war kein Freund großer Worte und sicherlich kein Freund großer letzter Worte.

Wollte er sich heimlich aus seinem Leben schleichen? Gehen, ohne Bescheid zu sagen? Nicht einmal ihr? Würde Gloria heute Abend feststellen, dass ein eiliges «Bis später» ihre unspektakulären, achtlosen, letzten Worte zu Rudi gewesen waren?

Sie hatte dem Impuls widerstanden, zum Haus zurückzulaufen, und war stattdessen besonders festen Schrittes weitergegangen. Ihre Angst war irrational. Sie kannte ja das Datum. Der 15. Juli. Sauber unterstrichen in Rudis Kalender. Sie wusste, wann der gute Sozi sterben würde, und sie hatte noch zwei Monate Zeit, sich darauf vorzubereiten. Und wenn er sich dann nicht von ihr verabschieden wollte, würde sie das respektieren. Sie würde ihn grußlos gehen lassen. Aber noch nicht.

Ein leises Klopfen an der Ladentür holte Gloria aus ihren Gedanken zurück in die Gegenwart. Offenbar hatte ein Kunde das Schild «Vormittags wegen einer Lesung geschlossen» übersehen.

«Noah?», begrüßte Gloria überrascht den schlaksigen Jungen. Noah war der Sohn einer Freundin von Rudi, der seit letzter Woche sein Schülerpraktikum in der Buchhandlung machte und sich bisher durch pubertätsbedingte Einsilbigkeit, hormonbedingte Vergesslichkeit und wachstumsbedingte Dauermüdigkeit ausgezeichnet hatte.

«Sorry, dass ich zu spät bin. Ich hab den Wecker nicht gehört und dann die Bahn verpasst.»

«Du solltest doch heute wegen der Lesung gar nicht kommen.»

«Oh, stimmt. Das hatte ich ganz vergessen.»

«Komm rein. Wo du schon mal da bist, kannst du nachher mithelfen, das Chaos hier zu beseitigen. Setz dich irgendwo hin.»

Gloria sah zu, wie ihr fünfzehnjähriger Praktikant versuchte, seinen 1,90 Meter langen Körper möglichst unfallfrei auf dem Boden zu platzieren. Dabei waren ganz offensichtlich weder seine Beine noch seine Arme besonders hilfreich. Er sortierte seine Gliedmaßen wie Fremdkörper um sich herum, nicht ohne dabei das Mädchen vor sich zu treten und dem Jungen hinter sich seinen Ellenbogen ins Gesicht zu rammen, was wieder kurz für Unruhe unter den sensiblen Primärpersönchen sorgte.

Noah war bei seinem Online-Vorstellungsgespräch vor einem

halben Jahr noch ein kleiner, aufgeweckter Junge mit Ringelpulli und Stupsnase gewesen. In den wenigen Monaten seither war er schätzungsweise einen Meter gewachsen, hatte eine Zahnspange, eine Brille und Pickel bekommen, seine Nase hatte sich zu einem obelixhaften Zinken von gespenstischem Ausmaß entwickelt, und seine Füße waren so groß wie Backbleche. Noah sprach eigentlich gar nicht, und wenn, dann in einer trostlosen Tonlage, bei der eine generelle Gereiztheit und Dauermüdigkeit mitschwang. Selbst seine Stimmbänder schienen Opfer der Pubertät geworden zu sein, waren zu schnell gewachsen und schlabberten nun ähnlich unmotiviert wie der Rest seines Körpers herum. Nichts an diesem Jungen funktionierte reibungslos. Seine über-

Zahnspange, Brille und Füße so groß wie Backbleche.

langen Beine wollten nichts mit dem Rest des Körpers zu tun haben, seine krakenartigen Arme führten ein von keiner Hirnzelle beeinflusstes Eigenleben, und egal, was Noah tat, er tat es lustlos und nicht, ohne dabei irgendetwas kaputt zu machen.

Gloria hatte den Hormon-Honk, der sie um Hauptesänge überragte, sofort in ihr mütterliches Herz geschlossen. Sie sah eine unerklärliche Vertrautheit in seinen Zügen, jeder Blick in seine Augen erinnerte sie an etwas Liebgewonnenes. Vielleicht lag es daran, dass alle Pubertierenden sich auf gewisse Weise ähneln und Gloria durch Noah an ihren eigenen Sohn erinnert wurde, als der mit Einsetzen der Pubertät aufgehört hatte zu sprechen und angefangen hatte zu stinken.

Groteske innerliche und äußerliche Veränderungen waren damals mit August vor sich gegangen. Innerhalb von Minuten war aus dem duftenden Kind mit Pipimann und Engelsstimme ein übel riechender, dumpf grunzender Teenager mit Penis und Schambehaarung geworden. Der Junge, der sich eben noch nachts im hellblauen Frotteeschlafanzug in Mamas Bett und Arme gekuschelt hatte, hatte sich jede Berührung verbeten und sich zu Weihnachten Amazon-Gutscheine statt Stofftiere gewünscht.

Als der Schöpfer des Himmels und der Erde die Pubertät ins Leben gerufen hat, war er offensichtlich selbst gerade in einer schwierigen Entwicklungsphase gewesen. Eigentlich müsste man Jugendliche in dieser Zeit von sämtlichen Pflichten und Verantwortungen befreien, sie unbehelligt vor sich hin wachsen und müffeln lassen, statt sie zu Physik-Klausuren, Betriebspraktika, Tanzkursen oder überhaupt in die Schule und versetzungsrelevante Unterrichtskurse zu schicken.

Die Pubertät ist eine vorübergehende geistige Umnachtung, in der es lediglich um Schadensbegrenzung gehen sollte und darum, die riesengroßen und meist übel riechenden Füße stillzuhalten. Gloria betrachtete den großen Jungen, der im Sitzen in der letzten Reihe alle überragte. Noah war eingeschlafen und geriet allmählich in eine bedrohliche Schieflage. Es war nur noch eine Frage der Zeit, bis er zur Seite sinken und dabei höchstwahrscheinlich den Stapel mit den Neuerscheinungen zum Einsturz bringen würde.

Es klopfte wieder an der Ladentür. Dieses Mal war es Noahs Mutter. Ihr Sohn hatte sein Mittagessen, seine Fußballsachen und seine Allergietablette vergessen.

«Ich war sowieso gerade in der Gegend», sagte sie, und das war so offensichtlich gelogen, dass sie beide lachen mussten.

«Ich werde noch wahnsinnig», brach es aus der gepeinigten Frau heraus, als sie Gloria die Sachen übergab. «Ich weiß gar nicht, wie Noah irgendwann im echten Leben klarkommen soll. Heute hat er sich statt seines Deos mein Haarspray unter die Arme gesprüht. Gestern hat er Schmutzwäsche zum Trocknen aufgehängt, und letzte Woche ist er mitten in der Geografie-Klausur nach Hause gegangen, weil er erschöpft war und der Ansicht, er müsse jetzt auch mal an sich selbst denken. Als würde er an irgendetwas anderes denken als an sich selbst!»

«Pubertierende sind Egoisten. Das muss so sein, und das geht vorbei», sagte Gloria versöhnlich. Sie war sich bewusst, dass so nur Mütter redeten, die sich bereits in der Retrospektive befanden, die ihren mittlerweile großen Kindern nachtrauerten und sogar deren Schmutzwäsche, deren schlechten Atem und deren schlechte Laune vermissten. Die Mutter von Noah war ihr spontan sympathisch. Rudi und sie kannten sich noch aus Bochumer Zeiten, da hatten sie zusammen Wahlplakate geklebt und im Schauspielhaus fast jede Premiere besucht. Mehr wusste Gloria nicht. Noahs Mutter hatte sich beim Zoom-Vorstellungsgespräch einmal kurz zur Begrüßung gezeigt, und Gloria hatte sogar den Vornamen der Frau vergessen, wie ihr in diesem Moment beschämt bewusst wurde.

«Ich weiß, ich weiß. Es ist nur eine Phase. Ich soll die Zeit genießen, solange mein Sohn noch bei mir ist. Aber nur weil er mir irgendwann fehlen wird, kann ich doch jetzt nicht so tun, als würde es mir nichts ausmachen, wenn ich in seinem Zimmer einen Teller mit Maultaschen von Anfang des Jahres finde!»

«Nasse Handtücher, faulige Socken und lebende Haferflocken. Das war die Spezialität von meinem Sohn», sagte Gloria mitfühlend. «Ich werde den Geruch nie vergessen.»

«Dabei war mein Sohn früher so niedlich. Können Sie sich vorstellen, dass Noah noch vor zwei Jahren mit mir ‹Die Eisprinzessin› geschaut hat? Arm in Arm auf dem Sofa. Heute schämt er sich für mich, ich muss ihn zwei Straßen entfernt von der Schule absetzen, und in seinem Zimmer habe ich Einreiseverbot.»

«Ich bin meinem pubertierenden Sohn und seinen Freunden mal fast im Supermarkt begegnet. Wissen Sie, was ich getan habe, um ihm eine Begegnung mit seiner peinlichen Mutter zu ersparen? Ich habe mich hinter die Truhe mit dem Tiefkühlgemüse geduckt und so getan, als wäre mir eine Münze runtergefallen. Vier Leute, inklusive des Filialleiters, krochen schließlich am Boden herum, um mir behilflich zu sein. Minuten später bin ich dann zur Kasse. Und wen traf ich da? Meinen Sohn. Er hat mich nicht gegrüßt.»

«Ist es nicht entsetzlich, was die Pubertät unserer Kinder aus uns macht? Nach fast fünfzig Lebensjahren habe ich endlich gelernt, zu mir selbst zu stehen, mir ist fast nichts mehr peinlich – und ausgerechnet jetzt schämt sich mein Sohn für mich. Ich kriege endlich mein Leben auf die Reihe, einigermaßen zumindest, aber mein Sohn bringt alles wieder komplett durcheinander. Ich komme mir schon vor wie eine Hausmeisterin mit

Zwangsneurose. Aber wenn ich mich nicht um ein Minimum an Ordnung und Sauberkeit kümmere, haben wir demnächst Ratten in der Wohnung. Unter Noahs Bett lebt eine multikulturelle Gesellschaft. Und wie es unter seiner Vorhaut aussieht, mag ich mir gar nicht vorstellen!»

Gloria lachte laut. Die Vorhäute von Pubertierenden sind leider ein in der Öffentlichkeit totgeschwiegenes Thema. Man trifft viel zu selten auf Mütter, die ihren Humor, so überhaupt vorhanden, schonungslos auf ihre eigenen Kinder anwenden. Manch eine Kindheit würde deutlich unbeschwerter verlaufen, wenn sich Mütter nicht ständig gegenseitig mit den angeblichen Heldentaten ihres Nachwuchses verunsichern und behaupten würden, sie hätten alles im Griff.

Lange Zeit hatte Gloria den Eindruck gehabt, ihr Sohn sei der Einzige gewesen, der vor der Einschulung noch nicht flüssig lesen und schreiben konnte, das Wort «Scheiße» gern und häufig nutzte und zu Ungehorsam, Unvernunft und übermäßigem Zuckerkonsum neigte. Sie fühlte sich umzingelt von leistungsbereiten, wohlerzogenen Intelligenzbestien, die freiwillig den Tisch abräumten, den Muttertag nicht vergaßen, Klavier übten, gerne Obst aßen und mit ihren Vätern zusammen stabile Baumhäuser bauten und bildungsorientierte Städtereisen unternahmen.

August war nie den geraden Weg gegangen, und Gloria würde sich selbst etwas vormachen, wenn sie behauptete, dass sie nicht oft Angst um ihn gehabt hätte und an ihrer Rolle als Mutter verzweifelt wäre. Rudi hatte ihr immer beigestanden. Er hatte ihr Mut gemacht, den Glauben an ihren Sohn nicht zu verlieren, wenn der mal wieder die Schule geschwänzt, heimlich geraucht oder wegen fortgesetzten Störens des Unterrichts verwiesen worden war.

«Du bist eine kantige, schwierige, ungewöhnliche und auffällige Person», hatte Rudi ihr oft gesagt. «Du bist selbst das menschgewordene Widerwort. Und du wunderst dich, dass dein Sohn genauso ist. Freu dich darüber, dass er kein angepasster Idiot ist, der perfekt in einem schlechten System funktioniert. Sei stolz auf August. Er wird seinen Weg machen, hab Vertrauen.» Und genauso hatte er August beigestanden und gut zugeredet, wenn der mal wieder der Überzeugung gewesen war, seine Mutter sei die schlimmste von allen, eine reaktionäre, überängstliche Spießerin mit Pünktlichkeitsneurose und Aufräum-Tourette.

«Mein Sohn hat mir einen pathologischen Waschzwang unterstellt, als ich mir erlaubte, ihn zu bitten, sein T-Shirt nach zwei Wochen doch mal zu wechseln. Ich konnte im zweiten Stock riechen, wenn er unten durch die Haustür kam», sagte Gloria. «Kinder zwingen einen dazu, spießig zu werden. Man hat gar keine andere Wahl.»

«Absolut. Es ist der blanke Überlebenswille, der mich zur Kleinbürgerin mit Klobürste und Hygienespüler gemacht hat», lachte Noahs Mutter zustimmend.

«Ohne Raumspray hätte ich die Pubertät meines Sohnes gar nicht überlebt.»

«Ich war früher selbst eine totale Chaotin. Aber jetzt macht es mich rasend mitanzuschauen, wie Noah vor sich hin müffelnd in seinem Saustall hockt und nichts geregelt bekommt, weil er alles stehen und liegen lässt.»

«August hat mit dreizehn die Rollos in seinem Zimmer runtergelassen und erst bei seinem Auszug vor anderthalb Jahren wieder hochgezogen. Ich habe heimlich bei ihm aufgeräumt und nur gelüftet, wenn er in der Schule war.»

«Äußere Ordnung schafft innere Ordnung. Ich wünschte, ich hätte das schon viel früher kapiert, dann hätte ich mir einige Katastrophen erspart. Ich frage mich, warum unsre Kinder nicht einfach auf uns hören. Sie könnten es doch so viel leichter haben, wenn sie unseren Anweisungen folgen und morgens ihr Zimmer aufräumen würden.»

«Wer die Welt verändern will, muss sein Bett machen», sagte Gloria.

«Weise Worte. Hat er das Ihrem Sohn auch gepredigt? Wie geht es unserem gemeinsamen Freund Rudi?»

Gloria wurde hellhörig. Wusste Noahs Mutter von Rudis Krankheit? Wollte sie mit dieser Frage herausfinden, ob Gloria ebenfalls Bescheid wusste? Sie beschloss, zurückhaltend zu sein. Rudi musste selbst entscheiden, wen er in sein Schicksal einweihte und wen nicht.

«Ganz gut. Ich freue mich, dass er bei mir eingezogen ist. Sie müssen uns unbedingt mal im Haus Ohnesorg besuchen.»

«Ich mache mir Sorgen um Rudi.»

«Warum?»

«Nur so ein Gefühl. Nichts Konkretes. Ich kenne Rudi nun schon so lange, aber jetzt habe ich den Eindruck, dass irgendeine Veränderung mit ihm vor sich geht. Stimmt etwas nicht mit ihm?»

«Nicht, dass ich wüsste», log Gloria und fühlte sich wie auf frischer Tat ertappt. Noahs Mutter nickte und sah keineswegs überzeugt aus.

«Kinder sind die Pest. Möchten Sie 'ne Valium?», nuschelte in diesem Moment die Kinderbuchautorin, die ihre Lesung offenbar zwischenzeitlich beendet hatte. Die Schulklasse drängte sich an ihnen vorbei, die Lehrerin huschte hektisch fiepend wie ein Welpe mit Harndrang hinter den Kindern her, und Noah nutzte die günstige Gelegenheit, um mit seiner Mutter wieder nach Hause zu fahren. «Muss mich hinlegen», brummte er. Er fühle sich in letzter Zeit äußerst schwach und ruhebedürftig.

«Vielleicht hat es damit zu tun, dass du zu spät ins Bett und jedem Vitamin aus dem Weg gehst?», gab seine Mutter zu bedenken. Noah würdigte sie keiner Antwort und stapfte beleidigt Richtung Auto. Seine Jacke hatte er liegen lassen. «Bis bald. Grüßen Sie Rudi», sagte seine Mutter, rollte die Augen und trug ihrem Sohn seine Jacke und seinen Verstand hinterher.

Gloria versuchte, die plötzlich einkehrende Ruhe nicht als Belastung zu empfinden. Wie oft hatte sie sich gefragt, ob sie die Kindheitsjahre mit August genug genossen hatte? Wie oft war sie plötzlich von Wehmut übermannt worden und dem Gefühl, einer absehbar endenden Zeit nicht genug Aufmerksamkeit gewidmet zu haben? Die ständigen Abschiede waren irgendwie immer unvermittelt gekommen, und als Gloria noch getrauert hatte, dass ihr Sohn nicht mehr ihre Hand brauchte, um überhaupt laufen zu können, war er quasi schon aus dem Haus gewesen.

Komisch, dass einem im Nachhinein die Kindheit des eigenen Kindes so schrecklich kurz vorkommt, während sie sich währenddessen oft so schrecklich lang anfühlt. Die Elternabende. Endlose Sankt-Martins-Umzüge mit eiskalten Füßen. Lange Stunden mit Puzzle, Memory, Lego, Lotti Karotti, Uno und «Ich sehe was, was du nicht siehst». Zähe Nächte voller Sorge am Bett des kranken Sohnes und zähe Nächte im eigenen Bett voller Sorge, wann der Junge endlich wieder heil nach Hause kommt. Und zwischendurch immer wieder die innere Ermahnung: «Genieße es, solange es dauert!»

Denn irgendwann, und zwar schneller, als du denkst, steht ein Kleintransporter vor der Tür, in dem das Bett verschwindet, das du ohne das Wissen deines Sohnes regelmäßig frisch bezogen und auf Sperma-Spuren untersucht hast. Der Schreibtisch, an dem dein Junge zu selten Vokabeln gelernt und zu oft Videogames gespielt hat. Das Regal, geerbt von Opa, in dem Bilderbücher, Wimmelbücher, sämtliche *Harry Potter*-Bände, Pokale aus dem Fußballverein und Einmachgläser mit verdächtigen Substanzen standen, aus der Zeit, in der dein Sohn Entdecker werden und wissen wollte, was passiert, wenn man Milch, Shampoo, Gras und Hundehaare über einen längeren Zeitraum zusammen einsperrt. Der Sessel, auf dem du dein Kind gestillt, ihm Schlaflieder vorgesungen, *Die kleine Raupe Nimmersatt* und *Die Brüder Löwenherz* vorgelesen hast. Der Teppich, aus dem du Karottenbrei, Kaffee, Ketchup, «Kalte Muschi» und Kotze herausgewaschen hast. Im Laufe der Jahre hatten die unterschiedlichen Spezial-Fleckenentferner in deinem Schrank mehr Platz eingenommen als die Kosmetika für die reifende Haut. Du wirst jetzt wieder mehr Platz haben. Vielleicht mehr, als dir lieb ist.

Was bleibt, ist die Sehnsucht nach Kastanienmännchen und Badeschaum, nach Weihnachtsplätzchen mit Streuseln und Marshmallows am Lagerfeuer. Die Sehnsucht nach vergangenen Zeiten, nach allem, was unwiederbringlich vergangen ist. Zu schade, dass nichts bleiben darf, wie es ist. Alles geht vorbei. Auch das Glück. Gloria kämpfte Tränen nieder und wandte sich dem Stapel mit den Neuerscheinungen zu.

Am frühen Abend klingelte ihr Handy. Rudi. Er rief oft um diese Zeit an. Ein bisschen plaudern, gemeinsam überlegen, was sie kochen könnten, verabreden, wer was einkauft, und sich zusammen auf den Abend freuen.

«Na, mein Lieber, ist dir die Hühnersuppe gelungen? Ich freue mich schon den ganzen Tag darauf», sagte Gloria, ohne abzuwarten. Ein paar Sekunden Stille. Und dann Klarheit. Es war so weit. Ihr Herz fiel in ein Luftloch. Sie wusste es. Der Moment war gekommen.

«Rudi? Was ist los?»

«Ich war eben mit Dagmar im Park spazieren», sagte der gute

Sozi, und seine Stimme klang so brüchig und dünn wie die eines uralten Mannes. «Ich habe nicht wieder zurückgefunden. Ich habe fast zwei Stunden auf einer Bank gesessen, ohne zu wissen, wer ich bin und wohin ich gehöre. Schließlich hat Dagmar Hunger bekommen und mich hinter sich her bis nach Hause gezogen. Gloria, ich wollte dir das nie antun, aber ich brauche deine Hilfe. Bitte bring mich heute Abend nach Travemünde zum Hafen.»

«Und dann?»

«Und dann nehme ich eine Fähre und werde auf hoher See mit einer Flasche allerbestem Whisky im Blut ganz gemütlich im Meer versinken.»

«Wann geht unser Schiff?»

«Um kurz nach zehn. Aber ich gehe allein an Bord. Es ist schlimm genug, dass ich dich bitten muss, mich zum Hafen zu fahren, weil ich Angst habe, dass ich auf dem Weg vergesse, wo ich eigentlich hinwollte. Bring mich bitte nur zum Schiff. Ab da schaffe ich es ohne dich.»

«Wenn du dich eben im Park nicht verlaufen hättest ...»

«Ja, ich weiß. Der Abschied heute Morgen sollte eigentlich für immer sein. Nimm es mir nicht übel. Ich wollte es dir nicht unnötig schwer machen. Es tut mir leid, dass es jetzt so gekommen ist. Ich musste etwas improvisieren, weil sich die Symptome in den letzten Tagen verschlimmert haben. Ich dachte wirklich, ich hätte noch mehr Zeit.»

«Ich mache mich sofort auf den Weg. Bis gleich.»

Gloria schloss die Buchhandlung ab und ging zügigen Schrittes durch die schmalen und belebten Straßen Ottensens. Feierabendstimmung. Sie sah bestimmt nicht aus wie eine Frau, die sich daranmachte, ihren besten Freund in den Tod zu begleiten. Sie sah, wie immer, aus wie eine Frau, die stark ist und unerschrocken. Ein Fels in der Bandung für alle, die nicht ins offene Meer hinausgetrieben werden wollen. Gloria beeilte sich, trotz der Last auf ihren Schultern und dem Gewicht, das an ihrer Seele hing wie ein Senklot.

Zwanzig Minuten später erreichte sie Haus Ohnsorg. Einen Moment lang blieb sie vor dem Eingang stehen, atmete tief durch, als könnten ihr die guten, alten Mauern etwas von ihrer Standfestigkeit und Sicherheit abgeben. Gloria ließ den Blick über den Erker im ersten Stock schweifen, über die Sprossenfenster und den Balkon bis zum Giebelzimmer, wo ihre Schwester Ruth vermutlich noch immer im Bett lag und zu begreifen versuchte, was Karl Westphal ihr angetan hatte.

Dieser Mann hatte sie beide belogen und missbraucht. Er hatte ihnen fünfzehn Jahre gestohlen. Wie wäre ihr Leben verlaufen, wenn er nicht ihren Weg gekreuzt hätte?

Ob Ruth da oben gerade aus dem Fenster schaute und sich dieselbe müßige und traurige Frage stellte? Aus dem Park schallte Kinderlachen herüber. In Ruths Ohren musste das wie die Verhöhnung ihres Schicksals klingen. Es kam Gloria so vor, als würden sich die Blicke der Schwestern im Abendhimmel treffen, und so wie früher ging von Ruths Anwesenheit eine feine, beruhigende Schwingung aus.

Gloria war stets die Mutigere von beiden gewesen, aber sie hatte immer gespürt, dass sich ihre Kraft auch aus der tiefen Verbindung zu ihrer Schwester gespeist hatte. Gloria wurde mit einem Mal klar, wie sehr Ruth ihr all die Jahre gefehlt hatte. Zugehörigkeit. Heimat. Zuflucht. Da, wo noch Licht brennt, wenn es draußen längst dunkel geworden ist. Das alles war Ruth gewesen. Und sie war es noch. Es war gut, trotz allem, dass sie wieder da war.

«Wo die blauen Schirmchen leuchten, da sind wir zu Haus», hatte die farbenblinde Oma Auguste immer gesagt, wenn sie

Zugehörigkeit. Heimat. Zuflucht. Da, wo noch Licht brennt, wenn es draußen längst dunkel geworden ist.

hoch zum Giebelfenster geschaut hatte. Gloria musste lächeln. Ob die kleine, alte Lampe noch funktionierte? Sie hatte sich das oft gefragt, aber sich nie getraut, in Ruths altes Zimmer zu gehen und sie anzuknipsen. Es war ihr unpassend erschienen, sentimental, pathetisch womöglich, und gleichzeitig hatte Gloria insgeheim gefürchtet, dass die Lampe kaputt und nicht mehr zu reparieren sei und damit zum trübseligen Symbol der zerstörten Schwestern-Beziehung werden könnte. Vielleicht war heute der Tag, um sie einzuschalten. Das sanfte, altvertraute Licht würde sie trösten, wenn Gloria heute Nacht zurückkäme.

Ohne ihn.

Als gäbe es Trost.

Gloria schwankte ein wenig.

Sie war Brandung. Nicht Fels.

Sie würde scheitern, ausgerechnet heute, wo ein Leben und ein Tod von ihr abhingen.

Zur selben Zeit blickte Rudi aus dem Küchenfenster und erkannte, dass er seiner Freundin Gloria zu viel zugemutet hatte. Fast schien es ihm, als würde sie unter der Last, die er auf ihre Schultern gelegt hatte, zusammenbrechen.

Rudi wandte sich eilig ab, ehe sie ihn bemerken konnte, und ging durchs Wohnzimmer über die Veranda in den Garten. Gloria brauchte Hilfe. Sie wusste es bloß noch nicht.

Erleichtert sah der gute Sozi, dass die Tür der Remise offen stand und Johann gerade dabei war, sein Verandageländer zu schrubben.

«Ich beseitige die Spuren des Winters», begrüßte er Rudi. «Ein bisschen spät vielleicht, aber immerhin noch einen Monat vor dem offiziellen Sommeranfang.»

«Kann ich dich kurz sprechen?»

Johann nickte, legte die Bürste beiseite, und die beiden setzten sich auf die Bank unter der Rotbuche.

«Ich werde heute Nacht sterben», sagte Rudi, dem so spontan keine harmlosere Formulierung eingefallen war. «Kannst du mir einen Gefallen tun?»

Johann schwieg einen Moment, streckte die Beine aus und sagte: «Klar. Ist noch Zeit für ein Bier?»

FATMA

Fatma übergibt sich zum wiederholten Male in ihrem winzigen Bad, das zu einem kaum größeren Hotelzimmer gehört. Hier hat sie den ganzen Tag im Bett liegend verbracht, mit Kopfschmerzen, die ihresgleichen suchten, hämmernden Fragen und nagenden Zweifeln in ihrem Kopf und einem Restalkoholspiegel von mehreren Promille im Blut.

Was ist gestern eigentlich genau geschehen?

Und warum, verdammt noch mal, ist sie nicht glücklich?

Fatma schließt die Augen und ruft sich den vergangenen Abend in Erinnerung. Karls Anruf, seine Warnung vor Ruth und Gloria. Ihr eigenes Entsetzen über das niederträchtige Spiel der beiden. Die riesige Enttäuschung, eine Freundin verloren und wieder einmal ihr Herz an den falschen Menschen verschenkt zu haben. Das quälende Gespräch auf der Veranda, bei dem Ruth sich tatsächlich ganz genauso irre benahm, wie Karl es vorausgesagt hat. Und dann die Szene an der Tür. Rudis Gesicht, kurz bevor er ausholt und zuschlägt. Entschlossen, ruhig, fast freundlich. Nicht wie ein Mann, der sich für den bösartigen Rachefeldzug von zwei geisteskranken Schwestern hergibt, sondern wie einer, der eine wichtige Angelegenheit endlich zu seiner Zufriedenheit erledigen kann.

Das Krachen von Karls Nase klang fast lächerlich perfekt, wie ein Sound, den man sich im Internet runterladen kann, als stünde eine Comic-Sprechblase über Karls Kopf mit den Worten «Knirsch! Krach! Bang!». Fatma betrachtete das Geschehen fasziniert und distanziert, und erst als sich Karl umdrehte, ihm die Tränen in die

Augen traten, das Blut aus der Nase schoss und er langsam auf den Treppenstufen in sich zusammensackte, begriff sie, dass sie sich in der Realität befand, die zügiges Handeln erforderte.

Fatma wies die völlig überforderte Leyla an, ihren Koffer im Taxi zu verstauen und sich nach vorne zu setzen, sie half Karl auf die Beine und bugsierte ihn zum Wagen. Als sie sich ein letztes Mal umdrehte, war die Tür zu Haus Ohnsorg verschlossen, als sei nichts geschehen.

Auf der Fahrt ins Altonaer Krankenhaus lernte Fatma eine Seite ihres Geliebten kennen, die ihr bisher verborgen geblieben war. Die Wirklichkeit hatte in der Beziehung zwischen ihr und Karl bisher nur eine untergeordnete Rolle gespielt. Sie hatten sich an irrealen, verzauberten, überhöhten Orten getroffen, die nichts mit Fatmas normalem Leben zu tun gehabt hatten.

Die Thomas-Gottschalk-Suite im *Bayerischen Hof* – diese absurde Prunkoase, die in ihrer ganzen Lächerlichkeit schon wieder herrlich war. Luxussuiten in anderen Münchener Hotels, das Landhaus seines Regisseurs am Tegernsee, das *Kranzbach* bei Garmisch, ein Wochenende im *Adlon* in Berlin.

Auszeiten. Gestohlen. Kostbar. Unwirklich.

Die heimlichen Treffen mit Karl waren eine Mischung aus Krimi, Lustspiel und Märchen gewesen. Nie durfte man sie zusammen sehen, sie waren immer getrennt angereist, hatten sämtliche Mahlzeiten im Zimmer, meistens im Bett eingenommen, hatten mit niemandem gesprochen und den Rest der Welt für die Stunden ihres Zusammenseins ausgeblendet.

Alltag ausgesperrt. Keine angetrockneten Speisereste im Topf, kein überquellender Mülleimer, kein Wäscheständer im Wohnzimmer. Keine Diät, keine löchrigen Büstenhalter, keine halben Portionen, keine Schorlen, kein Schlaf vor Mitternacht, keine pubertierende Tochter.

Alltag ausgesperrt.

In ihrer goldglänzenden Karl-Welt trug Fatma ausschließlich enge Kleider und Unterwäsche, die sich sehen lassen konnte. Immer Kontaktlinsen, niemals Brille. Immer halterlose Seidenstrümpfe, niemals blickdichte Strumpfhosen mit kleinen Löchern im Schritt und fadenscheinigem Zwickel. Immer Lippenstift, nie Labello. Immer fröhlich, nie schlecht drauf.

Haargummis, gemütliches Schuhwerk und Jogginghosen waren ebenso tabu wie Fragen nach einer gemeinsamen Zukunft oder der betrogenen Ehefrau, von der Karl sowieso schon freiwillig genügend Horrorgeschichten erzählt hatte. Fatma wusste sehr genau, dass sie sich als unkompliziertes, sexhungriges, kohlehydrataffines Vollweib positionieren musste, um Karl eine Abwechslung von seiner Wirklichkeit zu bieten. Kalorien zählen konnte sie später. Wollte sie ihn jemals ganz für sich gewinnen, durfte sie sich ihm auf keinen Fall ganz zeigen. Das war die perfide Spielregel für Liebhaberinnen: Alltagsvermeidung um jeden Preis. Verboten ist: Dinnercanceling, jammern über Schlupflider und Überbeine, früh ins Bett gehen, «Bergdoktor» gucken und dabei Haarpackung einwirken lassen, beim Frühstück auf Heizkissen setzen, abschminken, Stimmungsschwankungen haben, Nicky-Hausanzug tragen und die Klotür offen lassen.

Diese Formen der Vertrautheit haben in Affären nichts zu suchen. Das mag anstrengend sein, aber sobald der Liebhaber aus der Tür ist, kannst du ja wieder ausatmen, dem Gewebe freien Lauf lassen, die Mahlzeitenersatz-Shakes aus dem Schrank holen und die Bunny-Puschen mit Ohren anziehen.

Für Frauen bedeuten die Präparationen für ein Treffen mit dem Liebhaber oft einen beträchtlichen Zeitaufwand. Der Schöpfer des außerehelichen Liebeslebens hat sich schon etwas dabei gedacht, solche Begegnungen auf seltene Ausnahmesituationen zu beschränken. Eine berufstätige Alleinerziehende hätte sonst gar nicht die Zeit, sich angemessen vorzubereiten. Selbstbeherrschung, Konzentration, disziplinierte Hingabe, wohldosierte Exzentrik und gut kontrollierte Exzesse sind das Handwerkszeug der erfolgreichen Geliebten. Für die Ehe qualifizierst du dich nicht, indem du in seiner Gegenwart pupst. Das kannst du machen, wenn du verheiratet bist.

Fatma saß neben ihrem vor sich hin blutenden und meckernden Liebhaber und war dem Zuviel an unschöner Wirklichkeit, das über sie hereinbrach, kaum gewachsen. Der goldene Karl verlor an Glanz und schien sich im Zeitraffer der Realität als Fälschung oder zumindest als ziemlich billige Legierung zu entpuppen.

Leyla hatte Kopfhörer im Ohr und starrte auf ihr Handy. Sie war offenbar ebenfalls mit den Geschehnissen überfordert und hatte sich auf TikTok verschanzt.

«Können Sie nicht schneller fahren?», schnauzte Karl den Taxifahrer an, ein Hanseat mit eingebautem Tempomat und unerschütterlicher Gemütsruhe, der wohl schon so manche gebrochene Nase durch Hamburg kutschiert und zunächst einmal die Rückbank seines Wagens mit einer Plastikplane geschützt und Karl eine Packung Taschentücher in die Hand gedrückt hatte.

«Verdammte Scheiße, ich brauche was, um die Blutung zu stillen. Die Tempos reichen nicht. Ich kann ja schlecht mein Sakko nehmen. Fatma, gib mir mal deine Jacke», schimpfte Karl. «Dieser Irre hat mir die Nase gebrochen. Ich kenne den Mann überhaupt nicht. Aus dem Nichts hat der einfach zugeschlagen. Sie haben es doch gesehen, oder? Ich hatte keine Chance.»

«Sie sollten die Polizei verständigen», sagte der Taxifahrer. «Soll ich das für Sie erledigen?»

«Einen Scheiß werden Sie! Ich kann mir keine Negativ-Publicity leisten.»

«Kein Grund, grob zu werden», sagte der Fahrer ruhig und, wie Fatma fand, zu Recht.

«Sie haben doch keine Ahnung! Meine Nase ist kaputt, meine Ehe ist kaputt, und Sie beschweren sich über meine Umgangsformen!? Nächste Woche stehe ich für einen wichtigen Nachdreh vor der Kamera. Mit Gips im Gesicht, oder was? Das kostet die Produktion ein Schweinegeld! Und jetzt geben Sie endlich Gas. Bis wir im Krankenhaus sind, ist meine Nase ja wieder zusammengewachsen. Sie wissen anscheinend nicht, wer ich bin.»

«Ich weiß genau, wer Sie sind. Sie sind ein sehr unhöflicher Fahrgast. Und wenn Sie sich nicht zusammennehmen, muss ich Sie bitten auszusteigen. Mit einer gebrochenen Nase kann man sehr gut zu Fuß gehen.»

Fatma legte Karl, bevor er erneut aufbrausen konnte, die Hand auf den Arm. «Beruhige dich», flüsterte sie. «Der Mann hat recht, und du musst deine Kräfte schonen. Tut es sehr weh, mein Aslanim?», fragte sie in dem Tonfall, den sie für Kleinkinder, Volltrottel und leidende Männer bereithielt. Mit einem Löwen hatte Karl im Moment allerdings so wenig gemein wie ein Regenwurm mit einer Boa constrictor.

«Natürlich tut es weh, was glaubst du denn?», fuhr er sie an, und Fatma zog ihre Hand eilig wieder zurück. «Kanntest du den Typen? Wer war das Schwein?»

«Ich konnte ihn nicht genau erkennen», log Fatma aus einem Impuls heraus. Irgendwie konnte sie sich nicht vorstellen, dass der gute Sozi völlig grundlos zugeschlagen hatte. Jedenfalls wollte sie ihn nicht an Karl verraten, ehe sie die Umstände nicht genauer kannte. Außerdem war sie genervt davon, wie selbstverständlich Karl ihre Jacke vollsaute, bloß um seinen Anzug zu schonen. Und dass er nicht nur unter seiner kaputten Nase, sondern auch unter seiner kaputten Ehe litt, passte ihr auch nicht. Wenn Ruth wirklich so krank und verrückt und hinterhältig war, wie er sie darstellte, dann konnte er doch nur froh sein, sie los zu sein.

Aber vielleicht stand ihr Liebhaber auch einfach nur unter Schock. Sie wollte versuchen, etwas geduldiger mit ihm zu sein. Sie platzierte ihre Hand erneut entschlossen auf seinem Arm.

«Du hast den Kerl nicht gesehen? Wie soll das denn gehen? Du standst doch keine zwei Meter hinter mir. Bist du blind, oder was?», giftete Karl.

«Wir sind da. Das macht 15 Euro 70. Zahlen Sie bar oder per App?», fragte der Fahrer und hielt direkt vor dem Krankenhaus.

«Geht's noch etwas auffälliger?», blaffte Karl und zog den Kopf ein. «Hier sieht mich doch jeder!»

«Bedauere, aber Notaufnahmen haben keinen Hintereingang. Skandalös, ich weiß.»

«Ja, ja, sparen Sie sich Ihre blöden Kommentare. Fatma, kannst du bezahlen? Meine Hände sind voll mit Blut. Das Portemonnaie steckt in meiner Jacke. Du gibst kein Trinkgeld, das versteht sich wohl von selbst. Ich geh schon mal vor. Und du hältst auf jeden Fall Abstand zu mir. Man darf uns nicht zusammen sehen. Auf solche Gerüchte kann ich gut verzichten. Und Sie», Karl wandte sich an den Fahrer, «Sie halten die Schnauze. Klar? Sonst verklage ich Sie auf Schadensersatz.»

«Soll ich überhaupt mitkommen?», fragte Fatma.

«Sehr witzig. Dir habe ich die ganze Scheiße doch zu verdanken! Da darf ich ja wohl erwarten, dass du mich nicht hängen lässt.»

Fatma fand Karls Logik einigermaßen holprig, aber die Situation erschien ihr für eine Diskussion über den Ursprung des Schlamassels ungeeignet.

Karl schraubte sich mühsam aus dem Taxi und ging mit eingezogenem Kopf, Fatmas Jacke vors Gesicht gepresst, in Richtung Eingang. Fatma reichte dem Fahrer einen Zwanzigeuroschein.

«Bitte behalten Sie den Rest», sagte sie verlegen. «Und bitte entschuldigen Sie ihn. Er meint es nicht so.» Sie war sich allerdings nicht ganz sicher, ob das stimmte. Wie nebenbei registrierte sie die Fotos in den Klarsichtfächern von Karls Geldbörse. Drei Portratfotos, die ihn selbst in unterschiedlichen Posen zeigten. Lachend, ernst, nachdenklich. Außerdem ein Bild von ihm und Ruth, darauf stand handschriftlich: «Für meinen Karl! Von deiner Stellina!» Fatma wurde ein wenig übel.

«Nichts für ungut, junge Frau, und nichts gegen Sie», sagte der Fahrer, «aber von Typen wie dem nehme ich kein Trinkgeld. Mein Rat an Sie: Augen auf bei der Partnerwahl.»

«Kommst du, Schatz?» Fatma wandte sich beschämt an ihre Tochter.

«Sorry, Mama, aber ich fahre weiter zum Hauptbahnhof», sagte Leyla. «In einer Stunde geht noch ein Zug nach Köln. Mir ist das hier zu abgedreht, und der Typ ist ja wohl voll scheiße. In echt noch schlimmer als im Fernsehen. Ich hab Papa schon geschrieben, dass ich komme.»

Eine Minute und einen flüchtigen Kuss später straffte Fatma ihre Schultern und betrat die Notaufnahme, wo sich Karl bereits mit der diensthabenden Schwester stritt, die ihm klarzumachen versuchte, dass er keine lebensbedrohliche Verletzung habe und sich noch gedulden müsse. Wörtlich sagte sie: «Eine gebrochene Nase ist kein Beinbruch», was Fatma ziemlich geistreich fand. Karl nicht.

«Sie wissen wohl nicht, wer ich bin», röhrte ihr Geliebter an diesem Abend nun schon zum zweiten Mal, und sie wurde das Gefühl nicht los, dass dieser Satz im Leben von Karl Westphal eine unerfreulich zentrale Rolle spielte.

Wusste sie denn, wer er war? Wer war dieser Mann außerhalb von Hotels mit Kopfkissen-Menü und handgearbeiteten Boxspringbetten? Vielleicht war nicht Fatma diejenige, die in der Realität zusammenschrumpelte wie eine zu heiß gewaschene Wollmütze, sondern er. Seltsamerweise hatte sie sich nie darüber Sorgen gemacht, dass Karl sich im Laufe der Zeit entzaubern könnte. Fatma war so damit beschäftigt gewesen, sich selbst in ein vorteilhaftes Licht zu setzen und sich Karls Liebe zu verdienen, dass sie jetzt verblüfft feststellte, dass sie dabei versäumt hatte, sich zu fragen, ob er überhaupt gut genug für sie war.

Sie hatte, bemerkte sie, daran langsam berechtigte Zweifel. Und sie dachte an Ruth. Wie hatte sie sich derart in ihr täuschen können? Und hatte sie sich wirklich getäuscht? War es möglich, dass Karl ein narzisstisches Monster war, das Gloria Gewalt angetan und Ruth tyrannisiert und um ein Leben mit Kindern betrogen hatte? Schwer vorstellbar. Aber nicht mehr unvorstellbar.

«Es wird mindestens vier Stunden dauern, es können aber auch sechs werden», sagte die Schwester in diesem Moment und wandte sich dann demonstrativ dem nächsten Patienten zu, der sternhagelvoll am Empfangstresen lehnte und anklagend auf seinen halb offenen Hosenstall deutete. «Hab mir die Vorhaut im Reißverschluss eingeklemmt», lallte er jammernd. Dann fiel sein Blick auf Karl, und er rief hocherfreut: «Mensch, das ist doch der Kommissar aus dem Fernsehen! Leute, das glaub ich ja nicht! Heute ist mein Glückstag. Komm, Alter, lass uns mal ein Foto machen.» Der massige Mann hatte keinerlei Berührungsängste und legte seinen Arm um den blutverschmierten Karl.

«Lassen Sie mich in Ruhe», zischte der und versuchte, sich zu befreien, wobei beide bedrohlich ins Wanken gerieten. Die Leute im Warteraum und in der Vorhalle schauten neugierig herüber, einige begannen zu tuscheln und zückten ihre Handys.

Eine Frau mit einer nur notdürftig versorgten Platzwunde am Kopf kam hinzu, richtete sich kurz das blutverkrustete Haar und bat erregt um ein Selfie. Eine andere humpelte entzückt herbei, um sich ein Autogramm geben zu lassen, und ein Mann mit einer üblen Quetschung der rechten Hand fragte, ob Karl ihm den Krankenhaus-Flyer für seine Verlobte signieren würde. «Schreiben Sie: Für Petra Minnemeyer von Ben Hansen. Meine Güte, die wird Augen machen! Meyer mit y.»

Der Betrunkene, der offenbar der Meinung war, ein gewisses Vorzugsrecht auf den Ermittler Hansen zu haben – schließlich hatte er ihn als Erster entdeckt –, umklammerte Karl wie ein Sumoringer seinen Gegner und stimmte freudig ein Lied an, die missliche Vorhautsituation war vergessen.

«Auf der Reeperbahn nachts um halb eins!» Die Platzwunde fiel fröhlich ein und griff nach Karls Arm. Das war der Moment, in dem Fatma beschloss, dass sie die kommenden Stunden nicht nüchtern überstehen würde. Sie eilte hinaus in die laue Frühlingsnacht und machte sich auf die Suche nach einer Tankstelle. Auf qualitativ hochwertige Ware kam es ihr in ihrer Situation nicht an, hier und jetzt zählten ausschließlich Wirkung und Promille.

Drei Stunden später hatte Fatma von den zwei Litern im Shell-Shop preisgünstig erstandenen halbtrockenem Vino Tinto im Tetra Pak bereits einen verkonsumiert. Sie saß auf einer Bank im Warteraum, direkt am Empfang, konnte jedes Wort, das dort gesprochen wurde, mithören und fühlte sich bestens unterhalten. Karl hatte sich in einer abgelegenen Ecke der Eingangshalle hinter einer großblättrigen Grünpflanze verbarrikadiert, und allmählich hatten sich die Leute an die Anwesenheit des Prominenten gewöhnt. Die Aufregung hatte sich gelegt, und jeder war wieder mit sich selbst beschäftigt.

Fatma fühlte sich durch den steigenden Alkoholpegel, aber auch durch die um sie herum versammelten Menschen in Notsituationen eigentümlich beglückt. Es war nicht so, dass sie sich über das Leid der anderen freute – gerade setzte sich ein Mann in den Warteraum, der sich beim Käsereiben ein ansehnliches Stück seines Daumens abgehobelt hatte –, aber sie freute sich darüber, wie vergleichsweise gut es ihr doch eigentlich ging.

«Haben Sie das Daumenstück mitgebracht?», wollte ein Pfleger von dem Neuzugang wissen. Der Mann nickte eifrig und

Karl hatte sich in einer abgelegenen Ecke der Eingangshalle hinter einer großblättrigen Grünpflanze verbarrikadiert.

kramte ein blutiges Päckchen hervor, das an jene erinnerte, in denen Fernsehentführer gerne Körperteile ihrer Opfer verschicken.

Fatma lehnte sich zufrieden zurück und fand sich im Grunde genommen beneidenswert. Sie lächelte alkoholselig vor sich hin. Der Vino Tinto hatte sich gnädig wie ein Weichzeichner über ihre Situation und ihr Gemüt gelegt, und mit jedem Plastikbecher Wein – die Becher waren eigentlich für Urinproben vorgesehen, aber die nette Schwester am Empfang hatte Fatma freundlicherweise einen zur Zweckentfremdung überlassen –, verwandelte sich Karl wieder in den Traummann zurück, der er bis vor wenigen Stunden noch gewesen war. Karl und sie befanden sich hier in einer Ausnahmesituation, und Fatma durfte nicht zu streng über ihn urteilen. Eigentlich müsste sie glücklich sein. Karls Ehe war zu Ende, Ruth hatte sich durch ihr Verhalten selbst ins Abseits manövriert, und einem Happy End stand nun nichts mehr im Wege.

Eine Frau setzte sich neben Fatma und lächelte sie an. «Was führt Sie denn hierher?», fragte sie freundlich. «Sie sehen ziemlich unversehrt aus.»

Fatma hörte ihr sofort die Rheinländerin an. Die liebenswerte Sprachmelodie, gepaart mit dem Unvermögen, ein «ch» korrekt auszusprechen. Die Frau hatte «ziemlisch» gesagt, und Fatma fühlte sich sofort wie zu Hause und freute sich unbändig über die zugewandte Art, die man im Norden sonst nur selten antrifft.

Als Kölnerin war sie es gewohnt, offen auf fremde Menschen zuzugehen, mit ihnen zu plaudern, zu trinken und, sobald es sich anbot, zu singen, zu schunkeln und zu knutschen. Wer aus dem Rheinland kommt, hat viel mehr gemeinsam als eine Heimat. Rheinländerinnen teilen Erinnerungen und Wesenszüge, sie nehmen die Dinge leichter als andere, ihre Sprache ist ein schelmischer Singsang, und sie sind sich alle einig, dass ein gutes Streuselbrötchen aus mehr Streuseln als Brötchen besteht. Sie sagen «Tschö» statt «Tschüss», ein Widerling ist «'ne fiese Möpp» und ein Pfirsich ein «Plüschpromm». Rheinländer wissen, wie man richtig Karneval feiert, sie sind zugängliche Plaudertaschen, und der Prozentsatz der Schlawiner, die nach dem Grundsatz leben: «Du kannst nicht beides: versprechen und halten», dürfte über dem landesweiten Durchschnitt liegen. Für Rheinländer ist eine Kneipe erst dann voll, wenn auch der letzte Stehplatz besetzt ist und die Gäste vorne rausquellen wie Teig aus der Spritztülle. Der Norddeutsche hingegen dreht sich um und sagt: «Alles komplett dicht», wenn an jedem Tisch ein bis zwei Personen sitzen. Ein Zungenkuss ist in Köln oft nicht mehr als eine freundliche Geste der Sympathie, in Hamburg geht er meist mit einem Eheversprechen einher. Die hohen Kulturgüter des «Sich-Dazusetzens, auch wenn's eng wird» und des «Brüderschaft-Trinkens unmittelbar nach dem Kennenlernen» waren offenbar bei dem Versuch, den Rhein zu überqueren, abgesoffen.

«Ich warte nur auf jemanden», antwortete Fatma der Frau, wobei sie sehr deutlich «isch» sagte, um die gemeinsamen Wurzeln zu betonen. Man hatte Fatma allerdings häufig zu verstehen gegeben, dass sie immer wie eine Kölnerin klang, selbst wenn sie sich noch so sehr um geschliffenes Hochdeutsch bemühte.

«Rheinland?», fragte die Frau prompt hocherfreut.

«Köln-Nippes.»

«Ich bin in Langerwehe geboren. In Köln habe ich meine Unschuld verloren und Germanistik studiert. Aber ich wohne schon seit zwanzig Jahren in Hamburg.»

«Heimweh?»

«Jeden Tag.»

«Und warum sind Sie hier?», fragte Fatma. Sie hatte an ihrer Sitznachbarin auf den ersten Blick ebenfalls keine Blessuren entdecken können.

«Sexunfall.»

«Echt?» Fatma zeigte sich beeindruckt.

«Nein, schön wär's. Ich bin männerlos. Deswegen rede ich wahrscheinlich auch so viel über Sex. Ich habe einen glatten Unterarmbruch. Beim Röntgen war ich schon. Ich wollte mein Klavier vom Wohnzimmer ins Esszimmer schleppen, und dabei ist es umgekippt und hat meinen rechten Arm unter sich begraben.»

«Autsch.» Fatma genehmigte sich daraufhin noch einen großen Schluck Vino Tinto und prostete ihrer Sitznachbarin zu. «Auch einen Schluck?»

«Gern. Den kann ich brauchen. Trinken kann ich mit links. Prost. Ich bin Sonja.»

«Freut mich sehr. Ich heiße Fatma. Sie haben ein Esszimmer? Beneidenswert.»

«Ja, seit ich keinen Freund mehr habe. Ich bin aber auch selbst schuld. Ich hätte erst das Klavier umstellen und mich dann von ihm trennen sollen. Mit Partner wäre das nicht passiert.»

«Und mir wäre das hier ohne Partner nicht passiert», mischte sich nun die zierliche Frau links von Sonja ein und deutete auf ihr blutunterlaufenes Auge.

«Dein Mann hat dich geschlagen?», fragte Fatma fassungslos, und Sonja reichte der misshandelten Frau wortlos den Becher Wein weiter.

«Pssst. Nicht so laut. Es muss ja nicht jeder wissen. Auf euer Wohl, ich heiße Sandra», sagte sie und lächelte gequält, was ihr einiges an Schmerzen zu bereiten schien.

«Warum lässt du dir das gefallen?», fragte Sonja und sprach so leise, wie es einer aufgebrachten Rheinländerin möglich ist. Fatma schenkte nach.

«Es ist nicht das erste Mal, aber was soll ich denn machen?»

«Zur Polizei gehen zum Beispiel? Du kannst den Kerl doch nicht einfach davonkommen lassen!» Sonja wurde vor Aufregung ganz rot im Gesicht.

«Ich schäme mich», sagte die Frau namens Sandra so leise, dass sie kaum zu verstehen war. «Und ich wüsste auch gar nicht, wohin.»

In diesem Moment trat ein Pfleger zu ihnen und forderte Sandra auf mitzukommen. Ein weiterer durchquerte die Halle, ging zu Karl und bat ihn lautstark, ihn zum Röntgen zu begleiten. Karl warf Fatma im Vorübergehen den Blick eines siechenden Schwans zu, den sie mit einer aufmunternden, trunkenen Daumen-hoch-Geste beantwortete.

«Kennst du den etwa?», fragte Sonja und reichte Fatma den leeren Becher zurück.

«Nur aus dem Fernsehen», log Fatma.

«Ich auch. Ich schau mir jede Folge an.»

«Ich auch», sagte Fatma und grinste wohlig in sich hinein. Es tat gut, jemanden positiv über Karl sprechen zu hören.

«Ein alter, weißer Sack wie er im Buche steht», sagte Sonja. «Wenn der in echt so ist wie in der Serie, dann tut mir seine Frau leid. Vielleicht ist er ja der Mann von der armen Sandra? Dann hat sie allerdings, so wie der aussieht, zurückgeschlagen.»

«Aber warum schaust du ihn dir denn im Fernsehen an, wenn du Karl Westphal so schrecklich findest?», entgegnete Fatma beleidigt. Ihr mühsam zusammengeflicktes Karl-Bild bekam schon wieder Risse.

«Wegen der Neuen. Wanda Tomuschat.»

«Die Gerichtsmedizinerin?»

«Genau. Eine großartige Schauspielerin. Ich hab sie hier in Hamburg oft im Thalia Theater gesehen. Und wie die den alten Macho langsam, aber sicher an die Wand spielt, ist einfach herrlich mitanzusehen. Ich garantiere dir, nächstes Jahr kann der sich einen neuen Job suchen. Aber was viel wichtiger ist: Was machen wir jetzt mit Sandra? Wir können sie doch nicht zu ihrem prügelnden Mann zurückschicken.»

«Sie will sich anscheinend nicht helfen lassen. Wir können sie ja schlecht zu ihrem Glück zwingen.»

«Warum eigentlich nicht? Sie hätte sich uns bestimmt nicht anvertraut, wenn sie nicht insgeheim auf Hilfe hoffen würde.»

«Da ist was dran. Es hat sie ganz klar Überwindung gekostet.» Während Fatma noch darüber nachdachte, wie sie Sandra helfen konnten, betraten kurz hintereinander ein Mann und eine Frau die Notaufnahme. Der Typ stürmte auf den Empfang zu wie ein wilder Stier auf ein rotes Tuch. «Wo ist sie?», brüllte er die Schwester an, die schon mit dem wütenden Karl und der betrunkenen Vorhaut hatte umgehen müssen. Fatma bewunderte sie für den Gleichmut, mit dem sie dem Mann fragte: «Was kann ich für Sie tun?»

«Sandra Sperling! Ich will wissen, ob die hier ist!»

«Bedaure. Wir geben keine Auskünfte über unsere Patienten.»

«Ich bin ihr Freund! Sagen Sie mir gefälligst, wo sie ist!»

«Das ist mir so was von egal, wer Sie sind. Wir sind eine Notaufnahme und kein Fundbüro. Und wenn Sie nicht sofort Ihren Ton mäßigen, lasse ich Sie rauswerfen.»

«Ich mache mir Sorgen! Sie hatte einen Unfall. Ich will doch nur wissen, ob es ihr gut geht!» Die Stimme des Mannes driftete nun ins Weinerliche. Sonja und Fatma sahen angewidert und alarmiert zu.

«Sie können hier auf sie warten», sagte die Schwester, und Sandras Freund begann, auf und ab durch die Vorhalle zu tigern. Jetzt trat die Frau an den Empfangstresen und fragte mit leiser, eindringlicher Stimme. «Guten Tag, mein Name ist Jürgens. Ich wüsste gern, ob hier in den letzten Stunden ein Patient namens Westphal aufgenommen wurde. Karl Westphal.»

Fatma hielt die Luft an und spitzte die Ohren. Sonja beugte sich ebenfalls leicht vor, um die Frau besser verstehen zu können.

«Es tut mir leid, dass ich mich hier ständig wiederholen muss: Wir erteilen keine Auskünfte über Patienten.» Die Schwester verlor nun doch allmählich die Contenance.

«Sie missverstehen mich. Ich bin Reporterin bei der Hamburger Morgenpost. Ich würde Ihre freundliche Auskunft selbstverständlich gebührend honorieren.» Fatma und Sonja sahen gebannt zu, wie die Frau wie absichtslos einen Hunderteuroschein auf den Empfang legte und sich dann mit einer selbstgefälligen Wendung mit dem Rücken zu der Schwester drehte. Die betrachtete das Geld ein paar Sekunden lang, nahm es schließlich an sich und rief laut: «Das ist aber reizend von Ihnen! Schaut mal, Kollegen, was für eine großzügige Spende für unsere Kaffeekasse!» Ein paar Schwestern und Pfleger applaudierten, während sich die Reporterin schmallippig in Richtung Ausgang in Bewegung setzte.

«Hey, warten Sie!», rief Sonja, zog Fatma mit sich und flüsterte ihr zu: «Komm! Wenn ich dem Westphal eins auswischen kann, mache ich das sogar für umsonst. Was für ein Spaß!»

«Aber du kannst doch nicht...!», protestierte Fatma, doch Sonja hatte die Reporterin bereits erreicht.

«Haben Sie nach Karl Westphal gefragt?», fragte sie die Reporterin.

«Ganz richtig. Haben Sie ihn gesehen?»

«Er ist eben mit einer gebrochenen Nase zum Röntgen gebracht worden.»

«Sind Sie da ganz sicher?»

«Absolut. Meine Freundin kann es bestätigen.»

Fatma nickte reflexartig und wünschte sich nichts mehr, als augenblicklich im schwankenden Erdboden zu verschwinden. Alkohol und Scham stiegen ihr zu Kopf, und sie spürte, wie sie feuerrot wurde. Die Reporterin schien ihre Glühbirne falsch zu interpretieren und sagte abfällig lächelnd: «Verstehe. Und jetzt hätten Sie sicher auch noch gerne einen kleinen Beitrag für Ihre Kaffeekasse, oder?»

«Unsinn», antwortete Sonja und wandte sich bereits wieder zum Gehen. «Das geht auf Kosten des Hauses. Sehen Sie es als Solidaritätsgeste unter Frauen.»

«Wie kannst du nur dieser widerlichen Journalistin helfen?», schimpfte Fatma, als sie auf ihre Plätze zurückgekehrt waren.

«Jetzt reg dich doch nicht so auf. Das ist ein kleiner Gefallen für eine große Schauspielerin. In einem Jahr heißt die Serie nicht mehr *Hauptkommissar Hansen*, sondern *Gerichtsmedizinerin Alander*. Und ich habe meinen bescheidenen Beitrag dazu geleistet. Wir beide brauchen uns jetzt nur noch zurückzulehnen und die Show zu genießen, wenn Herr Westphal auf die *Hamburger Morgenpost* trifft.»

Fatma brach der Schweiß aus. In was für eine missliche Lage war sie da bloß unverschuldet geraten? Sie musste Karl warnen. Er durfte keinesfalls unvorbereitet in die Arme der Reporterin laufen. Vielleicht gab es ja auch doch noch einen anderen Ausgang.

«Ich muss mal eben telefonieren. Nimm dir ruhig noch Wein», sagte sie und schwankte eilig in Richtung Parkplatz. Sie wählte Karls Nummer.

«Aslanim! Wie geht es dir?»

«So gut wie es jemandem mit einem Kilo Gips im Gesicht gehen kann. Das muss jetzt noch ein paar Minuten trocknen, dann kann ich endlich gehen.»

«Warte, es ist etwas passiert! Eine Reporterin von der *Morgenpost* ist hier.»

«Was? Verdammte Scheiße! Irgendjemand muss ein Foto gepostet haben.» Karl sagte noch etwas, was Fatma nicht verstehen konnte.

«Du musst lauter sprechen, Aslanim!»

«Ich kann nicht», flüsterte Karl. «Ganz in meiner Nähe sitzt eine saublöde Tusse mit einem blauen Auge die mich schon die ganze Zeit anglotzt und nervt. Wahrscheinlich hat ihr Mann ihr eine verpasst. Völlig verständlich, wenn du mich fragst.»

«Das muss Sandra sein. Die saß neben mir im Warteraum. Du musst sie unbedingt warnen! Ihr gewalttätiger Freund wartet hier draußen auf sie!»

«Hör mal, geht's noch? Ich habe was anderes zu tun, als mich in das Privatleben von Asozialen einzumischen. Aber warte mal, mir kommt da eine Idee. Stellina, du bist genial! Du bleibst im Wartezimmer, aber halte dich im Hintergrund. Und falls es sonst niemand tut, mach ruhig ein paar Fotos von mir. Bis gleich.»

Fatma ging verwirrt zurück ins Wartezimmer Sonja hatte nachgeschenkt und aus dem Snackautomaten ein *Bounty* und ein *Twix* gezogen.

«Die Show kann beginnen», sagte sie lachend. Frau Jürgens von der *Morgenpost* saß nicht weit von ihnen entfernt am Fenster, Sandras Freund lehnte an der Wand, wie zum Sprung bereit.

«Da kommt er», flüsterte Sonja.

Karl trat durch das elektrische Schwingtor mit der Aufschrift «Sofortmaßnahmen. Zutritt nur für Personal» wie John Wayne um zwölf Uhr mittags durch die Tür des Saloons. Seine Nase war von einem unförmigen, strahlend weißen Gips bedeckt, der mit fleischfarbenen Pflasterstreifen, die sich über seine Wangen und seine Stirn zogen, festgehalten wurden. Trotz seines desolaten Äußeren schritt Karl würdevoll und entschlossen direkt auf das Wartezimmer zu, dicht gefolgt von Sandra, die hinter ihm hertrippelte wie eine Bachstelze hinter einem Nashorn. Die Leute verstummten. Die Schwester am Empfang ließ das Telefon sinken, eine frisch eingelieferte Fleischwunde hörte auf zu stöhnen.

«Wer von Ihnen ist Kai Schormann?», donnerte Karl mit seiner sonoren Stimme.

«Ich», antwortete der Freund von Sandra und straffte die Schultern, als sei er von einem Vorgesetzten angesprochen worden. Karl trat so dicht vor ihn, dass sein Gips fast an die Stirn des etwas kleineren Mannes stieß. Einige Leute zückten ihre Handys. Spannung lag in der Luft. Man hätte eine Sicherheitsnadel fallen hören können.

«Sie werden Ihre Frau nie wieder schlagen. Haben Sie mich verstanden?», sagte Karl leise und eindringlich.

«Aber es war ein Unfall», stotterte der Mann. Karl holte aus und schlug seinem Gegenüber mit der flachen Hand ins Gesicht. Nicht brutal. Eher nachlässig, abfällig, so wie ein strenger Vater um die Jahrhundertwende seinen missratenen Sohn gemaßregelt hätte.

«Ach ja? Dann war das hier auch ein Unfall. Haben Sie mich verstanden, Herr Schormann? Sie werden Ihrer Frau niemals wieder ein Leid antun.» Karl hatte seine Stimme um keinen Deut erhoben, was seine Botschaft umso intensiver machte.

Kai Schormann brauchte ein paar Zehntelsekunden, um zu begreifen, was vor sich ging, dann stürzte er sich auf Karl. «Was fällt dir ein, du Arschloch!», schrie er und holte aus. Zwei Pfleger und ein Arzt griffen ein und zerrten den wild um sich schlagenden Mann von Karl weg. Die Anwesenden applaudierten. Karl legte den Arm schützend um Sandra und blickte ernst über seinen Gips hinweg in die Runde wie ein Mann, der nichts anderes getan hatte als seine Pflicht.

«Er ist ein guter Schauspieler», dachte Fatma und musste sauer aufstoßen.

«Verdammt, ich habe den Typen völlig falsch eingeschätzt», flüsterte Sonja ergriffen. «Der ist ja ein Held.»

Die Reporterin zückte ihr Handy und baute sich vor Karl und Sandra auf. «Herr Westphal, können Sie unseren Lesern und Leserinnen bitte ein paar Worte zu dem sagen, was hier gerade geschehen ist?»

«Über Selbstverständlichkeiten spreche ich nicht. Diese Frau brauchte Hilfe, und ich habe geholfen. Mehr gibt es nicht zu sagen. Und wenn Sie ebenfalls helfen wollen, dann sorgen Sie mit Ihrer Zeitung dafür, dass Gewalt gegen Frauen thematisiert wird.» Karl wandte sich ab und ging gemessenen Schrittes in Richtung Ausgang.

«Danke», hauchte Sandra ihm nach, und Sonja bot ihr an, vorübergehend in ihr Esszimmer zu ziehen. «Da ist genug Platz. Du musst mir nur mit dem Klavier helfen.»

Fatma hat nur noch lückenhafte Erinnerungen daran, wie sie in ihr Bett gekommen ist. Sie hatte sich, das wusste sie noch, von Karl vor dem Krankenhaus verabschiedet. Sie brauche Zeit, das Geschehene zu verarbeiten, hatte sie ihm gesagt. Das hatte der zwar nicht verstanden, aber seine Nase hatte ihm wehgetan, und er hatte so schnell wie möglich ins *Millennium Medical* nach Timmendorf zurückkehren wollen.

In der Lobby ihres Hotels war Fatma, auch daran erinnerte sie sich nebulös, mit einer Grünpflanze kollidiert und lang hingeschlagen. Danach hatte sie sich, entsprechende Spuren deuteten jedenfalls darauf hin, noch über die Erdnüsse und den Rotwein aus der Minibar hergemacht und vergessen, sich abzuschminken.

Sie schleppt sich unter die Dusche, wobei sie versucht, einen Blick in den Spiegel zu vermeiden. Als sie sich, in ein bretthartes Handtuch gewickelt, wieder aufs Bett legt, stöpselt sie ihr Handy ein, das es ihr über Nacht gleichgetan und ebenfalls den Geist aufgegeben hat.

Ein paar Sekunden später klingelt es. Eine unbekannte Festnetznummer. «Hallo?»

«Fatma? Hier ist Ruth. Bitte leg nicht auf. Ich brauche dringend Hilfe, und ich wusste nicht, wen ich anrufen sollte. Es geht um Rudi.»

Nach dem kurzen Gespräch ist Fatma nüchtern. Sie lehnt sich ein paar Sekunden lang zurück, atmet tief durch, um sich zu sammeln, und greift dann erneut zum Telefon.

«Fatma!? Verdammt noch mal! Ich versuche schon den ganzen Tag, dich zu erreichen! Ich habe dir mindestens zweihundert Nachrichten hinterlassen ...»

«Erdal, du musst mir helfen. Ich schaffe das nicht allein. Wir treffen uns um zehn am Molenfeuer in Travemünde. Wenn ich den Zug um kurz nach acht erwische, müsste ich es noch rechtzeitig schaffen.»

Weiter nördlich, an der Küste Ostholsteins, beschließt zur selben Zeit eine Frau, ihrem unguten Gefühl zu vertrauen. Irgendetwas stimmt nicht. Sie war zwar erst am Vormittag in Hamburg gewesen, aber sie würde jetzt trotzdem wieder zurückfahren. Das Telefonat mit Rudi hatte sie aufgewühlt und ruhelos zurückgelassen. Sie verschließt ihren Wohnwagen, der ihre kleine, zweite Heimat ist, und geht am Strand entlang in Richtung Parkplatz.

Sie waren nur kurz ein Paar gewesen, aber sie hatten sich nie aus den Augen verloren und immer sehr gemocht. Der gute Sozi war kein Mann für die Liebe gewesen, aber der beste Freund, den sie jemals gehabt hatte. Sie kannte ihn gut. Seit vielen, vielen Jahren schon. Sie wusste, wie seine Stimme klang, wenn er nicht wollte, dass man seine Angst hören konnte. Sie wusste, dass er niemals Umstände verursachen oder andere Menschen in Sorge um ihn versetzen wollte. Er war der Meister der grußlosen Verabschiedung. Sie wusste, dass man ihn nicht festhalten konnte, wenn er gehen wollte. Wenn man nicht sehr aufpasste, war er einfach weg.

Aus diesem Grund hatte sie Rudi nie von seinem Sohn erzählt. Vielleicht hatte er es geahnt, die beiden waren sich sehr ähnlich, und vielleicht war ihm, wie auch ihr, klar gewesen, dass ihre tiefe freundschaftliche Liebe keine erzwungene Nähe und kein gemeinsames Kind verkraftet hätte. Der gute Sozi war Pate, Freund und Vaterersatz für Noah gewesen, und das war mehr, als er ihm als Vater jemals hätte geben können. Wanda hatte es nie bereut, geschwiegen zu haben.

Sie steigt in ihr Auto und gibt die Adresse in das Navi ein. Ohnsorgweg. Das Haus ohne Hausnummer. Sie hatte Gloria Wilhelmi heute Vormittag in der Buchhandlung zum ersten Mal kennengelernt. Die einzige Frau, die Rudi wirklich geliebt hatte. Er hatte es Wanda natürlich nie erzählt, aber sie hatte es trotzdem gewusst und völlig ohne Eifersucht zur Kenntnis genommen. Schade, dass er es auch Gloria nie gesagt hatte. Aber wer weiß, vielleicht wäre auch diese Freundschaft an der Liebe zerbrochen? Gloria ist eine großartige Frau, doch sie hatte gelogen, als Wanda sie nach Rudi gefragt hatte. Warum?

Anderthalb Stunden Fahrt liegen vor ihr. Jetzt, wo sie entschlossen ist, zurück nach Hamburg zu fahren, hat Wanda Tomuschat plötzlich Angst.

Sie hat entsetzliche Angst, zu spät zu kommen.

Aber zu spät wofür?

Zur selben Zeit wirft Rudi einen Blick in sein Zimmer. Sein letztes Zuhause. Es ist leer, bis auf eine silberne Printen-Jubiläumsdose «Aachener Vielfalt» mit ein paar persönlichen Dingen von ihm, die er Gloria überlassen wird. Der gute Sozi hatte seine Anziehsachen am Vormittag im Altkleidercontainer entsorgt, sein Bett abgezogen, die Tagesdecke darübergebreitet und noch mal extra glatt gezogen.

«Das Bett, das du selbst gemacht hast, schenkt dir Hoffnung, dass der nächste Tag ein besserer Tag wird.» Unzählige Male hatte Rudi seinen diversen Patenkindern den Vortrag vom gemachten Bett gehalten, der immer mit denselben Worten geendet hatte: «Morgen kann kommen.»

Und selbst heute, an diesem Tag ohne Morgen, beruhigt ihn der Anblick der Ordnung, die er hinterlassen wird, und beschert ihm Zuversicht und Mut.

Rudi schließt die Tür und geht langsam die Treppe hinunter.

RUTH

Dagmar macht es sich seufzend in ihrem Körbchen bequem, das von seinen Ausmaßen her an die Ladefläche eines Kleinlasters erinnert. Ich betrachte sie gerührt. Mein Hund war genau zur richtigen Zeit in mein Leben gekommen, und sie würde, anders als mein Mann, bleiben. Mein Herz setzt aus. Und dann macht es einen ersten vorsichtigen Befreiungsschlag.

Ein winziger Hauch von Erleichterung. Die Ahnung einer Ahnung von einem Leben ohne die ständige Angst, ein falsches Wort zu sagen, und ohne die Sorge, nicht gut genug zu sein. Dagmar bedenkt mich mit einem weichen und wissenden Blick, als wolle sie mich daran erinnern, dass mein Dasein weder vorbei noch sinnlos ist, solange ich einen sensiblen Hund von der Größe einer IKEA-Kommode zu versorgen habe.

Ich öffne das Fenster einen Spalt weit. Rudis alter Passat steht vor der Einfahrt. Wir würden meinen Wagen nehmen. Johann wartet bereits neben der Fahrertür und raucht eine Zigarette. Er ist nervös. Wie alle im Haus Ohnsorg zu dieser Stunde.

Zeit aufzubrechen.

Ich nehme einen dicken Pullover aus dem Schrank. Die Nacht würde kalt werden, ganz unabhängig von den Außentemperaturen. Ich friere jetzt schon – und spüre gleichzeitig, wie Rudis bevorstehender Tod alles andere in den Schatten stellt. Meinen Kummer, Karls Betrug. Mein zerrüttetes Leben schrumpft fast wohltuend in sich zusammen angesichts dessen, was in den nächsten Stunden geschehen wird. Ich kann nicht länger schwach sein. Ich muss meiner Schwester helfen. Und mir selbst.

«Ich bin bereit», sage ich.

«Ob sie noch funktioniert?», fragt Gloria, die hinter mir an der Tür steht, und ich weiß sofort, was sie meint. Ich nehme mir ein Herz und drücke auf den altmodischen Schalter. Wenn die Lampe dunkel bleibt, würde das lediglich der Stimmung im Haus entsprechen. Schlimmer kann es ohnehin nicht werden. Ich habe keine Angst mehr vor der Dunkelheit. Sie ist längst da.

Die uralten Glühbirnen unter den blauen Schirmchen, die eigentlich grün waren, flackern einen Moment lang unentschlossen und widerwillig, als wären sie aus einem tiefen Schlaf geweckt worden. Doch dann scheinen sie sich am Riemen zu reißen, sich ihrer Bedeutung bewusst zu werden und leuchten alle drei freundlich und in alter, heimeliger Pracht. Ich atme auf.

«Lass sie an», sagt Gloria, lächelt und geht durch den Flur langsam vor zur Treppe. Ich werfe noch einen Blick in mein Zimmer. Es kommt mir vor wie ein Abschied für die Ewigkeit. Wir würden alle nicht mehr dieselben sein bei unserer Rückkehr. Und einer würde fehlen.

Dagmar hat den Kopf elegant auf ihren Pfoten abgelegt, wedelt gemächlich und grunzt, während ihr ein Sabberfaden träge vom Maul tropft. Das Bild gibt mir Kraft.

Das Fenster mit dem Vorhang, der sich sanft im Abendwind bewegt. Die alte Lampe. Drei grüne Stoffschirmchen, an einigen Stellen bräunlich verfärbt wie Pergament.

Vertrautes Lichtzeichen.

Trost spendend in unzähligen Nächten.

Ich schließe die Tür.

EPILOG

Wir fangen erst an zu weinen, als wir einigermaßen sicher sein können, dass Rudi uns nicht mehr sehen kann.

Erdal, der ja sowieso nah am Wasser gebaut und insofern stets bestens ausgerüstet ist, verteilt Taschentücher. Johann öffnet eine Flasche Wein, und Fatma spült mit einem beherzten Schluck eine Kopfschmerztablette herunter. Wanda steht etwas abseits von uns, wachsam wie ein Torwart vor dem Elfmeter, und ihr Haar flattert im Wind wie eine zerzauste Flagge. Gloria lässt ihr Akkordeon sinken, und der Schmerz schüttelt sie mit Macht, als würde ein Orkan durch ihren Körper toben.

Ich greife nach ihrer Hand. Sie umklammert meine Finger wie eine Ertrinkende, und ich weiß, dass ich sie sicher halten kann, egal wie lange.

Ein wenig später sitzen wir alle nebeneinander mit dem Rücken an den Leuchtturm gelehnt. Wir reden uns unsere Leben von der Seele und breiten sie voreinander aus wie Picknickdecken auf einer Sommerwiese. Es ist, als wollten wir Rudis letzten Weg mit Wahrheiten und Geschichten beleuchten.

Gloria berichtet von der schrecklichen Nacht vor fünfzehn Jahren, von der Hochzeit, die sie hilflos mit ansehen musste, von dem Verbrechen, ihrer Scham, ihrer Wut, dem Regen, ihren blutigen Füßen und dem guten Sozi, der ihr Geschirrtücher zum Abtrocknen reichte. «Er war mein Schutzengel», sagt sie. «Rudi ist der erste und letzte Mann, der mir seine Jacke angeboten hat.»

Ich spreche über den Verrat meines Mannes, seine Heimtücke und über meine Schwester, die früher mit Gurkengläsern um sich

Sie sind alle da.

geschmissen, die mich «Hazel» genannt hat und die ich ein Leben lang vermisst habe.

Erdal schnäuzt sich lauthals, entfernt dann angewidert die Überreste eines zähen Blutegels von seinem Knöchel und schildert detailverliebt und lachend, unterstützt von Fatma, die geschmacklich entgleiste Einrichtung der Thomas-Gottschalk-Suite.

«Und im Elbtunnel habe ich mein Leben für Ruth riskiert. Und was tut sie?», fragt Erdal dramatisch in die Runde. «Hält mich für einen Sexualstraftäter und hetzt ihren Hund auf mich! Dagmar hätte mich fast aufgefressen!»

«Du hast mich zu Tode erschreckt, und den Namen ‹Gloria› hatte ich noch nie gehört. Als du mich nach dem Zündschlüssel gefragt hast, war mir klar, dass ich mein Schicksal wieder selbst in die Hand nehmen musste. Aber du bist ein wirklich wunderbarer Beifahrer, Erdal.»

«Das *Watership-Down*-Poster müsste noch auf dem Dachboden sein. Wir sollten es wieder aufhängen», sagt Gloria und drückt meine Hand. Erdal stimmt *Bright Eyes* an und prostet mir zu. Ich nutze erneut mein Taschentuch.

Wir erinnern uns an Mister Jumping Jack aus Bruchsal und unsere Fitnessstunde in der Küche. «Schweigen! Atmen! Durchhalten!», ruft Gloria. Wir malen uns den Moment aus, als Karls Nase unter Rudis Faust zusammengebrochen war. Fatma sagt mit tiefer Stimme: «Sie wissen wohl nicht, wer ich bin?»

Wir lachen Tränen. Wir erzählen uns Rudi-Geschichten, wir sprechen seinen Namen aus, wieder und wieder. Wir umarmen und trösten uns mit Erinnerungen. Rudis Ordnungsfimmel, sein gemachtes Bett, seine wackere Liebe zur SPD, seine Abneigung gegen Möhren. Rudis famose Kochkünste, das *Liebknecht*, Pasta al Pomodoro für Gudrun Ensslin.

Rudi.

«Zu Hause steht noch Suppe für alle auf dem Herd», sagt Johann. «Möchtest du meine Jacke?», fragt er, und Gloria nimmt sie lächelnd an.

Wanda erzählt uns von Noah.

«Er hat Rudis Augen», sagt Gloria.

Kurz vor Mitternacht.

Erdal schaut auf seine Uhr und spricht wieder einmal das aus, was sich alle anderen kaum zu denken trauen.

«Ob er schon tot ist?»

Gloria schüttelt leicht den Kopf.

Sie wird wissen, wenn es so weit ist.

Ich blicke in die Runde der vertrauten Gesichter. Wanda fügt sich ein wie ein Puzzlestück, das zur Vollkommenheit des Bildes noch gefehlt hat. Unsere Schicksale sind seit Langem fein ineinander verwoben, und dennoch verdanken wir es einem Zufall, dass sich unsere Geschicke heute auf dieser Mole begegnen, versöhnen und entfalten dürfen.

Ein zerrissenes Foto. Vier Tage ist das erst her.

Mein Leben ist nicht mehr wiederzuerkennen.

«Meine Reise ist zu Ende», hatte der gute Sozi gesagt, als er sich von uns verabschiedete. Aber wer weiß das schon so genau?

Abschied oder Aufbruch. Ende oder Anfang.

Ich atme tief ein. Der Wind riecht nach Salz und Frühling und einer Prise Abenteuer, und er rüttelt an mir, als wollte er mich zu einem Tänzchen auffordern.

Darf ich bitten? Warum eigentlich nicht?

Gloria steht plötzlich auf und geht an den Rand der Mole. Sie legt ihre Hände auf das Geländer. Wir folgen ihr und schauen in die Nacht, dorthin, wo vor Stunden das Licht der Fähre am Horizont verschwunden ist.

«Jetzt», sagt meine Schwester und schließt die Augen.

Zur selben Zeit hält Rudi sein Gesicht in den Wind und schaut auf den Punkt am Horizont, wo sich das Licht des Molenfeuers schon lange verloren hat und nicht mehr von dem Widerschein der Sterne zu unterscheiden ist. «Meine Reise ist zu Ende», hatte er zum Abschied gesagt. Aber in diesem Moment kommt es ihm so vor, als würde seine Reise gerade erst beginnen.

Sie waren alle da gewesen und hatten seinen Plan vom heimlichen Lebewohl durchkreuzt. Rudi lächelt. Wie schön, wenn der letzte Wunsch nicht in Erfüllung geht.

Er schließt die Augen und sieht sie noch einmal vor sich.

Gloria, die mit ihrem Akkordeon wie eine Galionsfigur im Lichtkegel des Leuchtturms stand. Ruth und Johann neben ihr. Dahinter Fatma und Erdal, Arm in Arm. Sogar Wanda war gekommen. Rechtzeitig wie immer. Er hatte ihr noch nie etwas vormachen können.

Sie harrten am Ende der Mole aus, die sich wie eine kostbare Perlenkette im Dunkeln über das Wasser bis hin zum Leuchtturm schlängelte.

Schutzengel, die sich gegenseitig beschützten.

Niemand kann fallen, wenn man so eng zusammensteht.

Sie waren alle da. Tapfer und trotzig. Er wusste, dass sie erst weinen würden, wenn er sie nicht mehr sehen konnte. Sie winkten ihm zu. Rudi vermutete, dass sie ihn an der Reling nicht erkennen konnten. Sie grüßten in die Nacht und ins Nichts hinein, dem sterbenden Freund zu Ehren.

«*My Bonnie is over the ocean.*

My Bonnie is over the sea.»

Ihre Stimmen trugen das Lied übers Wasser. Ein letztes Geleit von Menschen, die das Schicksal entzweit und wieder zusammengeführt hatte und die sich nicht alleinließen.

Gemeinsam stark. Gemeinsam schwach.

«My Bonnie is over the ocean.

Oh bring back my Bonnie to me!»

Rudi winkte zurück, noch lange nachdem er sie nicht mehr sehen konnte.

Vielleicht stehen sie auch jetzt noch dort und schauen auf den Punkt am Horizont, wo sich das Licht der Fähre verloren hat und nicht mehr vom Widerschein der Sterne zu unterscheiden ist.

Rudi zieht seine Jacke aus und legt sie gefaltet auf den Boden. Alles hat seine Ordnung, und alles hat seine Zeit.

Mitternacht. Morgen kann kommen.

Der gute Sozi lässt los.

Er hat nicht das Gefühl zu fallen.

Es ist, als ließe ihn die Nacht sanft zu Boden gleiten.

Alles hat seine Zeit …

… ich war nie gut darin, ein Ende zu finden.

Meist muss das Ende mich finden und vorher ziemlich lange suchen. Ich bin immer lieber geblieben als gegangen. Und wenn, dann verschwand ich oft heimlich, so wie Rudi, und ohne Gruß.

Ich bin keine Freundin von Abschiedsworten. Meine klingen meist profan und ungelenk und werden der gemeinsam verbrachten Zeit nur selten gerecht.

Ein ganzes Jahr lang war die alte Villa im Ohnsorgweg meine Heimat in Gedanken. Ich habe meine Mitbewohnerinnen und Mitbewohner ins Herz geschlossen. Mit ihnen getanzt und getrauert, geflucht, gelacht, dem Leben die Stirn geboten und dem Tod auch.

Ich wäre gern noch länger geblieben.

Aber vielleicht hat Ruth recht, und die Reise fängt gerade erst an. Vielleicht gibt es ein Wiedersehen im Haus ohne Hausnummer am Rande des Parks.

Und bis dahin wäre es schön, wenn wir uns nicht aus den Augen verlieren würden. Es gibt ein paar Orte, auch außerhalb meiner Bücher und der Villa Ohnsorg, an denen wir uns treffen könnten:

Ich bemühe mich bei Facebook und bei Instagram um gepflegte, nachdenkliche und fröhliche Kommunikation ☺, bin Gastgeberin des Podcasts «Frauenstimmen» und verschicke monatlich einen Brief, der über meine Homepage bestellt werden kann.

Meine Adressen sind:

www.instagram.com/ildikovonkuerthy

www.facebook.com/ildikovonkuerthy

www.ildikovonkuerthy.de

Wer, wie ich, von den Illustrationen in diesem Buch begeistert ist, kann die schönsten Motive, vom Künstler Peter Pichler signiert, bestellen. So schön wie gemalt!

www.illupak-shop.de

Ich freue mich auf bewegende Begegnungen und bereichernden Austausch, spätestens am Küchentisch in der Villa Ohnsorg. Denn das Ende ist manchmal erst der Anfang!

TEXTNACHWEISE

Seite 5 Madonna, *The Power of Good-Bye*, Text: Madonna, Richard W. Nowels

Seite 198 Gipsy Kings, *Bamboleo*, Komponisten Jahloul Bouchikhi, Tonino Antoine Baliardo, Simon Diaz. Text von Nicolas Reynes, Jahloul Bouchikhi, Simon Diaz

Seite 241 f. Irene Cara, *Fame*, Komponist Michael Gore. Text von Dean Pitchford

Die Rowohlt Verlage haben sich zu einer nachhaltigen Buchproduktion verpflichtet. Gemeinsam mit unseren Partnern und Lieferanten setzen wir uns für eine klimaneutrale Buchproduktion ein, die den Erwerb von Klimazertifikaten zur Kompensation des CO_2-Ausstoßes einschließt.
www.klimaneutralerverlag.de